DUIZEND SCHIT

KHALED HOSSEINI BIJ DE BEZIGE BIJ

De vliegeraar

Khaled Hosseini

Duizend schitterende zonnen

Vertaling W. Hansen

2007
DE BEZIGE BIJ
AMSTERDAM

Achter in het boek is een lijst met Afghaanse
en Arabische woorden opgenomen,
voorzien van een Nederlandse vertaling.

Eerste druk (gebonden) mei 2007
Tweede druk mei 2007
Derde druk juni 2007
Vierde druk juni 2007
Vijfde druk juni 2007
Zesde druk(gebonden) juni 2007
Zevende druk juli 2007
Achtste druk juli 2007
Negende druk augustus 2007
Tiende druk augustus 2007
Oorspronkelijke titel *A Thousand Splendid Suns*
Oorspronkelijke uitgever Riverhead Books, New York
Omslagontwerp Studio Jan de Boer
Omslagillustratie Shaul Schwarz/Corbis
Foto auteur Charmian Reading
Vormgeving binnenwerk Peter Verwey, Heemstede
Druk Bariet, Ruinen
ISBN 978 90 234 2606 6
NUR 302

www.debezigebij.nl

Dit boek draag ik op aan Haris en Farah, beiden de *noor* van mijn ogen, en aan de vrouwen van Afghanistan.

Deel een

1

Mariam was vijf jaar oud toen ze voor het eerst het woord *harami* hoorde.

Dat gebeurde op een donderdag. Dat moet het wel zijn geweest want Mariam herinnerde zich dat ze die dag rusteloos en afwezig was, zoals alleen op donderdagen, als Jalil haar opzocht in de *kolba.* Om de tijd te doden tot het moment dat zij hem eindelijk wuivend zou zien aan komen lopen, door het kniehoge gras op de open plek, had Mariam de Chinese theeset van haar moeder van de plank gehaald. De theeset was het enige aandenken dat Mariams moeder, Nana, van haar moeder had, die was gestorven toen Nana twee was. Nana koesterde elk onderdeel van het blauwwitte porselein, de gracieuze lijn van de tuit van de pot, de met de hand beschilderde vinken en chrysanten en de draak op de suikerpot, die het kwaad moest afweren.

Het was dit laatste onderdeel dat uit Mariams vingers glipte en op de plankenvloer van de kolba aan gruzelementen viel.

Toen Nana de scherven zag, schoot haar hoofd vol bloed, haar bovenlip begon te trillen en haar ogen, zowel het luie als het goede, richtten zich leeg en strak op Mariam. Nana leek zo kwaad dat Mariam vreesde dat de djinn weer bezit zou nemen van haar moeders lichaam. Maar de djinn kwam niet, ditmaal niet. Nana greep Mariam bij haar polsen, trok haar naar zich toe en knarste tussen haar tanden door: 'Jij bent een kleine klunzige harami. Dit is dus mijn beloning voor alles wat ik heb moeten doorstaan. Een kapot erfstuk, kleine klunzige harami.'

Op dat moment begreep Mariam dat niet. Ze wist niet wat dat woord 'harami' – bastaard – betekende. En ze was ook niet oud genoeg om de onrechtvaardigheid ervan op waarde te kunnen schatten, te zien dat de mensen die de harami in het leven geroepen hebben schuldig zijn, en niet de harami, wiens enige zonde zijn geboorte is. Door de manier waarop Nana het woord uitsprak vermoedde Mariam wel dat het iets lelijks en walgelijks was een harami te zijn, net als een insect, net als de wegschietende kakkerlakken die Nana altijd vloekend de kolba uit veegde.

Later, toen ze ouder was, begreep Mariam de term wel. Het was de manier waarop Nana het woord zei – niet zozeer uitspreken als wel uitspugen – waardoor Mariam aanvoelde hoeveel gif erin zat. Ze begreep wat Nana bedoelde, dat een harami ongewenst was en dat zij, Mariam, een onwettige persoon was die nooit wettig aanspraak kon maken op de dingen die andere mensen hadden, dingen als liefde, een gezin, een huis, acceptatie.

Jalil noemde haar nooit bij haar naam. Jalil zei dat ze zijn bloempje was. Hij vond het heerlijk als zij bij hem op schoot zat en hij haar verhalen vertelde, zoals die keer toen hij haar had verteld dat Herat, de stad waar Mariam in 1959 was geboren, ooit de bakermat was geweest van de Perzische cultuur, de woonplaats van schrijvers, schilders en soefi's.

'Je kon je been niet strekken of je schopte weer een dichter onder zijn kont,' lachte hij.

Jalil vertelde haar het verhaal van koningin Gauhar Shad, die de beroemde minaretten had opgericht als dierbare ode aan Herat. Hij beschreef haar de groene tarwevelden van Herat, de boomgaarden, de wijnranken vol rijpe druiven, de drukke gewelfde bazaars in de stad.

'Er is daar een pistacheboom,' zei Jalil op een dag, 'en daaronder, Mariam *jo*, ligt niemand minder dan de grote dichter Jami begraven.' Hij boog zich voorover en fluisterde: 'Jami leefde meer dan vijfhonderd jaar geleden. Echt waar. Ik heb je er ooit mee naartoe genomen, naar die boom. Je was nog heel klein. Dat kun je je vast niet meer herinneren.'

Het was waar, Mariam kon het zich niet meer herinneren. En hoewel ze de eerste vijftien jaar van haar leven op loopafstand van Herat zou wonen, heeft ze nooit die legendarische boom gezien. Ze aanschouwde nooit de beroemde minaretten van dichtbij, plukte nooit fruit in de boomgaarden van Herat of zwierf nooit door de tarwevelden. Maar als Jalil zo praatte, luisterde Mariam betoverd. Zij bewonderde Jalil om zijn uitgebreide kennis van de wereld. Ze beefde altijd van trots dat ze een vader had die zoveel wist.

'Allemaal rijke leugens!' zei Nana als Jalil vertrokken was. 'Rijke mannen vertellen rijke leugens! Hij heeft je nooit meegenomen naar een boom. En ga hem maar niet aardig vinden. Hij heeft ons bedrogen, die lieve vader van je. Hij heeft ons eruit gegooid. Hij heeft ons uit zijn grote luxe huis gegooid alsof we niets voor hem betekenden. Hij deed het met genoegen.'

Mariam luisterde braaf naar die woorden. Ze durfde nooit tegen Nana te zeggen dat ze er een hekel aan had zoals zij over Jalil praatte. De waarheid was dat Mariam zich in Jalils buurt helemaal geen harami voelde. Elke donderdag kwam Jalil een of twee uur langs om haar te bezoeken, een en al glimlach en cadeautjes en genegenheid, en Mariam voelde dat ze recht had op alle schoonheid en gulheid van het leven. Daarom hield Mariam van Jalil.

Zelfs al moest ze hem delen.

Jalil had drie vrouwen en negen kinderen, negen wettige kinderen, en Mariam kende ze geen van allen. Hij was een van de meest welgestelde mannen van Herat. Hij was de eigenaar van een bioscoop die Mariam nooit had gezien, maar toen ze op een keer aandrong had Jalil die haar beschreven, en ze wist daarom dat de voorgevel was gemaakt van blauwbruine terracottategels, dat het balkon voor persoonlijke gasten was en het plafond was gemaakt van latjes. Door dubbele openslaande deuren kwam je in een betegelde foyer, waar posters van films in het Hindi in glazen vitrines hingen. Op een dag zei Jalil dat kinderen elke dinsdag gratis ijs kregen bij het stalletje.

Nana glimlachte terughoudend toen hij dat zei. Ze wachtte tot hij de kolba had verlaten en zei toen schamper lachend: 'De kinderen van vreemden krijgen ijs. En wat krijg jij, Mariam? Verhalen over ijs.'

Behalve de bioscoop had Jalil land in Karokh en Farah, drie tapijtwinkels, een kledingzaak en een zwarte Buick Roadmaster uit 1956. Hij was in Herat iemand met uitgebreide contacten, hij was bevriend met de burgemeester en de gouverneur van de provincie. Hij had een kok, een chauffeur en drie huisbedienden.

Nana was een van de huisbedienden geweest. Totdat haar buik begon te zwellen.

Toen dat gebeurde, zei Nana, zoog het collectieve gesnik van Jalils familie alle lucht uit Herat weg. Zijn aangetrouwde familie zwoer dat er bloed zou vloeien. De vrouwen eisten dat hij haar eruit zou gooien. Nana's eigen vader, een eenvoudige steenhouwer in het nabijgelegen dorp Gul Daman, wilde haar niet langer kennen; te schande gemaakt pakte hij zijn spullen en stapte op de bus naar Iran, en er werd nooit meer iets van hem vernomen.

'Soms,' zei Nana op een vroege ochtend toen ze de kippen buiten de kolba voer gaf, 'wou ik dat mijn vader het hart had gehad een van zijn messen te slijpen en uit eergevoel te doen wat hem te doen stond. Dat was beter geweest voor mij.' Ze gooide nog een handvol zaad in de kippenren, hield even op en keek Mariam aan. 'Misschien ook beter voor jou. Dan zou je het verdriet bespaard zijn gebleven te weten wat je bent. Maar hij was een lafaard, mijn vader. Hij had er niet eens de *dil* voor, de moed.'

Jalil had ook niet de dil om te doen wat hij moest doen, zei Nana. Zijn familie trotseren, zijn vrouwen en aangetrouwde familie, en de verantwoordelijkheid accepteren voor wat hij had gedaan. In plaats daarvan was er achter gesloten deuren snel een deal getroffen die zijn gezicht redde. De volgende dag had hij haar spullen laten pakken in het verblijf van de huisbedienden waar ze woonde, en had haar weggestuurd.

'Weet je wat hij zijn vrouwen verteld heeft, als verdediging? Dat ik mezelf aan hem had opgedróngen. Dat het mijn fout was geweest. *Didi?* Begrijp je? Nu weet je dus wat dat te betekenen heeft: een vrouw in deze wereld zijn.'

Nana zette de kom met kippenvoer op de grond. Ze tilde Mariams kin met haar vinger op.

'Kijk me aan, Mariam.'

Mariam deed het met tegenzin.

Nana zei: 'Leer dit van me en knoop het goed in je oren, mijn dochter: net als de naald van het kompas die naar het noorden wijst, vindt de beschuldigende vinger van een man altijd een vrouw. Altijd. Vergeet dat nooit, Mariam.'

2

'Voor Jalil en zijn vrouwen was ik een *pokeroot*. Een bijvoet. Jij ook. En je was nog niet eens geboren.'

'Wat is een bijvoet?' vroeg Mariam.

'Onkruid,' zei Nana, 'iets wat je uit de grond rukt en weggooit.'

Mariam fronste inwendig haar voorhoofd. Jalil behandelde haar niet als onkruid. Dat had hij ook nooit gedaan. Maar het leek Mariam beter haar protest te onderdrukken.

'Maar ik moest, anders dan onkruid, verpoot worden, weet je, voedsel en water krijgen. Vanwege jou. Dat was de deal die Jalil met zijn familie sloot.'

Nana zei dat ze geweigerd had in Herat te blijven wonen.

'Waarom? Moest ik hem dan de hele dag met zijn vrouwen door de stad zien rijden?'

Ze zei dat ze ook niet in het lege huis van haar vader wilde wonen, in het dorp Gul Daman, op een steile heuvel twee kilometer ten noorden van Herat. Ze zei dat ze ergens veraf wilde wonen, eenzaam, waar buren niet naar haar buik zouden staren, haar nawijzen, grinniken, of nog erger: haar beledigen met hun onoprechte vriendelijkheid.

'En geloof me,' zei Nana, 'het was een pak van je vaders hart dat hij me niet meer hoefde te zien. Het kwam hem heel goed uit.'

Het was Muhsin, Jalils oudste zoon van zijn eerste vrouw Khadija, die de open plek voorstelde. Het lag iets buiten Gul Daman. Om er te komen moest je vanaf de hoofdweg tussen Herat en Gul Daman een stoffig oplopend pad met diepe voren inslaan. Aan weerszijden stond het gras kniehoog en zag je stippen witte en felgele bloemen. Het pad slingerde zich de heuvel op en leidde naar een vlak stuk grond waar verschillende soorten populieren oprezen en wilde struiken in groepjes bij elkaar stonden. Van daaruit kon je links de toppen van de roestkleurige bladen van de windmolen in Gul Daman zien, en rechts beneden heel Herat. Het pad liep haaks uit op een brede beek vol forellen, die van het Safid-hoh-gebergte rondom Gul Daman naar beneden liep. Tweehonderd meter stroomopwaarts, in de richting van de bergen, stonden wat treurwilgen in een grote cirkel. In het midden, in de schaduw van de wilgen, was de open plek.

Jalil ging er kijken. Toen hij terugkwam, zei Nana, klonk hij als een gevangenisdirecteur die prat ging op de schone muren en glanzende vloeren van zijn gevangenis.

'En je vader heeft toen dus dit rattenhol voor ons gebouwd.'

Nana was op haar vijftiende bijna getrouwd geraakt. De vrijer was een jongen uit Shindand geweest, een jonge parkietenverkoper. Mariam kende het verhaal uit Nana's mond, en hoewel Nana het voorval bagatelliseerde, zag Mariam aan de schitterende blik in haar ogen dat ze gelukkig was geweest. Misschien was Nana voor het eerst van haar leven tijdens die dagen vóór het huwelijk echt gelukkig geweest.

Terwijl Nana het verhaal vertelde zat Mariam op haar schoot en stelde zich voor hoe haar moeder een trouwjurk paste. Ze zag haar op de rug van een paard zitten, verlegen glimlachend in een groene jurk met sluier, de palmen van haar hand met henna rood geverfd, haar haren gescheiden met zilverstof, haar vlechten bijeengehouden met boomsap. Ze zag muzikanten op de *shahnai*-fluit blazen, en op *dohol*-drums slaan, terwijl kinderen joelende geluiden maakten en meerenden.

Een week voor de bruiloft was een djinn het lichaam van Nana binnengetreden. Dat vereiste geen verdere uitleg voor Mariam. Ze had het vaak genoeg met eigen ogen gezien: Nana zakte plotseling in elkaar, haar lichaam verstijfde en verkrampte, haar ogen rolden naar achteren, haar armen en benen beefden alsof iets vanbinnen haar keel dichtkneep, het schuim stond in haar mondhoeken, wit, soms wat rozig door bloed. Daarna de slaperigheid, de angstaanjagende desoriëntatie, het onsamenhangende gemompel.

Toen dat nieuws Shindand bereikte, zegde de familie van de parkietenverkoper de bruiloft af.

'De stuipen op hun lijf gejaagd,' zo drukte Nana het uit.

De bruidsjurk werd opgeborgen. Daarna meldde er zich geen huwelijkskandidaat meer.

Op de open plek bouwden Jalil en twee van zijn zonen, Farhad en Muhsin, de kleine kolba waar Mariam de eerste vijftien jaar van haar leven zou wonen. Ze trokken het op van zongedroogde stenen en pleisterden het met modder en handenvol stro. Er waren twee bedden, een houten tafel, twee stoelen met rechte ruggen, een raam, en planken die aan de muur waren getimmerd en waarop Nana haar kleipotten en haar geliefde Chinese theeservies zette. Jalil zorgde voor een nieuwe gietijzeren kachel voor de winter en stapelde kleingehakt hout achter de kolba op. Hij maakte buiten een *tandoor* om brood te bakken en een kippenren met een hek eromheen. Hij liet Farhad en Muhsin een diep gat graven zo'n honderd meter buiten de cirkel van de wilgen en zette er een wc-huisje overheen.

Jalil had makkelijk arbeiders kunnen inhuren om de kolba te bouwen, zei Nana, maar dat deed hij niet.

'Dat is zijn idee van boetedoening.'

In Nana's versie van de geboortedag van Mariam kwam er niemand helpen. Het was een nevelige, bewolkte dag in de lente van 1959 geweest, zei ze, het zesentwintigste jaar van koning Zahir Shah's meestal rustig verlopen veertigjarige regeerperiode. Ze zei dat Jalil niets had gedaan om een dokter te laten komen, of zelfs maar een vroedvrouw, terwijl hij wel degelijk wist dat de djinn haar lichaam zou kunnen binnentreden en een aanval veroorzaken midden in de bevalling. Ze lag moederziel alleen op de vloer van de kolba, met een mes naast zich, terwijl het zweet van haar lijf gutste.

'Toen de pijn heel erg werd, beet ik in een kussen en krijste het uit tot ik hees was. En nog steeds kwam er niemand opdagen om mijn gezicht af te vegen of me wat te drinken te geven. En jij, Mariam jo, jij had geen haast. Door jou heb ik bijna twee dagen op die harde koude vloer gelegen. Ik kon niet eten en niet slapen, alles wat ik deed was persen en bidden dat je eruit zou komen.'

'Het spijt me, Nana.'

'Ik heb zelf de geboortestreng tussen ons doorgesneden. Daarom had ik dat mes bij me.'

'Het spijt me.'

Nana glimlachte hier altijd traag en moeizaam, een glimlach van zacht verwijt of onwillige vergiffenis, dat kon Mariam nooit uitmaken. Het kwam niet bij de jonge Mariam op na te denken over hoe oneerlijk het was zich te verontschuldigen voor de manier waarop ze was geboren.

Tegen de tijd dat het wél bij haar opkwam, rond haar tiende verjaardag, geloofde Mariam het verhaal over haar geboorte al niet meer. Ze geloofde de versie die Jalil gaf: hoewel hij niet thuis was, had hij ervoor gezorgd dat Nana naar een ziekenhuis in Herat werd gebracht, waar ze was behandeld door een dokter. Ze had op een schoon opgemaakt bed gelegen in een goed verlichte kamer. Jalil had bedroefd zijn hoofd geschud toen Mariam hem vertelde over het mes.

Mariam begon ook te twijfelen aan het verhaal dat haar moeder twee dagen lang om haar had liggen lijden.

'Ze hebben mij verteld dat alles binnen een uur gepiept was,' zei Jalil. 'Je was een goede dochter, Mariam jo. Zelfs toen je geboren werd.'

'Hij was er niet eens bij!' sputterde Nana tegen. 'Hij was in Takht-e-Safar paardrijden met zijn dierbare vrienden.'

Toen hem werd verteld dat hij weer een dochter had gekregen, zei Nana, had Jalil zijn schouders opgehaald en was over de manen van zijn paard blijven strijken, en hij was nog twee weken in Takht-e-Safar gebleven.

'De waarheid is dat hij je niet eens in zijn armen heeft genomen voordat je één maand oud was. En toen keek hij één keer omlaag, maakte een opmerking over je lange gezicht en gaf je toen weer aan me terug.'

Mariam ging ook aan dat deel van het verhaal twijfelen. Ja, dat gaf Jalil wel toe, hij was in Takht-e-Safar wezen paardrijden. Maar toen hij het nieuws hoorde had hij niet zijn schouders opgehaald. Hij was in het zadel gesprongen en naar Herat teruggereden. Hij had haar in zijn armen gewiegd, was met zijn duim over haar grillige wenkbrauwen gegaan en had een slaapliedje geneuried. Mariam kon zich niet voorstellen dat Jalil gezegd had dat haar gezicht lang was, al was het inderdaad lang.

Nana zei dat zij het was die de naam Mariam had gekozen, omdat het de naam van haar moeder was geweest. Jalil zei dat híj de naam had uitgezocht: Mariam, de tuberoos, was een prachtige bloem.

'Je lievelingsbloem?' vroeg Mariam.

'Een van mijn lievelingsbloemen,' zei hij glimlachend.

3

Een van Mariams vroegste herinneringen was het geluid van de piepende ijzeren wielen van een kruiwagen die over de rotsen hobbelde. De kruiwagen kwam eens per maand langs, gevuld met rijst, meel, thee, suiker, spijsolie, zeep en tandpasta. Hij werd voortgeduwd door twee halfbroers van Mariam, meestal Muhsin en Ramin, en soms Ramin en Farhad. De jongens kwamen slingerend het stoffige pad omhoog, over rotsen en grind, om gaten en struiken heen, tot ze de beek bereikten. Daar moest de kruiwagen leeggemaakt worden en de spullen handmatig over het water gedragen. Daarna sjouwden de jongens de kruiwagen over de beek en laadden hem weer vol. Er volgden nog tweehonderd meter duwen, ditmaal door het dichte hoge gras en om kreupelhout heen. Kikkers sprongen opzij. De broers sloegen muskieten van hun zwetende gezicht.

'Hij heeft bedienden,' zei Mariam. 'Hij kan ook wel een bediende sturen.'

'Zijn idee van boetedoening,' zei Nana.

Op het geluid van de kruiwagen kwamen Mariam en Nana naar buiten. Mariam zou zich altijd blijven herinneren hoe Nana keek op rantsoenendag: een grote blakende vrouw op blote voeten, tegen de deurpost geleund, haar luie oog vernauwd tot een spleet, armen uitdagend en spottend over elkaar gelegd. Haar korte stekeltjeshaar, door de zon beschenen, was onbedekt en ongekamd. Ze droeg altijd een slecht zittend grijs overhemd, dat ze tot aan haar hals had dichtgeknoopt. De zakken waren gevuld met stenen ter grootte van een walnoot.

De jongens bleven bij de beek wachten als Mariam en Nana het voedsel naar de kolba brachten. Ze keken wel uit op dichter dan dertig meter afstand te komen, zelfs al gooide Nana zelden raak en belandden de steentjes een eind vóór hun doel. Nana schreeuwde naar de jongens terwijl ze zakken rijst naar binnen droeg, en gaf hun benamingen die Mariam niet begreep. Ze vervloekte hun moeders en trok hatelijke gezichten tegen hen. De jongens scholden nooit terug.

Mariam had medelijden met hen. Hoe vermoeid moesten hun armen en benen wel niet zijn als ze die zware vracht duwden, dacht Mariam vol medelijden. Ze wou dat ze hen water mocht geven. Maar ze zei niets, en als ze naar haar zwaaiden, zwaaide ze niet terug. Om Nana een plezier te doen had ze ooit naar Muhsin geroepen dat hij een mond had als de kont van een hagedis – en werd later verteerd door schuld en schaamte, en door angst dat de twee het aan Jalil zouden vertellen. Maar Nana lachte zo hard, waarbij haar rottende voortanden bloot kwamen te liggen, dat Mariam dacht dat ze weer een van haar toevallen zou krijgen. Toen ze uitgelachen was, keek ze naar Mariam en zei: 'Je bent een goede dochter.'

Als de kruiwagen leeg was, kwamen de jongens terugsloffen en namen hem mee terug. Mariam wachtte dan gewoonlijk en keek hen na hoe ze in het lange gras en het bloeiende onkruid verdwenen.

'Kom je?'

'Ja, Nana.'

'Ze lachen je uit. Echt waar. Ik kan het horen.'

'Ik kom eraan.'

'Geloof je me niet?'

'Ik ben er al.'

'Je weet dat ik van je houd, Mariam jo.'

's Ochtends ontwaakten ze van het verre geblaat van schapen en de hoge fluittoon als de schaapherders van Gul Daman hun kudde naar de grazige helling brachten. Mariam en Nana molken hun geiten, voederden hun kippen en raapten eieren. Ze maakten samen brood. Nana liet haar zien hoe ze deeg moest kneden, de tandoor aansteken en het gerolde deeg op de binnenwanden aanbrengen. Nana leerde haar ook naaien en rijst koken en alle belangrijke dingen: stoofpot met rapen, spinazie, bloemkool met gember.

Nana maakte geen geheim van haar afkeer van bezoekers – eigenlijk van mensen in het algemeen – maar voor een paar uitverkorenen maakte ze een uitzondering. Er was de leider van Gul Daman, de dorps-*arbab*, Habib Khan, een bebaarde man met een klein hoofd en een dikke buik, die eens in de maand langskwam, gevolgd door een bediende die een kip bij zich had, soms een pan met *kichiri*-rijst, of een mandje gekleurde eieren voor Mariam.

Dan was er een mollige oude vrouw die door Nana Bibi jo werd genoemd en wier overleden echtgenoot een steenhouwer was geweest, bevriend met Nana's vader. Bibi jo werd onveranderlijk vergezeld door een van haar zes bruiden en een of twee kleinkinderen. Ze trekkebeende puffend de open plek over, wreef met veel misbaar over haar heup en liet zich met een pijnlijke zucht op de stoel zakken die Nana dichterbij geschoven had. Bibi jo nam ook altijd wat voor Mariam mee, een doos met *dishlemeh*, snoepjes, of een mandje kweeperen. Voor Nana nam ze klachten mee over haar slechte gezondheid en roddelpraat uit Herat en Gul Daman, uitvoerig en smakelijk opgediend, terwijl haar schoondochter rustig en plichtsgetrouw achter haar zat te luisteren.

Maar Mariams lieveling was, naast Jalil natuurlijk, mullah Faizullah, de bejaarde koranleraar van het dorp, de *akhund*. Hij kwam een of twee keer per week vanuit Gul Daman langs om Mariam de vijf dagelijkse *namaz*, gebeden, te leren en haar uit de Koran te leren voorlezen, net als hij bij Nana had gedaan toen die nog een kind was. Het was mullah Faizullah die Mariam had leren lezen en die geduldig over haar schouder meekeek als haar lippen de woorden geluidloos prevelden, ze haar wijsvinger onder elk woord liet stoppen en hem zo hard op het papier drukte dat het nagelbed wit werd, alsof ze de betekenis uit de symbolen kon persen. Het was mullah Faizullah die haar hand had vastgehouden en het potlood had gevoerd langs de ophaal van elke *alef*, de bocht van elke *beh*, de drie puntjes van elke *seh*.

Hij was een uitgemergelde, krom lopende oude man met een tandeloze glimlach en een witte baard, die tot aan zijn navel reikte. Normaal kwam hij in zijn eentje naar de kolba, maar af en toe met zijn zoon Hamza met het roodbruine haar, die een paar jaar ouder was dan Mariam. Als hij bij de kolba kwam, kuste Mariam de hand van mullah Faizullah – het voelde aan als een kus op een stel twijgen onder een dun laagje huid – en hij kuste haar op haar voorhoofd voordat ze binnen aan de les van die dag begonnen. Na de les zaten de twee buiten voor de kolba, aten pijnboompitten en nipten van hun groene thee, terwijl ze naar de Perzische nachtegalen keken die vliegensvlug van boom naar boom vlogen. Soms maakten ze een wandeling over de bronskleurige bladeren die waren afgevallen en tussen de elzen, langs de rivier in de richting van de bergen. Terwijl ze zo rondzwierven liet mullah Faizullah de kralen van zijn *tasbeh*, zijn rozenkrans, door zijn vingers glijden en vertelde met zijn beverige stem over alle dingen die hij in zijn jeugd had gezien, zoals de tweehoofdige slang die hij in Iran had aangetroffen, op de Drieëndertigste Boogbrug in Isfahan; of de watermeloen die hij ooit had doorkliefd buiten de Blauwe Moskee van Mazar en waarin de zaadjes aan de ene kant het woord *Allah* hadden gevormd en aan de andere kant *Akbar*.

Mullah Faizullah gaf tegenover Mariam toe dat hij de woorden van de Koran soms niet begreep. Maar hij zei dat hij van de betoverende klank van de Arabische woorden hield als ze over zijn tong rolden. Hij zei dat ze hem troostten en zijn hart verlichtten.

'Ze zullen jou ook troosten, Mariam jo,' zei hij. 'Je kunt ze oproepen als je ze nodig hebt, en ze zullen hun uitwerking niet missen. Gods woord zal je nooit in de steek laten, meisje.'

Mullah Faizullah kon al evengoed naar verhalen luisteren als ze vertellen. Als Mariam aan het woord was, verminderde zijn aandacht nooit. Hij knikte langzaam en lachte met een dankbare blik in zijn ogen, alsof hem een voorrecht was geschonken waarnaar hij had gesnakt. Het was makkelijk mullah Faizullah dingen te vertellen die Mariam niet eens aan Nana durfde te zeggen.

Op een dag zei Mariam hem tijdens een wandeling dat ze zo graag naar school zou willen.

'Ik bedoel een echte school, akhund *sahib*. Net als in een klaslokaal. Net als de andere kinderen van mijn vader.'

Mullah Faizullah bleef even staan.

Een week eerder had Bibi jo als nieuwtje verteld dat Jalils dochters Saideh en Naheed naar de Mehri-school voor meisjes in Herat gingen. Vanaf dat moment waren gedachten aan klaslokalen en onderwijzers door Mariams hoofd blijven zwermen, beelden van schriften met gelinieerde bladzijden, hele kolommen met cijfers, en pennen die zware donkere strepen trokken. Ze zag zichzelf al in een klaslokaal zitten met andere meisjes van haar leeftijd. Mariam hunkerde ernaar een liniaal op papier te zetten en gewichtige lijnen te trekken.

'Wil je dat echt?' zei mullah Faizullah, en hij keek haar vanuit zijn zachte waterige ogen aan, met zijn handen op zijn kromme rug, en de schaduw van zijn tulband viel op een veldje met rechtopstaande boterbloemen.

'Ja.'

'En moet ik je moeder om toestemming vragen?'

Mariam glimlachte. Behalve Jalil, dacht ze, is er niemand op de wereld die haar beter begreep dan haar oude leraar.

'Tja, wat kan ik dan nog doen? In Zijn wijsheid heeft God ons allemaal zwakheden meegegeven, en de eerste van mijn vele zwakheden is dat ik niet de kracht bezit jou iets te weigeren, Mariam jo,' zei hij, terwijl hij haar met een van zijn jichtige vingers op haar wang tikte.

Maar toen hij er later tegen Nana over begon, liet zij het mes zakken waarmee ze uien aan het snijden was. 'Waarom dat dan?'

'Als het meisje wil leren, laat haar dan, mijn beste. Laat het meisje een opleiding volgen.'

'Leren? Wat leren, mullah sahib?' zei Nana scherp. 'Wat valt er te leren?' Met een ruk keek ze Mariam aan.

Mariam staarde naar haar handen.

'Wat heeft het voor zin een meisje als jij naar school te sturen? Dat is zoiets als een spuugbakje glimmend oppoetsen. En op die scholen leer je niets waardevols. Er is maar één vaardigheid, één maar, die een vrouw als jij en ik in hun leven nodig hebben en die leer je niet op school. Kijk me aan.'

'Je moet niet zo tegen haar praten, kind,' zei mullah Faizullah.

'Kijk me aan.'

Mariam deed het.

'Eén vaardigheid. En dat is: *tahamul.* De dingen doorstaan.'

'Wat doorstaan, Nana?'

'Ga dáár maar niet over zitten tobben,' zei Nana. 'Er komen vanzelf dingen genoeg.'

Toen vertelde ze dat de vrouwen van Jalil haar de lelijke sjofele dochter van een steenhouwer hadden genoemd. Dat ze haar buiten in de kou de was hadden laten doen tot haar gezicht gevoelloos was geweest en haar vingertoppen tintelden.

'Dat is ons lot, Mariam. Vrouwen als wij. Wij doorstaan de dingen. Het is alles wat we hebben. Begrijp je? Bovendien zullen ze je op school uitlachen. Echt waar. Ze zullen je harami noemen. Ze zullen de verschrikkelijkste dingen over je vertellen. Dat wil ik niet.'

Mariam knikte.

'En nu verder geen woord meer over school. Jij bent alles wat ik heb. Ik wil je niet aan hen kwijt. Kijk me aan. Geen woord meer over school.'

'Wees nou eens redelijk. Kom nou. Als het meisje nu wil...' begon mullah Faizullah.

'En jij, akhund sahib, met alle respect, je zou beter moeten weten dan die dwaze ideeën van haar aan te wakkeren. Als je echt om haar geeft, zou je ervoor zorgen dat ze inziet dat ze hier thuis bij haar moeder hoort. Ze heeft elders niks te zoeken. Niets dan afwijzing en hoofdpijn. Dat weet ik, akhund sahib. Dat wéét ik.'

4

Mariam vond het leuk als er gasten naar de kolba kwamen. De dorpsarbab met zijn cadeautjes, Bibi jo met haar pijnlijke heup en eindeloze geroddel, en natuurlijk mullah Faizullah. Maar er was niemand, helemaal niemand, die ze zo graag zag als Jalil.

De hunkering begon al op dinsdagavond. Mariam sliep dan altijd slecht, ze lag erover te piekeren dat een of andere zakelijke affaire Jalil ervan zou weerhouden op donderdag te komen en dat ze dan nog een hele week zou moeten wachten voor ze hem zou zien. Op woensdag liep ze buiten wat heen en weer om de kolba heen en gooide verstrooid wat kippenvoer in de ren. Ze maakte doelloze wandelingen, trok blaadjes van de bloemen en sloeg de kriebelende muskieten op haar armen dood. Op donderdag kon ze niets anders meer dan tegen de muur aan gaan zitten wachten, terwijl haar ogen strak op de beek waren gericht. Als Jalil te laat was, nam er heel langzaam een vreselijke angst bezit van haar. Haar knieën werden slap en dan moest ze gaan liggen.

Dan riep Nana: 'Daar is hij dan, je vader. In al zijn glorie.'

Mariam sprong meteen overeind als ze hem steentjes zag keilen over de rivier, een en al glimlach, niets dan hartelijk wuiven. Mariam wist dat Nana naar haar keek om haar reactie te peilen, en het kostte haar altijd moeite in de deur te blijven staan wachten en hem langzaam naderbij te zien komen, zonder op hem af te rennen. Ze hield zich in en keek geduldig toe hoe hij door het hoge gras liep, het colbert van zijn pak losjes over zijn schouder, terwijl een zacht briesje met zijn rode stropdas speelde.

Als Jalil op de open plek aankwam, gooide hij zijn colbertje altijd op de tandoor en spreidde zijn armen uit. Mariam liep eerst gewoon naar hem toe en begon dan te rennen, en hij ving haar op in zijn armen en tilde haar omhoog. Mariam moest dan altijd gillen.

In de lucht hangend zag Mariam onder zich het opgeheven gezicht van Jalil, zijn brede scheve glimlach, de haarlok midden op zijn voorhoofd, zijn kin met het kuiltje erin – een volmaakt plekje voor de top van haar pink –, zijn tanden, de witste tanden in een stad vol rottende kiezen. Ze hield van zijn bijgeknipte snor en ze hield ervan dat hij altijd, ongeacht het weer, een pak droeg als hij op bezoek kwam – donkerbruin, zijn favoriete kleur, met de witte driehoek van een zakdoek in zijn borstzakje – en ook manchetknopen en een stropdas, meestal rood, die hij losjes om had. Mariam kon zichzelf weerspiegeld zien in de bruine ogen van Jalil: haar deinende haar, haar van opwinding gloeiende gezicht, de hemel achter haar.

Nana zei dat hij binnenkort wel een keer zou misgrijpen en zij, Mariam, door zijn vingers zou glippen, op de grond terechtkomen en zich flink bezeren. Maar Mariam geloofde niet dat Jalil haar zou laten vallen. Ze geloofde dat ze altijd veilig zou landen in de schone, goedverzorgde handen van haar vader.

Ze zaten buiten de kolba in de schaduw en Nana serveerde thee. Jalil en zij accepteerden elkaar met een ongemakkelijke glimlach en een hoofdknik. Jalil zei nooit iets over het stenen gooien of het schelden van Nana.

Nana mocht dan wel op Jalil tieren en razen als hij er niet was, ze gedroeg zich ingetogen en welgemanierd als hij er wel was. Ze had haar haren altijd gewassen. Ze poetste haar tanden en droeg haar beste *hijab* voor hem. Ze zat rustig op een stoel tegenover hem met haar handen in haar schoot. Ze keek hem niet direct aan en gebruikte in zijn aanwezigheid nooit grove taal. Als ze lachte, hield ze een van haar handen voor haar mond om haar slechte gebit te verbergen.

Nana informeerde naar zijn zaken. En ook naar zijn vrouwen. Toen ze hem vertelde dat ze van Bibi jo gehoord had dat zijn jongste vrouw, Nargis, in verwachting was van haar derde kind, glimlachte Jalil beleefd en knikte.

'Nou, dan zul je wel gelukkig zijn,' zei Nana. 'De hoeveelste is dat nu voor jou? De tiende toch, *mashallah*? De tiende?'

Jalil zei ja, de tiende.

'Eigenlijk de elfde, als je Mariam meerekent.'

Toen Jalil later huiswaarts keerde, ruzieden Mariam en Nana daar een beetje over. Mariam zei dat ze hem erin had geluisd.

Na de thee met Nana gingen Mariam en Jalil altijd vissen in de beek. Hij liet haar zien hoe ze de lijn moest uitgooien en hoe ze een forel moest binnenhalen. Hij leerde haar hoe je een forel van zijn ingewanden ontdoet, schoonmaakt en met één beweging het vlees van de graat snijdt. Hij maakte tekeningen voor haar terwijl ze zaten te wachten tot een vis zou toehappen, hij liet haar zien hoe je een olifant met één pennenstreek kunt tekenen zonder de pen van het papier te nemen. Hij leerde haar versjes. Samen zongen ze:

Lili lili vogelbad
Op een modderpad,
Witvis zat op rand en dronk,
Gleed weg in 't water, zonk.

Jalil bracht krantenknipsels mee uit de plaatselijke krant in Herat, *Ittifaq-i Islam*, en las eruit voor. Hij was Mariams contactpersoon, haar bewijs dat er een wereld in het groot bestond, ver van de kolba, ver van Gul Daman en ook van Herat, een wereld vol presidenten met onuitspreekbare namen en treinen en musea en voetbalwedstrijden en raketten die om de aarde draaiden en op de maan landden, en elke donderdag bracht Jalil een stuk van die wereld met zich mee naar de kolba.

Hij was het die haar in de zomer van 1973, toen Mariam veertien was, vertelde dat koning Zahir Shah, die veertig jaar in Kabul had geregeerd, bij een staatsgreep zonder bloedvergieten was afgezet.

'Dat heeft zijn neef Daud Kahn gedaan terwijl de koning in Italië was voor een medische behandeling. Je herinnert je Daud Kahn toch nog wel? Ik heb over hem verteld. Hij was premier in Kabul toen jij geboren werd. Hoe dan ook, Afghanistan is niet langer een monarchie, Mariam. Weet je, het is nu een republiek en Daud Kahn is de president ervan. Er doen geruchten de ronde dat de socialisten in Kabul hem geholpen hebben de macht te veroveren. Niet dat hijzelf socialist is, hoor, maar ze hebben hem geholpen. Dat wordt althans verteld.'

Mariam vroeg hem wat een socialist was, en Jalil begon het haar uit te leggen, maar Mariam luisterde amper.

'Let je wel op?'

'Ja.'

Hij zag haar naar de bult in de zak van zijn colbert kijken. 'Ah. Natuurlijk. Nou dan, hier. Zonder veel gedoe...'

Hij viste een doosje uit zijn zak en gaf het haar. Dat deed hij zo nu en dan, cadeautjes voor haar meebrengen. De ene keer een carneolen armband, een andere keer een halsketting met kralen van lazuursteen. Die dag opende Mariam het doosje en trof een hanger aan in de vorm van een blad, waaraan kleine muntjes hingen waarop manen en sterren waren geëtst.

'Doe hem eens om, Mariam jo.'

Dat deed ze. 'Nou?'

Jalil straalde. 'Je lijkt wel een koningin.'

Toen hij weg was zag Nana de hanger om Mariams nek.

'Ordinair sieraad,' zei ze. 'Ik heb gezien hoe ze die maken. Ze smelten de munten die mensen hun toewerpen en maken er sieraden van. Misschien brengt hij de volgende keer wel goud voor je mee, die lieve vader van je. We zullen zien.'

Als het tijd was voor Jalil om te vertrekken, stond Mariam altijd in de deur te kijken hoe hij over de open plek verdween, ontroostbaar bij de gedachte aan de week die voor haar lag en die kolossaal en onwrikbaar tussen haar en zijn volgende bezoek in stond. Ze hield altijd haar adem in als ze hem zag weglopen. Ze hield haar adem in en telde in haar hoofd de seconden. Ze deed alsof God voor elke seconde dat ze niet ademde haar een dag met Jalil zou schenken.

's Nachts lag Mariam zich in bed af te vragen hoe zijn huis in Herat eruitzag. Ze vroeg zich af hoe het zou zijn bij hem te wonen en hem elke dag te zien. Ze stelde zich voor dat ze hem een handdoek zou geven als hij zich aan het scheren was en hem zou zeggen wanneer hij zich gesneden had. Ze zou thee voor hem zetten. Ze zou zijn ontbrekende knopen aannaaien. Ze zouden samen in Herat gaan wandelen in de gewelfde bazaar waarvan Jalil zei dat je er alles kon vinden wat je nodig had. Ze zouden met zijn auto uit rijden gaan en mensen zouden naar hen wijzen en zeggen: 'Daar gaat Jalil Kahn met zijn dochter.' Hij zou haar de beroemde boom laten zien waaronder een dichter begraven lag.

Mariam besloot dat ze dat allemaal binnenkort aan Jalil zou vertellen. En als hij hoorde en zag hoe zij hem miste als hij weg was, zou hij haar zeker met zich meenemen. Hij zou haar naar Herat brengen zodat zij in zijn huis kon wonen, net als de andere kinderen.

5

'Ik weet wat ik wil hebben,' zei Mariam tegen Jalil.

Het was de lente van 1974, het jaar waarin Mariam vijftien werd. Ze zaten met zijn drieën buiten de kolba in de schaduw van de wilgen, op klapstoelen die in een driehoek waren opgesteld.

'Voor mijn verjaardag... Ik weet wat ik wil hebben.'

'O ja?' zei Jalil, terwijl hij bemoedigend glimlachte.

Twee weken eerder had Jalil op Mariams aandringen verteld over een Amerikaanse film die er in zijn bioscoop draaide. Het was een bijzondere film, hij noemde het een tekenfilm. De hele film bestond uit een reeks tekeningen, zei hij, duizenden tekeningen, en als je er een film van maakte en ze op een doek projecteerde, had je de illusie dat de tekeningen bewogen. Jalil zei dat het verhaal over een oude, kinderloze speelgoedmaker ging die eenzaam is en wanhopig graag een zoon wil. Hij snijdt een houten pop, een jongen, die door een wonder tot leven komt. Mariam had hem gevraagd meer te vertellen, en Jalil zei dat de oude man en zijn pop allerlei avonturen beleefden, dat er een plek was die Plezier Eiland heette en dat slechte jongens in ezels veranderden. Op het eind werden ze zelfs opgeslokt door een walvis, de pop en zijn vader. Mariam had mullah Faizullah alles over de film verteld.

'Ik wil dat je me meeneemt naar jouw bioscoop,' zei Mariam nu. 'Ik wil die tekenfilm zien. Ik wil die pop zien, die jongen.'

Mariam merkte meteen hoe de sfeer veranderde. Haar ouders draaiden ongemakkelijk op hun stoel heen en weer. Mariam voelde hoe ze blikken uitwisselden.

'Dat is geen goed idee,' zei Nana. Haar stem klonk rustig, beheerst, beleefd, zoals altijd als Jalil er was, maar Mariam voelde haar harde, beschuldigende blik.

Jalil verschoof op zijn stoel. Hij kuchte en schraapte zijn keel.

'Weet je,' zei hij, 'de kwaliteit van de film is niet best. En het geluid ook niet. En de filmprojector werkt de laatste tijd niet zo goed. Misschien heeft je moeder wel gelijk. Misschien moet je wel een ander cadeautje bedenken.'

'*Aneh*,' zei Nana. 'Zie je wel? Je vader is het met me eens.'

Maar later, bij de rivier, zei Mariam: 'Kom me halen.'

'Weet je wat?' zei Jalil. 'Ik zal je door iemand laten ophalen. Ik zorg voor een mooi plekje en je krijgt alle snoepjes die jij wilt.'

'Nee. Ik wil dat jíj me komt halen.'

'Mariam jo...'

'En ik wil ook dat je mijn broers en zussen uitnodigt. Ik wil ze ontmoeten. Ik wil dat we allemaal samen naar de film gaan. Echt.'

Jalil zuchtte. Hij keek een andere kant op, naar de bergen.

Mariam kon zich herinneren dat hij had verteld dat op een filmdoek het gezicht van een mens net zo groot was als een huis en dat als een auto in een film een botsing kreeg je het metaal in je eigen botten voelde schieten. Ze zag zich op het balkon al op een privéstoel zitten en aan een ijsje likken, samen met haar broers en zussen en Jalil. 'Dat wil ik,' zei ze.

Jalil keek haar wanhopig aan.

'Morgenmiddag om twaalf uur. Ik ontmoet je hier op deze plek. Oké? Morgen?'

'Kom eens hier,' zei hij. Hij ging op zijn hurken zitten, trok haar tegen zich aan en hield haar heel lang vast.

Aanvankelijk banjerde Nana om de kolba heen, terwijl ze haar vuisten balde en weer ontspande.

'Waarom heeft God van alle dochters die ik had kunnen krijgen me juist een ondankbaar type als jij gegeven? Ik heb alles voor je doorstaan! Hoe durf je! Hoe durf je me zo in de steek te laten, jij kleine valse harami!'

Toen begon ze op een honende toon.

'Wat ben jij toch een stommerik! Denk je nu werkelijk dat jij hem iets kunt schelen en dat je welkom bent in zijn huis? Denk je dat hij je als een dochter ziet? Dat hij je opneemt? Ik zal jou eens wat vertellen. Het hart van een man is iets verachtelijks, Mariam, iets verachtelijks. Het is geen baarmoeder. Het bloedt niet, het rekt zich niet om plaats voor je te maken. Ik ben de enige die van je houdt. Ik ben alles wat jij op deze wereld hebt, Mariam, en als ik er niet meer ben heb je helemaal niets meer. Niets. Je bént niets!'

Daarna probeerde ze op Mariams schuldgevoel in te spelen.

'Als jij weggaat ga ik dood. Dan komt de djinn en ik krijg weer een van die toevallen. Je zult zien dat ik mijn tong inslik en doodga. Laat me niet in de steek, Mariam jo. Blijf alsjeblieft. Ik ga dood als jij weggaat.'

Mariam zei niets.

'Je weet dat ik van je houd, Mariam jo.'

Mariam zei dat ze een eindje ging lopen.

Ze was bang dat ze kwetsende dingen zou zeggen als ze bleef: dat ze wist dat de djinn een leugen was, dat Jalil haar had verteld dat wat Nana had een ziekte was met een naam, en dat er pillen waren om er beter van te worden. Ze zou hebben kunnen vragen waarom Nana weigerde naar een van Jalils dokters te gaan, hij had er zo op aangedrongen, en waarom ze niet de pillen nam die hij voor haar had gekocht. Als ze het in woorden had kunnen uitdrukken, had ze misschien wel tegen Nana gezegd dat ze er genoeg van had een instrument te zijn, iemand om tegen te liegen, om op te eisen, om te gebruiken. Dat ze er ziek van werd hoe Nana de waarheden van hun leven verdraaide en van haar, Mariam, de volgende grief tegen de wereld maakte.

'Je bent bang, Nana,' had ze wellicht gezegd. 'Je bent bang dat ik misschien het geluk zal vinden dat jij nooit hebt gekend. En je wilt niet dat ik gelukkig word. Je wilt niet dat ik een goed leven heb. Jij bent degene met een verachtelijk hart.'

Aan de rand van de open plek was er een mooie gelegenheid om over het landschap uit te kijken en Mariam ging er graag heen. Ze zat er nu ook in het droge warme gras. Ze kon van daaruit Herat zien, dat beneden haar lag uitgestrekt, als het bordspel van een kind: de Vrouwentuin in het noorden van de stad, Char-suq Bazaar en de ruïnes van de oude citadel van Alexander de Grote in het zuiden. Ze kon in de verte de minaretten onderscheiden, als de bestofte vingers van reuzen, en de straten, waarvan zij zich voorstelde dat er mensen, karren en muildieren liepen. Ze zag zwaluwen omlaagduiken en boven haar cirkelen. Ze was jaloers op die vogels. Die waren wel in Herat geweest. Ze waren over de moskeeën en bazaars gevlogen. Misschien waren ze wel geland op de muren van Jalils huis, of op de voortrap van zijn bioscoop.

Ze raapte tien steentjes op en legde ze in een verticale lijn neer, in drie rijtjes. Dit was een spelletje dat ze af en toe heimelijk speelde, als Nana niet keek. Ze legde vier steentjes in het eerste rijtje, voor de kinderen van Khadija, drie voor die van Afsoon en drie in het derde rijtje voor de kinderen van Nargis. Ze voegde een vierde rijtje toe. Een steen in zijn eentje, de elfde.

De volgende dag droeg Mariam een crèmekleurige jurk die tot aan haar knieën reikte, een katoenen broek en een groene hijab over haar haren. Ze zat een beetje met haar hijab in haar maag, omdat die groen was en niet bij de jurk paste, maar ze moest het er maar mee doen – de motten hadden gaten in haar witte hijab gevreten.

Ze keek op de klok. Het was een oude klok die met de hand moest worden opgewonden, zwarte cijfers op een muntgroene wijzerplaat, een cadeau van mullah Faizullah. Het was negen uur. Ze vroeg zich af waar Nana was. Ze dacht erover naar buiten te gaan om haar te zoeken, maar ze zag op tegen de confrontatie, de krenkende blikken. Nana zou haar beschuldigen van verraad. Ze zou haar honen om haar valse ambities.

Mariam ging zitten. Ze probeerde de tijd te verdrijven

door met één pennenstreek een olifant te tekenen zoals Jalil het haar had voorgedaan, steeds weer. Ze werd stijf van al dat zitten, maar ze wilde niet gaan liggen uit angst dat haar jurk zou verkreukelen.

Toen de wijzers ten slotte halftwaalf aanwezen, stopte Mariam de elf steentjes in haar zak en liep naar buiten. Op weg naar de rivier zag ze Nana op een stoel in de schaduw zitten onder het koepelvormige dak van een treurwilg. Mariam zou niet kunnen zeggen of Nana haar zag.

Bij de rivier wachtte Mariam op de plek die ze de vorige dag hadden afgesproken. In de lucht dreven een paar grijze, bloemkoolachtige wolken voorbij. Jalil had haar bijgebracht dat grijze wolken hun kleur krijgen doordat ze zo compact waren dat de bovenste gedeelten het zonlicht absorbeerden en hun eigen schaduw naar beneden wierpen. 'Dat is wat je ziet, Mariam jo,' had hij gezegd, 'de duisternis in hun onderbuik.'

Er verstreek enige tijd.

Mariam keerde terug naar de kolba. Ditmaal liep ze langs de westelijke rand van de open plek, zodat ze Nana niet hoefde te passeren. Ze keek op de klok. Het was bijna één uur.

Hij is een zakenman, dacht Mariam, er is iets tussen gekomen.

Ze liep terug naar de rivier en wachtte nog een poosje. Merels cirkelden boven haar en doken ergens in het gras. Ze keek naar een rups die langs de voet van een onvolgroeide distel kroop.

Ze wachtte tot haar benen stijf waren. Ditmaal keerde ze niet terug naar de kolba. Ze rolde haar broekspijpen op tot aan haar knieën, stak de rivier over en liep voor het eerst van haar leven de heuvel af naar Herat.

Nana had ook ongelijk over Herat. Niemand wees naar haar. Niemand lachte haar uit. Mariam liep over lawaaierige, overvolle boulevards met cipressen aan weerskanten, te midden van een onafgebroken stroom voetgangers, fietsers en door muildieren voortgetrokken *gari's*, en niemand die haar met stenen bekogelde. Er keek zelfs amper iemand naar haar. Onverwacht en wonderbaarlijk genoeg was ze hier een doodgewoon iemand.

Mariam bleef midden in een groot park met grindpaden een poosje bij een ovalen vijver staan. Verbaasd liet ze haar vingers over de prachtige marmeren paarden gaan die op elke hoek van de vijver stonden en met ondoorgrondelijke ogen naar het water keken. Ze gluurde naar een groepje jongens die papieren bootjes te water lieten. Mariam zag overal bloemen, tulpen, lelies, petunia's, waarvan de bladeren baadden in het zonlicht. Mensen wandelden over de paden en zaten op banken aan hun thee te nippen.

Mariam kon nauwelijks geloven dat ze hier was. Haar hart bonsde van opwinding. Ze wou dat mullah Faizullah haar nu kon zien. Wat zou hij haar moedig vinden! Dapper! Ze gaf zichzelf over aan het nieuwe leven dat haar in deze stad te wachten stond, een leven met een vader, broers en zussen, een leven waar ze van mensen kon houden en waar mensen van haar hielden, zonder voorbehoud of verborgen bedoelingen, en zonder schaamte.

Ze liep opgewekt terug naar de brede verkeersweg bij het park. Ze kwam langs oude verkopers met gelooide gezichten, die in de schaduw van platanen zaten en haar onbewogen aankeken achter bergen kersen en stapels druiven. Jongens zaten blootsvoets achter auto's en bussen aan en zwaaiden met zakjes kweeperen. Mariam stond op de hoek van een straat en keek naar de voorbijgangers, en ze kon niet begrijpen hoe die zo onverschillig konden zijn over de wonderlijke dingen om hen heen.

Na een poosje schraapte ze al haar moed bij elkaar en vroeg de bejaarde eigenaar van een gari of hij wist waar Jalil woonde, de eigenaar van de bioscoop. De oude man had mollige wangen en droeg een *chapan* in de kleuren van de regenboog. 'Jij komt niet uit Herat, hè?' zei hij vriendelijk. 'Iedereen weet waar Jalil Kahn woont.'

'Kunt u het me wijzen?'

Hij maakte een in zilverpapier verpakte toffee open en zei: 'Ben je alleen?'

'Ja.'

'Klim maar op de kar. Ik neem je wel mee.'

'Ik heb geen geld om u te betalen. Ik heb helemaal geen geld.'

Hij gaf haar de toffee. Hij zei dat hij al twee uur geen ritje meer had gehad en dat hij toch al van plan was naar huis te gaan. Het huis van Jalil lag op zijn route.

Mariam klom op de gari. Onderweg, naast elkaar gezeten, zeiden ze niets. Mariam zag kruidenwinkels en lokalen met een open voorkant, waar mensen sinaasappels en peren kochten, boeken, sjaals en zelfs valken. Kinderen knikkerden in cirkels die ze in het stoffige zand hadden getekend. Buiten de theehuizen, op houten terrassen met vloerkleden, zaten mannen thee te drinken en tabak te roken uit een waterpijp.

De oude man sloeg een brede straat in met aan weerszijden coniferen. In het midden liet hij zijn paard stilhouden.

'Daar. Je lijkt geluk te hebben, *dokhtar* jo. Daar staat zijn auto.'

Mariam sprong van de kar af. De man glimlachte en reed door.

Mariam had nog nooit een auto aangeraakt. Ze liet haar vingers over de kap van Jalils auto gaan, die zwart was en glansde en blinkende wielen had, waarin Mariam een afgeplatte en verbrede versie van zichzelf zag. De stoelen waren van wit leer. Bij het stuur zag Mariam ronde glazen panelen met wijzers.

Heel even hoorde Mariam Nana's stem in haar hoofd, honend, de diepe gloed van haar verwachtingen dovend. Op wankele benen liep Mariam naar de voorpoort van het huis. Ze legde haar handen op de muren. Ze waren groot, de muren van Jalil, ze leken wel een voorbode. Ze moest haar hals reiken om te zien waar aan de andere kant ervan de toppen van de cipressen boven ze uit kwamen. De kruinen gingen heen en weer in de wind en ze stelde zich voor dat ze haar buigend welkom heetten. Mariam zette zich schrap tegen de golven wanhoop die door haar heen sloegen.

Een jonge vrouw op blote voeten deed open. Er zat een tatoeage onder haar onderlip.

'Ik kom voor Jalil Kahn. Ik ben Mariam. Zijn dochter.'

Er trok een verwarde blik over het gezicht van het meisje. Daarna een flits van herkenning. Er kwam nu een vage glimlach om haar lippen, en iets van gretigheid, van verwachting. 'Wacht hier maar even,' zei het meisje snel.

Ze sloot de deur.

Er gingen een paar minuten voorbij. Toen werd de deur geopend door een man. Hij was groot en breedgeschouderd, met slaperige ogen en een rustig gezicht.

'Ik ben de chauffeur van Jalil Kahn,' zei hij niet onvriendelijk.

'Zijn wat?'

'Zijn chauffeur. Jalil Kahn is er niet.'

'Maar daar staat zijn auto,' zei Mariam.

'Hij is voor dringende zaken buitenshuis.'

'Wanneer is hij terug?'

'Dat heeft hij niet gezegd.'

Mariam zei dat ze zou wachten.

Hij sloot de poort. Mariam ging zitten en trok haar knieën op. Het was al avond en ze kreeg honger. Ze at de toffee van de garirijder op. Een poosje later kwam de chauffeur weer naar buiten.

'Je moet naar huis,' zei hij. 'Over minder dan een uur is het donker.'

'Ik ben gewend aan de duisternis.'

'En het wordt koud. Zal ik je naar huis rijden? Ik zal hem wel zeggen dat je hier bent geweest.'

Mariam keek hem alleen maar aan.

'Anders breng ik je naar een hotel. Daar kun je gerieflijk slapen. Dan zien we morgenochtend verder.'

'Laat me binnen in zijn huis.'

'Dat mag niet. Luister, niemand weet wanneer hij terugkomt. Het kan wel dagen duren.'

Mariam legde haar armen over elkaar.

De chauffeur zuchtte en keek haar licht verwijtend aan.

Mariam heeft nog jaren erna ruimschoots gelegenheid

gehad erover na te denken hoe de dingen hadden kunnen aflopen als ze zich thuis had laten brengen, naar de kolba. Maar dat deed ze niet. Ze bracht de nacht buiten door, vlak bij Jalils huis. Ze zag de hemel donker worden en de schaduwen over de voorgevels van de naburige huizen vallen. Het getatoeëerde meisje bracht haar wat brood en een bord rijst, die Mariam weigerde. Het meisje liet het bij Mariam staan. Van tijd tot tijd hoorde Mariam voetstappen door de straat komen, deuren opengaan, gedempte stemmen. Elektrische lichten gingen aan en ramen glommen vaag. Honden blaften. Toen ze de honger niet langer kon weerstaan, at Mariam het bord rijst op en het laatste stukje brood. Daarna luisterde ze naar de krekels die in de tuinen tjirpten. Boven haar hoofd gleden wolken langs een bleke maan.

In de ochtend werd ze wakker geschud. Mariam zag dat iemand 's nachts een deken over haar heen had gelegd.

Het was de chauffeur die aan haar schouder schudde.

'Nu is het wel genoeg geweest. Je hebt nu genoeg heisa gemaakt. *Bas.* Het is tijd om te vertrekken.'

Mariam kwam overeind en wreef in haar ogen. Haar rug en nek voelden pijnlijk aan. 'Ik blijf op hem wachten.'

'Kijk me aan,' zei hij. 'Jalil Kahn zegt dat ik je nu moet terugbrengen. Nu meteen. Begrijp je wel? Dat zegt Jalil Kahn.'

Hij opende het achterportier van de auto. '*Bia.* Kom,' zei hij zachtjes.

'Ik wil hem zien,' zei Mariam. Haar ogen vulden zich met tranen.

De chauffeur zuchtte. 'Ik breng je naar huis. Kom, dokhtar jo.'

Mariam stond op en liep naar hem toe. Maar op het allerlaatste moment veranderde ze van richting en rende naar de poort. Ze voelde hoe de vingers van de chauffeur grip probeerden te krijgen op haar schouders. Ze schudde hem af en stoof het hek door.

In de paar seconden dat ze in Jalils tuin was registreerden Mariams ogen een glanzend glazen bouwsel met planten erin, wijnstokken die aan houten latwerken hingen, een visvijver van grijze blokken steen, fruitbomen, en overal bloemen in de mooiste kleuren. Haar blik gleed over al die dingen, voordat ze een gezicht ontdekte aan de andere kant van de tuin, in een raam op de eerste verdieping. Het was maar heel even te zien, een flits, maar lang genoeg. Lang genoeg voor Mariam om de ogen zich te zien verwijden en de mond open te zien gaan. Toen schoot het weg. Een hand werd zichtbaar die verwoed aan een koord trok. De gordijnen vielen dicht.

Toen grepen een paar handen haar onder haar oksels en werd ze van de grond opgetild. Mariam begon te schoppen. De steentjes vielen uit haar zak. Mariam bleef schoppen en schreeuwen terwijl ze naar de auto werd gedragen en op het koude leer van de achterbank werd neergezet.

De chauffeur praatte tijdens de rit zacht troostend op haar in. Mariam hoorde hem niet. Terwijl ze op de achterbank heen en weer slingerde, huilde ze gedurende de hele rit. Het waren tranen van verdriet, woede, teleurstelling. Maar hoofdzakelijk toch tranen van een diepe, diepe schaamte over het feit dat ze zich zo dwaas had overgeleverd aan Jalil, over de zorgen die ze zich had gemaakt bij het uitkiezen van haar jurk, over de niet bijpassende hijab, terwijl ze ook nog eens hier helemaal naartoe was komen lopen, geweigerd had te vertrekken en op straat had geslapen als een straathond. En ze schaamde zich ervoor dat ze de bedroefde blikken van haar moeder had genegeerd, haar gezwollen ogen. Nana, die haar had gewaarschuwd en al die tijd gelijk had gehad.

Mariam bleef maar denken aan dat gezicht in dat raam op de eerste verdieping. Hij had haar op straat laten slapen. Op strááát. Mariam lag te huilen. Ze kwam niet overeind, wilde niet gezien worden. Ze stelde zich voor dat heel Herat die ochtend zou horen hoe ze zichzelf te schande had gemaakt. Ze wou dat mullah Faizullah bij haar was, zodat ze haar hoofd op zijn schoot kon leggen en zich door hem kon laten troosten.

Na een poosje werd de weg hobbeliger en de neus van de auto wees omhoog. Ze reden op de weg heuvelopwaarts tussen Herat en Gul Daman.

Wat zou ze tegen Nana moeten zeggen, vroeg Mariam zich af. Hoe moest ze haar verontschuldigingen aanbieden? Hoe kon ze Nana nu trouwens nog onder ogen komen?

De auto stopte en de chauffeur hielp haar uitstappen. 'Ik loop wel even met je mee naar huis,' zei hij.

Ze liet zich de weg over leiden en het pad op. Er groeide kamperfoelie langs het pad, en ook wolfsmelk. Bijen zoemden boven schitterende wilde bloemen. De chauffeur pakte haar bij haar hand en hielp haar de rivier over. Toen liet hij zich gaan en had het over Herats beroemde Honderdtwintig Dagen Wind, die weldra weer zou beginnen te waaien, van halverwege de ochtend tot aan de duisternis, en hoe de zandmuggen aan hun voedselmanie zouden beginnen, en toen ging hij plotseling voor haar staan en probeerde haar ogen te bedekken, hij duwde haar terug naar waar ze vandaan gekomen waren en zei: 'Terug! Nee. Niet kijken. Draai je om. Terug!'

Maar hij was niet snel genoeg. Mariam zag het. Een windvlaag blies de neerhangende takken van de treurwilg op en woei ze uiteen, als een gordijn, en Mariam ving een glimp op van wat er onder die boom was: de omgevallen stoel met rechte rug. Het touw dat van een hoge tak hing. Aan het eind ervan bungelde Nana.

6

Ze begroeven Nana in een uithoek van de begraafplaats in Gul Daman. Mariam stond naast Bibi jo bij de vrouwen, terwijl mullah Faizullah gebeden opzei bij het graf en de mannen het in een doodsgewaad gehulde lichaam van Nana in de grond lieten zakken.

Daarna liep Jalil met Mariam naar de kolba, waar hij ten overstaan van de dorpsbewoners die hen vergezelden een hoop drukte maakte om te laten zien hoezeer hij Mariam was toegedaan. Hij verzamelde wat van haar spullen en deed ze in een koffer. Hij zat naast het bed waarin zij lag en waaierde haar gezicht koelte toe. Hij streek over haar voorhoofd met een droeve uitdrukking op zijn gezicht en vroeg of ze iets nodig had, wat dan ook, wat dan ook – zo zei hij het, tweemaal.

'Ik wil met mullah Faizullah praten,' zei Mariam.

'Natuurlijk. Hij is buiten. Ik ga hem voor je halen.'

Toen mullah Faizullahs tengere, gebogen gestalte in de deur van de kolba opdook, begon Mariam voor het eerst die dag te huilen.

'O, Mariam jo.'

Hij ging bij haar zitten en legde haar hoofd in de kom van zijn handen. 'Huil maar, Mariam jo. Toe maar. Schaam je niet. Maar bedenk, meisje, wat de Koran zegt: Gezegend is Hij in Wiens hand rust het koninkrijk, en Hij Die macht heeft over alle dingen, Die leven en dood schiep, dat Hij u moge beproeven. De Koran spreekt de waarheid, meisje. Voor elke beproeving en elk verdriet waar Hij ons onder gebukt laat gaan, heeft God een reden.'

Maar Mariam kon geen troost in Gods woorden vinden. Niet op die dag. Niet op dat moment. Alles wat ze hoorde waren de woorden van Nana: 'Ik ga dood als jij weggaat. Ik ga gewoon dood.' Alles wat ze nog kon was huilen en huilen en haar tranen storten op de gevlekte, papierdunne huid van mullah Faizullahs handen.

Tijdens de rit naar zijn huis zat Jalil met Mariam op de achterbank van zijn auto en zijn arm lag om haar schouders.

'Je kunt bij mij blijven, Mariam jo,' zei hij. 'Ik heb al gevraagd een kamer voor je gereed te maken. Het is boven. Ik denk wel dat je het een leuke kamer vindt. Hij kijkt uit op de tuin.'

Voor het eerst kon Mariam hem met Nana's oren horen. Ze kon nu overduidelijk de onoprechtheid horen die zich altijd onderhuids had verscholen, de holle valse schaamteloosheden. Ze kon zich er niet toe brengen hem aan te kijken.

Toen de auto voor Jalils huis stopte, opende de chauffeur het portier voor hen en droeg Mariams koffer. Jalil legde een hand op elk van haar schouders en leidde haar door dezelfde poort waarbuiten zij twee dagen eerder op het trottoir had liggen slapen, wachtend op hem. Twee dagen eerder – toen Mariam nergens anders aan had kunnen denken dan met Jalil door deze tuin te wandelen – voelde aan als een ander leven. Hoe had haar leven zo snel overhoop gehaald kunnen worden, vroeg Mariam zich af. Ze bleef naar de grond kijken, naar haar voeten op het grijsstenen pad. Ze was zich bewust van mensen in de tuin die fluisterden en opzijgingen als Jalil en zij voorbijkwamen. Ze voelde het gewicht van ogen die uit het raam op de eerste verdieping op haar werden gericht.

Ook in het huis bleef Mariam haar ogen op de grond gericht houden. Ze liep op een kastanjebruin vloerkleed waarop een blauwgeel achthoekig patroon zich telkens herhaalde, zag vanuit haar ooghoeken de marmeren voetstukken van standbeelden, het onderste deel van vazen, de rafelige uiteinden van kleurige wandkleden aan de muur. De trap die Jalil en zij op gingen was breed en bedekt met een soortgelijk vloerkleed, vastgespijkerd onder aan elke trede. Boven aan de trap nam Jalil haar mee naar links, weer door een lange gang met een vloerkleed. Hij stopte bij een van de deuren, opende die en liet haar binnen.

'Je zussen Niloufar en Atieh spelen hier af en toe,' zei Jalil, 'maar meestal gebruiken we dit vertrek als logeerkamer. Je zult het hier wel aangenaam vinden, denk ik. Mooi, hè?'

In de kamer stond een bed met een groene, gebloemde deken in een fijngeweven honingraat. De gordijnen, die open waren om de tuin beneden te kunnen zien, pasten bij de deken. Naast het bed stond een kast met drie laden en een bloemenvaas erop. Er waren planken aan de muren bevestigd, en op elk ervan stonden ingelijste foto's van mensen die Mariam niet kende. Mariam zag een verzameling identieke houten poppen, die in afnemende grootte waren opgesteld.

Jalil zag haar kijken. 'Matryoshka-poppen. Die heb ik in Moskou gekocht. Je kunt ermee spelen als je wilt. Dat vindt niemand erg.'

Mariam ging op het bed zitten.

'Is er nog iets wat je wilt hebben?' zei Jalil.

Mariam ging liggen. Sloot haar ogen. Na een poosje hoorde zij hem zachtjes de deur sluiten.

Mariam bleef in haar kamer, tenzij ze van de wc gebruik moest maken aan het eind van de gang. Het meisje met de tatoeage dat de poort voor haar geopend had bracht haar eten op een dienblad: lamskebab, *sabzi*, aush-soep. Het meeste liet ze staan. Jalil liep een paar maal per dag bij haar binnen, ging op het bed bij haar zitten en vroeg of ze zich goed voelde.

'Je kunt ook beneden samen met ons allemaal eten,' zei hij zonder veel overtuiging. Hij begreep het drommels goed als Mariam zei dat ze liever alleen at.

Vanuit het raam keek Mariam nu onbewogen naar wat ze zich het grootste deel van haar leven had afgevraagd en wat ze zo graag had willen zien: de wederwaardigheden van Jalils dagelijks leven. Bedienden snelden de poort in en uit. Een tuinier was altijd bezig struiken te snoeien en planten water te geven in de broeikas. Auto's met een lange, zacht glanzende kap stopten op straat. Er stapten mannen in pakken uit met chapans eroverheen en met astrakan hoeden, vrouwen in hijabs, kinderen met keurig gekamd haar. En als ze Jalil die vreemdelingen een hand zag geven, als ze zag hoe hij zijn handen op zijn borst legde en hun vrouwen toeknikte, wist ze dat Nana de waarheid had verteld. Ze hoorde hier niet.

Maar waar hoor ik dan wel? Wat moet ik nu beginnen?

'Ik ben alles wat jij op deze wereld hebt, Mariam, en als ik er niet meer ben heb je helemaal niets meer. Niets. Je bént niets!'

Net als de wind door de wilgen rond de kolba bleven er vlagen van een onuitsprekelijke somberte door Mariam gaan.

Op de tweede volle dag dat Mariam in Jalils huis was, kwam een klein meisje haar kamer binnen.

'Ik moet hier iets halen,' zei ze.

Mariam zat op haar bed, kruiste haar benen en trok de deken op haar schoot.

Het meisje rende door de kamer en opende de kastdeur. Ze pakte een vierkante grijze doos.

'Weet je wat hierin zit?' zei ze. Ze opende de doos. 'Dit is een grammofoon. Grammo. Foon. Daar kun je platen op draaien. Muziek. Een grammofoon.'

'Ben jij Niloufar? Jij bent acht.'

Het meisje glimlachte. Ze had de glimlach van Jalil en ook een kuiltje in haar kin. 'Hoe weet je dat?'

Mariam haalde haar schouders op. Ze vertelde niet dat ze ooit een steentje naar haar had genoemd.

'Wil je een liedje horen?'

Mariam haalde opnieuw haar schouders op.

Niloufar stak de stekker van de grammofoon in het contact. Ze viste een kleine plaat uit een zak onder de deksel van de doos. Ze legde hem op en liet de naald zakken. De muziek begon te spelen.

Ik gebruik een bloemblad als papier
En schrijf je lieve brieven,
Jij, de sultan van mijn hart,
De sultan van mijn hart.

'Ken je het?'

'Nee.'

'Het komt uit een Iraanse film. Ik heb hem in de bioscoop van mijn vader gezien. Hé, wil je iets zien?'

Voordat Mariam kon antwoorden, had Niloufar haar handen en haar voorhoofd op de grond geplaatst. Ze duwde zich met haar voeten op en stond ondersteboven, op haar hoofd.

'Kun jij dat ook?' vroeg ze met een dikke stem.

'Nee.'

Niloufar liet haar benen vallen en trok haar bloes weer omlaag. 'Ik kan het je leren,' zei ze, terwijl ze wat haren van haar volle wenkbrauwen veegde. 'Hoe lang blijf je hier?'

'Ik weet het niet.'

'Mijn moeder zegt dat je niet echt mijn zus bent, maar jij zegt van wel.'

'Dat heb ik nooit gezegd,' loog Mariam.

'Zij zegt van wel. Maakt me niks uit. Ik bedoel, ik vind het niet erg als je het wel hebt gezegd of als je mijn zus bent. Ik vind het niet erg.'

Mariam ging liggen. 'Ik ben moe.'

'Mijn moeder zegt dat een djinn je moeder ertoe heeft aangezet zich op te hangen.'

'Zet dat nu maar af,' zei Mariam terwijl ze zich omdraaide. 'Ik bedoel die muziek.'

Bibi jo kwam haar die dag ook opzoeken. Het regende toen ze kwam. Ze liet haar grote lijf op de stoel naast het bed zakken en vertrok haar gezicht.

'Die regen, Mariam jo, dat is de dood voor mijn heupen. Gewoon de dood, hoor. Ik hoop... Ach kind, kom hier. Kom hier bij Bibi jo. Niet huilen. Zo. Arm meisje. Ssst. Arm meisje.'

Die nacht kon Mariam lange tijd niet slapen. Ze lag in bed, keek naar de hemel, luisterde naar de voetstappen beneden, de stemmen die gedempt werden door de muren, de regenvlagen die de ramen striemden. Toen ze indommelde, werd ze plotseling opgeschrikt door geschreeuw. Stemmen beneden, scherp en kwaad. Mariam kon de woorden niet verstaan. Iemand sloeg met een deur.

De volgende dag kwam mullah Faizullah bij haar op bezoek. Toen ze haar vriend bij de deur zag, zijn witte baard en zijn vriendelijke tandeloze glimlach, voelde Mariam hoe er weer tranen prikten in de hoeken van haar ogen. Ze zwaaide haar voeten over de rand van het bed en snelde op hem af. Zoals altijd kuste zij zijn handen en hij haar voorhoofd. Ze trok een stoel bij.

Hij liet haar de koran zien die hij had meegebracht en opende hem. 'Ik dacht dat het geen zin had onze gewoonte te veranderen, hè?'

'Je weet dat ik geen lessen meer nodig heb, mullah sahib. Je hebt me jaren geleden elke *surah* en *ayat* in de Koran geleerd.'

Hij glimlachte en hief zijn handen met een gebaar van overgave. 'Ik geef het toe. Ik ben door de mand gevallen. Maar ik kan wel ergere excuses bedenken om jou te bezoeken.'

'Je hoeft geen excuses te maken. Jij niet.'

'Aardig dat je dat zegt, Mariam jo.'

Hij gaf haar zijn koran. Zoals hij haar had geleerd kuste ze die drie keer – raakte hem met haar voorhoofd aan na elke kus – en gaf hem terug.

'Hoe gaat het met je, meisje?'

'Ik blijf...' begon Mariam. Ze moest stoppen, ze voelde hoe in haar keel een brok vast kwam te zitten. 'Ik blijf maar denken aan wat ze tegen me heeft gezegd voordat ik wegging. Ze...'

'Nee, nee, nee.' Mullah Faizullah legde zijn hand op haar knie. 'Je moeder, Allah moge haar vergeven, was een verwarde en ongelukkige vrouw, Mariam jo. Ze heeft zichzelf iets verschrikkelijks aangedaan. Haarzelf, jou en ook Allah. Hij zal haar vergeven, want Hij vergeeft alles, maar Allah is bedroefd om wat ze deed. Hij keurt het niet goed als iemand zich het leven beneemt of dat van een ander, want Hij zegt dat het leven heilig is. Weet je...' Hij schoof zijn stoel dichterbij en nam de hand van Mariam in zijn beide handen. 'Weet je, ik kende je moeder al toen dat jij nog niet geboren was, toen ze nog een klein meisje was, en ik zeg je dat ze toen al niet gelukkig was. Het zaad voor wat ze heeft gedaan is lang geleden gezaaid, vrees ik. Ik wil maar zeggen dat dit niet jouw schuld is geweest. Het was niet jouw schuld, meisje.'

'Ik had haar niet in de steek moeten laten. Ik had...'

'Hou daar nu mee op. Dit zijn slechte gedachten, Mariam jo. Hoor je me, kind? Slecht. Ze zullen je vernietigen. Het was niet jouw schuld. Het was niet jouw schuld. Nee.'

Mariam knikte, maar hoe wanhopig graag ze het ook zou willen, ze kon hem niet geloven.

Een week later werd er op een middag op haar deur geklopt en er kwam een grote vrouw binnen. Ze had een lichte huid, rood haar en lange vingers.

'Ik ben Afsoon,' zei ze. 'De moeder van Niloufar. Waarom fris je je niet wat op, Mariam, en kom je niet naar beneden?'

Mariam zei dat ze liever op haar kamer bleef.

'Nee, *na fahmidi*, je begrijpt me verkeerd. Je móet naar beneden komen. We moeten met je praten. Het is belangrijk.'

7

Ze zaten tegenover haar aan een lange donkerbruine tafel, Jalil en zijn vrouwen. Tussen hen in, midden op tafel, stond een kristallen vaas met verse goudsbloemen en een kan met water. De roodharige vrouw die zich had voorgesteld als de moeder van Niloufar, Afsoon, zat rechts van Jalil. De andere twee, Khadija en Nargis, zaten aan zijn linkerzijde. De vrouwen droegen allemaal een dunne zwarte sjaal, niet om hun hoofd, maar losjes om hun hals, alsof ze hem op het laatste ogenblik hadden omgegooid. Mariam, die zich niet kon voorstellen dat ze zwart droegen om Nana, stelde zich voor dat een van hen het had gesuggereerd, of misschien Jalil wel, vlak voordat ze bijeengekomen waren.

Afsoon schonk water uit de kan en zette het glas voor Mariam neer, op een stoffen onderzetter met ruitjes. 'Het is nog maar pas lente en het is nu al warm,' zei ze. Ze maakte een waaierende beweging met haar hand.

'Heb je het enigszins naar je zin?' vroeg Nargis, die een kleine kin had en krullend zwart haar. 'We hopen van wel. Deze… beproeving… moet wel hard voor je zijn. Moeilijk, hoor.'

De andere twee knikten. Mariam keek naar hun uitgedunde wenkbrauwen en de licht toegeeflijke glimlach die ze haar toewierpen. Er hing een onaangename ruis in Mariams hoofd. Haar keel gloeide. Ze dronk een beetje water.

Door het brede raam achter Jalil zag Mariam een aantal bloeiende perenbomen. Tegen de muur naast het raam stond een donkerhouten kast. Er zat een klok in en een ingelijste foto van Jalil met drie jonge jongens die een vis vasthielden. De zon schitterde in de schubben van de vis. Jalil en de jongens grijnslachten.

'Tja,' begon Afsoon. 'Ik, of liever gezegd wij hebben je

hier laten komen omdat we heel goed nieuws voor je hebben.'

Mariam keek op.

Ze ving een snelle uitwisseling van blikken tussen de vrouwen op, langs Jalil, die in zijn stoel hing en wezenloos naar de kan op tafel staarde. Het was Khadija, kennelijk de oudste van de drie, die haar blik op Mariam richtte, en Mariam kreeg de indruk dat ook deze taak was bediscussieerd en afgesproken voordat ze haar hadden laten komen.

'Je hebt een huwelijkskandidaat,' zei Khadija.

Mariam voelde een vuist in haar maagstreek. 'Een wát?' bracht ze met plotseling verstijfde lippen uit.

'Een *khastegar*, een huwelijkskandidaat. Hij heet Rasheed,' vervolgde Khadija. 'Hij is eén vriend van een zakenkennis van je vader. Hij is een Pashtun, oorspronkelijk uit Kandahar, maar hij woont in Kabul, in de wijk Deh-Mazang, in een eigen huis van twee verdiepingen.'

Afsoon knikte. 'En hij praat Farsi, net als wij, net als jij. Je hoeft dus geen Pashtu te leren.'

Mariams borst kromp ineen. De kamer golfde op en neer, de grond onder haar voeten bewoog.

'Hij is schoenmaker,' zei Khadija nu. 'Maar niet zo'n gewone *moochi* langs de kant van de weg, hoor. Hij heeft een winkel en hij is een van de drukste schoenmakers in Kabul. Hij maakt schoenen voor diplomaten en leden van de presidentiële familie, dat soort mensen. Dan kun je wel nagaan dat hij geen moeite zal hebben je te onderhouden.'

Mariam richtte haar ogen op Jalil, haar hart tolde in haar borst. 'Is dat waar? Is het waar wat zij zegt?'

Maar Jalil wilde haar niet aankijken. Hij bleef op een hoekje van zijn onderlip bijten en naar de kan staren.

'Hij is wel een beetje ouder dan jij,' viel Afsoon bij. 'Maar ouder dan... veertig kan hij niet zijn. Hoogstens vijfenveertig. Denk je ook niet, Nargis?'

'Ja. Maar ik heb wel eens negenjarige meisjes gezien die weggegeven werden aan huwelijkskandidaten die twintig jaar ouder waren dan die van jou, Mariam. Dat hebben we allemaal wel eens gezien. Hoe oud ben jij? Vijftien? Dat is voor een meisje een goede, solide leeftijd om te trouwen.'

Er werd enthousiast geknikt. Het ontging Mariam niet dat er niet werd gesproken over haar halfzusjes Saideh of Naheed, die even oud waren als zij en die de Mehri-school in Herat volgden, beiden met plannen zich te laten inschrijven aan de universiteit van Kabul. Blijkbaar was vijftien voor hen geen goede, solide leeftijd om te trouwen.

'Daar komt bij,' ging Nargis verder, 'dat ook hij een groot verlies te dragen heeft. We hebben gehoord dat zijn vrouw tien jaar geleden in het kraambed gestorven is. En drie jaar geleden is zijn zoontje in een meer verdronken.'

'Heel treurig, ja. Hij is de laatste jaren op zoek naar een bruid, maar hij heeft geen geschikte vrouw kunnen vinden.'

'Ik wil het niet,' zei Mariam. Ze keek Jalil aan. 'Ik wil dit niet. Dwing me er niet toe.' Ze haatte de snikkende, smekende toon waarop ze het zei, maar ze kon er niets aan doen.

'Wees nu eens redelijk, Mariam,' zei een van de vrouwen. Mariam hield niet langer bij wie wat zei. Ze bleef Jalil aanstaren en wachtte tot hij zou gaan praten en zeggen dat het allemaal niet waar was.

'Je kunt niet je hele leven hier blijven.'

'Wil je niet zelf een gezinnetje hebben?'

'Ja, een huis, kinderen van jezelf?'

'Je moet verder met je leven.'

'Natuurlijk zou het beter zijn als je met iemand hier uit de stad zou trouwen, een Tajik, maar Rasheed is gezond en heeft belangstelling voor je. Hij heeft een huis en een baan. Dat is eigenlijk alles wat belangrijk is. En Kabul is een prachtige stad vol opwinding. Je krijgt misschien nooit meer zo'n kans.'

Mariam richtte haar aandacht nu op de vrouwen.

'Ik ga bij mullah Faizullah wonen,' zei ze. 'Hij neemt me wel op. Dat weet ik zeker.'

'Dat is geen goed idee,' zei Khadija. 'Hij is oud en...' Ze zocht het juiste woord, en Mariam wist opeens wat ze eigenlijk wilde zeggen: 'Hij woont zo dichtbij.' Ze begreep wat ze met haar voorhadden. 'Je krijgt misschien nooit meer zo'n kans.' Zij ook niet. Ze waren door haar geboorte te schande gemaakt, en dit was hun kans eens en voor altijd het laatste spoor uit te wissen van de schandelijke vergissing van hun man. Ze werd weggestuurd omdat ze de wandelende en ademende belichaming was van hun schaamte.

'Hij is zo oud en zwak,' zei Khadija ten slotte. 'En wat ga je doen als hij is overleden? Je zult zijn familie tot last zijn.'

Zoals jij nu voor ons. Mariam zág de onuitgesproken woorden bijna uit Khadija's mond komen, als de damp van je adem op een koude dag.

Mariam zag zichzelf al in Kabul, een grote, vreemde, drukke stad, die, zoals Jalil haar ooit had verteld, op zo'n zeshonderdvijftig kilometer ten oosten van Herat lag. Zeshonderdvijftig kilometer! Ze was nooit verder van de kolba verwijderd geweest dan de twee kilometer die ze naar Jalils huis was gelopen. Ze zag zichzelf daar al wonen, in Kabul, aan het andere eind van die onvoorstelbaar grote afstand, in het huis van een vreemde man, waar ze moest toegeven aan zijn stemmingen en uitgesproken wensen. Ze moest voor die man, Rasheed, schoonmaken, voor hem koken, zijn kleren wassen. En er waren ook nog andere karweitjes op te knappen – Nana had haar verteld wat mannen met hun vrouwen deden. Het was vooral de gedachte aan die intimiteiten, die haar met ontzetting vervulden en haar het zweet deden uitbreken. Ze stelde zich die voor als pijnlijke, perverse daden.

Ze wendde zich weer tot Jalil. 'Zeg het tegen hen. Zeg hun dat je dit niet toelaat.'

'Je vader heeft Rasheed in feite al antwoord gegeven,' zei Afsoon. 'Rasheed is hier, in Herat, hij is helemaal uit Kabul overgekomen. De *nikka* vindt morgenochtend plaats, en om twaalf uur 's middags gaat er een bus naar Kabul.'

'Zeg het hun dan!' gilde Mariam.

De vrouwen werden nu rustig. Mariam voelde dat ze ook naar hem keken. Afwachtend. Er viel een stilte in de kamer. Jalil bleef maar aan zijn trouwring draaien met een gekrenkte, hulpeloze blik op zijn gezicht. In de kast bleef de klok onophoudelijk tikken.

'Jalil jo?' zei een van de vrouwen uiteindelijk.

Jalil verhief langzaam zijn blik, ontmoette die van Mariam, bleef even hangen en richtte hem toen weer neerwaarts. Hij opende zijn mond, maar het enige wat eruit kwam was een pijnlijke kreun.

'Zeg iets,' zei Mariam.

En toen deed Jalil het, met een iele, sleetse stem. 'Verdomme, Mariam, doe me dit niet aan,' zei hij, alsof hij degene was die iets werd aangedaan.

En toen voelde Mariam de spanning uit de kamer wegvloeien.

Toen Jalils vrouwen aan een nieuwe – en levendiger – ronde begonnen om haar gerust te stellen, liet Mariam haar blik dalen. Haar ogen vielen op de zacht glanzende vorm van de tafelpoten, de golvende ronde hoeken, het schijnsel van het donkerbruine, spiegelende oppervlak. Ze merkte dat elke keer als ze uitademde het oppervlak besloeg en zij van haar vaders tafel verdween.

Afsoon bracht haar naar haar kamer boven. Toen Afsoon de deur sloot, hoorde Mariam het geknars van de sleutel die in het slot werd omgedraaid.

8

In de ochtend kreeg Mariam een donkergroene jurk met lange mouwen, die ze over een witte katoenen broek moest dragen. Afsoon gaf haar een groene hijab en een paar bijpassende sandalen.

Ze werd naar de kamer met de lange bruine tafel gebracht, maar er stond nu ook een schaal besuikerde amandelsnoepjes midden op tafel, en er lagen een koran, een groene sluier en een spiegel. Twee mannen die Mariam nooit eerder had gezien – getuigen, naar ze aannam – en een mullah die ze niet kende, zaten aan de tafel.

Jalil begeleidde haar naar een stoel. Hij droeg een lichtbruin pak en een rode das. Hij had zijn haar gewassen. Toen hij voor haar de stoel van de tafel schoof, probeerde hij bemoedigend te lachen. Khadija en Afsoon zaten ditmaal aan de kant van de tafel waar ook Mariam zat.

De mullah wees naar de sluier en Nargis vlijde die op Mariams hoofd voordat ze zelf ging zitten. Mariam keek omlaag naar haar handen.

'Je kunt hem nu binnenroepen,' zei Jalil tegen iemand.

Nog voor ze hem had gezien, rook Mariam hem al. Sigaretten en zware zoete eau de cologne, niet vluchtig zoals die van Jalil. De geur ervan vulde Mariams neusgaten. Door de sluier heen, vanuit haar ooghoeken, zag Mariam een grote man met een dikke buik en brede schouders gebogen in de deuropening staan. Zijn lengte deed haar bijna naar lucht happen en ze moest een andere kant op kijken, haar hart ging als een gek tekeer. Ze voelde hoe hij in de deuropening aarzelde. Daarna zijn langzame, zware voetstappen in de kamer. De schaal met snoepjes op tafel tinkelde op het ritme van zijn stappen mee. Kreunend liet hij zich op de stoel naast de hare neer. Hij ademde zwaar.

De mullah heette hem welkom. Hij zei dat dit geen traditionele nikka zou worden.

'Ik heb begrepen dat Rasheed *agha* kaartjes heeft voor de bus naar Kabul die over niet al te lange tijd vertrekt. In verband met de tijd zullen we daarom een paar traditionele onderdelen overslaan om de procedure te versnellen.'

De mullah sprak enkele zegeningen uit en zei een paar woorden over het belang van het huwelijk. Hij vroeg Jalil of hij enig bezwaar had tegen deze verbintenis en Jalil schudde zijn hoofd. Toen vroeg de mullah aan Rasheed of hij inderdaad een huwelijksverbintenis wilde aangaan met Mariam. Rasheed zei: 'Ja.' Zijn rauwe, schrapende stem deed Mariam denken aan het geluid van droge herfstbladeren onder haar voeten.

'En accepteer jij, Mariam *jan*, deze man als je echtgenoot?'

Mariam bleef rustig. Hier en daar schraapte iemand zijn keel.

'Ja,' zei een vrouwenstem vanachter de tafel.

'Eigenlijk moet ze zelf antwoorden,' zei de mullah. 'En ze moet wachten tot ik het driemaal heb gevraagd. Het gaat erom dat hij haar vraagt, niet omgekeerd.'

Hij stelde de vraag nog twee keer. Toen Mariam niet antwoordde vroeg hij het nog eens, ditmaal dwingender. Mariam voelde Jalil naast zich op zijn stoel heen en weer schuiven, merkte dat er voeten over elkaar werden gelegd en weer van elkaar gehaald. Een kleine witte hand veegde wat stof van de tafel.

'Mariam,' fluisterde Jalil.

'Ja,' zei ze zwakjes.

Er werd een spiegel onder haar sluier gehouden. Mariam zag er eerst haar eigen gezicht in, de ongewelfde lelijke wenkbrauwen, het platte haar, haar ogen, vreugdeloos groen en zo dicht bij elkaar staand dat ze wel leek te loensen. Haar huid was ruw en zag er slap en puisterig uit. Ze vond haar voorhoofd te breed, de kin te smal, de lippen te dun. De algehele indruk was een lang gezicht, driehoekig, een beetje jachthondachtig. En toch zag Mariam dat de som van die onooglijke delen vreemd genoeg een gezicht vormden dat niet knap was, maar toch ook weer niet onplezierig om naar te kijken.

In de spiegel ving Mariam voor het eerst een glimp van Rasheed op: het grote, vierkante, rossige gezicht; de haakneus; de volle wangen die de indruk wekten van bedrieglijke opgewektheid; de waterige bloeddoorlopen ogen; de dicht op elkaar staande tanden, waarvan de voorste tegen elkaar aan leunden als een puntgevel; de onmogelijk lage haarlijn, nauwelijks twee vingerbreedtes boven de borstelige wenkbrauwen; de wal van dik, grof, peper-en-zoutkleurig haar.

Hun blikken ontmoetten elkaar heel even in de spiegel en gleden weg.

Dat is het gezicht van mijn echtgenoot, dacht Mariam.

Ze wisselden de dunne gouden ringen die Rasheed uit zijn jaszak viste. Zijn nagels waren geelbruin, net als een rotte appel vanbinnen, en een paar vingertopjes krulden om, de hoogte in. Mariams hand beefde toen ze de ring aan zijn vinger wilde steken, Rasheed moest haar helpen. Haar eigen ring was een beetje klein, maar Rasheed had er geen moeite mee hem over haar knokkels te krijgen.

'Zo,' zei hij.

'Een mooie ring,' zei een van de vrouwen. 'Prachtig, Mariam.'

'Alles wat er nu nog moet gebeuren, is de ondertekening van de verbintenis,' zei de mullah.

Mariam ondertekende met haar naam – de *meem*, de *reh*, de *ya* en weer de *meem* – en was er zich van bewust dat alle ogen op haar hand waren gericht. De eerstvolgende keer dat Mariam met haar naam zou ondertekenen was zevenentwintig jaar later, en weer was er een mullah bij.

'Ik verklaar u man en vrouw,' zei de mullah. '*Tabreek*. Gefeliciteerd.'

Rasheed wachtte in de veelkleurige bus. Mariam kon hem niet zien vanaf de plek waar ze met Jalil stond, bij de achterbumper, ze zag alleen de rook van zijn sigaret uit het open raam komen. Om hen heen werden handen geschud en er werd afscheid genomen. Korans werden gekust en aan elkaar doorgegeven. Jongens op blote voeten schoten van de ene passagier naar de andere, hun gezichten verscholen achter hun dienblad vol kauwgum en sigaretten.

Jalil was druk bezig haar te vertellen hoe schitterend Kabul wel niet was; de moghul keizer Babur had verzocht daar begraven te worden. Mariam wist dat nu de tuinen van Kabul aan de beurt zouden komen, en dan de winkels, de bomen en de lucht, en als ze in de bus zat zou hij nog lang meelopen en opgewekt zwaaien, hij was zonder kleerscheuren van haar afgekomen, gered.

Mariam kon dat niet zomaar accepteren.

'Ik heb je vroeger aanbeden,' zei ze.

Jalil hield midden in de zin op. Hij sloeg zijn armen over elkaar en haalde ze weer van elkaar. Een jong hindipaar, de vrouw met een jongetje op haar arm, de man met een koffer achter zich aan slepend, liep tussen hen door. Jalil leek blij met die onderbreking. Ze excuseerden zich en hij glimlachte beleefd terug.

'Op donderdagen heb ik altijd uren op je zitten wachten. Ik was vreselijk bang dat je niet zou komen.'

'Het is een lange reis. Je moet iets eten.' Hij zei dat hij wat brood en geitenkaas voor haar kon kopen.

'Ik dacht de hele dag aan je. Ik bad altijd dat je honderd jaar zou worden. Ik heb het nooit geweten. Ik heb nooit geweten dat jij je voor me schaamde.'

Jalil keek naar de grond, en als een opgeschoten kind zocht hij iets met de punt van zijn schoen.

'Je schaamde je voor me.'

'Ik kom je opzoeken,' mompelde hij. 'Ik kom je in Kabul bezoeken. We gaan...'

'Nee, nee,' zei ze. 'Ik wil niet dat je komt. Ik wil je niet zien. Niet komen. Ik wil nooit meer iets van je horen. Nooit meer.'

Hij keek haar met een gepijnigde blik aan.

'Dit is het einde voor jou en mij, hier en nu. Zeg me maar wat je ten afscheid nog te zeggen hebt.'

'Doe dit nou niet,' zei hij met een zwakke stem.

'Je hebt niet eens het fatsoen gehad mij tijd te geven afscheid te nemen van mullah Faizullah.'

Ze draaide zich om en liep langs de bus. Ze hoorde hoe hij haar volgde. Toen ze de hydraulische deur bereikte, hoorde ze hem achter zich.

'Mariam jo.'

Ze ging de treden op, en hoewel ze uit haar ooghoeken kon zien dat Jalil buiten met haar meeliep, keek ze niet uit het raam. Ze liep naar achter in de bus, waar Rasheed met haar koffer tussen zijn benen zat. Ze draaide zich niet om toen Jalil zijn hand op het glas drukte en er met zijn knokkels tegenaan tikte. Toen de bus met een ruk optrok, verdraaide ze haar hoofd niet om hem mee te zien rennen. En toen de bus gas gaf, keek ze niet om hem te zien achterblijven en langzaam te zien verdwijnen in een wolk van uitlaatgassen en stof.

Rasheed, die de plaats bij het raam en de middenstoel innam, legde zijn dikke hand op de hare.

'Daar zitten we dan, meisje. Daar zitten we dan,' zei hij. Hij tuurde uit het raam terwijl hij dat zei, alsof daar iets viel te zien dat veel interessanter was.

9

Het was vroeg in de avond van de daaropvolgende dag dat ze bij het huis van Rasheed arriveerden.

'We zijn in Deh-Mazang,' zei hij. Ze stonden buiten op het trottoir. Hij hield haar koffer in zijn ene hand en ontgrendelde de houten poort met zijn andere. 'In het zuidwesten van de stad. De dierentuin is hier vlakbij, en de universiteit ook.'

Mariam knikte. Hoewel ze hem wel kon verstaan, had ze al geleerd goed te luisteren als hij sprak. Ze was niet gewend aan zijn Kabulse variant van het Farsi en aan het Pashtu-accent, de taal van Kandahar, waar hij oorspronkelijk vandaan kwam. Hij van zijn kant leek geen moeite te hebben met haar Herat-Farsi.

Mariam overzag met een snelle blik de smalle, ongeplaveide weg waaraan het huis van Rasheed was gelegen. De huizen in de straat stonden zowat boven op elkaar en deelden een muur, ze hadden ommuurde erfjes aan de voorkant, die ze van de straat scheidden. De meeste huizen hadden platte daken en waren gemaakt van baksteen, sommige waren van leem dat dezelfde grauwe kleur had als de bergen rondom de stad. Goten scheidden aan beide kanten het trottoir van de weg en er stroomde modderig water doorheen. Hier en daar zag Mariam hoopjes vuil liggen die de straat rommelig maakten. Het huis van Rasheed had twee verdiepingen. Mariam kon nog net zien dat het ooit blauw was geweest.

Toen Rasheed de voorpoort opende, liep Mariam een klein, verwaarloosd erf op, waar pollen geel gras zich hier en daar omhoogworstelden. Mariam zag rechts een wc-huisje op een zijerfje, en aan de linkerkant een put met een pomp en een rij jonge boompjes die op sterven na dood waren. Vlak bij de put stond een gereedschapsschuurtje, waar een fiets tegenaan stond.

'Je vader heeft me verteld dat je graag vist,' zei Rasheed toen ze het erf naar het huis overliepen. Er was geen achtererf, zag Mariam. 'Hier iets noordelijker zijn valleien. Rivieren met veel vis. We zullen er wel eens naartoe gaan.'

Hij deed de voordeur van het slot en liet haar zijn huis binnen.

Rasheeds huis was veel kleiner dan dat van Jalil, maar vergeleken met de kolba van Mariam en Nana was het een herenhuis. Beneden waren een gang, een woonkamer en een keuken, waar hij haar potten en pannen toonde, en een snelkoker en een petroleum-*ishtop*. In de woonkamer stond een pistachegroene leren bank. Aan de zijkant zat een grote scheur, die iemand onhandig had proberen te herstellen. Er hing niets aan de muren. Er stonden een tafel, twee rieten stoelen, twee klapstoelen en in de hoek een zwarte gietijzeren kachel.

Mariam stond midden in de woonkamer en keek om zich heen. In de kolba kon ze het plafond met de toppen van haar vingers aanraken. Ze kon er op haar bed liggend de tijd van de dag aflezen aan de hoek waarin het zonlicht door het raam viel. Ze wist hoever ze de deur kon openen voordat de hengsels begonnen te piepen. Ze kende elke splinter en elk scheurtje in elk van de dertig vloerplanken. Al dat soort vertrouwde dingen waren weg. Nana was dood, en hier stond ze, in een vreemde stad, afgescheiden van het leven dat ze had gekend door valleien en besneeuwde bergtoppen en hele woestijnen. Ze was in een vreemd huis met allemaal verschillende kamers en de stank van sigarettenrook, met onbekende kasten vol onbekende gebruiksvoorwerpen, zware donkergroene gordijnen, en een plafond waarvan ze wist dat haar vingers niet zo hoog reikten. Het huis was verstikkend. Er sloegen golven van verlangen door haar heen naar Nana, naar mullah Faizullah, naar haar vroegere leven.

Toen begon ze te huilen.

'Wat moet dat betekenen?' vroeg Rasheed gepikeerd. Hij

stak zijn hand in zijn broekzak, haalde Mariams vingers uit elkaar en duwde een zakdoek in haar hand. Hij stak een sigaret op en leunde tegen de muur. Hij keek toe hoe Mariam de zakdoek tegen haar ogen drukte.

'Klaar?'

Mariam knikte.

'Weet je het zeker?'

'Ja.'

Hij pakte haar bij haar arm en liep met haar naar het raam van de woonkamer.

'Dit raam kijkt uit op het noorden,' zei hij, terwijl hij met de gebogen nagel van zijn wijsvinger tegen het glas tikte. 'Daar recht voor ons ligt de berg Asmai, kijk, en links de berg Ali Abad. De universiteit ligt aan de voet ervan. Achter ons, naar het oosten, dat kun je van hieruit niet zien, ligt de berg Shir Darwaza. Elke dag om twaalf uur 's middags schieten ze er een kanon af. Nu ophouden met huilen. Dat meen ik.'

Mariam bette haar ogen.

'Dat is iets wat ik niet kan verdragen,' zei hij fronsend, 'het geluid van een huilende vrouw. Het spijt me. Ik heb er geen geduld voor.'

'Ik wil naar huis,' zei Mariam.

Rasheed zuchtte geërgerd. Mariam voelde zijn rokerige adem op haar gezicht. 'Ik zal het niet persoonlijk opvatten. Voor deze keer.'

Hij pakte haar opnieuw bij haar arm en bracht haar naar boven.

Er was een amper verlichte gang en twee slaapkamers. De deur van de grootste stond op een kier. Mariam zag dat de kamer, net als de rest van het huis, spaarzaam gemeubileerd was: een bed in de hoek, een bruine deken, een kussen, een kast en een dressoir. De muren waren kaal, op een kleine spiegel na. Rasheed sloot de deur.

'Dat is mijn kamer.'

Hij zei dat zij de logeerkamer kon gebruiken. 'Ik hoop dat je het niet erg vindt. Ik ben eraan gewend alleen te slapen.'

Mariam vertelde hem niet hoe opgelucht ze was, althans op dit punt.

De kamer die voor Mariam was bedoeld, was veel kleiner dan de kamer waar ze in Jalils huis had verbleven. Er stonden een bed, een oud vaalbruin dressoir en een kleine kast. Het raam keek uit op het erf en de straat. Rasheed zette haar koffer in een hoek.

Mariam ging op het bed zitten.

'Het is je nog niet opgevallen,' zei hij. Hij stond in de deuropening, enigszins gebukt om erin te passen. 'Kijk eens op de vensterbank. Weet je wat voor bloemen dat zijn? Ik heb ze er neergezet voordat ik naar Herat vertrok.'

Nu pas zag Mariam de vaas op de vensterbank. Witte tuberozen die alle kanten op stonden.

'Mooi? Hou je ervan?'

'Ja.'

'Zeg dan maar dankjewel.'

'Dank je. Sorry. *Tashakor...*'

'Je trilt helemaal. Ben je soms bang voor mij? Ben je bang voor mij? Jaag ik je angst aan?'

Mariam keek hem niet aan, maar hoorde iets ironisch in die vragen, iets stekeligs. Ze schudde snel haar hoofd, en ze wist dat dit haar eerste leugen in hun huwelijk was.

'Nee? Dat is dan maar goed ook. Goed voor jou. Nou, in dit huis woon je dus in het vervolg. Je zult het hier vast leuk vinden. Dat zul je zien. Heb ik je al verteld dat we elektriciteit hebben? Het grootste deel van de dag en 's nachts altijd.'

Hij deed alsof hij wegging. Bij de deur bleef hij even staan, nam een lange haal van zijn sigaret en kneep zijn ogen halfdicht tegen de rook. Mariam dacht dat hij iets wilde zeggen. Maar dat deed hij niet. Hij sloot de deur en liet haar alleen met haar koffer en haar bloemen.

10

De eerste paar dagen verliet Mariam amper haar kamer. Ze werd elke dageraad gewekt voor het gebed door de van verre komende *azan* en kroop daarna weer in bed. Ze lag er nog in als ze in de badkamer Rasheed bezig hoorde en als hij haar kamer binnen kwam om even naar haar om te zien voordat hij naar zijn winkel ging. Vanuit haar raam keek ze hem na, hoe hij op het erf zijn lunch in de tas achter op zijn fiets stopte en met de fiets over het erf de straat op liep. Ze zag hem wegpeddelen, zag zijn brede figuur met de sterke schouders om de bocht aan het eind van de straat verdwijnen.

Het grootste deel van de dag bleef Mariam in bed liggen, hulpeloos en verlaten. Soms liep ze naar beneden naar de keuken, ging met haar handen over het plakkerige aanrecht vol vetvlekken en over de gebloemde gordijnen van vinyl die naar aangebrand eten roken. Ze keek de slecht sluitende laden door, zag de dooreengegooide lepels en messen, het vergiet en de geschilferde houten bakspatels, de toekomstige materialen van haar nieuwe dagelijkse leven, die haar er allemaal aan herinnerden wat een ravage haar leven geworden was; ze voelde zich erdoor ontworteld, ontheemd, een indringer in het leven van iemand anders.

In de kolba was haar eetlust voorspelbaar geweest. Hier knorde haar maag zelden. Soms nam ze een bordje met een restant witte rijst en een stukje brood mee naar de woonkamer, naar het raam. Van daaruit kon ze de daken zien van de huizen met twee verdiepingen in hun straat. Ze kon ook op de erven kijken, de vrouwen die aan de waslijn bezig waren en de kinderen wegjoegen, kippen die in het stof pikten, de schoppen en spaden, de koeien die vastgebonden waren aan een boom.

Ze dacht vol verlangen terug aan alle zomernachten waarin zij en Nana op het platte dak van de kolba hadden geslapen en naar de maan gekeken, die boven Gul Daman scheen, nachten waarin het zo heet was dat hun overhemd op hun bovenlijf plakte als een nat blad op een raam. Ze miste de winterse middagen als ze met mullah Faizullah in de kolba zat te lezen, terwijl de ijspegels tinkelend uit de bomen op het dak vielen en de kraaien buiten op de takken vol sneeuw zaten te krassen.

Als ze alleen in het huis was liep Mariam rusteloos op en neer, van de keuken naar de woonkamer, de trap op naar haar eigen kamer, en dan weer naar beneden. Ten slotte keerde ze terug naar haar vertrek en zegde haar gebeden op of ging op haar bed zitten, terwijl ze naar haar moeder verlangde en zich misselijk voelde en heimwee had.

Als de zon langzaam westwaarts sloop, stak bij Mariam een vreselijke angst de kop op. Haar tanden klapperden als ze aan de nacht dacht, de tijd dat Rasheed eindelijk zou kunnen besluiten om met haar te doen wat mannen met vrouwen deden. Ze lag in bed, op van de zenuwen, terwijl hij beneden alleen zat te eten.

Hij bleef altijd even staan bij haar kamer en stak zijn hoofd om de deur.

'Je slaapt toch nog niet? Het is pas zeven uur. Ben je wakker? Zeg eens wat. Toe.'

Hij hield aan totdat Mariam vanuit het donker zei: 'Ik ben er.'

Hij gleed naar beneden en zat op zijn hurken in de deuropening. Vanuit haar bed kon ze de contouren van zijn grote lichaam zien, zijn lange benen, de rook die om zijn profiel met de haakneus kringelde, de amberkleurige punt van zijn sigaret, die oplichtte en weer doofde.

Hij vertelde haar hoe zijn dag was geweest. Een paar op maat gemaakte lage schoenen voor de staatssecretaris van Buitenlandse Zaken – die volgens Rasheed alleen schoenen bij hem kocht. Een bestelling van een Poolse diplomaat en zijn vrouw: sandalen. Hij vertelde haar over het bijgeloof dat mensen er over schoenen op nahielden: dat als je ze op bed zet je de dood in je familie uitnodigt, dat er ruzie van komt wanneer je als eerste de linkerschoen aantrekt.

'Tenzij je het ongewild op een vrijdag doet,' zei hij. 'En weet je dat mensen het als een slecht teken zien als je schoenen aaneengebonden aan een spijker hangt?'

Rasheed geloofde daar zelf niets van. Volgens hem was bijgeloof vooral iets voor vrouwen.

Hij vertelde haar dingen die hij op straat had gehoord, zoals dat de Amerikaanse president Richard Nixon was afgetreden vanwege een schandaal.

Mariam, die nog nooit van Nixon had gehoord of het schandaal dat hem tot aftreden had gedwongen, zei niets terug. Ze wachtte angstig op het moment dat Rasheed zou ophouden met praten, zijn sigaret uitdrukken en weggaan. Alleen als ze hem door de gang zou horen weglopen en zijn deur open en dicht hoorde gaan, alleen dan zou de ijzeren greep om haar buik verdwijnen.

Op een avond drukte hij zijn sigaret uit, maar in plaats van een goedenacht te wensen leunde hij tegen de deurpost.

'Ga je die ooit nog uitpakken?' zei hij terwijl hij met zijn hoofd in de richting van haar koffer knikte. Hij legde zijn armen over elkaar. 'Ik denk toch dat je wel eens iets nodig hebt. Dit is absurd. Je bent hier al een week en... Goed, ik verwacht van je dat je je vanaf morgenochtend gedraagt als een vrouw. *Fahmidi*? Begrepen?'

Mariams tanden begonnen te klapperen.

'Ik wil antwoord.'

'Ja.'

'Goed,' zei hij. 'Wat dacht je dan? Dat dit een hotel is? Dat ik een hotel run? Nou, het... O o. *La illah u ilillah.* Wat heb ik je ook alweer over dat huilen van je gezegd? Mariam. Wat heb ik ook weer over dat huilen van je gezegd?'

Toen Rasheed de volgende ochtend naar zijn werk vertrokken was, pakte Mariam haar kleren uit en legde ze in het dressoir. Ze haalde een emmer water uit de put en lapte de ramen van haar kamer en van de woonkamer beneden. Ze veegde de vloeren en haalde de spinnenwebben weg die in de hoeken van het plafond wiegden. Ze opende de ramen om frisse lucht binnen te laten.

Ze deed drie kopjes met linzen in een pan om te weken, vond een mes en schilde een paar wortels en aardappelen, die ze ook in het water zette. Ze zocht naar meel, vond die in een van de kasten, helemaal achter een rijtje smerige potjes met kruiden, en maakte vers deeg door het te kneden op de manier die Nana haar had geleerd: het deeg wegduwen met de muis van haar handen, de rand omvouwen, omdraaien en weer wegduwen. Toen ze het deeg met meel had bestrooid, wikkelde ze het in een vochtige doek, deed een hijab om en liep naar de gemeenschappelijke tandoor.

Rasheed had haar verteld waar het was, de straat uit, dan naar links en meteen weer naar rechts, maar Mariam hoefde alleen maar de schare vrouwen en kinderen te volgen die dezelfde richting uit gingen. De kinderen die achter hun moeders aankwamen of voor hen uit renden, droegen hemden die telkens weer versteld waren. Ze droegen broeken die te groot of te klein leken, sandalen met kapotte riempjes die heen en weer flapperden. Met stokken dreven ze oude fietswielen voor zich uit.

Hun moeders liepen in groepjes van drie of vier, sommige in burka. Mariam kon hun schelle gebabbel en hun gegiechel horen. Terwijl ze met haar hoofd omlaag liep, ving ze brokstukken van hun gescherts op, dat altijd te maken leek te hebben met zieke kinderen of luie, ondankbare echtgenoten.

'Alsof het eten zomaar op tafel komt.'

'*Wallah o billah*, nooit eens een seconde rust!'

'En hij zegt tegen mij, ik zweer het, echt waar, toen zegt hij warempel tegen mij...'

Die eindeloze gesprekken, die klagende maar vreemd opgewekte toon, bleven maar in een kringetje draaien. Het ging maar door, op straat, om de hoek, in de rij voor de tandoor. Echtgenoten die gokten. Echtgenoten die hun moeder verafgoodden en geen rupia aan hen gaven, hun vrouwen. Mariam vroeg zich af hoe zo veel vrouwen dezelfde ellendige pech konden verdragen stuk voor stuk getrouwd te zijn met zulke vreselijke mannen. Of was dit een vrouwenspelletje dat zij niet kende, een dagelijks ritueel, zoals rijst weken of deeg maken? Zouden ze van haar verwachten dat ze spoedig meedeed?

In de rij voor de tandoor ving Mariam zijdelingse blikken op die naar haar werden geworpen en hoorde ze anderen fluisteren. Haar handen begonnen te zweten. Ze dacht dat iedereen wist dat zij als een harami geboren was, een bron van schaamte voor haar vader en zijn familie. Ze wisten allemaal dat ze haar moeder had verraden en zichzelf te schande had gemaakt.

Met een punt van haar hijab depte ze het vocht van haar bovenlip en probeerde haar zenuwen in bedwang te houden.

Een paar minuten lang slaagde ze daarin.

Toen tikte iemand haar op haar schouder. Mariam draaide zich om en zag een lichtgetinte, stevige vrouw voor zich staan die net als zij een hijab droeg. Ze had kort springerig zwart haar en een goedgehumeurd, bijna volmaakt rond gezicht. Haar lippen waren veel voller dan die van Mariam, maar haar onderlip hing een beetje, alsof hij omlaaggetrokken werd door de grote donkere moedervlek vlak eronder. Ze had grote groenige ogen, die Mariam uitnodigend toestraalden.

'Jij bent de nieuwe vrouw van Rasheed jan, hè?' zei de vrouw met een brede glimlach. 'Het meisje uit Herat. Je bent nog zo jong! Mariam jan, toch? Mijn naam is Fariba. Ik woon in dezelfde straat als jij, vijf huizen naar links, het huis met de groene deur. Dit is mijn zoon Noor.'

De jongen naast haar had een glad en tevreden gezicht en zijn haar was even springerig als dat van zijn moeder. Er zat een plukje dik zwart haar op het lelletje van zijn linkeroor. Er lag een schalks en roekeloos schijnsel in zijn ogen. Hij stak zijn hand op. '*Salaam, khala* jan.'

'Noor is tien jaar oud. Ik heb ook nog een oudere zoon, Ahmad.'

'Hij is dertien,' zei Noor.

'Ik heb ze van dertien tot veertig,' lachte de vrouw, Fariba. 'Mijn echtgenoot heet Hakim. Hij is leraar hier in Deh-Mazang. Je moet eens langskomen, dan drinken we een kopje...'

En toen, plotseling, alsof ze ertoe waren aangespoord, duwden de andere vrouwen Fariba weg en vormde er zich met alarmerende snelheid een kring om haar heen.

'Dus jij bent de jonge bruid van Rasheed jan...'

'Hoe vind je Kabul?'

'Ik ben ooit in Herat geweest. Een nicht van mij woont er.'

'Wil je eerst een jongen of een meisje?'

'De minaretten! Zo mooi! Wat een schitterende stad!'

'Een jongen is beter, Mariam jan, ze dragen de familienaam...'

'Bah! Jongens gaan trouwen en gaan ervandoor. Meisjes blijven en zorgen voor je als je oud bent.'

'We hoorden al dat je zou komen.'

'Een tweeling! Een van elk! Dan is iedereen gelukkig!'

Mariam deinsde terug. Ze hyperventileerde. Haar oren suisden, haar pols klopte onregelmatig, haar ogen schoten van het ene gezicht naar het andere. Ze liep verder achteruit, maar er was geen ruimte – ze stond midden in een kring. Ze ontwaarde Fariba, die haar voorhoofd fronste en zag dat ze in nood verkeerde.

'Laat haar met rust!' zei Fariba. 'Opzij, laat haar gaan! Jullie maken haar bang!'

Mariam klemde het deeg tegen haar borst en drong door de menigte om haar heen.

'Waar ga je naartoe, *hamshira*?'

Ze duwde net zo lang tot ze erin geslaagd was buiten de kring vrouwen te geraken en rende de straat op. Pas toen ze bij de kruising aankwam besefte ze dat ze verkeerd gelopen was. Ze draaide zich om en rende terug, hoofd omlaag, ze struikelde op zeker moment en schaafde haar knie pijnlijk, ze kwam weer overeind en rende verder, schoot langs de vrouwen.

'Wat is er met jou aan de hand?'

'Je bloedt, hamshira!'

Mariam sloeg de ene hoek om en toen de andere. Ze vond de goede straat, maar kon zich plotseling niet meer herinneren welk huis van Rasheed was. Ze rende de straat op en neer, hijgend, de tranen nabij, en rukte blindelings aan poorten. Sommige waren gesloten, andere open, maar ze zag alleen onbekende erven, blaffende honden en opgeschrikte kippen. Ze stelde zich al voor dat Rasheed naar huis zou komen en haar zou vinden terwijl ze met haar bloedende knie nog steeds op zoek was, verdwaald in haar eigen straat. Nu begon ze echt te huilen. Ze duwde tegen poorten, mompelde in paniek gebeden, haar gezicht was vochtig van de tranen, totdat ze er een opende en ze opgelucht het bijhuisje zag, de put met de pomp, het gereedschapsschuurtje. Ze sloeg de poort achter zich dicht en draaide de sleutel om in het slot. Ze viel op handen en voeten neer, vlak bij de muur, en begon te kokhalzen. Toen het over was, kroop ze weg en ging met haar benen wijd uit elkaar tegen de muur zitten. Ze had zich in haar leven nog nooit zo eenzaam gevoeld.

Toen Rasheed die avond thuiskwam, had hij een bruine papieren tas bij zich. Mariam was teleurgesteld dat hij niet zag dat de ramen waren gelapt, de vloeren geveegd, de spinnenwebben verjaagd. Maar hij was blij dat zij zijn bord al klaar had gezet, op een schone *sofrah* op de vloer van de woonkamer.

'Ik heb *daal* gemaakt,' zei Mariam.

'Mooi. Ik sterf van de honger.'

Ze goot water voor hem uit de *aftawa* om zijn handen te wassen. Terwijl hij ze aan een handdoek afdroogde, zette ze een dampende schaal met daal voor hem neer en een bord zachte witte rijst. Dit was de eerste maaltijd die zij voor hem had klaargemaakt, en Mariam had graag gewild dat ze zich tijdens het bereiden ervan beter had gevoeld. Onder het koken beefde ze nog steeds van het incident bij de tandoor, en de hele dag had ze zich geërgerd aan de compactheid van de daal en de kleur ervan, bezorgd dat hij zou denken dat ze er te veel gember in had gedaan of niet genoeg koenjit.

Hij doopte zijn lepel in de goudkleurige daal.

Mariam wankelde lichtelijk. Wat als hij teleurgesteld of boos was? Wat als hij zijn bord afkeurend weg zou schuiven?

'Pas op,' wist ze nog net uit te brengen. 'Het is heet.'

Rasheed tuitte zijn lippen en blies, en toen bracht hij zijn lepel naar zijn mond.

'Goed,' zei hij. 'Niet zout genoeg, maar wel goed. Misschien zelfs meer dan goed.'

Opgelucht bleef Mariam toekijken hoe hij at. Onverhoeds ging er een vleugje trots door haar heen. Ze had het goed gedaan – 'misschien zelfs meer dan goed' – en ze verbaasde zich over die huivering na dat complimentje. De onaangename gebeurtenis van die dag verdween wat naar de achtergrond.

'Morgen is het vrijdag,' zei Rasheed. 'Zal ik je dan eens een beetje rondleiden?'

'In Kabul?'

'Nee. In Calcutta.'

Mariam knipperde met haar ogen.

'Grapje. Natuurlijk Kabul. Waar anders?' Hij stak zijn hand in de bruine papieren zak. 'Maar ik moet je eerst iets vertellen.'

Hij haalde een hemelsblauwe burka uit de zak. De meterslange gevouwen stof viel over zijn knieën toen hij de stof optilde. Hij graaide de burka bijeen en keek naar Mariam.

'Ik heb klanten, Mariam, mannen die hun vrouwen naar mijn winkel meenemen. De vrouwen komen met onbedekt hoofd, ze spreken rechtstreeks tegen me, kijken me zonder schaamte in mijn ogen. Ze dragen make-up en rokken die hun knieën onbedekt laten. Soms zetten ze zelfs hun voet pal voor me neer, de vrouwen, om die op te laten meten, en hun mannen staan toe te kijken. Dat staan ze toe. Ze vinden het niks erg dat een vreemde de naakte voet van hun vrouw aanraakt! Ze denken dat ze moderne mensen zijn, intellectuelen, op grond van hun opvoeding, neem ik aan. Ze zien niet dat ze hun eigen *nang* en *namoos* te grabbel gooien, hun eer en trots.'

Hij schudde zijn hoofd.

'Ze wonen meestal in de rijkere buurten van Kabul. Ik zal je er wel eens mee naartoe nemen. Dan kun je het zelf zien. Maar ze zitten hier ook, Mariam, hier in deze buurt, die zwakke mannen. Er woont hier een leraar aan deze straat, Hakim heet hij, en ik zie zijn vrouw Fariba elke keer over straat lopen met op haar hoofd niets anders dan een sjaal. Ik voel me eerlijk gezegd ongemakkelijk als ik een man zie die de controle over zijn vrouw kwijt is.'

Hij keek Mariam strak aan.

'Ik ben een ander soort man, Mariam. Waar ik vandaan kom, betekent één verkeerd woord of één verkeerde blik dat er bloed vloeit. Waar ik vandaan kom, is het gezicht van een vrouw uitsluitend en alleen een zaak van haar man. Ik wil dat je dat in je oren knoopt. Begrijp je?'

Mariam knikte. Toen hij haar de zak gaf, nam ze die aan.

De vreugde die ze had gevoeld nadat haar eten zijn instemming had kunnen wegdragen, was in het niets verdwenen. In plaats daarvan was er de gewaarwording weg te willen kruipen. De wil van deze man was even opdringerig en onwrikbaar als de berg Safid-koh, die zich dreigend aftekende boven Gul Daman.

'We begrijpen elkaar dus. Geef me nog eens wat van die daal.'

11

Mariam had nooit eerder een burka gedragen. Rasheed moest haar helpen bij het aantrekken. Het gewatteerde hoofddeel lag zwaar op haar schedel, en het was vreemd de wereld te zien door een netwerk. Ze oefende door in de kamer rond te lopen en bleef maar op de zoom trappen, waardoor ze telkens struikelde. Het verlies van de zijwaartse blik was zenuwslopend, en ze hield niet van de verstikkende manier waarop de stof met de plooien erin telkens tegen haar mond viel.

'Daar raak je wel aan gewend,' zei Rasheed. 'Ik weet zeker dat je het op den duur zelfs aangenaam vindt.'

Ze namen de bus naar een plaats die Rasheed het Share-Nau Park noemde, waar kinderen elkaar duwden op de schommel en een volleybal over een haveloos net sloegen dat aan bomen was vastgemaakt. Ze slenterden er samen rond en zagen jongens vliegers oplaten. Mariam liep naast Rasheed en trapte af en toe op de zoom van haar burka. Rasheed nam haar voor de lunch mee naar een klein kebabhuisje vlak bij een moskee die hij de Hayi Yaghoub Moskee noemde. De vloer was er kleverig en de lucht rokerig. De muren stonken naar rauw vlees en de muziek, die Rasheed haar beschreef als *logari*, was luid. De koks waren magere jongens die met hun ene hand over vleespennen waaierden en met de andere hand muggen doodsloegen. Mariam, die nooit in een restaurant was geweest, vond het eerst eigenaardig om in een lokaal te zitten met zo veel vreemde mensen en dan telkens haar burka te moeten optillen om een hap van haar eten te kunnen nemen. Ze voelde hoe een vleugje van dezelfde angst als op de dag van de tandoor zich roerde in haar maag, maar de aanwezigheid van Rasheed bood enige troost, en na een poosje stoorde ze zich niet meer zo aan de muziek, de rook en zelfs de mensen. En de burka, ervoer ze tot haar verbazing, was ook troostend. Het was net een eenrichtingsraam. Binnenin was ze een toeschouwer die beschermd werd voor de onderzoekende ogen van vreemden. Ze hoefde er zich niet langer druk over te maken dat mensen met één enkele blik alle schaamtevolle geheimen van haar verleden kenden.

Op straat somde Rasheed voor haar diverse belangrijke gebouwen op; dit is de Amerikaanse ambassade, zei hij, en dat het ministerie van Buitenlandse Zaken. Hij wees op auto's en noemde hun merken en het land waar ze gemaakt waren: een Russische Volga, een Amerikaanse Chevrolet, een Duitse Opel.

'Welke vind jij het mooist?' vroeg hij.

Mariam aarzelde en wees een Volga aan. Rasheed begon te lachen.

Kabul was veel en veel drukker dan het weinige dat Mariam van Herat had gezien. Er waren minder bomen en minder paardengari's, maar meer auto's, grotere gebouwen, meer verkeerslichten en meer geplaveide wegen. En overal hoorde Mariam het speciale dialect van de stad: 'lieve' was 'jan' in plaats van 'jo', 'zuster' werd 'hamshira' in plaats van 'hamshireh', enzovoort.

Bij een venter kocht Rasheed een ijsje voor haar. Het was voor het eerst dat ze ijs at, en Mariam had nooit kunnen denken dat haar tong zo kon worden gestreeld. Ze verslond het hele schaaltje, van het verkruimelde laagje pistache bovenop tot en met de rijstnoedels op de bodem. Ze verbaasde zich over de betoverende substantie, de verrukkelijke zoetheid ervan.

Ze wandelden naar een plek die Kocheh-Morgha heette, de Kippenstraat. Het was een smalle drukke bazaar in een buurt waarvan Rasheed zei dat het een van de welgestelde wijken van Kabul was.

'Hier wonen buitenlandse diplomaten, rijke zakenmannen, leden van de koninklijke familie, dat soort mensen. Niet mensen zoals jij en ik.'

'Ik zie geen enkele kip,' zei Mariam.

'Dat is het enige dat je niet in de Kippenstraat zult aantreffen,' antwoordde Rasheed lachend.

De straat was vol winkels en stalletjes, waar lamsleren hoeden en chapans in alle kleuren van de regenboog werden verkocht. Rasheed bleef staan om naar een zilveren dolk met inscriptie te kijken, en in een volgende winkel naar een oud geweer waarvan de winkelier beweerde dat het een reliek was uit de eerste oorlog tegen de Britten.

'Dan ben ik Moshe Dayan,' mompelde Rasheed. Hij glimlachte vaag, en Mariam meende dat dit een glimlach was die alleen voor haar was bedoeld. Een persoonlijke huwelijksglimlach.

Ze slenterden langs winkels met vloerkleden, handwerkwinkels, gebakswinkels, bloemenwinkels, en winkels die kostuums voor mannen en jurken voor vrouwen verkochten, en daarbinnen zag Mariam achter een vitrage meisjes zitten die knopen aannaaiden en kragen streken. Van tijd tot tijd groette Rasheed een winkelier die hij kende, soms in het Farsi, soms in het Pashtu. Terwijl ze elkaar een hand gaven en op de wang kusten, stond Mariam terzijde. Rasheed wenkte haar niet naderbij en stelde haar niet voor.

Bij een borduurwinkel vroeg hij haar even te wachten. 'Ik ken de eigenaar,' zei hij. 'Ik wip even binnen om salaam te zeggen.'

Mariam wachtte buiten op het drukke trottoir. Ze keek naar de auto's die door de Kippenstraat krioelden, zich moeizaam een weg baanden door een horde venters en voetgangers en toeterden naar kinderen en ezels die niet opzij wilden. Ze keek naar de verveeld starende handelaren in hun piepkleine stalletjes, die rookten of in hun koperen kwispedoor spuugden; af en toe dook hun gezicht uit de schaduw op om met hun stoffen en jassen met bontkraag te leuren.

Maar het waren de vrouwen op wie Mariam het meest lette.

De vrouwen in dit deel van Kabul waren van een andere soort dan die in de armere buurten – zoals waar Rasheed en zij woonden –, waar veel vrouwen volledig bedekt gingen. Deze vrouwen waren... welk woord had Rasheed er ook alweer voor gebruikt? Modern. Ja, moderne Afghaanse vrouwen, getrouwd met moderne Afghaanse mannen, die het niet erg vonden dat hun vrouw tussen vreemden liep met make-up op haar gezicht en niets op haar hoofd. Mariam zag hen ongegeneerd over straat huppelen, soms met een man, soms alleen, soms met kinderen met blozende wangen die glanzende schoenen aanhadden en horloges met een leren bandje om, die fietsen met hoge sturen en goudkleurige spaken meevoerden – heel anders dan de kinderen in Deh-Mazang, die littekens van zandmuggen op hun wangen hadden en oude fietswielen met stokken voor zich uit dreven.

Deze vrouwen hier zwaaiden allemaal met een handtasje en droegen ruisende rokken. Mariam ontwaarde er zelfs een die achter het stuur van haar auto zat te roken. Hun nagels waren lang, glanzend roze of oranje, hun lippen rood als tulpen. Ze liepen op hoge hakken en hadden altijd haast, alsof ze eeuwig dringende zaken hadden te doen. Ze droegen een donkere zonnebril, en als ze langsdartelden ving Mariam een vleug van hun parfum op. Ze stelde zich voor dat ze allemaal op de universiteit hadden gestudeerd en in kantoorgebouwen werkten achter eigen bureaus, waar ze zaten te typen en te roken en waar ze belangrijke telefoongesprekken voerden met belangrijke mensen. Deze vrouwen stelden Mariam voor een raadsel. Ze maakten haar bewust van haar eigen eenzaamheid, haar alledaagse uiterlijk, haar gebrek aan ambities, haar onwetendheid over zo veel dingen.

Toen tikte Rasheed haar op de schouder en gaf haar iets.

'Hier.'

Het was een donkerbruine zijden hoofddoek met franjes en kralen, en met randen die met een gouden draad waren geborduurd.

'Mooi?'

Mariam keek op. Toen deed Rasheed iets ontroerends. Hij knipperde met zijn ogen en wendde zijn blik van haar af.

Mariam moest aan Jalil denken, aan de inlevende joviale manier waarmee hij zijn juwelen aan haar opdrong, de overweldigende vrolijkheid die niet anders beantwoord kon worden dan met nederige dankbaarheid. Nana had gelijk met haar bewering over de cadeaus van Jalil. Het waren halfhartige bewijzen van boetedoening geweest; onoprechte, corrupte gebaren, die meer bedoeld waren voor zijn eigen zielenrust dan voor de hare. Deze hoofddoek was een echt cadeau, zag Mariam.

'Prachtig,' zei ze.

Die avond bezocht Rasheed opnieuw haar kamer. Maar hij bleef niet in de deuropening staan roken, hij kwam binnen en ging op haar bed zitten. De springveren piepten toen het bed naar zijn kant overhelde.

Er was even een aarzeling, en toen voelde ze zijn hand achter in haar nek, zijn dikke vingers drukten zachtjes op de knobbels. Zijn duim gleed naar beneden en streelde nu de holte boven haar sleutelbeen, en daarna de huid eronder. Mariam huiverde. Zijn hand kroop nog verder naar beneden, steeds verder, zijn vingernagels grepen al in haar katoenen bloes.

'Ik kan niet,' kreunde ze terwijl zij naar zijn door de maan beschenen profiel keek, zijn brede schouders en borst, het bosje grijze haren dat uit zijn open kraag tevoorschijn kwam.

Zijn hand lag nu op haar rechterborst, hij kneedde hard door haar bloes heen, en ze kon hem zwaar door de neus horen ademhalen.

Hij gleed naast haar onder de deken. Ze voelde hoe hij met zijn riem in de weer was en met het koord van haar broek. Haar vuisten klampten zich aan de lakens vast. Hij rolde op haar, wriemelde en verschoof, en zij uitte een jammerklacht. Mariam sloot haar ogen en beet op haar tanden.

De pijn kwam plotseling, als een verrassing. Haar ogen sprongen open. Ze hapte naar adem en beet op de knokkel van haar duim. Ze gooide haar vrije arm over Rasheeds rug en haar vingers groeven zich in zijn overhemd.

Rasheed duwde zijn gezicht in haar kussen en Mariam staarde met wijd opengesperde ogen over zijn schouder naar het plafond, huiverend, lippen opeengeperst, en ze voelde de warmte van zijn snelle ademhaling op haar schouders. De lucht tussen hen rook naar tabak, uien en het gegrilde lamsvlees dat ze eerder hadden gegeten. Nu en dan wreef zijn oor over haar wang en door de schraperige huid wist ze dat hij zich had geschoren.

Toen het voorbij was, rolde hij hijgend van haar af. Hij legde zijn voorarm op zijn voorhoofd. In het donker kon ze de blauwe wijzers van zijn horloge zien. Zo bleven ze een tijdje op hun rug liggen zonder elkaar aan te kijken.

'Je hoeft je hier niet voor te schamen, Mariam,' zei hij licht brabbelend. 'Dit doen mensen die met elkaar getrouwd zijn. De Profeet en zijn vrouw hebben het ook gedaan. Je hoeft je niet te schamen.'

Even later duwde hij de deken weg en liep de kamer uit; hij liet haar achter met de indruk van zijn hoofd op haar kussen, hij liet haar achter terwijl zij wachtte tot de pijn beneden verdwenen was; ze keek naar de koude sterren in de lucht en naar een wolk die als een bruidssluier voor de maan hing.

12

In dat jaar, 1974, viel de ramadan in de herfst. Voor het eerst van haar leven zag Mariam hoe de waarneming van de wassende maan een hele stad kon veranderen, het ritme en de stemming wijzigen. Ze merkte hoe er een doezelige stilte over Kabul kwam te hangen. Het verkeer werd traag, verminderde, werd zelfs rustig. Winkels liepen leeg. Restaurants deden hun lichten uit en sloten hun deuren. Mariam zag niemand meer op straat roken, ze zag niet meer de damp van kopjes thee van de vensterbanken komen. En bij de *iftar*, als de zon in het westen onderging en het kanon op de berg Shir Darwaza werd afgevuurd, ging de stad eten, en dat deed Mariam ook, met brood en dadels, en ze proefde voor het eerst in de vijftien jaar van haar leven de zoetheid van een ervaring die ze met anderen deelde.

Met uitzondering van een handjevol dagen hield Rasheed zich niet aan de vasten. De paar keer dat hij het wel deed kwam hij slechtgehumeurd thuis. Als hij hongerig was, werd hij nors, prikkelbaar en ongeduldig. Op een avond was Mariam een paar minuten te laat met het eten en hij begon aan het brood met de radijsjes. Zelfs toen Mariam de rijst en het lamsvlees en de okra-*qurma* voor hem had neergezet, raakte hij het niet aan. Hij zei niets en bleef op zijn brood kauwen, zijn slapen bewogen, en de ader op zijn voorhoofd zag er gezwollen uit, wat erop duidde dat hij kwaad was. Hij bleef maar kauwen en voor zich uit staren, en toen Mariam hem aansprak keek hij haar aan zonder haar gezicht te zien en stopte nog een stuk brood in zijn mond.

Mariam was blij toen de ramadan voorbij was.

Vroeger, op de eerste van de drie dagen van het *Eid-ul-Fitr*-feest dat op de ramadan volgde, kwam Jalil bij Mariam en Nana in de kolba op bezoek. Gekleed in pak met stropdas had hij altijd cadeautjes bij zich. Op een keer gaf hij Mariam een wollen hoofddoek. Als ze dan met zijn drieën aan de thee zaten, verontschuldigde Jalil zich altijd.

'Snel weg om de Eid met zijn eigen gezin te vieren,' zei Nana steeds als hij de rivier overstak en nog eenmaal wuifde.

Mullah Faizullah kwam ook altijd. Hij bracht voor Mariam chocolade in zilverpapier mee, een mandje met geverfde gekookte eieren en koekjes. Als hij weg was klom Mariam met haar traktaties in een van de wilgen. Ze streek neer op een tak en at de chocolade van mullah Faizullah, en ze liet het zilverpapier vallen totdat het rond de boomstam verspreid lag als zilverbloesem. Als de chocolade op was, begon ze aan de koekjes, en met een potlood tekende ze gezichten op de eieren die hij had meegebracht. Maar veel plezier had ze daar niet in. Mariam zag altijd erg op tegen Eid, die dagen van gastvrijheid en feesten, als families zich op hun best kleedden en bij elkaar op bezoek gingen. Ze dacht altijd dat Herat dan barstte van de vrolijkheid en dat opgewekte en enthousiaste mensen elkaar bedolven onder genegenheid en goede wil. Er daalde dan als een lijkwade een verlatenheid op haar neer die pas wegtrok als Eid eenmaal voorbij was.

Dat jaar zag Mariam voor het eerst met eigen ogen de Eid die ze zich in haar kinderjaren had voorgesteld.

Rasheed en zij gingen de straat op. Mariam had nog nooit zo veel leven op straat aanschouwd. Niet ontmoedigd door het kille weer waren hele families de stad in gestroomd om jachtig het ene na het andere familielid te bezoeken. In hun eigen straat zag Mariam Fariba en haar zoon Noor, die een pak aanhad. Fariba, die een witte hoofddoek droeg, liep naast een breekbare, verlegen ogende man met een bril. Haar oudste zoon was er ook bij – Mariam kon zich om een of andere reden herinneren dat Fariba hem Ahmad had genoemd, die eerste keer bij de tandoor. Hij had diepliggende, sombere ogen, en zijn gezicht zag er wijzer en ernstiger uit dan dat van zijn jonge broer, een gezicht dat even suggestief en vroegrijp was als dat van zijn broer kwijnend jongensachtig. Om de nek van Ahmad hing een glinsterende hanger met de naam ALLAH erop.

Fariba moest haar hebben herkend, Mariam liep in burka naast Rasheed. Fariba zwaaide en riep: '*Eid mubarak*!'

Vanuit haar burka knikte Mariam bijna onopvallend naar haar.

'Dus je kent die vrouw, de echtgenote van de leraar?' vroeg Rasheed.

Mariam zei van niet.

'Blijf maar liever uit haar buurt. Het is een bemoeizieke roddeltante, dat mens. En haar man denkt dat hij een ontwikkelde intellectueel is. Maar hij is een muis. Moet je dat zien. Het lijkt toch net een muis?'

Ze liepen naar Shar-e-Nau, waar kinderen met nieuwe overhemden en fleurige vesten aan het stoeien waren en elkaar hun Eidcadeautjes lieten zien. Vrouwen liepen wiebelend met schalen vol zoetigheden rond. Mariam zag feestelijke lantaarns buiten voor de winkels hangen en hoorde muziek uit luidsprekers schallen. Vreemden riepen haar 'Eid mubarak' toe als ze passeerden.

Die avond gingen ze naar Chaman, en Mariam zag, achter Rasheed staand, vuurwerk in de vorm van groene, roze en gele pijlen de lucht in gaan. Ze miste de tijd dat ze met mullah Faizullah buiten de kolba zat en ze samen het vuurwerk boven Herat zagen exploderen, de plotselinge uitbarsting van kleuren die in de zachte, door grauwe staar aangetaste ogen van haar leraar weerspiegeld werden. Maar het meest miste ze Nana. Mariam zou willen dat haar moeder nog leefde zodat ze dit kon meemaken. Háár te zien te midden van dit alles. Eindelijk zien dat tevredenheid en schoonheid geen onbereikbare dingen waren. Zelfs voor hun soortgenoten niet.

Ze kregen met *Eid* gasten thuis. Het waren allemaal mannen, vrienden van Rasheed. Als er werd geklopt, wist Mariam dat ze naar boven naar haar kamer moest en de deur moest sluiten. Ze bleef er zolang de mannen beneden met Rasheed thee dronken, rookten en babbelden. Rasheed had Mariam verteld dat ze niet naar beneden mocht voordat de gasten waren vertrokken.

Mariam vond dat niet erg. In werkelijkheid was ze zelfs gevleid. Rasheed zag iets gewijds in wat zij samen hadden. Haar eer, haar namoos, was iets dat het waard was door hem beschermd te worden. Ze voelde zich gewaardeerd door zijn bescherming. Gekoesterd en belangrijk.

Op de derde en laatste dag van Eid ging Rasheed bij vrienden op bezoek. Mariam, die de hele nacht misselijk was geweest, kookte wat water en maakte voor zichzelf een kop groene thee met wat gemalen kardemom erop. In de woonkamer nam ze de schade op van het Eidbezoek van de vorige avond: omgevallen kopjes, half opgekauwde pompoenpitten, weggestopt tussen de matrassen, borden met aangekoekte korstjes waardoor je de structuur van de maaltijd nog kon herkennen. Mariam begon de rotzooi op te ruimen, terwijl ze er zich over verbaasde hoe ongehoord lui mannen konden zijn.

Ze was eigenlijk niet van plan Rasheeds kamer te betreden. Maar na de woonkamer bleef ze aan het schoonmaken: de trap en de gang boven, tot aan zijn deur, en het eerstvolgende dat ze besefte was dat ze voor het eerst in zijn kamer was en op zijn bed zat, als een indringer.

Ze nam de zware groene gordijnen in zich op, de gepoetste schoenen keurig op een rij langs de muur, de kastdeur waar de grijze verf af was gebladderd en het hout nu zichtbaar was. Ze ontwaarde een pakje sigaretten op het dressoir naast zijn bed. Ze stak er een tussen haar lippen en ging voor de kleine ovalen spiegel staan die aan de muur hing. Ze blies lucht naar de spiegel en maakte bewegingen alsof ze de as van de sigaret tikte. Ze legde hem terug. Ze zou nooit de vloeiende elegantie tentoon kunnen spreiden waarmee vrouwen in Kabul rookten. Bij haar leek het minderwaardig, belachelijk.

Bevangen door schuldgevoel trok ze de bovenste la van het dressoir open.

Het eerste wat ze zag was het pistool. Het was zwart, had een houten handgreep en een korte loop. Mariam prentte zich eerst in hoe het precies lag voordat ze het oppakte. Ze draaide het in haar handen heen en weer. Het was veel zwaarder dan het eruitzag. De handgreep voelde in haar handen glad aan en de loop was koud. Ze vond het verontrustend dat Rasheed iets bezat waarvan de enige bedoeling was er iemand anders mee te doden. Maar hij bewaarde het vast en zeker voor hun veiligheid. Haar veiligheid.

Onder het wapen lagen diverse tijdschriften met ezelsoren. Mariam sloeg er een op. Iets in haar brak. Haar mond viel vanzelf open.

Op elke pagina waren vrouwen afgebeeld, prachtige vrouwen, zonder overhemd, zonder broek, zonder sokken en onderbroek. Ze hadden helemaal niets aan. Ze lagen in bed tussen verkreukelde lakens en keken Mariam met halfgeloken ogen aan. Op de meeste foto's hielden ze hun benen ver uit elkaar, en Mariam had volledig zicht op de donkere plek in het midden. Op sommige waren de vrouwen geknield alsof – God verhoede die gedachte – ze in *sujda* zaten voor hun gebed. Ze keken over hun schouder met een uitdrukking van verveelde minachting.

Mariam legde de tijdschriften snel terug waar ze die gevonden had. Ze voelde zich verdoofd. Wie waren die vrouwen? Hoe konden ze zichzelf toestaan zich zo te laten fotograferen? Haar maag kwam vol weerzin in opstand. Was dit het dan wat hij deed als hij 's avonds niet op haar kamer kwam? Was zij in dit opzicht een teleurstelling voor hem geweest? En hoe zat het met al die praatjes van hem over eer en fatsoen, en zijn weerzin tegen zijn vrouwelijke klanten die hem per slot van rekening alleen maar hun voeten lieten zien om de schoenen goed te laten passen. 'Het gezicht van een vrouw,' had hij gezegd, 'is uitsluitend en alleen een zaak van haar man.' De vrouwen op die pagina's hadden vast en zeker een man, althans een aantal van hen. Of ze hadden op zijn minst een broer. Als dat zo was, waarom moest zij dan per se bedekt gaan, terwijl hij er zijn hand niet voor omdraaide te kijken naar persoonlijk plekjes van vrouwen en zussen van andere mannen?

Mariam zat verward en uit het veld geslagen op zijn bed.

Ze legde haar gezicht in haar handen en sloot haar ogen. Ze ademde langzaam in en uit, tot ze zich wat rustiger voelde.

Langzaam diende er zich een mogelijke verklaring aan. Hij was tenslotte een man die al jaren alleen had geleefd, voordat zij bij hem in was getrokken. Zijn behoeften waren anders dan die van haar. Voor haar was het samen slapen na al die maanden nog steeds een oefening in het verdragen van pijn. Zijn lust, anderzijds, was vurig, op het gewelddadige af. De manier waarop hij haar neerdrukte, haar borsten kneedde, zijn heupen krachtig gebruikte. Hij was een man. Al die jaren zonder vrouw. Kon zij het hem kwalijk nemen dat hij was zoals God hem geschapen had?

Mariam wist dat zij hierover nooit met hem zou kunnen praten. Het onderwerp was taboe. Maar was het ook onvergeeflijk? Ze hoefde alleen maar aan die andere man in haar leven te denken. Jalil, echtgenoot van drie vrouwen en vader van negen kinderen op dit moment, die een onwettige relatie had gehad met Nana. Wat was erger: Rasheeds tijdschrift of wat Jalil had gedaan? En wat gaf haar, iemand uit een dorp, een harami, trouwens het recht een oordeel uit te spreken?

Mariam probeerde de onderste la van het dressoir te openen.

Daar vond ze een foto van de jongen, Yunus. Zwart-wit. Hij leek vier of vijf. Hij had een gestreept overhemd aan met een vlinderdas. Het was een knap jongetje met een ranke neus, bruin haar en donkere, enigszins diepliggende ogen. Hij keek verstrooid, alsof iets zijn aandacht had getrokken vlak voordat er werd afgedrukt.

Eronder vond Mariam nog een foto, ook zwart-wit, maar deze was wat korreliger. Er was een vrouw op te zien die op een stoel zat, en achter haar stond een magerder en jongere Rasheed met zwart haar. Het was een prachtige vrouw. Niet zo mooi als de vrouwen in het tijdschrift misschien, maar wel prachtig. Vast veel prachtiger dan zij, Mariam. Ze had een zachte kin en lang zwart haar met een scheiding in het midden. Hoge jukbeenderen en een edel voorhoofd. Mariam stelde zich haar eigen gezicht voor, haar dunne lippen en lange kin, en er sloeg een golf jaloezie door haar heen.

Deze foto bekeek ze heel lang. Er zat iets vaag verwarrends in de manier waarop Rasheed bijna dreigend over haar heen gebogen leek te staan. Zijn handen op haar schouders. Zijn aantrekkelijke glimlach met samengeknepen lippen en haar niet-glimlachende gemelijke gezicht. De manier waarop ze haar lichaam subtiel voorovergebogen hield, alsof ze probeerde zich van zijn handen te bevrijden.

Mariam legde alles terug waar ze het gevonden had.

Toen ze later de was deed, had ze er spijt van dat ze in zijn kamer had gesnuffeld. Waarom had ze dat gedaan? Wat was ze nu voor wezenlijks over hem te weten gekomen? Dat hij een pistool had, dat hij een man was met de behoeften van een man? En ze had niet zo lang naar die foto van hem en zijn vrouw moeten kijken. Haar ogen hadden een betekenis gelezen in wat niets anders was geweest dan een toevallige lichamelijke houding die in een fractie van een seconde was vastgelegd.

Wat Mariam nu voelde, nu de volle waslijnen voor haar ogen dansten, was treurnis om Rasheed. Hij had ook een moeilijk leven gehad, een leven getekend door verlies en droevige lotswisselingen. Haar gedachten gingen terug naar zijn zoon, Yunus, die ooit sneeuwpoppen op dit erf had gemaakt en wiens voeten op de trap hadden gebonsd. Het meer had hem van Rasheed afgepakt, had hem verzwolgen, net als de walvis de profeet met dezelfde naam als de jongen in de Koran. Het deed Mariam pijn, het deed haar heel veel pijn om zich voor te stellen hoe Rasheed paniekerig en hulpeloos op de oever van het meer heen en weer had gebeend en het meer had gesmeekt zijn zoon op het droge zand terug te spuwen. En voor het eerst voelde ze zich verbonden met haar man. Ze zei bij zichzelf dat ze uiteindelijk goede maatjes zouden worden.

13

Op de busrit van de dokter naar huis gebeurde er iets heel merkwaardigs met Mariam. Waar ze ook keek, ze zag overal stralende kleuren: op de kleurloze grijze betonnen flats, op de open winkeltjes met blikken dak, in het modderige water dat door de goten stroomde. Het leek wel of er een regenboog in haar ogen gesmolten was.

Rasheed trommelde met zijn gehandschoende vingers en neuriede een liedje. Telkens als de bus over een gat hobbelde en vooruitsprong, bewoog hij zijn hand beschermend over haar buik.

'Wat vind je dan van Zalmai?' vroeg hij. 'Dat is een degelijke Pashtu naam.'

'En als het nu een meisje is?' zei Mariam.

'Ik denk dat het een jongen wordt. Ja. Een jongen.'

In de hele bus werd nu gemompeld. Sommige mensen wezen elkaar ergens op en anderen leunden over stoelen om het te kunnen zien.

'Kijk,' zei Rasheed, terwijl hij met een knokkel op het glas tikte. Hij glimlachte. 'Daar. Zie je?'

Mariam zag mensen op straat blijven staan. Bij verkeerslichten doken er uit de raampjes van de auto's hoofden op, die zich naar de neerdalende zachtheid wendden. Wat was er nu zo verrukkelijk aan de eerste sneeuwval van het seizoen, vroeg Mariam zich af. Was het de kans iets te zien dat nog smetteloos was, nog onbetreden? Om de kortstondige gratie van een nieuw seizoen op te snuiven, een mooi begin, voordat het werd vertrapt en bezoedeld?

'Als het een meisje is,' zei Rasheed, 'maar dat is het niet, als het een meisje is, dan kun je haar de naam geven die jij wilt.'

De volgende ochtend werd Mariam wakker van gezaag en gehamer. Ze sloeg een hoofddoek om en liep het erf op dat vol lag met opgewaaide sneeuw. De zware sneeuwval van de afgelopen nacht was opgehouden. Nu prikkelde alleen verstrooid ochtendlicht en wat dwarrelende sneeuwvlokken haar wangen. Het was windstil en de lucht rook naar brandende kolen. Kabul was angstaanjagend rustig onder een gewatteerde witte deken, hier en daar kringelden slierten rook omhoog.

Ze trof Rasheed in het gereedschapsschuurtje aan, hij sloeg spijkers in een plank. Toen hij haar zag, haalde hij een spijker uit zijn mondhoek.

'Het was als verrassing bedoeld. Hij heeft een wieg nodig. Je had het eigenlijk niet mogen zien voordat het af is.'

Mariam had graag gewild dat hij dat niet deed: al zijn hoop vestigen op een jongen. Hoe gelukkig ze ook was met haar zwangerschap, zijn verwachting drukte op haar. De dag tevoren was Rasheed thuisgekomen met een suède winterjasje voor een jongen, vanbinnen gevuld met zachte schaapshuid, de mouwen verfraaid met fijn rood en geel zijden draad.

Rasheed raapte een lange smalle plank op. Toen hij hem in tweeën zaagde, zei hij dat hij zich zorgen maakte over de trap. 'Daar moet ik later nog iets aan doen, voor als hij oud genoeg is om de trap op te kunnen.' De kachel baarde hem ook zorgen, zei hij. Messen en vorken moesten buiten het bereik van de jongen worden opgeborgen. 'Je kunt niet voorzichtig genoeg zijn. Jongens zijn roekeloos.'

Mariam trok de hoofddoek dichter om zich heen tegen de kou.

De volgende ochtend zei Rasheed dat hij zijn vrienden voor een etentje wilde uitnodigen om het te vieren. De hele morgen maakte Mariam linzen schoon en weekte rijst. Ze sneed aubergines voor de *borani* en maakte prei en rundergehakt voor *aushak*. Ze veegde de vloer, sloeg de gordijnen uit en luchtte het huis ondanks de sneeuw die weer was gaan vallen. Ze legde matrassen en kussens langs de muren van de woonkamer en zette schalen met snoep en geroosterde amandelen op tafel.

Vroeg op de avond, voordat de eerste mannen arriveerden, was ze op haar kamer. Ze lag in bed toen het eerste gepraat en gelach en geplaag begon. Ze kon haar handen er niet van weerhouden haar buik te betasten. Ze dacht aan wat er groeide, en het geluk snelde bij haar binnen als een windvlaag door een open raam. Haar ogen werden vochtig.

Mariam dacht aan haar zeshonderdvijftig kilometer lange busreis met Rasheed, van Herat in het westen, bij de grens met Iran, naar Kabul in het oosten. Ze waren door kleine stadjes en grote steden en vlak bij elkaar gelegen dorpjes gekomen, die almaar bleven opduiken. Ze waren bergen overgegaan en door woeste, verschroeide woestijnen getrokken, van het ene gewest naar het andere. En hier was ze nu, na al die rotsen en verdorde heuvels, in een eigen huis, met een eigen man, op weg naar een laatste gekoesterd gewest: het moederschap. Hoe zalig was het aan die baby te denken, háár baby, hún baby. Hoe schitterend was het te weten dat haar liefde ervoor alles al in het niet deed verzinken dat ze ooit als menselijk wezen had gevoeld, en te weten dat er geen noodzaak meer was voor een spelletje met steentjes.

Beneden stemde iemand een harmonium. Daarna was er de galm van een stok, die op een trommel sloeg. Iemand schraapte zijn keel. En daarna hoorde je gefluit en geklap en geschreeuw en gezang.

Mariam streek over haar zachte buik. 'Niet groter dan de nagel van een vinger,' had de dokter gezegd.

Ik word moeder, dacht ze.

'Ik word moeder,' zei ze. Ze lachte in zichzelf en zei het telkens weer, de woorden proevend.

Als Mariam aan haar kind dacht, zwol haar hart op. Het zwol en zwol, tot al haar verlies, al haar leed, al haar eenzaamheid en zelfvernedering verdwenen waren. Dit was waarom God haar hierheen had geleid, dat hele eind dwars door het land. Dat wist ze nu. Ze herinnerde zich een vers uit de Koran dat mullah Faizullah haar had geleerd: 'En aan Allah behoort het Oosten en het Westen, waarheen gij u ook wendt, daar zal het Aangezicht van Allah zijn...' Ze spreidde haar gebedskleedje uit en las haar namaz. Toen ze klaar was, legde ze haar gezicht in haar handen en vroeg God al die voorspoed niet van haar weg te nemen.

Het was een idee van Rasheed om naar de hamam te gaan. Mariam was nog nooit in een badhuis geweest, maar hij zei dat er niets heerlijkers was dan eruit te komen en die eerste koude lucht in te ademen en de hitte van je huid te voelen slaan.

In de vrouwenhamam bewogen zich schimmen in de stoom om Mariam heen, een glimp van een heup hier en de omtrek van een schouder daar. De gilletjes van jonge meisjes, het gebrom van oude vrouwen en het stromende badwater echode tussen de muren terwijl ruggen werden geschrobd en haren ingezeept. Mariam zat in haar eentje in een verre hoek, terwijl ze haar hielen bewerkte met puimsteen, afgezonderd van de voorbijkomende schimmen door een muur van damp.

Toen was er bloed en ze begon te schreeuwen.

Het geluid van voeten nu, die op de natte stenen kletsten. Gezichten die uit de stoom opdoken. Klakkende tongen.

Later die avond, in bed, vertelde Fariba aan haar man dat toen ze het schreeuwen had gehoord en was toegesneld ze de vrouw van Rasheed krimpend in een hoek gevonden had, met opgetrokken knieën, een plas bloed bij haar voeten.

'Je kon de tanden van de arme meid horen klapperen, Hakim, ze rilde en beefde als een gek.'

Toen Mariam haar had gezien, zei Fariba, had ze met een hoge smekende stem gevraagd: 'Dit is normaal, toch? Ja toch? Of is het niet normaal?'

Weer een busrit met Rasheed. Weer sneeuwval. Zware sneeuwval ditmaal. Hopen sneeuw op de trottoirs, op daken, tegen bomen hier en daar. Mariam zag de handelaren sneeuw ruimen voor hun winkels. Een stelletje jongens zat achter een zwarte hond aan. Ze zwaaiden enthousiast naar de bus. Mariam keek naar Rasheed. Hij had zijn ogen gesloten. Hij neuriede niet. Mariam legde haar hoofd achterover en sloot haar ogen eveneens. Ze wilde uit haar koude sokken, uit de klamme wollen trui die op haar huid prikte. Ze wilde weg uit de bus.

Thuis legde Rasheed haar onder een gewatteerde deken op de bank, maar zijn gebaar leek iets stijfs en plichtmatigs te hebben.

'Wat is dat nu voor antwoord?' zei hij opnieuw. 'Zoiets hoort een mullah te zeggen. Voor een dokter betaal je geld en dan wil je een beter antwoord dan "Gods wil".'

Mariam trok haar knieën onder de deken op en zei dat hij wat moest gaan rusten.

'Gods wil,' pruttelde hij.

Hij zat de hele dag in zijn kamer sigaretten te roken.

Mariam lag op de bank met haar handen tussen haar knieën en keek naar de werveling en warreling van de sneeuw buiten het raam. Ze herinnerde zich dat Nana ooit eens had gezegd dat elke sneeuwvlok een zucht was van een gekrenkte vrouw ergens op aarde. Al die zuchten stegen op, werden wolken en braken in kleine stukjes, die zachtjes op de mensen beneden neerdaalden.

'Om je eraan te herinneren hoe vrouwen als wij moeten lijden,' zei ze. 'Hoe geduldig we alles ondergaan wat op ons neerkomt.'

14

Het leed bleef Mariam verbazen. Ze hoefde maar aan de onafgemaakte wieg in het gereedschapsschuurtje te denken of aan het suède jasje in Rasheeds kast, of het kwam meteen boven. Dan kwam het baby'tje tot leven en kon ze het horen, ze kon het hongerige geknor horen, het gekir en gebrabbel. Ze voelde het aan haar borsten snuiven. Het verdriet overspoelde haar, sleurde haar mee, slingerde haar heen en weer. Mariam was stomverbaasd dat ze op zo'n verlammende manier een schepseltje kon missen dat ze nooit had gezien.

Er waren ook dagen dat de somberte niet zo meedogenloos leek. Dagen waarop enkel de gedachte aan een hervatting van haar oude levenspatroon haar niet zo vermoeiend leek, waarop het geen enorme moeite kostte om uit bed te komen, haar gebeden te zeggen, de was te doen en eten te maken voor Rasheed.

Mariam zag ertegen op naar buiten te gaan. Ze was plotseling jaloers op de vrouwen in de buurt en hun kinderschare. Sommigen hadden er zeven of acht en ze beseften niet hoe fortuinlijk ze waren geweest, hoe gelukkig hun kinderen in hun schoot hadden gedijd, geleefd om in hun armen te kronkelen en de melk uit hun borsten te zuigen. Kinderen die ze niet hadden laten wegbloeden samen met het zeepwater en de lichamelijke viezigheid van vreemden in het afvoerputje van een badhuis. Mariam was verontwaardigd als ze hen hoorde klagen over ondeugende zonen en luie dochters.

Een inwendige stem probeerde haar te kalmeren met goedbedoelde maar misleidende troost.

'Je zult andere kinderen krijgen, inshallah. Je bent jong. Je krijgt vast en zeker nog veel meer kansen.'

Maar het leed van Mariam was niet ongericht of vaag. Mariam leed om dít kind, dit bijzondere kind dat haar een poos zo gelukkig had gemaakt.

Op sommige dagen meende ze dat de baby een onverdiende zegen was geweest, dat ze gestraft was voor wat ze Nana had aangedaan. Het was toch waar dat zij gewoon de strop om de nek van haar moeder had gelegd? Trouweloze dochters verdienden het niet zelf moeder te worden, dat was gewoon de straf. Bij vlagen droomde ze dat de djin van Nana 's nachts haar kamer binnen kwam, met zijn klauwen in haar schoot wroette en haar baby stal. In die dromen kraaide Nana van verrukking en gerechtigheid.

Op andere dagen was Mariam vervuld van woede. Het was Rasheeds schuld, vanwege zijn te vroeg gehouden feest. Vanwege zijn roekeloze geloof dat ze in verwachting was van een jongen. Vanwege zijn naamgeving van de baby. Zonder met Gods wil rekening te houden. Zijn fout om haar per se mee te willen nemen naar het badhuis. Er was daar iets geweest wat het had veroorzaakt, de damp, het vuile water, de zeep. Nee. Rasheed niet. Zíj was er schuldig aan. Ze werd razend op zichzelf omdat ze in de verkeerde positie had geslapen, te gekruid had gegeten, te weinig fruit had gegeten, te veel thee had gedronken.

Het was Gods fout, Hij had haar te veel getergd. Hij had haar niet geschonken wat Hij zo veel andere vrouwen geschonken had. Hij had haar op kwellende wijze iets voorgespiegeld waarvan Hij wist dat het haar overgelukkig maakte, en toen had Hij het voor haar neus weggetrokken.

Maar het deed haar geen goed, al die verwijten, al die tirades en beschuldigingen die haar door het hoofd gingen. Het was *kofr*, heiligschennis, om zo te denken. Allah was niet haatdragend. Hij was geen kleingeestige God. Ze hoorde mullah Faizullah in haar oor fluisteren: 'Gezegend is Hij in Wiens hand rust het koninkrijk, en Hij Die macht heeft over alle dingen, Die leven en dood schiep, dat Hij u moge beproeven.'

Vol schuldgevoelens knielde Mariam neer en bad om vergiffenis voor haar gedachten.

Intussen was er sinds de dag in het badhuis een verandering in Rasheed gaande. Als hij 's avonds thuiskwam, praatte hij meestal amper meer. Hij at, rookte en ging naar bed, en soms kwam hij midden in de nacht voor een korte en de laatste tijd nogal ruwe bijslaap. Hij was in die dagen geneigd chagrijnig te zijn, kritiseerde haar koken, klaagde over rommel op het erf of wees zelfs op vuil in het huis. Af en toe nam hij haar op vrijdag mee de stad in, net als vroeger, maar op de trottoirs liep hij snel en altijd enkele meters voor haar uit, zonder iets te zeggen of acht op Mariam te slaan, die bijna moest rennen om hem bij te houden. Hij lachte niet meer zo snel tijdens die uitjes. Hij kocht geen zoetigheid of cadeautjes meer voor haar, bleef niet meer staan om haar op speciale plekken te wijzen, zoals vroeger. Haar vragen leken hem te irriteren.

Op een avond zaten ze in de woonkamer naar de radio te luisteren. De winter was bijna voorbij. De straffe wind die de gezichten met sneeuw bedekte en de ogen deed tranen, was gaan liggen. Zilverachtige sneeuwpluisjes smolten op de takken van grote iepen en zouden over een paar weken vervangen zijn door korte en dikke, lichtgroene knoppen. Rasheed bewoog zijn voet afwezig op het ritme van een trommel in een liedje van Hamahang, en hij hield zijn ogen half dichtgeknepen tegen de sigarettenrook.

'Ben je boos op me?' vroeg Mariam.

Rasheed zei niets. Het liedje eindigde, de nieuwsberichten begonnen. Een vrouwenstem meldde dat president Daud Khan weer een groep sovjetadviseurs terug had gestuurd naar Moskou, uiteraard tot ongenoegen van het Kremlin.

'Ik ben bang dat je boos op me bent.'

Rasheed zuchtte.

'Ben je dat?'

Hij keek haar aan. 'Waarom zou ik boos zijn?'

'Ik weet niet, maar sinds de baby...'

'Denk je dat ik zo'n soort man ben, na alles wat ik voor je heb gedaan?'

'Nee. Natuurlijk niet.'

'Kwel me dan niet langer.'

‘Het spijt me. *Bebakhsh*, Rasheed. Het spijt me.’

Hij drukte zijn sigaret uit en stak een nieuwe op. Hij zette de radio harder.

‘Ik heb er toch over zitten denken,’ zei Mariam zo hard dat ze boven de muziek uitkwam.

Rasheed zuchtte opnieuw, nog geprikkelder ditmaal, en zette de radio weer zachter. Hij wreef vermoeid over zijn voorhoofd. ‘Wat nu weer?’

‘Ik heb erover zitten denken dat we misschien een fatsoenlijke begrafenis moeten houden. Voor de baby, bedoel ik. Wij met ons beiden, een paar gebeden, meer niet.’

Mariam had daar al een tijdje over nagedacht. Ze wilde die baby niet vergeten. Ze vond het verkeerd dat verlies niet op de een of andere manier te gedenken zodat het iets blijvends kreeg.

‘Waarom? Dat is idioot.’

‘Ik denk dat ik me dan beter zou voelen.’

‘Dan doe jij dat maar,’ zei hij scherp. ‘Ik heb al eens een zoon begraven. Ik ga dat niet nog eens doen. Als je het niet erg vindt, luister ik verder naar de radio.’

Hij zette het geluid weer harder, leunde met zijn hoofd achterover en sloot zijn ogen.

Op een zonnige ochtend in diezelfde week koos Mariam een plek op het erf uit en groef een gat.

‘In de naam van Allah en met Allah, en in de naam van de boodschapper van Allah, op wie de zegen en de vrede van Allah ruste,’ zei ze fluisterend, terwijl ze met haar schop in de grond hakte. Ze legde het suède jasje dat Rasheed voor de baby had gekocht in het gat en schepte er zand op.

‘U laat de nacht in de dag overgaan en U laat de dag in de nacht overgaan, en U brengt voort de levenden uit de doden en U brengt voort de doden uit de levenden, en U geeft steun aan wie het U behaagt zonder maat.’

Ze sloeg met de spade het zand aan. Ze hurkte bij het graf neer en sloot haar ogen.

Geef steun, Allah.

Geef me steun.

15

Op 17 april 1978, het jaar waarin Mariam negentien werd, werd er ergens een vermoorde man gevonden, Mir Akbar Khyber. Twee dagen later werd er een grote demonstratie in Kabul gehouden. Iedereen uit de buurt was op straat en praatte erover. Door het raam zag Mariam de buren lopen en opgewonden met elkaar spreken, terwijl ze transistorradio's tegen hun oor hielden. Ze zag Fariba tegen de muur van haar huis leunen en praten met een vrouw die nieuw was in Deh-Mazang. Fariba glimlachte en drukte haar handen op haar gezwollen buik, ze was zwanger. De andere vrouw, wier naam Mariam niet kende, leek ouder dan Fariba en haar haren hadden een rare paarse kleur. Ze hield een kleine jongen aan haar hand. Mariam wist dat die jongen Tariq heette, want ze had de vrouw de jongen bij die naam horen roepen.

Mariam en Rasheed gingen niet met de buren mee. Ze luisterden naar de radio, terwijl zo'n tienduizend mensen de straat op gingen en door de regeringswijk van Kabul liepen. Rasheed zei dat Mir Akbar Khyber een vooraanstaand communist was geweest en dat zijn aanhangers de schuld van de moord gaven aan de regering van president Daud Khan. Hij keek haar niet aan toen hij dit zei. Dat deed hij tegenwoordig nooit meer en Mariam wist niet eens zeker of zij degene was tegen wie hij sprak.

'Wat is een communist?' vroeg ze.

Rasheed snoof verachtelijk en trok beide wenkbrauwen op. 'Je weet niet eens wat een communist is. Zoiets simpels. Iedereen weet dat. Het is alledaagse kennis. Je weet niet... Foei. Ik weet niet waarom ik verbaasd ben.' Toen legde hij zijn voeten gekruist op tafel en mompelde dat het iemand was die in Karl Marxist geloofde.

‘Wie is Karl Marxist?’

Rasheed zuchtte.

Op de radio zei een vrouwenstem dat Taraki, de leider van de Khalqtak van de PDPA, de Afghaanse communistische partij, de straat was opgegaan en vlammende toespraken voor de demonstranten hield.

‘Ik bedoel, wat willen ze?’ vroeg Mariam. ‘Die communisten, waar geloven ze in?’

Rasheed snoof luidruchtig en schudde zijn hoofd, maar Mariam meende onzekerheid te zien in de manier waarop hij zijn armen kruiste en zijn ogen bewoog. ‘Jij weet eigenlijk helemaal niets, hè? Je bent net een kind. Er zit niets in je hersens. Geen kennis.’

‘Ik vraag het omdat...’

‘*Chup ko.* Houd je mond.’

Mariam gehoorzaamde.

Het was niet gemakkelijk te verdragen hem zo tegen haar te horen praten, zijn minachting te accepteren, zijn ridiculisering, zijn beledigingen, zijn manier van langs haar heen lopen alsof ze niet meer dan een huiskat was. Maar na vier jaar huwelijk wist Mariam heel goed hoeveel een vrouw kan verdragen als ze bang is. En Mariam wás bang. Ze was bevreesd voor zijn grilligheid, zijn opvliegende temperament, zijn vasthoudendheid om zelfs een alledaagse woordenwisseling uit te laten monden in een confrontatie met vuistslagen, klappen en schoppen en zich dan soms te excuseren met valse verontschuldigingen, en soms niet.

In de vier jaar sinds de dag in het badhuis waren er nog zes cycli geweest van hoop en ontgoocheling, en voor Mariam was elk verlies, elke ineenstorting, elk ritje naar de dokter weer verpletterender geweest dan de keer ervoor. Met elke teleurstelling was Rasheed terughoudender en haatdragender geraakt. Niets van wat ze deed kon hem bekoren. Ze maakte het huis schoon, overtuigde zich ervan dat er altijd genoeg schone overhemden waren, en kookte zijn favoriete maaltijden. Op een keer kocht ze rampzalig genoeg makeup en maakte zich voor hem op. Maar toen hij thuiskwam, wierp hij één blik op haar en kromp zo vol afkeer in elkaar dat ze naar de badkamer rende en het allemaal wegwaste, terwijl tranen van schaamte zich vermengden met zeepwater, rouge en mascara.

Mariam vreesde nu de geluiden van zijn thuiskomst 's avonds. De knarsende sleutel, de piepende deur, het waren geluiden die haar hart deden overslaan. Vanuit haar bed luisterde ze naar de klikklak van zijn hakken en naar het gedempte geschuifel van zijn voeten als hij zijn schoenen had uitgetrokken. Met haar oren volgde ze wat hij aan het doen was: stoelpoten die over de vloer sleepten, het klaaglijke knerpen van de rieten stoel als hij erin ging zitten, het getik van de lepel op het bord, het geknisper van de krantenpagina's die hij omsloeg, het water dat hij slurpte. En terwijl haar hart tekeerging, vroeg haar geest zich af waar hij die avond mee zou aankomen om tekeer te gaan. Er was altijd wel iets, een onbenullig dingetje dat hem razend maakte, want wat zij ook deed om hem te behagen, hoezeer ze zich ook onderwierp aan zijn wensen en eisen, het was nooit genoeg. Ze kon hem zijn zoon niet teruggeven. Op dit cruciale punt had zij hem teleurgesteld, ze had hem zevenmaal teleurgesteld, en nu was ze voor hem niets anders meer dan een last. Ze zag het in de manier waarop hij naar haar keek, áls hij al naar haar keek. Ze was hem tot last.

'Wat gaat er gebeuren?' vroeg ze hem nu.

Rasheed keek haar even snel van opzij aan. Hij maakte een geluid tussen zuchten en kreunen in, haalde zijn voeten van tafel en zette de radio af. Hij nam die mee naar boven, naar zijn kamer. Hij sloot zijn deur.

Op 27 april werd Mariams vraag beantwoord met onverhoeds geknetter en enorm geraas. Ze liep blootsvoets naar de woonkamer en zag Rasheed al in zijn onderhemd bij het raam staan, met een warrige haardos, handen tegen het glas gedrukt. Mariam liep naar het raam en ging naast hem staan. In de lucht zag ze militaire vliegtuigen in noordelijke en oostelijke richting overkomen. Hun verdovend gegier deed pijn aan haar oren. In de verte weerklonk luid gebulder, en er stegen plotseling rookpluimen op.

'Wat is er aan de hand, Rasheed?'

'God mag het weten,' mompelde hij. Hij zette de radio aan, maar er was alleen maar ruis.

'Wat moeten we nu?'

Ongeduldig zei Rasheed: 'Wachten.'

Later op de dag probeerde Rasheed nog steeds geluid uit de radio te krijgen, terwijl Mariam in de keuken rijst met spinaziesaus maakte. Mariam moest denken aan de tijd dat ze het heerlijk vond om voor Rasheed te koken en daar zelfs naar uitzag. Nu was koken een oefening in verhevigde angst. De qurma's waren naar zijn smaak altijd te zout of te flauw. De rijst was te nat of te droog, het brood te klef of te knapperig. Rasheeds muggenzifterij verlamde haar en in de keuken werd ze verteerd door twijfel aan zichzelf.

Toen ze hem zijn bord bracht, werd het nationale volkslied op de radio gespeeld.

'Ik heb sabzi gemaakt,' zei ze.

'Zet maar neer en houd je mond.'

Toen de muziek voorbij was, nam een man op de radio het woord. Hij deelde mee dat hij luchtmachtkolonel Abdul Qader was. Hij meldde dat eerder op de dag de opstandige vierde gepantserde divisie het vliegveld en belangrijke kruispunten had ingenomen. Radio Kabul, de ministeries van Communicatie en van Binnenlandse Zaken, en het ministerie van Buitenlandse Zaken waren ook veroverd. Kabul was nu in handen van het volk, zei hij trots. Opstandige Migs hadden het presidentiële paleis aangevallen. Tanks hadden de toegang tot het terrein geforceerd en er was een hevige strijd gaande. De loyalistische strijdkrachten van Daud Khan waren bijna verslagen, zei Abdul Qader op een geruststellende toon.

Toen de communisten dagen later aan de standrechtelijke executies begonnen van degenen die gelieerd waren geweest aan het regime van Daud Khan, toen geruchten in Kabul de ronde deden dat in de Pol-e-Charki gevangenis ogen werden uitgestoken en genitaliën onder stroom gezet, hoorde Mariam van de slachtpartij in het presidentiële paleis. Daud Khan was inderdaad vermoord, maar pas nadat de communistische opstandelingen zo'n twintig leden van zijn familie, inclusief vrouwen en kleinkinderen, hadden gedood. Er waren geruchten dat hij zelfmoord had gepleegd, dat hij in het heetst van de strijd was neergeknald, dat hij tot het laatst toe was gespaard om hem te dwingen de uitroeiing van zijn familie te aanschouwen en daarna zelf was doodgeschoten.

Rasheed draaide aan de volumeknop en boog voorover.

'Er is een revolutionaire raad van de gewapende strijdkrachten in het leven geroepen, en onze *watan* zal bekendstaan als de Democratische Republiek Afghanistan,' zei Abdul Qader. 'Het tijdperk van de aristocratie, het nepotisme en de ongelijkheid is voorbij, *hamwatans*. We hebben een einde gemaakt aan tientallen jaren tirannie. De macht ligt nu in handen van de massa en het vrijheidslievende volk. Een glorieus nieuw tijdperk in de geschiedenis van ons land breekt aan. Een nieuw Afghanistan is geboren. We verzekeren u dat u niets hebt te vrezen, landgenoten. Het nieuwe regime zal het grootst mogelijke respect betonen voor de islamitische en democratische principes. Dit is een tijd van blijdschap en feest.'

Rasheed zette de radio af.

'Is dat nu goed of slecht nieuws?' vroeg Mariam.

'Slecht voor de rijken, zo te horen,' zei Rasheed. 'Maar misschien niet zo slecht voor ons.'

Mariams gedachten gingen uit naar Jalil. Ze vroeg zich af of de communisten achter hem aan zouden zitten. Zouden ze hem in de gevangenis gooien? En zijn zonen ook? Zijn zaken en eigendommen van hem afpakken?

'Is dit nog warm?' zei Rasheed terwijl hij naar de rijst keek.

'Ik heb het net uit de pan opgediend.'

Hij zei nors hem een bord aan te reiken.

Een eindje verderop in de straat, terwijl de avond plotseling oplichtte met rode en gele flitsen, had een uitgeputte Fariba zich op haar ellebogen opgericht. Haar haren zagen er dof uit van het zweet, en er liepen druppels vocht over haar bovenlip. Naast haar bed keek de oude vroedvrouw Wajma toe hoe Fariba's echtgenoot en zonen om de zuigeling kwamen staan. Ze bewonderden het lichte haar van de baby, de roze wangen en de gerimpelde jongemeisjeslippen, de spleetjes met de jadegroene ogen, die achter haar gezwollen oogleden heen en weer bewogen. Ze glimlachten naar elkaar toen ze voor het eerst haar stem hoorden, een schreeuw die begon als het gemiauw van een kat en overging in een gezond gekrijs diep uit haar keel. Noor zei dat haar ogen als edelstenen waren. Ahmad, het meest religieuze lid van de familie, zong de azan in het oor van zijn babyzusje en blies haar driemaal in haar gezicht.

'Laila dus?' vroeg Hakim, die zijn dochter in zijn armen wiegde.

'Ja, Laila,' zei Fariba vermoeid glimlachend. 'Nachtschoonheid. Prachtige naam.'

Rasheed kneedde met zijn vingers wat rijst tot een balletje. Hij stak het in zijn mond, kauwde eenmaal, tweemaal, trok een vies gezicht en spuwde het uit op de sofrah.

'Wat is er?' vroeg Mariam op de verontschuldigende toon die ze van zichzelf haatte. Ze voelde hoe haar hartslag versnelde en haar huid kippenvel werd.

'Wat is er?' imiteerde hij haar jengelend. 'Wat er is: je hebt het weer gedaan.'

'Maar ik heb het vijf minuten langer gekookt dan normaal.'

'Dat is een pertinente leugen.'

'Ik zweer...'

Hij schudde de rijst kwaad van zijn vingers en schoof het bord weg, waarbij hij saus en rijst op de sofrah morste. Mariam zag hem de kamer en het huis uit stormen, en hij smeet de deur met een harde klap achter zich dicht.

Mariam knielde op de grond en probeerde de rijstkorrels te verzamelen, ze legde ze terug op het bord, maar haar handen beefden vreselijk en ze moest even wachten tot het voorbij was. De angst drukte op haar borst. Ze probeerde een paar keer diep adem te halen. Ze ving haar vage spiegelbeeld in het raam van de donker geworden woonkamer op en keek een andere kant uit.

Toen hoorde ze de voordeur opengaan en kwam Rasheed terug in de woonkamer.

'Sta op,' zei hij. 'Kom hier. Sta op.'

Hij greep haar hand, opende die en liet er een handvol steentjes in vallen.

'Stop ze in je mond.'

'Wat?'

'Stop. Ze. In. Je. Mond.'

'Houd daarmee op, Rasheed. Ik ben...'

Zijn krachtige handen pakten haar kaak. Hij stak twee vingers in haar mond, wrikte hem open en duwde de steentjes er met geweld in, terwijl hij zijn bovenlip in een grijns vertrok.

'Kauwen,' zei hij.

Met haar mond vol grind en steentjes mompelde Mariam een smeekbede. Er liepen tranen uit haar ooghoeken.

'KAUWEN!' brulde hij. Zijn rokerige adem sloeg haar in het gezicht.

Mariam kauwde. Achter in haar mond kraakte er iets.

'Mooi,' zei Rasheed. Zijn wangen trilden. 'Nu weet je hoe je rijst smaakt. Nu weet je wat jij me in je huwelijk gegeven hebt. Slecht eten, niks anders.'

Toen was hij weg, en Mariam kon niets anders dan steentjes, bloed en een paar stukjes van twee gebroken kiezen uitspugen.

Deel twee

16

KABUL, LENTE 1987

De negen jaar oude Laila kwam uit bed en verlangde er zoals meestal 's ochtends meteen naar haar vriendje Tariq te zien. Maar deze ochtend wist ze dat Tariq er niet was.

'Hoe lang blijf je weg?' had ze gevraagd toen Tariq haar had verteld dat zijn ouders hem meenamen naar het zuiden, naar de stad Ghazni, naar zijn oom van vaders kant.

'Dertien dagen.'

'Dertien dagen?!'

'Dat is niet zo lang. Trek niet zo'n gezicht.'

'Dat doe ik niet.'

'Je gaat toch niet huilen, hè?'

'Ik ga niet huilen! Niet om jou. Nog in geen duizend jaar.'

Ze schopte hem tegen zijn scheen, niet zijn figuurlijke, maar zijn letterlijke, en hij gaf haar een speels klapje op haar achterhoofd.

Dertien dagen. Bijna twee weken. En de vijfde dag had Laila al een fundamentele waarheid over de tijd geleerd: net als de accordeon waarop de vader van Tariq oude Pashtu liedjes speelde, rekte de tijd zich uit en slonk weer, afhankelijk van de vraag of Tariq afwezig of aanwezig was.

Beneden hadden haar ouders ruzie. Alweer. Laila wist hoe het verliep: mammie, woedend, onbeheersbaar, tierend en rondbenend; Babi op een stoel schaapachtig en versuft kijkend, gehoorzaam knikkend, wachtend tot de storm uitgeraasd zou zijn. Laila sloot haar deur en verkleedde zich. Maar ze kon hen nog steeds horen. Ze kon vooral háár nog steeds horen. Ten slotte werd een deur dichtgeslagen.

Stampende voeten. Mammies bed knerpte luid. Het leek erop dat Babi deze dag had overleefd.

'Laila!' riep hij nu. 'Ik kom te laat op mijn werk!'

'Nog heel even!'

Laila trok haar schoenen aan en borstelde voor de spiegel snel haar tot op de schouders hangende, blonde krullen. Mammie vertelde Laila altijd dat zij de kleur van haar haren had geërfd – net als haar turkooisgroene ogen met de zware wimpers, haar wangen met de kuiltjes, haar hoge jukbeenderen en haar pruilende onderlip, die mammie gemeen had met haar overgrootmoeder, mammies grootmoeder. 'Zij was een *pari*, een prachtige vrouw,' zei mammie. 'Over haar schoonheid werd overal in de vallei gesproken. Die schoonheid heeft twee generaties vrouwen in onze familie overgeslagen, maar jou zeker niet, Laila.' De vallei waar mammie naar verwees was de Panjshir, waar Farsi gesproken werd, de streek van de Tajiks, honderd kilometer ten noordoosten van Kabul. Zowel mammie als Babi, die volle neef en nicht waren, was geboren en opgegroeid in Panjshir; ze waren in 1960, toen Babi op de universiteit van Kabul was toegelaten, naar Kabul verhuisd als veelbelovende en jeugdig-enthousiaste pasgehuwden.

Laila snelde naar beneden in de hoop dat mammie niet haar kamer uit zou komen om aan de volgende ronde te beginnen. Ze trof Babi op zijn knieën bij de hordeur aan.

'Heb je dit gezien, Laila?'

De scheur in het gaas zat er al weken. Laila hurkte naast hem neer. 'Nee. Zit er waarschijnlijk pas.'

'Dat heb ik ook tegen Fariba gezegd.' Hij leek van streek, verzwakt, zoals altijd wanneer mammie het helemaal met hem had gehad. 'Ze zegt dat er bijen door binnenkomen.'

Laila's hart ging naar hem uit. Babi was een kleine man met smalle schouders en slanke, elegante handen, bijna als die van een vrouw. Als zij 's avonds zijn kamer binnen ging, trof ze hem altijd aan met zijn hoofd over een boek gebogen en zijn bril op het puntje van zijn neus. Soms merkte hij niet eens dat zij was binnengekomen. Als hij het wel deed, markeerde hij de bladzijde waar hij was, en glimlachte vriendelijk zwijgend. Babi kende de meeste *ghazals* van Rumi en Hafez uit zijn hoofd. Hij kon uitvoerige betogen houden over de strijd tussen Engeland en het tsaristische Rusland over Afghanistan. Hij kende het verschil tussen een stalactiet en een stalagmiet en kon je vertellen dat de afstand van de aarde tot de zon even groot was als anderhalf miljoen keer de afstand tussen Kabul en Ghazni. Maar als Laila de deksel van het snoepdoosje niet open kon krijgen, moest ze naar mammie, en dat voelde aan als verraad. Gewone gereedschappen brachten Babi in verlegenheid. Onder zijn toezicht werd er nooit een scharnier van een deur geolied. Plafonds bleven lekken als hij ze had gerepareerd. De schimmel tierde welig in de keukenkastjes. Mammie zei dat het altijd Ahmad was geweest die plichtsgetrouw en vakbekwaam voor die dingen had gezorgd, voordat hij zich met Noor in 1980 had aangesloten bij de jihad tegen de Sovjets.

'Maar als je een boek hebt dat snel gelezen moet worden,' zei ze, 'dan is Hakim je man.'

Toch kon Laila niet het gevoel van zich afschudden dat mammie ooit, nog voordat Ahmad en Noor waren gaan deelnemen aan de oorlog tegen de Sovjets en Babi ze had toegestaan eraan deel te nemen, zijn bezetenheid door boeken vertederend had gevonden en dat ze ooit zijn vergeetachtigheid en onbeholpenheid als charmant had ervaren.

'Wat voor dag is het vandaag?' zei hij nu quasi-verlegen glimlachend. 'Dag vijf of zes?'

'Kan mij niet schelen. Ik blijf niet tellen,' loog Laila schouderophalend. Ze vond het heerlijk dat hij het zich herinnerde. Mammie had geen idee dat Tariq op reis was.

'Nou, zijn lichtflitsen gaan weer werken voor je het weet,' zei Babi; het was een verwijzing naar het avondlijke seinspelletje van Laila en Tariq. Ze hadden het al zo lang gespeeld dat het een ritueel geworden was bij het naar bed gaan, net als tandenpoetsen.

Babi ging met zijn vinger langs de scheur. 'Ik ga dit maken zodra ik er de gelegenheid voor krijg. We kunnen nu beter gaan.' Hij verhief zijn stem en riep over zijn schouder:

'We gaan, Fariba! Ik breng Laila naar school. Vergeet niet haar op te halen!'

Terwijl ze buiten op de bagagedrager van Babi's fiets klom, zag Laila dat er verderop in de straat een auto geparkeerd stond tegenover het huis waar schoenmaker Rasheed met zijn teruggetrokken vrouw woonde. Het was een ongewone auto in deze buurt, een blauwe Mercedes met een dikke witte streep die dwars over de motorkap, het dak en de kofferbak liep. Laila zag er twee mannen in zitten, een achter het stuur, de ander achterin.

'Wie zijn dat?' vroeg ze.

'Dat zijn niet onze zaken,' zei Babi. 'Klim op de fiets, anders kom je te laat op school.'

Laila kon zich nog een andere ruzie herinneren, en die keer had mammie tegenover Babi gestaan en geaffecteerd gezegd: 'Dat zijn jouw zaken, hè, neef? Nergens een zaak van maken. Zelfs niet toen je eigen zonen naar het front gingen. Ik heb je nog zo gesmeekt. Maar jij zat weer met je neus in die verrekte boeken van je en liet je zonen gaan alsof het een stelletje harami's waren.'

Babi fietste de straat op met Laila achterop, haar armen om zijn middel. Toen ze de blauwe Mercedes passeerden, zag Laila in een flits de man op de achterbank: mager, witbehaard, gekleed in een donkerbruin pak met een witte driehoek van een zakdoek in zijn borstzakje. Het enige andere waarvoor ze nog tijd had het op te merken was dat de auto een nummerplaat uit Herat had.

De rest van de weg legden ze in stilte af, behalve bij bochten, waar Babi voorzichtig afremde en zei: 'Goed vasthouden, Laila. Langzaam, langzaam. Gehaald!'

Op school vond Laila het die dag vanwege Tariqs afwezigheid en de ruzie van haar ouders moeilijk haar hoofd erbij te houden. Toen de onderwijzeres haar vroeg de hoofdsteden van Roemenië en Cuba te noemen, lette ze niet op.

De naam van de onderwijzeres was Shanzai, maar achter haar rug noemden de scholieren haar Khala Rangmaal, Tante Verf, een verwijzing naar de beweging die ze graag maakte als ze scholieren sloeg, eerst met de palm en dan met de rug van haar hand, zoals een schilder met een borstel werkt. Khala Rangmaal was een jonge vrouw met een scherp getekend gezicht en zware wenkbrauwen. De eerste dag op school had ze de klas trots verteld dat ze de dochter was van een arme boer uit Khost. Ze stond kaarsrecht en had haar zwarte haren strak naar achteren gekamd en daar een knotje aangebracht, zodat wanneer Khala Rangmaal zich omdraaide Laila het donkere stekeltjeshaar in haar nek kon zien. Khala Rangmaal had geen make-up op en droeg geen juwelen. Ze had haar hoofd niet bedekt en verbood de meisjes in de klas het te doen. Ze zei dat mannen en vrouwen in elk opzicht gelijk waren en er was geen reden voor vrouwen zich te bedekken als mannen het ook niet deden.

Ze zei dat de Sovjet-Unie, naast Afghanistan, het beste land van de wereld was. Het was vriendelijk voor zijn arbeiders, en alle mensen waren er gelijk. Iedereen in de Sovjet-Unie was gelukkig en vriendelijk, heel anders dan in Amerika, waar de misdaad de mensen zo bang maakte dat ze hun huis niet uit durfden. En iedereen in Afghanistan zou ook gelukkig worden, zei ze, als de antiprogressieven, die achterlijke bandieten, waren verslagen.

'Daarom zijn onze sovjetkameraden in 1979 hier gekomen. Om hun buren een handje te helpen. Om ons te helpen de woestelingen te verslaan die willen dat ons land achterlijk en primitief blijft. En jullie moeten ook een handje helpen, kinderen. Jullie moeten iedereen aangeven die misschien iets weet van die rebellen. Dat is jullie plicht. Jullie moeten je oor te luisteren leggen en mensen aangeven. Zelfs als het je ouders zijn, of jullie ooms en tantes. Want niemand van hen houdt zoveel van jullie als je land doet. Je land komt op de eerste plaats, denk eraan! Ik zal trots op jullie zijn, en jullie land ook.'

Op de muur achter Khala Rangmaals bureau hing een kaart van de Sovjet-Unie, een kaart van Afghanistan en een ingelijste foto van de laatste communistische president, Najibullah, die volgens Babi ooit het hoofd was geweest van de gevreesde KHAD, de Afghaanse geheime politie. Er hingen ook andere foto's, vooral van jonge sovjetsoldaten die een hand gaven aan boeren, jonge appelboompjes plantten, huizen bouwden en altijd vriendelijk glimlachten.

'Nou,' zei Khala Rangmaal, 'heb ik je gestoord in je dagdromen, *Inqilabi* Meisje?'

Dat was de bijnaam van Laila, Revolutionair Meisje, want ze was geboren in de nacht van de aprilcoup in 1978 – zij het dat Khala Rangmaal boos werd als iemand in haar klas het woord 'coup' gebruikte. Wat had plaatsgevonden, benadrukte ze, was een *inqilab*, een revolutie, een opstand van de werkende klasse tegen ongelijkheid. 'Jihad' was ook zo'n verboden woord. Volgens haar woedde er niet eens een oorlog in de gewesten, er werd enkel opgetreden tegen onruststokers, opgehitst door mensen die zij 'buitenlandse provocateurs' noemde. En niemand, werkelijk niemand, waagde het in haar aanwezigheid de toenemende geruchten te herhalen volgens welke na acht jaar strijd de Sovjets de oorlog aan het verliezen waren. Vooral niet nu de Amerikaanse president, Reagan, de Stingerraketten voor de Mujahedin was beginnen in te schepen om sovjethelikopters naar beneden te halen, nu de moslims van over de hele wereld hun zaak gingen steunen: Egyptenaren, Pakistanen, zelfs welgestelde Saudi's die hun miljoenen in de steek lieten en naar Afghanistan kwamen om er deel te nemen aan de jihad.

'Boekarest. Havana,' wist Laila uit te brengen.

'En zijn die landen met ons bevriend of niet?'

'Ja, *moalim* sahib. Het zijn bevriende landen.'

Khala Rangmaal knikte even kort.

Toen de school uitging, kwam mammie niet opdagen, zoals wel afgesproken. Ten slotte liep Laila maar naar huis met twee klasgenootjes, Giti en Hasina.

Giti was een verkrampt, mager meisje dat haar haren in twee vlechten had, bijeengehouden met elastiekjes. Ze fronste altijd haar voorhoofd en hield onder het lopen haar boeken tegen haar borst gedrukt, als een schild. Hasina was twaalf, drie jaar ouder dan Laila en Giti, maar ze was in de derde klas eenmaal blijven zitten en in de vierde tweemaal. Wat ze aan hersens miste, maakte ze goed met kattenkwaad en een mond die als een naaimachine in de weer was, zoals Giti zei. Het was Hasina geweest die met de bijnaam 'Khala Rangmaal' op de proppen was gekomen.

Vandaag gaf Hasina advies over de manier waarop je onaantrekkelijke huwelijkskandidaten af kon wimpelen. 'Onfeilbare methode, werkt gegarandeerd. Op mijn woord.'

'Dat is stom. Ik ben te jong om een huwelijkskandidaat te hebben!' zei Giti.

'Je bent niet te jong.'

'Nou, niemand is nog om *mijn* hand komen vragen.'

'Dat komt omdat je een baard hebt, liefje.'

Giti's hand schoot naar haar kin, en ze keek Laila gealarmeerd aan, die meelijwekkend glimlachte en haar hoofd geruststellend schudde – Giti was de meest humorloze persoon die Laila ooit had ontmoet.

'Nou ja, wil je weten wat je dan moet doen, dames?'

'Zeg het maar,' zei Laila.

'Bonen. Minstens vier blikjes. Op de avond dat de tandeloze hagedis je om je hand komt vragen. Maar de timing, dames, de timing is het allerbelangrijkste. Je moet het geknetter onderdrukken tot het tijd is hem zijn thee te serveren.'

'Ik zal het onthouden,' zei Laila.

'Hij ook.'

Laila had kunnen zeggen dat ze dat advies niet nodig had, omdat Babi niet van plan was haar in de nabije toekomst weg te geven. Hoewel Babi bij Silo werkte, de enorme broodfabriek, waar hij de hele dag midden in de hitte en tussen de dreunende machines de grote ovens en graanmolens opstookte, was hij een man met een universitaire opleiding. Hij was leraar op een middelbare school geweest totdat de communisten hem hadden ontslagen, vlak na de coup van 1978, ongeveer anderhalf jaar voor de Sovjets het land binnenvielen. Babi had Laila vanaf jonge leeftijd gezegd, dat afgezien van haar veiligheid het belangrijkste in zijn leven haar schoolopleiding was.

'Ik weet dat je nog heel jong bent, maar ik wil dat je dit

nu begrijpt en leert,' zei hij. 'Het huwelijk kan wachten, het onderwijs niet. Jij bent een heel slimme meid. Echt. Je kunt alles worden wat je wilt, Laila. Dat weet ik van je. En wat ik ook weet is dat als deze oorlog voorbij is Afghanistan je even hard nodig zal hebben als de mannen, misschien zelfs meer. Want een maatschappij kan geen succes worden als de vrouwen onontwikkeld zijn, Laila. Geen succes.'

Maar Laila vertelde Hasina niet dat Babi die dingen had gezegd, of hoe blij ze was dat ze zo'n vader had, of hoe trots ze was op zijn achting voor haar, of hoe vastberaden ze was haar opleiding af te maken, net als hij. De laatste twee jaar had Laila het *awal numra*-getuigschrift gekregen, dat jaarlijks werd uitgereikt aan de best presterende scholier in elke klas. Ze zei echter niets van dat alles aan Hasina, wier vader een humeurige taxichauffeur was die haar over twee of drie jaar bijna zeker zou uithuwelijken. Hasina had Laila in een van haar zeldzame serieuze ogenblikken verteld dat al was besloten dat ze zou trouwen met een volle neef van haar, die twintig jaar ouder was en een autobedrijf in Lahore had. 'Ik heb hem tweemaal gezien,' had Hasina gezegd. 'En beide keren at hij met open mond.'

'Bonen, meisjes,' zei Hasina. 'Onthouden. Tenzij...' en hier glimlachte ze even schalks naar Laila en stootte haar met een elleboog aan, 'het uiteraard je knappe, eenbenige prins is die tikkend arriveert. Dan...'

Laila sloeg de elleboog weg. Ze zou beledigd zijn geweest als iemand anders dat over Tariq had gezegd. Maar ze wist dat Hasina het niet kwaad bedoelde. Ze spotte graag, dat deed ze wel, en haar spot spaarde niemand, het minst van al haarzelf.

'Je moet niet zo over mensen praten!' zei Giti.

'Wat voor mensen bedoel je?'

'Mensen die in de oorlog gewond zijn geraakt,' zei Giti ernstig, zich niet bewust van Hasina's spelletje.

'Ik denk dat onze mullah Giti smoorverliefd is op Tariq! Ik wist het! Ha! Maar hij is al bezet, wist je dat niet? Ja toch, Laila?'

'Ik ben niet smoorverliefd! Op niemand!'

Ze lieten Laila achter en sloegen nog steeds discussiërend hun straat in.

Laila liep de laatste drie blokken alleen. Toen ze haar straat in ging zag ze dat de blauwe Mercedes nog steeds geparkeerd stond bij Rasheeds en Mariams huis. De oudere man in het bruine pak stond nu bij de motorkap naar het huis te kijken, leunend op een stok.

Op dat moment zei een stem achter Laila: 'Hé, Geelhaar. Kijk eens.'

Laila draaide zich om en keek in de loop van een geweer.

17

Het geweer was rood, de trekkerbeugel heldergroen. Achter het geweer loerde het grijnzende gezicht van Khadim. Khadim was elf, net als Tariq. Hij was dik en groot, en had een behoorlijke onderkin. Zijn vader was slager in Deh-Mazang, en van tijd tot tijd, Khadim was er berucht om, gooide hij stukken kalfsdarm naar voorbijgangers. Soms, als Tariq niet in de buurt was, volgde Khadim als een schaduw Laila op het schoolplein, wierp haar wellustige blikken toe en maakte jammerende geluiden. Op een keer tikte hij haar op de schouder en zei: 'Je bent zo mooi, Geelhaar. Ik wil met je trouwen.'

Nu zwaaide hij met zijn geweer. 'Niet bang zijn,' zei hij. 'Je ziet hier niets van. Niet op jóuw haar.'

'Waag het niet! Ik waarschuw je.'

'Wat ga je dan doen?' vroeg hij. 'Je kreupele vriendje tegen me ophitsen? O Tariq jan, o, kom naar huis en red me van de *badmash*!'

Laila deed een stap achteruit, maar Khadim haalde de trekker al over. Dunne straaltjes warm water troffen Laila's haar en daarna haar hand toen ze die hief om haar gezicht te beschermen.

Nu kwamen de andere jongens lachend en gierend uit hun schuilplaats.

Een belediging die Laila ooit eens op straat had opgepikt, kwam bij haar boven. Ze begreep die eigenlijk niet – snapte er de logica niet helemaal van – maar de woorden bevatten een sterke lading en ze liet ze nu de vrije loop.

'Je moeder pijpt!'

'Maar ze is in elk geval niet zo geschift als jij,' kaatste Khadim rustig terug. 'En mijn vader is in elk geval niet verwijfd! Waarom ruik je trouwens niet aan je handen?'

De andere jongens namen het over. 'Ruik aan je handen! Ruik aan je handen!'

Laila deed het, maar ze wist al voor ze het deed wat hij had bedoeld met de mededeling dat je het niet in haar haren kon zien. Ze gaf een gil. De jongens loeiden nog harder.

Laila draaide zich om en rende huilend naar huis.

Ze haalde water uit de put, vulde in de badkamer een waskom en trok snel haar kleren uit. Ze zeepte haar haren in en wreef als een gek met haar vingers over haar hoofdhuid, terwijl ze jankte van walging. Ze spoelde haar haren uit met een schoteltje water en zeepte ze weer in. Een paar keer dacht ze te moeten overgeven. Ze bleef grienen en huiveren, terwijl ze het ingezeepte washandje over haar gezicht en nek wreef tot ze rood werden.

Het zou nooit gebeurd zijn als Tariq bij haar was geweest, dacht ze toen ze een schoon overhemd en een schone broek aantrok. Khadim zou niet hebben gedurfd. Natuurlijk zou het ook niet gebeurd zijn als mammie was komen opdagen zoals de bedoeling was. Soms vroeg Laila zich af waarom mammie haar eigenlijk had gewild. Ze was nu van mening dat mensen geen kinderen meer mochten krijgen als ze al hun liefde al aan hun oudere kinderen hadden gegeven. Dat was niet eerlijk. Er kwam woede bij haar op. Laila ging naar haar kamer en plofte op haar bed neer.

Toen het ergste voorbij was, liep ze door de gang naar de deur van haar moeder en klopte aan. Toen ze jonger was, zat Laila vaak uren bij die deur. Ze tikte er dan altijd op en fluisterde mammies naam keer op keer, als een magisch liedje dat de ban moest breken: 'Mammie, mammie, mammie, mammie...' Maar mammie had de deur nooit geopend. Ze opende hem nu ook niet. Laila duwde de deurklink omlaag en liep naar binnen.

Soms had mammie een goede dag. Ze sprong jeugdig en vrolijk uit bed. De neerhangende onderlip ging omhoog en werd een glimlach. Ze baadde. Ze trok schone kleren aan en droeg mascara. Ze liet Laila haar haren borstelen, wat Laila verrukkelijk vond, en stak oorringen door haar lelletjes. Ze gingen samen winkelen in Mandaii Bazaar. Laila wist haar altijd zo ver te krijgen dat ze ganzenbord speelden en ze aten stukjes chocolade van een blok, een van de weinige dingen die ze beiden lekker vonden. Laila's favoriete moment op een goede dag van mammie was wanneer Babi thuiskwam en zij en mammie van het bord opkeken en met bruine tanden naar hem grijnsden. Dan hing er even tevredenheid in de kamer, en Laila kreeg voor een ogenblik een idee van de tederheid en de romantiek die haar ouders ooit verbonden hadden als het huis vol mensen was, en lawaaierig en opgewekt.

Soms ging mammie op haar goede dagen dingen bakken in de keuken en nodigde buurvrouwen uit voor thee met taartjes. Laila likte de schotels schoon als mammie de tafel voorbereidde met kopjes en servetjes en het beste servies. Later ging Laila op haar plaats aan de tafel in de woonkamer zitten en trachtte aan het gesprek mee te doen als de vrouwen door elkaar heen zaten te kletsen en thee te drinken en mammie te complimenteren met wat ze gebakken had. Al kon ze weinig aan de conversatie bijdragen, Laila hield ervan te luisteren, want op die bijeenkomsten werd ze getrakteerd op een zeldzaam genoegen: ze hoorde mammie met liefde over Babi spreken.

'Hij was een eersteklas leraar,' zei mammie. 'Zijn leerlingen waren dol op hem. En niet alleen omdat hij ze niet met een liniaal bewerkte, zoals andere leraren wel. Ze respecteerden hem, weet je, omdat hij hén respecteerde. Hij was geweldig.'

Mammie hield van het verhaal hoe zij hem ten huwelijk vroeg.

'Ik was zestien, hij negentien. Onze families woonden naast elkaar in Panjshir. O, ik was smoorverliefd op hem, hamshiras! Ik klom altijd over de muur tussen onze huizen en we speelden in de boomgaard van zijn vader. Hakim was altijd bang dat we gesnapt zouden worden en mijn vader hem een klap zou geven. 'Ik krijg van je vader op mijn kop,' zei hij altijd. Hij was zo behoedzaam en serieus, toen al. En op een dag zei ik tegen hem: 'Neef, hoe staat het ervoor? Ga je nog om mijn hand vragen of moet ik khastegar van je worden? Zo heb ik dat gezegd. Je had zijn gezicht eens moeten zien!'

Mammie sloeg haar handen dan altijd ineen terwijl de vrouwen en Laila begonnen te lachen.

Terwijl Laila naar die verhalen van mammie luisterde, besefte ze dat er een tijd was geweest dat mammie steeds zo over Babi had gesproken. Een tijd dat haar ouders niet in gescheiden kamers hadden geslapen. Laila had die tijd heel graag meegemaakt.

Mammies verhaal over het huwelijksaanzoek leidde onvermijdelijk tot koppelvoorstellen. Als Afghanistan van de Sovjets zou zijn bevrijd en de jongens naar huis terugkeerden, hadden ze een bruid nodig, en de vrouwen liepen de meisjes in de buurt stuk voor stuk na om erachter te komen wie wel en wie niet geschikt was voor Ahmad en Noor. Laila voelde zich altijd buitengesloten als het gesprek op haar broers kwam, alsof de vrouwen over een populaire film spraken die zij als enige niet had gezien. Ze was twee jaar oud geweest toen Ahmad en Noor Kabul hadden verlaten om naar Panjshir te gaan, in het noorden, en zich daar aan te sluiten bij commandant Ahmad Shah Masud en aan de jihad deel te nemen. Laila kon zich nauwelijks iets van hen herinneren. Een glanzende hanger met ALLAH om Ahmads nek. Een plukje zwart haar op Noors oor. Dat was het wel.

'En Azita?'

'De dochter van de tapijtmaker?' zei mammie, terwijl ze haar hand spottend en quasi-boos tegen haar wang sloeg. 'Haar snor is nog voller dan die van Hakim!'

'En Anahita? Ze schijnt op Zarghoona de beste van haar klas te zijn.'

'Heb je de tanden van dat meisje wel eens gezien? Grafstenen. Ze verbergt een kerkhof achter haar lippen.'

'En de zusjes Wahidi?'

'Die twee dwergen? Nee nee. O nee. Niet voor mijn zonen. Niet voor mijn sultans. Zij verdienen beter.'

Terwijl het gebabbel voortging, liet Laila haar gedachten afdwalen, en ze vond als altijd Tariq.

Mammie had de gelige gordijnen dichtgetrokken. In de duisternis hingen diverse geuren: van slaap, van ongewassen linnengoed, zweet, vuile sokken, parfum, de qurma die er nog van de avond tevoren stond. Laila wachtte tot haar ogen aan het donker gewend waren voordat ze de kamer door liep. Desondanks raakten haar voeten verstrikt in kleren die her en der op de grond lagen.

Laila trok de gordijnen open. Aan de voet van het bed stond een oude ijzeren vouwstoel. Laila ging erop zitten en keek naar de roerloze berg onder de deken, die haar moeder was.

De muren van mammies kamer hingen vol met foto's van Ahmad en Noor. Waar Laila ook keek, overal keken twee vreemden terug. Hier was het Noor, die op een driewieler klom. Daar was het Ahmad, die zijn gebeden zei, naast een zonnewijzer die Babi en hij op zijn twaalfde hadden gebouwd. En daar zaten ze, haar broers, rug aan rug onder de oude perenboom op het erf.

Onder mammies bed kon Laila de hoek van Ahmads overvolle schoenendoos ontwaren. Van tijd tot tijd liet mammie haar de verkreukelde krantenknipsels zien die erin zaten, en de pamfletten die Ahmad had weten te verzamelen van oproerige groeperingen en verzetsorganisaties die hun hoofdkwartier in Pakistan hadden. Laila kon zich herinneren dat op een van de foto's een man in een lange witte jas een lolly gaf aan een jongetje zonder benen. Het onderschrift luidde: 'Kinderen zijn de moedwillige slachtoffers van de landmijnen van de Sovjets.' Het artikel vermeldde ook dat de Sovjets graag explosieven verborgen in felgekleurd speelgoed. Als een kind het oppakte, explodeerde het speeltje, rukte vingers af of een hele hand. De vader kon dan niet meer deelnemen aan de jihad, hij moest thuis blijven en voor zijn kind zorgen. In een ander artikel in Ahmads doos zei een jonge Mujahed dat de Sovjets op zijn dorp gas hadden gegooid dat de huid van de mensen verschroeide en hen blind maakte.

Hij zei dat hij zijn moeder en zus had zien vluchten voor het gas, terwijl ze bloed ophoestten.

'Mammie.'

De berg begon zich licht te roeren. Er steeg gekreun uit op.

'Opstaan, mammie. Het is drie uur.'

Nogmaals gekreun. Er dook een hand op, als een periscoop van een onderzeeër boven water, en de hand verdween weer. Ditmaal bewoog de berg iets zichtbaarder. Dan het geritsel van dekens die over elkaar heen schoven. Langzaam nam mammie gedaante aan, in fasen: eerst haar slonzige haar, daarna het witte grimasachtige gezicht, ogen die dichtgeknepen werden tegen het licht, een hand die naar de plank aan het hoofdeinde tastte, de lakens die omlaaggleden toen ze zich grommend optrok. Mammie deed een poging op te kijken, knipperde weer tegen het licht en liet haar hoofd op haar borst vallen.

'Hoe was het op school?' mompelde ze.

Zo begon het altijd. De plichtmatige vragen, de obligate antwoorden. Beiden deden alsof. Verveelde partners, zij beiden, in die vermoeiende oude dans.

'Goed,' zei Laila.

'Heb je iets geleerd?'

'Het gebruikelijke.'

'Heb je gegeten?'

'Ja.'

'Goed.'

Mammie tilde haar hoofd weer op, nu in de richting van het raam. Ze huiverde en haar oogleden knipperden. De rechterkant van haar gezicht was rood en het haar aan die kant lag plat tegen haar hoofd. 'Ik heb hoofdpijn.'

'Moet ik aspirine halen?'

Mammie masseerde haar slapen. 'Later misschien. Is je vader al thuis?'

'Het is pas drie uur.'

'O. Ja. Dat zei je net al.' Mammie gaapte. 'Ik was juist aan het dromen,' zei ze, en haar stem klonk slechts een klein beetje luider dan het geruis van haar nachtjapon tussen de lakens. 'Net voordat je binnenkwam. Maar ik kan me de droom niet meer herinneren. Overkomt dat jou ook wel eens?'

'Dat overkomt iedereen, mammie.'

'Raar.'

'Ik moet je vertellen dat toen jij lag te slapen een jongen met een waterpistool pis op mijn haar heeft gespoten.'

'Wat heeft hij gespoten? Wat was het? Sorry, ik heb het niet gehoord.'

'Pis. Urine.'

'Dat is... Dat is vreselijk. God, wat akelig. Arme meid. Ik moet met hem praten, meteen morgenochtend. Of misschien met zijn moeder. Dat is beter denk ik.'

'Ik heb je nog niet verteld wie het was.'

'O. Nou, wie was het dan?'

'Doet er niet toe.'

'Je bent boos.'

'Jij zou me komen ophalen van school.'

'Ja,' zei mammie schor. Laila zou niet kunnen vertellen of dit een vraag was of niet. Mammie begon in haar haren te frunniken. Dit was voor Laila een van de grootste mysteries van het leven: dat mammie van dat gefrunnik niet kaal werd als een biljartbal. 'Enne, hoe is het met... Wat is zijn naam ook weer, jouw vriendje Tariq? Hoe is het met hem?'

'Hij is al een week weg.'

'O.' Mammie zuchtte door haar neus. 'Heb je je gewassen?'

'Ja.'

'Dus je bent nu schoon.' Mammie wendde haar vermoeide blik naar het raam. 'Je bent dus weer schoon en alles is in orde.'

Laila stond op. 'Ik moet huiswerk maken.'

'Uiteraard. Sluit de gordijnen voor je gaat, liefje,' zei mammie, terwijl haar stem verflauwde. Ze zonk alweer weg onder de lakens.

Op het moment dat Laila de gordijnen wilde dichttrekken, zag ze een auto op straat voorbijkomen met een stofwolk achter zich aan. Het was de blauwe Mercedes met het nummerbord van Herat, die eindelijk vetrok. Ze volgde hem met haar ogen tot hij om de hoek verdween; de achterruit glansde in de zon.

'Ik zal het morgen niet vergeten,' zei mammie achter haar. 'Dat beloof ik.'

'Dat zei je gisteren ook.'

'Jij beseft het niet, Laila.'

'Wat besef ik niet?' Laila draaide zich om en keek haar moeder aan. 'Wat besef ik niet?'

Mammies hand ging naar haar borst en tikte erop. 'Hierbinnen. Wat hierbinnen zit. Dat besef jij niet.'

18

Er ging een week voorbij, maar er was nog steeds geen levensteken van Tariq. Daarna volgde weer een week, die ook voorbijging.

Om de tijd door te komen herstelde Laila de hordeur waar Babi nog steeds niet aan toegekomen was. Ze haalde Babi's boeken uit de kast, stofte ze af en alfabetiseerde ze. Met Hasina, Giti en Giti's moeder, Nila, die naaister was en soms met mammie samenwerkte, ging ze naar de Kippenstraat. Die week begon Laila te geloven dat van alle ontberingen die een mens moest ondergaan er geen pijnlijker was dan gewoon wachten.

Er verstreek weer een week.

Laila voelde zich verstrikt in een web van vreselijke gedachten.

Hij zou nooit meer terugkomen. Zijn ouders waren voorgoed verhuisd; de reis naar Ghazni was een list geweest. Een plan van volwassenen om hen beiden een emotioneel vaarwel te besparen.

Hij was opnieuw te grazen genomen door een landmijn, net als in 1981, toen hij vijf was en voor het laatst was meegenomen naar het zuidelijker gelegen Ghazni. Dat was kort na Laila's derde verjaardag geweest. Hij had toen geluk gehad en was maar één been kwijtgeraakt; hij mocht überhaupt van geluk spreken dat hij het had overleefd.

Haar hoofd weergalmde van die gedachten.

Toen zag Laila op een avond een klein flitslicht verderop in de straat. Een geluid, iets tussen een piep en een zucht in, ontsnapte aan haar lippen. Ze haalde snel haar zaklamp van onder haar bed vandaan, maar die deed het niet. Laila sloeg ermee in de palm van haar hand en vervloekte de lege batterijen. Maar het deed er niet toe. Hij was terug. Laila zat op de rand van haar bed, duizelig van opluchting, en zag dat prachtige gele oog aan en uit gaan.

De volgende dag zag Laila op weg naar het huis van Tariq aan de overkant van de straat Khadim met een stel vrienden. Khadim zat gehurkt en tekende iets met een stok in het zand. Toen hij haar zag liet hij de stok vallen en bewoog zijn vingers. Hij zei iets en er werd gelachen. Laila liet haar hoofd zakken en haastte zich verder.

'Wat heb *jíj* dan gedaan?' riep ze uit toen Tariq de deur opende. Pas toen herinnerde ze zich dat zijn oom kapper was.

Tariq ging met zijn hand over zijn pas geschoren hoofdhuid en glimlachte, waarbij zijn witte, niet helemaal rechtstaande tanden te zien waren.

'Leuk?'

'Het lijkt wel of je vrijwillig in het leger gaat.'

'Wil je voelen?' Hij hield zijn hoofd omlaag.

De stoppeltjes schuurden aangenaam over haar hand. Tariq was niet als een van de andere jongens, wier haren kegelvormige schedels en lelijke bulten aan het zicht onttrokken. Tariqs hoofd was prachtig gewelfd en vertoonde geen bulten.

Toen hij opkeek zag Laila dat zijn wangen en voorhoofd gebruind waren.

'Waarom ben je zo lang weggebleven?' vroeg ze.

'Mijn oom was ziek. Kom. Kom mee naar binnen.'

Hij ging haar voor door de gang naar de woonkamer. Laila vond alles in dit huis leuk. Het oude versleten tapijt in de woonkamer, de deken van patchwork op de bank, de gewone rommel in Tariqs leven: de rollen stof van zijn moeder, haar spelden in het speldenkussen, de oude tijdschriften, de accordeonkast die in een hoek stond te wachten tot hij geopend zou worden.

'Wie is het?'

Het was zijn moeder die vanuit de keuken riep.

'Laila,' antwoordde hij.

Hij schoof een stoel voor haar bij. De woonkamer was heel

licht en had dubbele ramen die op het erf uitzagen. Op de vensterbank stonden lege potten, waarin Tariqs moeder aubergines inlegde en worteljam maakte.

'Je bedoelt onze *aroos*, onze schoondochter,' deelde zijn vader mee toen hij de kamer in kwam. Hij was timmerman, een magere witharige man van even in de zestig. Hij had spleetjes tussen zijn voortanden en de turende ogen van iemand die het grootste deel van zijn leven buiten heeft doorgebracht. Hij spreidde zijn armen en Laila liet zich omhelzen, verwelkomd door de prettige en vertrouwde geur van zaagsel, die om hem heen hing. Ze kusten elkaar driemaal op de wang.

'Als je haar zo blijft noemen, komt ze hier binnenkort niet meer,' zei Tariqs moeder in het voorbijgaan. Ze droeg een serveerblad met een grote kom, een opscheplepel en vier kleine kommen. Ze zette het serveerblad op tafel. 'Let maar niet op die oude vent.' Ze nam Laila's gezicht in haar handen. 'Het doet me zo goed je te zien, liefje. Kom, ga zitten. Ik heb wat fruit vol sap mee teruggenomen.'

De tafel was wat log en was gemaakt van licht, onbewerkt hout – Tariqs vader had hem gemaakt, net als de stoelen. Er lag een tafelkleed van mosgroen vinyl op met rode halvemaantjes en sterren. Het grootste deel van de muur van de woonkamer hing vol foto's van Tariq op verschillende leeftijden. Op enkele oude foto's had hij beide benen nog.

'Ik hoorde dat uw broer ziek was,' zei Laila tegen Tariqs vader, terwijl ze een lepel in haar kom met geweekte rozijnen, pistachenoten en abrikozen stak.

Hij stak een sigaret op. 'Ja, maar hij is nu weer beter, *shokr e Khoda*, Gode zij dank.'

'Hartaanval, zijn tweede al,' zei Tariqs moeder en ze wierp haar man een vermanende blik toe.

Tariqs vader blies rook uit en knipoogde naar Laila. Het trof haar opnieuw dat Tariqs ouders gemakkelijk zouden kunnen doorgaan voor zijn grootouders. Zijn moeder had hem pas gekregen toen ze al een eind in de veertig was.

'Hoe gaat het met je vader, liefje?' zei Tariqs moeder, over haar kom heen kijkend.

Zolang Laila haar kende, droeg Tariqs moeder een pruik. Die was in de loop der tijd mat rood geworden. Ze had hem vandaag laag op haar voorhoofd getrokken, en Laila kon haar grijze haren aan de zijkanten zien. Op andere dagen stond hij hoog op haar voorhoofd. Maar in Laila's ogen zag Tariqs moeder er nooit meelijwekkend uit. Wat Laila zag was het rustige zelfverzekerde gezicht onder de pruik, de pientere ogen, de prettige, niet gehaaste houding.

'Hij is oké,' zei Laila. 'Werkt nog steeds bij Silo natuurlijk. Maar hij maakt het goed.'

'En je moeder?'

'Soms goed, soms slecht. Niets veranderd.'

'Ja,' zei Tariqs moeder bedachtzaam en ze liet haar lepel in de kom zakken. 'Het moet moeilijk zijn voor een moeder, vreselijk moeilijk, om haar zonen niet bij zich te hebben.'

'Blijf je hier lunchen?' vroeg Tariq.

'Ze moet wel,' zei zijn moeder, 'ik maak *shorwa*.'

'Ik wil niet *mozahem* zijn.'

'Lastig?' zei Tariqs moeder. 'Wij zijn een paar weken weg en dan ga jij beleefd doen tegen ons?'

'Goed, dan blijf ik lunchen,' zei Laila, en ze bloosde glimlachend.

'Dat is dan geregeld.'

De waarheid was dat Laila graag in Tariqs huis at, maar eten thuis verafschuwde. Bij Tariq aten ze niet in hun eentje; ze aten altijd als gezin. Laila hield van de paarse plastic bekers die ze gebruikten en van het partje citroen dat altijd in de waterkan dreef. Ze hield ervan dat ze elke maaltijd begonnen met een kommetje verse yoghurt, hoe ze overal zure sinaasappels boven uitpersten, zelfs op hun yoghurt, en hoe ze onschuldige grapjes maakten ten koste van anderen.

Onder het eten werd er voortdurend gepraat. Hoewel Tariq en zijn ouders Pashtun waren, spraken ze Farsi als Laila over de vloer was, omwille van haar, zelfs al begreep Laila hun Pashtu min of meer, want dat had ze op school geleerd. Babi zei dat er spanningen waren tussen hun volk, de Tajiks, die een minderheid vormden, en Tariqs volk, de Pashtun, die de grootste etnische groepering in Afghanistan waren. 'Tajiks hebben zich altijd geminacht gevoeld,' zei Babi. 'Pashtun koningen hebben dit land bijna tweehonderdvijftig jaar geregeerd, Laila, en de Tajiks voor zegge en schrijve negen maanden, in 1929.'

'En jij,' had Laila gevraagd, 'voel jij je geminacht, Babi?'

Babi had zijn bril schoongepoetst aan de zoom van zijn overhemd. 'Voor mij is het nonsens, en bovendien levensgevaarlijke nonsens, al dat gezwets over ik ben een Tajik en jij bent een Pashtu en hij is een Hazara en zij een Uzbeek. We zijn allemaal Afghanen en dat zou het enige moeten zijn wat ertoe doet. Maar als de ene groep zo lang over de andere regeert... Er is verachting. Rivaliteit. Dat is er. Dat is er altijd geweest.'

Misschien was dat zo. Maar Laila voelde dat nooit in Tariqs huis, waar dat soort zaken nooit ter sprake kwam. De tijd die zij met Tariqs gezin doorbracht, voelde voor Laila altijd natuurlijk aan, moeiteloos, niet gecompliceerd door verschillen in stam of taal, of door persoonlijke wrok en rancune die de sfeer bij haar thuis verpestten.

'Zin in kaarten?' vroeg Tariq.

'Ja, ga maar naar boven,' zei zijn moeder terwijl ze afkeurend de rookwolk van haar man wegwuifde. 'Ik ga aan de shorwa beginnen.'

Ze lagen op hun buik midden in Tariqs kamer en verdeelden om beurten de kaarten voor een spelletje *panjpar.* Terwijl hij luchtfietste met zijn ene been vertelde Tariq over zijn reis. De perenboompjes die hij zijn oom had helpen planten. Een slang die hij in de tuin had gevangen.

Dit was de kamer waar Laila en Tariq hun huiswerk maakten, waar ze hun kaartenhuizen bouwden en lachwekkende portretten van elkaar tekenden. Als het regende leunden ze op de vensterbank en dronken warme, oranje prik, en keken toe hoe de gezwollen regendruppels naar beneden biggelden.

'Oké, ik heb er weer een,' zei Laila aarzelend. 'Wat gaat de wereld over, maar blijft in een hoek zitten?'

'Wacht.' Tariq duwde zich op en zwaaide zijn kunstbeen

naar de andere kant. Hij lag wiebelend op zijn ene kant, leunend op zijn elleboog. 'Geef dat kussen eens aan.' Hij legde het onder zijn been. 'Zo. Dat is beter.'

Laila moest aan de eerste keer denken dat hij haar zijn stomp had laten zien. Ze was toen zes geweest. Met een vinger had ze in de strakgespannen glimmende huid geprikt net onder zijn knie. Haar vinger had er kleine knobbeltjes gevoeld, en Tariq had haar verteld dat het uitlopers van het bot waren die na een amputatie soms nog even doorgroeiden. Ze had hem gevraagd of hij pijn had aan zijn stomp, en hij zei dat het aan het eind van een dag wel eens zeer deed als het wat opzwol en niet meer paste zoals had gemoeten, net als een vinger in een vingerhoed. 'En soms wordt de huid ruw. Vooral als het warm is. Dan krijg ik uitslag en blaren, maar mijn moeder heeft daar zalf voor. Dan valt het wel mee.'

Laila was in tranen uitgebarsten.

'Waarom huil je?' Hij had zijn been weer aangesnoerd. 'Je wilde het graag zien, jij *giryanok*, jij huilebalk! Als ik had geweten dat je was gaan grienen, had ik het je niet laten zien.'

'Een postzegel,' zei hij.

'Wat?'

'Het raadsel. Het antwoord is een postzegel. We kunnen na de lunch wel naar de dierentuin.'

'Je kende die al, hè? Toch?'

'Helemaal niet.'

'Je liegt.'

'En jij bent jaloers.'

'Waarop?'

'Mijn mannelijke intelligentie.'

'Je mánnelijke intelligentie? Echt waar? Vertel me dan eens wie er altijd met schaken wint?'

'Ik laat je winnen,' lachte hij. Ze wisten beiden dat het niet waar was.

'En wie kan er geen wiskunde? Wie komt er altijd om hulp vragen bij wiskunde, ook al zit je een klas hoger dan ik?'

'Ik liep al wel twee klassen op je voor als ik wiskunde niet zo saai zou vinden.'

'Dan vind je aardrijkskunde zeker ook saai?'
'Hoe weet je dat? Geen woord meer erover. Gaan we naar de dierentuin of niet?'
Laila glimlachte. 'Jazeker.'
'Goed.'
'Ik heb je gemist.'
Er viel een stilte. Toen draaide Tariq zich naar haar om, deels grijnzend, deels het gezicht vertrokken van afkeer. 'Wat is er met jóu aan de hand?'
Hoe vaak hadden Hasani, Giti en zij die vier woorden al wel niet tegen elkaar gezegd, vroeg Laila zich af, zonder enige aarzeling, na elkaar twee of drie dagen niet gezien te hebben. 'Ik heb je gemist, Hasina.' 'O, ik jou ook.' Door Tariqs grimas leerde Laila dat jongens in dit opzicht van meisjes verschilden. Ze maakten van een vriendschap geen poppenkast. Ze voelden geen noodzaak en geen behoefte om dat soort dingen te zeggen. Laila stelde zich voor dat het ook bij haar broers zo was gegaan. Laila kwam tot het inzicht dat jongens vriendschap zagen als de zon: niet het bestaan in twijfel trekken, zo veel mogelijk van de warmte ervan genieten en er niet direct in kijken.
'Ik wilde je een beetje pesten,' zei Laila.
Hij wierp haar een zijdelingse blik toe. 'Daar ben je in geslaagd.'
Maar ze meende zijn grimas te zien verzachten. En ze dacht dat ze de gebruinde huid van zijn wang even een iets diepere kleur zag krijgen.

Laila wilde het hem niet vertellen. Ze had eigenlijk al besloten dat het een heel slecht idee was het hem te vertellen. Iemand zou het slachtoffer worden, want Tariq zou het er misschien niet bij laten zitten. Maar toen ze later op straat liepen op weg naar de bushalte, zag ze Khadim weer, die tegen een muur leunde. Hij was omringd door zijn vrienden en had zijn duimen in zijn riemlussen gehaakt. Hij grijnsde uitdagend naar haar.
En dus vertelde ze het aan Tariq. Het verhaal ontsnapte haar voordat ze het kon tegenhouden.

'Wát heeft hij gedaan?!'

Ze vertelde het hem opnieuw.

Hij wees naar Khadim. 'Hij? Was hij het? Weet je het zeker?'

'Ja, ik weet het zeker.'

Tariq klemde zijn tanden op elkaar en mompelde iets in het Pashtu dat Laila niet verstond. 'Jij blijft hier wachten,' zei hij nu in het Farsi tegen haar.

'Nee, Tariq...'

Hij was al bezig de straat over te steken.

Khadim zag hem als eerste. Zijn grijns verdween en hij duwde zich van de muur af. Hij haalde zijn duimen uit de lussen, richtte zich wat meer op en nam een zelfbewuste, dreigende houding aan. De anderen volgden zijn blik.

Laila wou dat ze niets had gezegd. Wat als ze zich als één man tegen hem keerden? Met hoevelen waren ze eigenlijk? Tien, elf, twaalf? Wat als ze hem zouden bezeren?

Tariq stopte op een meter afstand voor Khadim en zijn clubje. Er leek een moment van bezinning te zijn, meende Laila, misschien een verandering van gedachte, en toen hij zich vooroverboog, stelde ze zich voor dat hij deed alsof zijn schoenveter los was gaan zitten en dat hij naar haar terug zou keren. Toen waren zijn handen plotseling met iets bezig en zij begreep het.

Toen Tariq overeind kwam en nog maar op één been stond, begrepen de anderen het ook. Hij hinkte naar Khadim toe en viel hem aan, hief zijn losgemaakte been als een zwaard hoog boven zijn hoofd.

De jongens haastten zich opzij. Ze gaven hem vrij baan.

Daarna was alles een en al stof en vuisten en trappen en gejank.

Khadim zou Laila daarna nooit meer lastigvallen.

Die avond dekte Laila zoals de meeste avonden de tafel voor maar twee personen. Mammie zei dat ze geen honger had. Op de avonden dat ze wel honger had stond ze erop een bord met eten naar haar kamer mee te nemen voordat Babi zelfs maar thuiskwam. Gewoonlijk sliep ze of lag ze wakker in bed tegen de tijd dat Laila en Babi gingen eten.

Babi kwam de badkamer uit, zijn haren – wit van het meel als hij thuiskwam – gewassen en achterovergekamd.

'Wat eten we vandaag, Laila?'

'Overgebleven aushsoep.'

'Klinkt goed,' zei hij, terwijl hij de handdoek opvouwde waarmee hij zijn haar had gedroogd. 'En het werk voor vanavond? Breuken optellen?'

'Eigenlijk breuken omzetten in vaste getallen.'

'Aha. Juist.'

Babi hielp Laila elke avond na het eten met haar huiswerk en gaf haar ook nog wat eigen huiswerk op. Dat was alleen om Laila een of twee stappen voor te laten zijn op de klas, niet omdat hij het door de school opgegeven werk afkeurde – ondanks de propagandalessen. In feite vond Babi het onderwijs ironisch genoeg het enige wat de communisten goed hadden gedaan – in elk geval qua opzet –, het beroep waarvoor ze hem hadden ontslagen. Meer speciaal de opleiding van vrouwen. De regering had alfabetiseringsklassen voor vrouwen financieel gesteund. Bijna twee derde van de studenten aan de universiteit van Kabul was tegenwoordig vrouw, zei Babi, vrouwen die rechten, medicijnen of techniek studeerden.

'Vrouwen hebben het in dit land altijd moeilijk gehad, Laila, maar misschien zijn ze nu onder de communisten vrijer en hebben ze meer rechten dan ooit tevoren,' zei Babi, die dan altijd zachtjes begon te praten, zich ervan bewust hoe onverdraagzaam mammie was als er zelfs maar heel in de verte positief over de communisten werd gesproken. 'Maar het is waar,' zei Babi, 'het is goed om nu een vrouw in Afghanistan te zijn. Daar kun je je voordeel mee doen, Laila. Natuurlijk is de vrijheid van vrouwen nu juist een van de redenen waarom de mensen ginds de wapens hebben opgepakt,' waarbij hij zijn hoofd medelijdend schudde.

Met 'ginds' bedoelde hij niet Kabul, dat altijd betrekkelijk liberaal en progressief was geweest. In Kabul doceerden vrouwen aan de universiteit, waren schooldirecteur of bekleedden een functie bij de overheid. Nee, Babi bedoelde de tribale regio's, vooral de Pashtun streken in het zuiden, of in het oosten, bij de Pakistaanse grens, waar je zelden vrouwen op straat zag en dan alleen nog in burka en vergezeld van hun man. Hij bedoelde de streken waar mannen die volgens oude tribale wetten leefden in opstand waren gekomen tegen de communisten en hun decreten om de vrouw te bevrijden, gedwongen huwelijken af te schaffen en de minimumleeftijd voor meisjes om te trouwen op te trekken naar zestien jaar. Ginds zagen ze het als een belediging van hun eeuwenoude traditie, zei Babi, om van de regering te horen te krijgen – die ook nog goddeloos was – dat hun dochters het huis uit moesten, de school bezoeken en samen met mannen op één plek werken.

'God verhoede dat dat gebeurt!' zei Babi graag sarcastisch. Daarna zuchtte hij en zei: 'Laila, liefje, de enige vijand die een Afghaan niet kan verslaan, is hijzelf.'

Babi ging aan tafel zitten en doopte brood in zijn kom met aush.

Laila besloot hem tijdens het eten, nog voor ze aan de breuken zouden beginnen, te vertellen over wat Tariq had gedaan met Khadim. Maar ze kreeg er de kans niet toe. Want juist op dat ogenblik werd er op de deur geklopt en stond er aan de andere kant een vreemdeling met nieuws.

19

'Ik moet je ouders spreken, dokhtar jan,' zei hij toen Laila de deur opende. Het was een gedrongen man met een scherp, door weer en wind getekend gezicht. Hij droeg een aardappelkleurige jas en een bruine wollen *pakol* op zijn hoofd.

'Wie kan ik zeggen dat u bent?'

Laila voelde de hand van haar vader op haar schouder en hij trok haar zachtjes bij de deur weg.

'Waarom ga je niet even naar boven, Laila. Toe.'

Terwijl ze naar de trap liep, hoorde Laila de bezoeker tegen Babi zeggen dat hij nieuws uit Panjshir had. Mammie was nu ook in de kamer. Ze hield één hand voor haar mond en haar ogen schoten heen en weer tussen Babi en de man met de pakol.

Laila gluurde van boven aan de trap. Ze zag de vreemde man bij haar ouders zitten. Hij boog voorover. Sprak zachtjes een paar woorden. Toen werd het gezicht van Babi bleker en bleker en hij keek naar zijn handen, en mammie begon te gillen, te gillen en aan haar haren te trekken.

De volgende ochtend, op de dag van de *fatiha*, kwam er een schare vrouwen naar het huis en belastte zich met de voorbereiding van het *khatm*-eten, dat na de rouwplechtigheid zou plaatsvinden. Mammie zat de hele ochtend op de bank, terwijl haar vingers aan een zakdoek friemelden en haar gezicht gezwollen was. Een paar sniffende vrouwen, die om beurten mammies hand stevig vasthielden, keken naar haar om, alsof ze het vreemdste en breekbaarste vrouwtje ter wereld was. Mammie leek zich niet bewust van hun aanwezigheid.

Laila knielde voor haar moeder neer en pakte haar handen. 'Mammie.'

Mammies blik ging naar beneden. Ze knipperde met haar ogen.

'Wij zorgen wel voor haar, Laila jan,' zei een van de vrouwen met een gewichtig air. Laila was wel eerder bij rouwplechtigheden geweest waar ze dit soort vrouwen had gezien, vrouwen die genoegen schepten in alles wat met de dood te maken had, Officiële Troosteressen, die niemand lieten tornen aan plichten die ze ongevraagd op zich hadden genomen.

'We hebben het onder controle. Ga maar iets anders doen, meisje. Laat je moeder maar.'

Weggejaagd als ze was voelde Laila zich nutteloos. Ze liep van de ene kamer naar de andere. Ze rommelde wat in de keuken. Een ongewoon slaafse Hasina en haar moeder arriveerden. Giti en haar moeder ook. Toen Giti Laila zag, snelde ze op haar af, sloeg haar knokige armen om haar heen en omhelsde Laila lang en verrassend stevig. Toen ze haar losliet, stonden haar ogen vol tranen. 'Wat vreselijk, Laila,' zei ze. Laila bedankte haar. De drie meisjes zaten op het erf, totdat een van de vrouwen hun de taak toebedeelde glazen te wassen en borden op tafel te zetten.

Babi bleef ook doelloos het huis in en uit lopen, naar het scheen om te zien of er nog iets te doen viel.

'Houd hem bij me weg.' Dat was het enige wat mammie die hele ochtend zei.

Uiteindelijk ging Babi in de gang op een klapstoel zitten, een hoopje ellende. Een van de vrouwen vertelde hem dat hij daar in de weg zat. Hij verontschuldigde zich en verdween in zijn studeerkamer.

Die middag gingen de mannen naar een zaal in Karteh-Seh die Babi voor de fatiha had gehuurd. De vrouwen kwamen naar het huis. Laila nam haar plek naast mammie in, vlak bij de ingang van de woonkamer, waar de familie van de overledene gewoonlijk zat. Rouwenden trokken hun schoenen bij de deur uit, knikten naar kennissen terwijl ze de kamer door liepen en zaten op klapstoelen die tegen de muren waren opgesteld. Laila zag Wajma, de oude vroedvrouw, die haar ter wereld had helpen komen. Ze zag ook Tariqs moeder, die een zwarte hoofddoek over haar pruik droeg. Ze knikte even naar Laila en glimlachte er langzaam, verdrietig en met gesloten mond bij.

Uit een cassetterecorder klonk de nasale stem van een man die verzen uit de Koran zong. De vrouwen zuchtten en schuifelden heen en weer en snotterden tussendoor. Er klonk gesmoord hoesten, gemompel, en af en toe hoorde je een theatrale, van verdriet vervulde snik.

Rasheeds vrouw Mariam kwam binnen. Ze droeg een zwarte hijab. Slierten haar hingen eronderuit, over haar voorhoofd heen. Ze ging op een stoel tegen de muur zitten, tegenover Laila.

Naast Laila wiegde mammie naar voren en naar achteren. Laila trok mammies hand op haar schoot en streelde hem met beide handen, maar mammie leek niets te merken.

'Wil je een beetje water, mammie?' fluisterde Laila in haar oor. 'Heb je dorst?'

Maar mammie zei niets. Ze deed niets anders dan haar lichaam naar voren en naar achteren bewegen en naar het tapijt staren met een afwezige, lusteloze blik.

Als ze zo naast mammie zat en de neergeslagen, treurige blikken in de kamer zag, drong de omvang van de ramp die haar familie had getroffen af en toe wel tot Laila door. Alle kansen weg. Alle hoop vervlogen.

Maar dat gevoel hield niet aan. Het was moeilijk, echt moeilijk je in mammies emotie in te leven. Moeilijk om verdriet op te roepen en om de dood van mensen te treuren aan wie Laila om te beginnen nooit had gedacht als levende wezens. Ahmad en Noor waren voor haar altijd mensen geweest die vóór haar geleefd hadden. Personen in een mythe. Koningen in een geschiedenisboek.

Het was Tariq die echt was, vlees en bloed. Tariq, die haar leerde vloeken in het Pashtu, die van gezouten klaverblaadjes hield, die zijn voorhoofd fronste en een laag kreunend geluid maakte als hij kauwde, die een lichtroze geboortevlekje net onder zijn linker sleutelbeen had in de vorm van een mandoline die op de kop hing.

Zo zat ze daar naast mammie en rouwde plichtmatig om Ahmad en Noor, maar in haar hart was haar echte broer springlevend.

20

De kwalen die mammie de rest van haar dagen zouden teisteren, namen een aanvang. Pijn in de borst en hoofdpijn, gewrichtspijn en nachtelijk zweten, verlammende pijn in haar oren, knobbels die niemand anders kon voelen. Babi bracht haar naar de dokter, die bloed en urine afnam en röntgenfoto's van mammies lichaam liet maken, maar geen lichamelijke ziekte kon vinden.

Mammie lag het grootste deel van de tijd in bed. Ze ging in het zwart gekleed. Ze frunnikte in haar haren en beet op de moedervlek onder haar lip. Als mammie wakker was, waggelde ze door het huis. Uiteindelijk kwam ze altijd in Laila's kamer uit, alsof ze vroeg of laat tegen haar jongens op zou lopen als ze maar de kamer bleef betreden waar ze ooit hadden geslapen en winden hadden gelaten en kussengevechten geleverd. Maar alles waar ze tegen op liep was hun afwezigheid. En Laila. Wat volgens Laila voor mammie een en hetzelfde geworden was.

De enige taak die mammie nooit oversloeg waren haar vijf dagelijkse namaz. Ze beëindigde elke namaz met gebogen hoofd, handen voor haar gezicht, palmen omhoog, een gebed mompelend om God te vragen de Mujahedin de overwinning te brengen. Laila moest steeds meer de karweitjes opknappen die gedaan moesten worden. Als ze al niet voor het huis zorgde, vond ze her en der altijd wel kleren, schoenen, open zakken rijst, blikjes bonen en vuile vaat. Ze waste mammies kleren en verschoonde haar lakens. Ze praatte mammie het bed uit om een bad te nemen en te eten. Zij was degene die Babi's overhemden streek en zijn broeken vouwde. Ze moest steeds vaker koken.

Soms, als ze haar karweitjes had verricht, kroop Laila bij

mammie in bed. Ze sloeg haar armen om haar heen, verstrengelde haar vingers met die van haar moeder en begroef haar gezicht in haar haren. Mammie verroerde zich dan altijd even en mompelde iets. Ze begon dan onvermijdelijk aan een verhaal over haar jongens.

Op een dag dat ze zo bij elkaar lagen, zei mammie: 'Ahmad was vast een leider geworden. Daar had hij het charisma voor. Mensen die driemaal zo oud waren als hij, luisterden met respect naar hem, Laila. Dat had je moeten zien. En Noor. O, mijn Noor. Hij maakte altijd tekeningen van gebouwen en bruggen. Hij zou architect geworden zijn, weet je. Hij had met zijn ontwerpen Kabul een ander aanzicht gegeven. En nu zijn ze beiden *shaheed*, mijn jongens, mijn martelaren.'

Laila lag te luisteren en wilde zo graag dat haar mammie eens zag dat zíj, Laila, nog geen shaheed was, dat ze leefde en hier bij haar in bed lag, dat zij verwachtingen koesterde en een toekomst had. Maar Laila wist dat haar toekomst niet opkon tegen het verleden van haar broers. Ze hadden haar met hun leven overschaduwd. Ze zouden haar doen verdwijnen met hun dood. Mammie was nu de curator van het museum van hun leven, en zij, Laila, was enkel een bezoeker. Een vergaarbak voor hun mythen. Het perkament waarop mammie hun legenden wilde vastleggen.

'De boodschapper die ons het nieuws bracht, zei dat toen ze de jongens naar het kamp hadden teruggebracht, Ahmad Shah Masud persoonlijk toezicht had gehouden op de begrafenis. Hij heeft een gebed gezegd bij hun graf. Dat soort dappere jonge mannen, dat waren jouw broers, Laila. Commandant Masud zelf, de Leeuw van Panjshir, God zegene hem, hield toezicht op hun begrafenis.'

Mammie rolde zich op haar rug. Laila ging even verliggen en legde haar hoofd op mammies borst.

'Soms,' zei mammie met hese stem, 'luister ik naar de klok op de gang. Dan denk ik aan alle tikken, alle minuten, alle uren en dagen en weken en maanden en jaren die nog op me wachten. Allemaal zonder hen. En dan krijg ik geen adem meer, dan is het alsof er iemand op mijn hart trapt,

Laila. Dan word ik zo zwak. Zo zwak dat ik het liefst ergens zou willen neerzinken.'

'Ik wou dat ik iets voor je kon doen,' zei Laila, en ze meende het. Maar het kwam plat en plichtmatig uit haar mond, als de symbolische troost van een vriendelijke vreemdeling.

'Je bent een goede dochter,' zei mammie na een diepe zucht. 'En als moeder van jou stel ik niet veel voor.'

'Zoiets moet je niet zeggen.'

'Maar het is waar. Ik weet het en ik vind het vreselijk, liefje.'

'Mammie?'

'Mmm.'

Laila ging overeind zitten en keek naar haar moeder. Er zaten grijze slierten in mammies haar. En het schokte Laila te zien hoeveel gewicht mammie had verloren, terwijl ze altijd mollig was geweest. Haar wangen zagen er bleek en ingevallen uit. De bloes die ze aanhad, hing slonzig over haar schouders, en er zat een gapend gat tussen hals en kraag. Meer dan eens had Laila gezien hoe haar trouwring gewoon van mammies vinger gleed.

'Ik wilde je iets vragen.'

'Wat dan?'

'Je zou toch niet...' begon Laila.

Ze had er met Hasina over gesproken. Op aanwijzing van Hasina hadden ze samen het potje aspirines leeggegooid in de goot, de keukenmessen verborgen en de scherpe kebabspiesen onder het tapijt onder de bank verstopt. Hasina had op het erf een touw gevonden. Toen Babi zijn scheermesjes niet meer kon vinden, moest Laila hem wel over haar angst vertellen. Hij liet zich op de rand van de bank vallen en hield zijn handen tussen zijn knieën. Laila wachtte op een soort geruststelling van hem. Maar alles wat hij voor haar in petto had was een hologige, verbijsterde blik.

'Je zou toch niet... Mammie, ik maak me zorgen over...'

'Ik heb erover gedacht op de avond dat we het nieuws kregen,' zei mammie. 'Ik zal niet tegen je liegen, ik heb er sindsdien vaker aan gedacht. Maar nee. Je hoeft je geen zorgen te maken, Laila. Ik wil dat de droom van mijn zonen uitkomt. Ik wil de dag beleven waarop de Sovjets met schande overladen naar huis gaan, de dag waarop de Mujahedin als overwinnaars Kabul binnentrekken. Ik wil erbij zijn als dat gebeurt, als Afghanistan vrij is, dan zien de jongens het ook. Zij zullen het door mijn ogen zien.'

Mammie viel spoedig in slaap, Laila met verwarde gevoelens achterlatend: gerustgesteld dat mammie door wilde leven, gegriefd door het feit dat niet zíj de reden was. Zíj zou nooit zo'n stempel op mammies hart drukken als haar broers, want mammies hart was als een leeg strand, waar Laila's voetafdrukken voorgoed weggespoeld zouden worden onder de golven van verdriet die aanzwollen en te pletter sloegen, aanzwollen en te pletter sloegen.

21

De chauffeur reed naar de kant van de weg en liet weer een konvooi sovjetjeeps en gepantserde voertuigen passeren. Tariq leunde over de voorbank, over de chauffeur, en schreeuwde: '*Pajalusta*! *Pajalusta*!'

Een jeep toeterde en Tariq floot terug, vrolijk wuivend. 'Prachtige geweren!' schreeuwde hij. 'Schitterende jeeps! Schitterend leger! Jammer dat jullie verliezen van een stelletje boeren met katapulten!'

Het konvooi passeerde. De chauffeur reed de weg weer op.

'Hoe ver nog?' vroeg Laila.

'Hoogstens nog een uur,' zei de chauffeur. 'Als we geen konvooien of controles meer tegenkomen.'

Ze waren een dagje uit, Laila, Babi en Tariq. Hasina had ook meegewild, ze had haar vader erom gesmeekt, maar hij had geen toestemming gegeven. Het reisje was een idee van Babi. Hoewel hij het nauwelijks kon betalen van zijn salaris, had hij voor een dag een chauffeur gehuurd. Hij wilde tegenover Laila niets loslaten over de bestemming, alleen dat het zou bijdragen aan haar ontwikkeling.

Ze waren al sinds vijf uur in de ochtend onderweg. Achter Laila's raam veranderde het landschap van de met sneeuw bedekte bergtoppen in woestijnen, ravijnen en door de zon verschroeide rotsen. Ze passeerden lemen huizen met rieten daken en velden met verspreid staande schoven tarwe. Her en der in de stoffige velden herkende Laila de zwarte tenten van de Koochi nomaden. En regelmatig de karkassen van uitgebrande sovjettanks en vernielde helikopters. Dit, dacht ze, was het Afghanistan van Ahmad en Noor. Hier op het platteland werd de oorlog per slot van rekening uitgevochten. Niet in Kabul. Kabul leefde hoofdzakelijk in vrede.

In Kabul had de oorlog niet meer dan een gerucht kunnen zijn, als er niet af en toe geweersalvo's weerklonken, als er geen sovjetsoldaten rokend over de trottoirs liepen en sovjetjeeps niet door de straten hobbelden.

Het was laat in de ochtend toen ze, na nog twee controleposten te zijn gepasseerd, een vallei in reden. Babi wees Laila, die over de stoel hing, op een aantal eeuwenoud lijkende muren van zongedroogde bakstenen in de verte.

'Dat is Shakr-e-Zohak. De Rode Stad. Het was vroeger een vesting. Het is zo'n negenhonderd jaar geleden gebouwd om de vallei tegen indringers te beschermen. De kleinzoon van Djenghis Kahn heeft het in de dertiende eeuw aangevallen, maar hij werd gedood. Het was Djenghis Kahn zelf die het daarna heeft verwoest.'

'En dat, jonge vrienden, is het verhaal van ons land, de ene indringer na de andere,' zei de chauffeur, terwijl hij de as van zijn sigaret buiten zijn raampje aftikte. 'Macedoniërs. Sassaniden. Arabieren. Mongolen. Nu de Sovjets. Maar we zijn net als die muren daarboven. Toegetakeld en niet meer om aan te zien, maar we staan nog steeds overeind. Zo is het toch, *badar*?'

'Zo is het,' zei Babi.

Een halfuur later zette de chauffeur de auto aan de kant van de weg.

'Kom,' zei Babi. 'Laten we eens buiten kijken.'

Ze stapten uit de taxi. Babi wees. 'Daar zijn ze. Kijk.'

Tariq hapte naar adem. Laila ook. En ze wist op dat ogenblik dat ze wel honderd zou kunnen worden en nooit meer zoiets magnifieks zou zien.

Het waren twee kolossale boeddha's, die veel hoger oprezen dan Laila zich op grond van de foto's die ze ervan had gezien had voorgesteld. Uitgebeiteld in een door de zon gebleekte steile rots, staarden ze op hen neer zoals ze bijna tweeduizend jaar eerder hadden gedaan, op karavanen die de vallei overstaken via de Zijderoute, bedacht Laila. Aan elke kant ervan, langs de overhangende nissen, zat de steile rots vol gaten met talloze grotten.

'Ik voel me zo klein,' zei Tariq.
'Wil je naar boven klimmen?' vroeg Babi.
'Op de standbeelden?' vroeg Laila. 'Kan dat?'
Babi glimlachte en strekte zijn hand uit. 'Kom.'

Het was een moeilijke klim voor Tariq, die zich zowel aan Laila als aan Babi moest vasthouden toen ze moeizaam een kronkelige, smalle, amper verlichte trap beklommen. Ze zagen onderweg overal in de rots schemerige grotten en tunnels.

'Pas op waar je je voeten zet,' zei Babi. Zijn stem weergalmde luid. 'De bodem is verraderlijk.'

Op sommige plekken was de trap open en kon je zo in de uitholling kijken waar de boeddha stond.

'Niet naar beneden kijken, kinderen. Recht voor je uit blijven kijken.'

Onder het klimmen vertelde Babi dat Bamiyan ooit een welvarend boeddhistisch centrum was geweest, totdat het in de negende eeuw onder de islamitische en Arabische wetten was komen te vallen. De zandstenen rotsen waren de verblijfplaats van de boeddhistische monniken, die er grotten in uithakten om ze als onderkomen en als vrijplaats voor vermoeide, rondtrekkende pelgrims dienst te laten doen. De monniken, zei Babi, hadden prachtige fresco's op de muren en plafonds van hun grotten geschilderd.

'Op zeker moment leefden hier vijfduizend monniken als kluizenaars in de grotten.'

Tariq was totaal uitgeput toen ze de top bereikten. Babi hijgde ook als een klein paard. Maar zijn ogen straalden van opwinding.

'We staan nu boven op zijn hoofd,' zei hij, terwijl hij zijn voorhoofd met zijn zakdoek afwiste. 'Er is daar een nis waar we een mooi uitzicht hebben.'

Zij klauterden naar de rotsige overhangende plek en keken naast elkaar uit over de vallei, Babi in het midden.

'Moet je dit zien!' zei Laila.

Babi glimlachte.

De Bamiyanvallei beneden was bedekt met welige boerenakkers. Babi zei dat het groene wintertarwe was en alfalfa, en ook aardappelen. De akkers waren omringd door populieren, en werden doorkruist door rivieren en irrigatiekanalen; op de oevers hurkten piepkleine vrouwenfiguren om kleren te wassen. Babi wees op rijst- en gerstvelden op de hellingen. Het was herfst en Laila kon mensen onderscheiden in felgekleurde tunieken op de daken van lemen huizen, die de oogst te drogen legden. Langs de hoofdweg die door het stadje liep, stonden ook rijen populieren. Er waren aan weerszijden winkeltjes en theehuizen en straatkappers. Achter het dorp, achter de rivier en de zijtakken ervan zag Laila heuvels, kaal en stoffig bruin, en daar weer achter, zoals overal in Afghanistan, de met sneeuw bedekte Hindu Kush.

De hemel boven dat alles was smetteloos, wolkeloos blauw.

'Het is zo rustig hier,' zei Laila fluisterend. Ze zag piepkleine schapen en paarden, maar kon hun geblaat en gehinnik niet horen.

'Dat is wat ik me altijd herinner van hierboven,' zei Babi. 'De stilte. De rust. Ik wilde dat jullie dat zouden beleven. Maar ik wilde ook dat jullie de erfenis van ons land zouden zien, dat jullie iets van het rijke verleden ervan zouden leren. Weet je, sommige dingen kan ik jullie bijbrengen. Andere dingen leer je uit boeken. Maar er zijn ook dingen die je, nou ja, moet zien en voelen.'

'Kijk,' zei Tariq.

Ze keken naar een havik, die in glijvlucht boven het dorp cirkelde.

'Ben je hier ooit met mammie geweest?' vroeg Laila.

'O ja, heel vaak. Voor de jongens geboren waren. Daarna ook wel. Je moeder was in die tijd zo avontuurlijk, en... zo levendig. Ze was de levendigste en gelukkigste persoon die ik ooit had ontmoet.' Hij glimlachte bij de herinnering. 'Ze kon zo lachen. Ik zweer dat ik daarom met haar ben getrouwd, Laila, om die lach. Die overdonderde je. Daar was je weerloos tegen.'

Er sloeg een golf van liefde door Laila. Vanaf dat moment zou ze Babi altijd zo blijven zien: herinneringen ophalend aan mammie, leunend met zijn ellebogen op de rots, zijn kin rustend in zijn handen, zijn haar wild waaiend in de wind, ogen dichtgeknepen tegen de zon.

'Ik ga eens een paar van die grotten bekijken,' zei Tariq.

'Voorzichtig,' zei Babi.

'Doe ik, *kaka* jan,' echode Tariqs stem.

Laila keek naar een drietal mannen helemaal beneden die stonden te praten bij een koe die vastgebonden was aan een hek. Om hen heen waren de bomen okerkleurig en oranje aan het worden, scharlaken rood.

'Weet je, ik mis de jongens ook,' zei Babi. Zijn ogen waren een beetje gezwollen. Zijn kin trilde. 'Ik mag misschien niet... Bij je moeder zijn vreugde en droefheid extreem. Ze kan geen van beide verbergen. Dat heeft ze nooit gekund. Ik denk dat ik anders ben. Dat is mijn natuur. Maar het heeft mij ook gebroken, de dood van beide jongens. Ik mis ze ook. Er gaat geen dag voorbij dat ik... Het is zwaar, Laila. Heel erg zwaar.' Hij drukte duim en wijsvinger tegen zijn neuswortel. Toen hij probeerde te praten brak zijn stem. Hij trok zijn lippen strak over zijn tanden en wachtte. Hij haalde lang en diep adem en keek haar aan. 'Maar ik ben zo blij dat ik jou heb. Ik dank God er elke dag voor. Elke dag. Als je moeder soms een van haar vreselijk sombere dagen heeft, lijkt het wel of jij alles bent wat ik heb, Laila.'

Laila kwam dichter bij hem staan en liet haar wang op zijn borst rusten. Hij leek een beetje geschrokken – anders dan mammie uitte hij zijn genegenheid zelden lichamelijk. Hij kuste haar vluchtig op haar kruin en omarmde haar onhandig van achteren. Zo bleven ze een poosje staan kijken naar de Bamiyanvallei beneden.

'Hoeveel ik ook van dit land houd, ik denk er wel eens over om te vertrekken,' zei Babi.

'Waarheen dan?'

'Naar een plek waar je dingen makkelijk kunt vergeten. In de eerste plaats Pakistan, denk ik. Voor een of misschien twee jaar. Wachten tot onze papieren geregeld zijn.'

'En dan?'

'En dan, nou, misschien is het wel een groot woord. Misschien Amerika. Ergens bij de zee. Californië.'

Babi zei dat de Amerikanen een genereus volk waren. Ze zouden hen een poosje helpen met geld en eten, tot ze op eigen benen konden staan.

'Ik zoek er werk, en na een paar jaar, als we genoeg gespaard hebben, openen we een klein Afghaans restaurant. Niets modieus, hoor, gewoon een bescheiden eettentje, een paar tafels, wat vloerkleden. Misschien hangen we een paar foto's van Kabul op. We geven de Amerikanen een idee van wat Afghaans eten is. En als je moeder kookt, staan ze in rijen buiten te wachten. En jij zou natuurlijk naar school blijven gaan. Je weet hoe ik daarover denk. Dat zou absolute voorrang hebben, jouw schoolopleiding, middelbare school en dan universiteit. Maar in je vrije tijd, als je daar tenminste zin in zou hebben, kun je ons helpen, bestellingen opnemen, waterkannen vullen, dat soort dingen.'

Babi zei dat ze verjaardagspartijtjes in het restaurant konden houden, verlovingsfeesten, bijeenkomsten met Nieuwjaar. Het zou een plaats van samenkomst worden voor Afghanen die net als zij de oorlog waren ontvlucht. En laat op de avond, als iedereen vertrokken was en het lokaal schoongemaakt, zouden ze met zijn drieën theedrinken te midden van de lege tafels, moe maar dankbaar voor het geluk dat hun ten deel was gevallen.

Toen Babi uitgepraat was, werd hij rustig. Dat werden ze beiden. Ze wisten dat mammie nergens mee naartoe zou gaan. Afghanistan verlaten was ondenkbaar voor haar geweest toen Ahmad en Noor nog hadden geleefd. Nu ze shaheed waren, was spullen pakken en ervandoor gaan een nog ergere belediging, verraad, een ontkenning van het offer dat haar zonen hadden gebracht.

'Hoe kun je zoiets bedenken,' hoorde Laila haar al zeggen. 'Betekent hun dood dan helemaal niets voor je, neef? De enige troost die ik heb is te weten dat ik op dezelfde grond loop die hun bloed heeft opgenomen. Nee. Nooit.'

En Babi zou nooit zonder haar vertrekken, wist Laila, hoewel mammie niet een betere echtgenote voor hem was dan een moeder voor haar. Voor mammie zou hij deze dagdroom wegvegen zoals hij vlekjes meel van zijn jas tikte als hij terugkwam van zijn werk. Ze zouden dus blijven. Ze zouden blijven tot de oorlog ten einde was. En ze zouden blijven als er na de oorlog iets anders kwam, wat dan ook.

Laila herinnerde zich hoe mammie ooit tegen Babi had gezegd dat ze met een man getrouwd was zonder enige overtuiging. Mammie begreep het niet. Ze begreep niet dat als ze in een spiegel keek de enige onwankelbare overtuiging van zijn leven haar recht aankeek.

Toen ze later een lunch hadden genuttigd van gekookte eieren en aardappelen met brood, deed Tariq een dutje onder een boom aan de oever van een kabbelende rivier. Hij gebruikte zijn jas, die hij netjes had opgevouwen, als hoofdkussen, en hield zijn handen voor zijn borst gekruist. De chauffeur ging naar het dorp om amandelen te kopen. Babi zat aan de voet van een dikke acaciastam een paperback te lezen. Laila kende het boek, hij had het haar ooit voorgelezen. Het ging over een oude visser die Santiago heet en een enorme vis vangt. Maar tegen de tijd dat hij de boot in veiligheid heeft gebracht, is er niets meer over van zijn prachtige vis; de haaien hebben die verscheurd.

Laila zat aan de rand van de rivier en doopte haar voet in het koele water. Boven haar hoofd zoemden muskieten en dartelden populierzaden. Een libel gonsde vlakbij. Laila keek naar de vleugels van het diertje, die de schittering van de zon opvingen als het van de ene grasspriet naar de andere zoefde. Ze lichtten paars op, en groen, en oranje. Aan de overkant van de rivier raapte een groepje Hazara jongens stukken gedroogde koemest op en borg ze in jutezakken die ze op hun rug hadden gebonden. Ergens balkte een ezel. Een generator kwam sputterend tot leven.

Laila moest weer even denken aan Babi's droom. 'Ergens bij de zee.'

Er was iets wat ze Babi daarboven op de boeddha niet had verteld: om één belangrijke reden was ze blij dat ze niet konden vertrekken. Ze zou Giti missen en de ernst op haar magere gezicht, ja, en Hasina ook, met haar boosaardige lach en haar roekeloze potsenmakerij. Maar het meest van al herinnerde Laila zich de onontkoombare saaiheid van die vier weken zonder Tariq, toen hij naar Ghazni was. Ze herinnerde zich maar al te goed hoe de tijd zich had voortgesleept zonder hem, hoe onzeker ze zich had gevoeld over al dat wachten, uit haar evenwicht. Hoe kon ze ooit leven als hij permanent afwezig was?

Misschien was het onzinnig om zo graag bij iemand te zijn, hier, in een land waar kogels haar eigen broers aan flarden hadden geschoten. Maar het enige wat Laila hoefde te doen was zich voor te stellen dat Tariq met zijn ene been op Khadim afging, en dan deed verder niets in de wereld er nog toe.

Zes maanden later, in april 1988, kwam Babi thuis met groot nieuws.

'Ze hebben een verdrag getekend!' zei hij. 'In Genève. Het is officieel! Ze gaan weg. Over negen maanden zijn er geen Sovjets meer in Afghanistan!'

Mammie kwam overeind in haar bed. Ze haalde haar schouders op.

'Maar het communistische regime blijft,' zei ze. 'Najibullah is de marionettenpresident. Hij gaat nergens naartoe. Nee, de oorlog gaat door. Dit is niet het einde.'

'Najibullah heeft het eeuwige leven niet,' zei Babi.

'Ze gaan weg, mammie! Ze gaan echt weg!'

'Gaan jullie dat dan maar met zijn beiden vieren als je wilt. Maar ik heb geen rust voordat de Mujahedin hier in Kabul een overwinningsparade hebben gehouden.'

En met die woorden ging ze weer liggen en trok de dekens over zich heen.

22

JANUARI 1989

Op een koude bewolkte dag in januari 1989, drie maanden voordat Laila elf werd, gingen zij, haar ouders en Hasina kijken naar hoe een van de laatste sovjetkonvooien uit de stad vertrok. Toeschouwers hadden zich aan beide kanten van de verkeersweg opgesteld, vlak bij de Militaire Club bij Wazit Akbar Kahn. Ze stonden in de natte sneeuw en keken naar de rij tanks, gepantserde trucks en jeeps, terwijl je een lichte sneeuw kon zien vallen voor de voorbijkomende koplampen langs. Er werd geschreeuwd en gescholden. Afghaanse soldaten hielden de mensen van de rijbaan. Af en toe moesten ze een waarschuwingsschot afvuren.

Mammie hield een foto van Ahmad en Noor hoog boven haar hoofd. Het was de foto waar ze rug aan rug onder een perenboom zaten. Er waren andere vrouwen die hetzelfde deden als zij, vrouwen met foto's van hun mannen, zonen en broers, die shaheed waren.

Iemand tikte Laila en Hasina op de schouder. Het was Tariq.

'Waar heb je dat ding vandaan?' riep Hasina uit.

'Ik heb me voor de gelegenheid gekleed,' zei Tariq. Hij droeg een enorme Russische bontmuts met oorkleppen, die hij naar beneden had getrokken. 'Hoe zie ik eruit?'

'Belachelijk,' lachte Laila.

'Dat was ook de bedoeling.'

'Je ouders zijn met jou hierheen gekomen, terwijl jij die muts op had?'

'Ze zijn thuisgebleven,' zei hij.

In het voorafgaande najaar was Tariqs oom in Ghazni gestorven aan een hartaanval, en een paar weken later had

Tariqs vader zelf een hartaanval gehad, waarna hij zwak en vermoeid was, vatbaar voor angstaanvallen en depressieve buien, waarvan hij weken last kon hebben. Laila was blij Tariq nu te zien zoals hij vroeger was. In al die weken na de ziekte van zijn vader was hij lusteloos geweest en had hij een somber en triest gezicht gehad.

Met zijn drieën maakten ze zich uit de voeten, terwijl mammie en Babi naar de Sovjets stonden te kijken. Van een straatventer kocht Tariq een bordje gekookte bonen met een dikke koriandersaus erop. Ze aten onder de luifel van een gesloten tapijtwinkel, en daarna ging Hasina op zoek naar haar familie.

Tijdens de busrit naar huis zaten Tariq en Laila achter haar ouders. Mammie zat bij het raam naar buiten te staren en drukte de foto tegen haar borst. Naast haar zat Babi onbewogen te luisteren naar een man die argumenteerde dat de Sovjets dan wel mochten vertrekken, maar dat ze wapens zouden sturen naar Najibullah in Kabul.

'Hij is hun marionet. Ze zetten de oorlog via hem voort, daar kun je donder op zeggen.'

Iemand een eindje verderop viel hem bij.

Mammie mompelde lange gebeden die maar niet ophielden, totdat ze geen adem meer had en de laatste paar woorden er met een hoog gepiep uit moest persen.

Later die dag gingen ze naar Cinema Park, Laila en Tariq, en ze moesten genoegen nemen met een sovjetfilm die nagesynchroniseerd was in het Farsi met allerlei onbedoelde komische effecten. Er was een koopvaardijschip met een eerste stuurman, die verliefd was op de dochter van de kapitein. Zij heette Alyona. Een hevige storm stak op met bliksem en regen, het schip werd door de woeste zee heen en weer geslingerd. Een van de matrozen die volkomen over zijn toeren was, gilde iets. Een absurd rustige Afghaanse stem vertaalde: 'Beste meneer, kunt u alstublieft even het touw doorgeven?'

Op dat moment barstte Tariq in gegiechel uit. En ze kregen nu beiden snel de slappe lach. Net als de een uitgeput raakte, begon de ander weer te gnuiven, en dan begon het weer van voren af aan. Een man die twee rijen voor hen zat, draaide zich om en vroeg om stilte.

Op het eind was er een huwelijksscène. De kapitein had zich laten vermurwen en liet Alyona met de eerste stuurman trouwen. De pasgehuwden glimlachten naar elkaar. Iedereen dronk wodka.

'Ik ga nooit trouwen,' fluisterde Tariq.

'Ik ook niet,' zei Laila, maar niet dan na even nerveus geaarzeld te hebben. Ze vreesde dat haar stem had verraden hoe teleurgesteld ze was over wat hij had gezegd. Haar hart sloeg op hol en ze voegde er ditmaal krachtiger aan toe: 'Nooit.'

'Een huwelijk is stom.'

'Al die heisa.'

'Al dat geld.'

'En waarvoor?'

'Voor kleren die je nooit meer zult dragen.'

'Ha!'

'Als ik ooit echt zou gaan trouwen,' zei Tariq, 'moeten ze bij de huwelijksvoltrekking plaatsmaken voor drie. Voor mij, mijn bruid en de man die het pistool tegen mijn hoofd zet.'

De man voor hen wierp hun opnieuw een vermanende blik toe.

Op het doek vonden de lippen van Alyona en haar nieuwe echtgenoot elkaar.

Terwijl ze naar de kus keek, voelde Laila zich plotseling vreemd aanwezig. Ze werd zich sterk bewust van haar razende hart, van het bloed dat in haar oren bonsde, van de gestalte van Tariq naast haar, die verkrampte en stil werd. De kus bleef aanhouden. Het leek Laila plotseling hoogst noodzakelijk zich niet te verroeren of een geluid te maken. Ze voelde dat Tariq naar haar keek – één oog op de kus gericht, het andere op haar – zoals zij hém aankeek. Luisterde hij naar de lucht die haar neus in en uit suisde, vroeg ze zich af, wachtte hij op een kleine aarzeling, een onthullende onregelmatigheid die haar gedachten zou verraden?

En hoe zou het zijn hem te kussen, het donzige haar op zijn bovenlip te voelen, dat op haar lippen zou prikken?

Tariq begon ongemakkelijk in zijn stoel heen en weer te schuiven. Hij zei gespannen: 'Wist je dat als je in Siberië snot uit je neus perst, het een groene ijspegel is nog voor het de grond raakt?'

Ze moesten beiden lachen, maar ditmaal slechts heel even en nerveus. En toen de film afgelopen was en ze naar buiten liepen, was Laila opgelucht dat het schemerig geworden was en dat ze Tariq niet in het volle daglicht hoefde aan te kijken.

23

APRIL 1992

Er gingen drie jaar voorbij.

In die tijd kreeg de vader van Tariq een reeks beroerten. Gevolg was een niet meer functionerende linkerhand en een licht gebrabbel als hij sprak. Als hij opgewonden was, wat regelmatig voorkwam, werd het gebrabbel erger.

Tariq ontgroeide weer eens aan zijn kunstbeen en kreeg een nieuw van het Rode Kruis, al moest hij er zes maanden op wachten.

Zoals Hasina al had gevreesd, bracht haar familie haar naar Lahore, waar ze met haar neef moest trouwen die een autobedrijf had. De ochtend dat ze haar wegbrachten gingen Giti en Laila naar Hasina's huis om afscheid te nemen. Hasina vertelde hun dat de neef, haar aanstaande echtgenoot, al aan de procedure was begonnen om naar Duitsland te verhuizen, waar zijn broers woonden. Binnen een jaar, dacht ze, zou ze in Frankfurt zitten. Ze huilden terwijl ze elkaar alle drie tegelijk omhelsden. Giti was ontroostbaar. De laatste keer dat Laila Hasina in levenden lijve zag, werd ze door haar vader op de overvolle achterbank van een taxi geholpen.

De Sovjet-Unie verkruimelde in hoog tempo. Het leek wel of Laila's vader om de paar weken thuiskwam met nieuws over wéér een republiek die de onafhankelijkheid had uitgeroepen. Litouwen. Estland. Oekraïne. De sovjetvlag boven het Kremlin werd gestreken. De republiek Rusland was geboren.

In Kabul veranderde Najibullah van tactiek en trachtte zichzelf voor te doen als een devote moslim. 'Te weinig en veel te laat,' zei Babi. 'Je kunt niet de ene dag het hoofd van de KHAD zijn en de volgende dag in een moskee gaan bidden met mensen wier familieleden je hebt gemarteld en vermoord.' Najibullah voelde hoe de strop om Kabul werd aangehaald en probeerde een regeling te treffen met de Mujahedin, maar de Mujahedin weigerden.

Vanuit haar bed zei mammie: 'Goed voor hen.' Ze hield haar wakes voor de Mujahedin en wachtte op hun parade. Wachtte tot de vijanden van haar zoons zouden sneuvelen.

En uiteindelijk deden ze dat. In april 1992, het jaar waarin Laila veertien werd.

Najibullah gaf zich ten slotte over en kreeg asiel in de compound van de Verenigde Naties bij het Darulaman Paleis, in het zuiden van de stad.

De jihad was voorbij. De diverse communistische regimes die sinds de geboorte van Laila de macht in handen hadden gehad, waren allemaal verslagen. Mammies helden, de krijgsbroeders van Ahmad en Noor, hadden gewonnen. En nu, na meer dan tien jaar alles opgeofferd te hebben en hun families in de steek te hebben gelaten om in de bergen te leven en voor de soevereiniteit van Afghanistan te strijden, kwamen de Mujahedin naar Kabul, in levenden lijve, moe van de oorlog.

Mammie kende alle namen.

Er was Dostum, de flamboyante commandant, een Uzbeek, leider van de Junbish-i-Millipartij, die erom bekend stond makkelijk van loyaliteit te wisselen. De gedreven en kribbige Gulbuddin Hekmatyar, leider van de Hezb-e-Islamipartij, een Pashtun die techniek had gestudeerd en ooit een maoïstische student had vermoord. Rabbani, een Tajik, leider van de Jamiat-e-Islamipartij, die in de dagen van de monarchie islamkunde had gedoceerd aan de universiteit van Kabul. Sayyaf, een Pashtun uit Paghman met Arabische connecties, een vastberaden moslim en leider van de Ittehad-i-Islamipartij. Abdul Ali Mazari, leider van de Hizb-e-Wahdatpartij, onder zijn Hazara makkers beter bekend als Baba Mazari, met sterke Shi'a contacten in Iran.

En natuurlijk was er mammies held, Rabbani's bondgenoot, de somber ogende, charismatische commandant Ahmad Shah Masud, een Tajik, de Leeuw van Panjshir. Mammie had een poster van hem aan de muur van haar kamer gehangen. Masuds knappe, bedachtzame gezicht, met zijn opgetrokken wenkbrauw en met zijn handelsmerk, de scheefstaande pakol, zou overal in Kabul opduiken. Zijn gevoelvolle zwarte ogen zouden terugkijken van aanplakbiljetten, muren, winkelruiten, van vlaggetjes hoog aan de antennes van taxi's.

Voor mammie was dit de dag waarnaar ze had verlangd. Die bracht de verwezenlijking van al haar jaren van wachten.

Eindelijk kon ze haar nachtwaken beëindigen en konden haar zonen rusten in vrede.

De dag nadat Najibullah zich had overgegeven rees mammie uit bed als een herboren vrouw. Voor het eerst in de vijf jaar sinds Ahmad en Noor shaheed waren droeg ze geen zwart meer. Ze trok een kobaltblauwe linnen jurk met witte stippen aan. Ze lapte de ramen, veegde de vloer, luchtte het huis en lag lange tijd in bad. Haar stem snerpte van vrolijkheid.

'Een feestje zou mooi zijn,' verklaarde ze.

Ze stuurde Laila erop uit om de buren uit te nodigen. 'Vertel ze dat we morgen een grote lunch houden!'

In de keuken stond mammie met haar handen op haar heupen rond te kijken en zei met een vriendelijk verwijt in haar stem: 'Wat heb je met de keuken gedaan, Laila? *Wooy.* Er staat niets meer op zijn plaats.'

Ze begon opzichtig potten en pannen te verplaatsen, alsof ze die opnieuw wilde opeisen en haar territorium wilde afbakenen nu ze eenmaal terug was. Laila bleef bij haar uit de buurt. Ze vond het best zo. Mammie kon in haar euforische opwellingen even onbuigzaam zijn als in haar woedeaanvallen. Mammie begon energiek, zij het ook nog wat onzeker, weer te koken: aushsoep met bonen en gedroogde dille, *kofta,* dampend hete *mantu* in verse yoghurt met wat munt erop.

'Je frunnikt aan je wenkbrauwen,' zei mammie, terwijl ze bij het aanrecht een grote jutezak met rijst opende.

'Een beetje maar.'

Mammie gooide rijst uit de zak in een grote zwarte pan met water. Ze rolde haar mouwen op en begon te roeren.

'Hoe is het met Tariq?'

'Zijn vader is ziek geweest,' zei Laila.

'Hoe oud is hij nu eigenlijk?'

'Ik weet het niet, in de zestig denk ik.'

'Ik bedoel Tariq.'

'O. Zestien.'

'Aardige jongen. Dat vind jij toch ook?'

Laila haalde haar schouders op.

'Maar niet echt een jongen meer, hè? Zestien. Bijna een man al. Toch?'

'Wat wil je daarmee zeggen, mammie?'

'Niets,' zei mammie onschuldig glimlachend. 'Niets. Alleen dat jij… Ach, niets. Ik kan het beter niet zeggen.'

'Ik zie dat je dat wel wilt,' zei Laila, geïrriteerd door die indirecte, schertsende beschuldiging.

'Wel…' Mammie zette haar handen op de rand van de pan. Laila vond de manier waarop ze 'Wel' zei en haar handen op de rand van de pan zette onnatuurlijk, alsof ze erop geoefend had. Ze vreesde dat er een toespraak zou volgen.

'Niets aan de hand als je als kleine kinderen wat rondrent. Allemaal onschuldig. Dat was leuk. Maar nu. Nu. Ik zie dat je een beha draagt, Laila.'

Laila voelde zich betrapt.

'Dat had je me wel eens kunnen zeggen trouwens, van die beha. Heb ik niet geweten. Ik ben teleurgesteld dat je het me niet hebt verteld.' Mammie voelde dat ze in het voordeel was en bleef druk uitoefenen. 'Nou ja, dit gaat niet over mij of over jouw beha. Het gaat over jou en Tariq. Hij is een jongen, weet je, en die hebben lak aan een goede naam. Maar jij. De goede naam van een meisje, vooral van een knappe meid als jij, is iets heel kwetsbaars, Laila. Als een spreeuw in je handen. Laat je greep verslappen en hij vliegt meteen weg.'

'En al dat muurklimmen van jou dan, die geheimzinnigdoenerij met Babi in de boomgaard?' zei Laila, blij dat ze zich snel hervonden had.

'Wij waren neef en nicht. En we zijn getrouwd. Heeft die jongen om je hand gevraagd?'

'Hij is een vriend. Een *rafiq*. Het is tussen ons niet wat jij denkt,' zei Laila niet erg overtuigend, ze voelde zich in de verdediging gedrongen. 'Hij is als een broer voor me,' voegde ze er ondoordacht aan toe. Nog voordat mammies gezicht betrok en haar gelaatstrekken versomberden, wist ze dat ze een fout had gemaakt.

'Dat is hij nou juist niet,' zei mammie op vlakke toon. 'Je gaat die eenbenige timmermanszoon niet met je broers vergelijken. Er is níemand die op je broers lijkt.'

'Ik heb niet gezegd dat hij... Zo bedoelde ik het niet.'

Mammie blies adem uit door haar neus en klemde haar tanden op elkaar.

'Nou ja,' hervatte ze, maar zonder de ingetogen luchthartigheid van even eerder. 'Wat ik probeer te zeggen is dat als je niet voorzichtig bent mensen over je gaan praten.'

Laila opende haar mond om iets te zeggen. Het was niet dat mammie geen gelijk had. Laila wist dat de dagen van de onschuldige en ongestoorde pleziertjes met Tariq op straat voorbij waren. Laila voelde al enige tijd iets wat ze niet kende, iets vreemds, als ze met zijn tweeën in het openbaar waren. Een besef dat er onderzoekend naar hen gekeken werd, dat er over hen werd gefluisterd, iets wat Laila nooit eerder had ervaren. En nog steeds niet ervaren zou hebben als er zich niet iets fundamenteels had voorgedaan: ze was voor Tariq gevallen. Hopeloos en uitzichtloos. Als hij in haar buurt was, kon ze het niet helpen dat ze werd bestookt door schandelijke gedachten over zijn slanke, naakte lichaam, dat met het hare vervlochten was. Als ze 's nachts in bed lag stelde ze zich voor hoe hij haar buik kuste, verwonderd over zijn zachte lippen, zijn handen in haar hals, op haar borst, haar rug, en nog verder omlaag. Als ze op die manier aan hem dacht werd ze overweldigd door schuldgevoel, maar ook door een speciale, warme sensatie die van haar buik opsteeg tot het leek of haar gezicht roze opgloeide.

Nee. Mammie had gelijk. Meer dan ze in feite wist. Laila vermoedde dat een paar buren, of misschien wel de meeste, al over haar en Tariq roddelden. Laila had ze achterbaks zien grijnzen en was zich bewust van het gefluister in de buurt dat zij beiden een paartje vormden. Onlangs bijvoorbeeld wandelden zij en Tariq samen op straat toen ze Rasheed tegenkwamen, de schoenmaker, met zijn vrouw in burka achter zich aan. Toen hij hen was gepasseerd, had Rasheed plagend gezegd: 'Als dat Laila en Majnoon niet zijn,' een verwijzing naar het ongelukkige liefdespaar uit het romantische gedicht uit de twaalfde eeuw van de hand van Nezami, een versie van Romeo en Julia in het Farsi, zei Babi, al voegde hij er meteen aan toe dat Nezami zijn verhaal over een door het noodlot getroffen liefdespaar vierhonderd jaar vóór Shakespeare had geschreven.

Mammie had gelijk.

Wat Laila stak was dat mammie het niet had verdiend gelijk te hebben. Indien Babi de kwestie ter sprake had gebracht – oké. Maar mammie? Al die jaren van ontoeschietelijkheid, van zich opsluiten en zich geen zorgen maken over waar Laila heen ging en wie ze zag en wat ze dacht... Het was oneerlijk. Laila voelde zich niets meer dan die potten en pannen, iets wat je straal kon negeren en daarna opeisen als je humeur ernaar was.

Maar dit was een grote dag, een belangrijke dag, voor iedereen. Het zou kinderachtig zijn om die hierdoor te laten bederven. In de geest der dingen liet Laila het passeren.

'Ik snap wat je bedoelt,' zei ze.

'Prima!' zei mammie. 'Dat is dan opgelost. Waar is Hakim eigenlijk? Waar o waar is dat lieve zoete mannetje van me?'

Het was een schitterende wolkeloze dag, een prachtige dag voor een feestje. De mannen zaten op gammele klapstoeltjes op het erf. Ze dronken thee en rookten en praatten op schertsende toon over de plannen van de Mujahedin. Laila had de grote lijnen ervan van Babi vernomen: Afghanistan werd nu de Islamitische Staat Afghanistan genoemd. Een Islamistische Jihad Raad onder leiding van Sibghatullah Mojadidi, in Peshawar gevormd door diverse partijen van de Mujahedin, zou twee maanden toezicht houden. Daarna zou de Raad worden opgevolgd door een raad van leidinggevenden onder leiding van Rabbani, die vier maanden zou functioneren. In die zes maanden zou er een *loya jirga* worden gehouden, een grote vergadering van leiders en oudere mannen, die een interim-regering zouden vormen die voor twee jaar de macht zou uitoefenen, tot er democratische verkiezingen zouden worden gehouden.

Een van de mannen waaierde over de spiesen met lamsvlees boven een provisorische gril. Babi en de vader van Tariq speelden in de schaduw van de oude perenboom een partijtje schaak. Hun gezichten waren rimpelig van de concentratie. Tariq zat er ook bij, om beurten kijkend naar het spel en luisterend naar de politieke discussie aan de tafel vlakbij.

De vrouwen verzamelden zich in de woonkamer, de gang en de keuken. Ze kletsten wat als ze hun baby's optilden en volleerd wiegden met nauwkeurige bewegingen van hun heupen, terwijl de kinderen elkaar achternazaten door het huis. Een ghazal van Ustad Sarahang schalde uit een cassetterecorder.

Laila was in de keuken en maakte met Giti karaffen vol *dogh*. Giti was niet langer zo verlegen en serieus als vroeger. Maanden geleden nu al was de eeuwige serieuze frons weggetrokken van haar voorhoofd. Ze lachte dezer dagen voluit, frequenter en – het viel Laila op – een beetje flirtziek. Ze had de vaalbruine vlechten afgeknipt, en ze had haar haren laten groeien en sommige punten rood laten verven. Laila kwam er later achter dat de prikkel tot die transformatie een achttienjarige jongen was die een oogje op Giti had laten vallen. Hij heette Sabir en was keeper in het voetbalelftal van Giti's oudere broer.

'O, hij kan prachtig glimlachen, en dat volle, dikke haar van hem!' had Giti tegen Laila gezegd. Niemand wist uiteraard van hun wederzijdse aantrekkingskracht. Giti had hem tweemaal in het geheim ontmoet, vijftien minuten per keer, in een theehuisje aan de andere kant van de stad, in Taimani.

'Hij gaat me om mijn hand vragen, Laila! Misschien deze zomer al! Kun jij dat geloven? Ik zweer het, ik denk de hele dag aan hem.'

'En de school?' had Laila gevraagd. Giti had haar hoofd geheven en haar een wij-weten-beiden-beter-blik toegeworpen.

'Tegen de tijd dat we twintig zijn, Giti en ik,' had Hasina altijd gezegd, 'hebben we er beiden al vier of vijf kinderen uit geperst. Maar jij, Laila, gaat ons, twee domme meiden, trots maken. Jij gaat echt iemand worden. Ik weet dat ik op een dag de krant op zal pakken en jouw foto op de voorpagina zal zien.'

Giti stond nu naast Laila en met een dromerige, afwezige blik in haar ogen sneed ze komkommers.

Mammie was in de buurt in haar prachtige zomerjurk en pelde gekookte eieren samen met Wajma, de vroedvrouw, en de moeder van Tariq.

'Ik ga commandant Masud een foto van Ahmad en Noor aanbieden,' zei mammie tegen Wajma. Wajma knikte en probeerde belangstellend en oprecht te kijken.

'Hij heeft persoonlijk toezicht gehouden op de begrafenis. Hij heeft een gebed uitgesproken bij hun graf. Het is een teken van dank voor zijn fatsoen.' Mammie brak nog een gekookt ei. 'Ik heb gehoord dat hij een bedachtzaam en achtenswaardig man is. Ik denk dat hij het wel zal waarderen.'

Overal om hen heen schoten vrouwen de keuken in en uit, droegen schotels met qurma, schotels met *mastawa*, en broden, en ze zetten alles op de sofrah op de vloer van de eetkamer.

Af en toe kuierde Tariq binnen. Hij nam hier wat weg en peuzelde daar wat van.

'Toegang voor mannen verboden,' zei Giti.

'Weg weg weg,' schreeuwde Wajma.

Tariq glimlachte bij al dat goedgeluimde wegjagen door

de vrouwen. Hij leek er plezier in te hebben niet welkom te zijn, vond het leuk om de vrouwelijke atmosfeer te verzieken met zijn halfgrijnzende, mannelijke gebrek aan eerbied.

Laila deed haar best hem niet aan te kijken en de vrouwen niet nog meer voedsel tot roddel te geven dan ze toch al hadden. Ze hield haar ogen dus neergeslagen en zei niets tegen hem, maar ze herinnerde zich een droom van een paar nachten eerder van zijn en haar gezicht, samen in een spiegel, onder een lichte, groene sluier. En rijstkorrels die uit zijn haar vielen en tinkelend van het spiegelglas stuiterden.

Tariq stond op het punt een hapje van het kalfsvlees met aardappelen te nemen.

'*Ho bacha*!' Wajma sloeg hem op de rug van zijn hand. Tariq kreeg het toch te pakken en lachte.

Hij was nu zo'n dertig centimeter groter dan Laila. Hij schoor zich. Zijn gezicht was magerder en hoekiger geworden. Zijn schouders waren stevig. Tariq droeg nu graag broeken met een vouw erin, glanzend zwarte instappers, en overhemden met korte mouwen waarin zijn gespierde armen goed uitkwamen – met dank aan een oud roestig stel halters, waarmee hij dagelijks op het erf in de weer was. Zijn gezicht had de laatste tijd een uitdrukking gekregen van speelse tegendraadsheid. Als hij sprak richtte hij zijn hoofd zelfbewust op, een beetje zijwaarts, en zijn wenkbrauw welfde als hij lachte. Hij liet zijn haar groeien en had de gewoonte aangenomen zijn neerhangende lokken vaak en onnodig dooreen te schudden. Zijn onbetrouwbare halve grijns was ook iets nieuws.

De laatste keer dat Tariq de keuken uit werd gejaagd, zag zijn moeder hoe Laila een steelse blik op hem wierp. Laila's hart sloeg over en haar ogen trilden schuldig. Ze ging snel aan de slag met de kleingesneden komkommer, die ze in de kan met gezouten en met water aangelengde yoghurt gooide. Maar ze kon voelen hoe Tariqs moeder keek, met haar wetende, goedkeurende glimlachje.

De mannen vulden hun borden en glazen en namen hun maaltijd mee naar het erf. De vrouwen en kinderen gingen met hun portie eten op de grond rond de sofrah zitten.

Toen de sofrah was opgeruimd en de borden in de keuken opgestapeld stonden, toen de drukte was begonnen van het theezetten en het zich herinneren wie groene en wie zwarte thee wilde, maakte Tariq een beweging met zijn hoofd en glipte de deur uit.

Laila wachtte vijf minuten en volgde toen.

Ze vond hem drie huizen verderop, hij leunde tegen de muur aan het begin van een nauw steegje tussen twee vlak bij elkaar gelegen huizen in. Hij neuriede een oud Pashtu liedje van Ustad Awal Mir:

Da ze ma ziba watan
Da ze ma dada watan

Dit is ons prachtige land
Dit is ons geliefde land

En hij rookte, nog zo'n nieuwe gewoonte van hem, overgenomen van de jongens met wie Laila hem in die dagen zag rondhangen. Laila kon ze niet uitstaan, die nieuwe vrienden van Tariq. Ze waren allemaal hetzelfde gekleed, broek in de vouw en een strakke blouse die hun armen en borst goed deed uitkomen. Ze hadden stuk voor stuk een te sterk geurtje op en rookten. Ze zwierven in groepjes door de buurt, grappen makend, luid lachend, soms zelfs de meisjes naroepend met allemaal dezelfde stompzinnige, zelfgenoegzame grijns op hun gezicht. Een van Tariqs vrienden wilde per se Rambo genoemd worden, omdat hij het meest op Sylvester Stallone leek.

'Je moeder zou je vermoorden als ze wist dat je rookte,' zei Laila, terwijl ze eerst de ene en daarna de andere kant op keek voordat ze het steegje binnenglipte.

'Maar ze weet het niet,' zei hij. Hij ging opzij om ruimte te maken.

'Dat kan veranderen.'

'Wie gaat het haar vertellen dan? Jij?'

Laila tikte met haar voet op de grond. 'Vertel je geheim

aan de wind, maar verwijt hem dan niet dat hij het aan de bomen doorvertelt.'

Tariq glimlachte en trok een wenkbrauw op. 'Van wie is dat?'

'Khalil Gibran.'

'Uitslover.'

'Geef mij een sigaret.'

Hij schudde zijn hoofd en legde zijn armen over elkaar. Dit was een nieuwe houding in zijn repertoire: achterovergeleund tegen de muur, armen over elkaar, sigaretje in de mondhoek, gezonde been licht gebogen.

'Waarom niet?'

'Slecht voor je.'

'Niet voor jou dan?'

'Ik doe het voor de meisjes.'

'Welke meisjes?'

Hij glimlachte zelfgenoegzaam. 'Ze vinden het sexy.'

'Ik niet.'

'Nee?'

'Echt niet.'

'Niet sexy?'

'Je ziet eruit als een *khila*, een halvegare.'

'Niet leuk om te horen,' zei hij.

'Welke meisjes trouwens?'

'Je bent jaloers.'

'Ik ben lichtelijk nieuwsgierig.'

'Je kunt het niet alle twee tegelijk zijn.' Hij nam nog een trekje en kneep een oog dicht tegen de rook. 'Ik wil wedden dat ze over ons praten.'

In Laila's hoofd galmde mammies stem. 'Als een spreeuw in je handen. Laat je greep verslappen en hij vliegt meteen weg.' Het schuldgevoel zette zijn tanden in haar. Laila schudde haar moeders stem van zich af. In plaats daarvan genoot ze ervan dat Tariq had gesproken over 'ons'. Wat klonk dat opwindend en samenzweerderig uit zijn mond. En wat geruststellend het hem te horen zeggen als iets terloops en natuurlijks. 'Ons.' Het bevestigde hun band, het gaf er een vastere vorm aan.

‘En wat zeggen ze dan?’

‘Dat we roeien op de Rivier van de Zonde,’ zei hij, ‘terwijl we een plakje Goddeloze Cake nemen.’

‘We rijden in de Riksja van de Verdorvenheid?’ vulde Laila aan.

‘We maken Heiligschennende Qurma.’

Ze moesten beiden lachen. Toen merkte Tariq op dat haar haren lang werden. ‘Leuk,’ zei hij.

Laila hoopte dat ze niet bloosde. ‘Je bent van onderwerp veranderd.’

‘Waar hadden we het dan over?’

‘Die leeghoofdige meiden die denken dat je sexy bent.’

‘Je weet toch...’

‘Wat weet ik?’

‘Dat ik alleen oog voor jou heb?’

Laila raakte inwendig in vervoering. Ze probeerde zijn gezicht te lezen, maar zag een blik waar ze geen wijs uit werd: de vrolijke, verdwaasde, verongelijkte grijns en de benauwde, half wanhopige blik in zijn ogen. Een pientere blik, berekenend, precies tussen spot en oprechtheid in.

Tariq trapte zijn sigaret uit met de hak van zijn gezonde voet. ‘Wat vind jij dan van dit alles?’

‘Het feestje?’

‘Wie is hier nu de halvegare? Ik bedoelde de Mujahedin, Laila. Dat ze naar Kabul komen.’

‘O.’

Ze begon hem iets te vertellen dat Babi had gezegd, over de problematische verhouding tussen wapens en ego, toen ze plotseling commotie hoorde, afkomstig uit haar huis. Luide stemmen. Geschreeuw.

Laila rende meteen weg. Tariq hobbelde achter haar aan.

Er was strijdgewoel op het erf. Twee ruziënde mannen die over de grond tolden waren er het middelpunt van, een mes tussen hen in. Laila herkende een van hen als de man die eerder aan tafel over politiek had zitten discussiëren. De andere was de man die bij de kebabspiezen had staan waaieren. Diverse mannen probeerden hen uit elkaar te halen. Babi was er niet bij. Hij stond tegen de muur op veilige afstand van het gevecht, samen met Tariqs vader die schreeuwde.

Van de opgewonden stemmen om haar heen ving Laila flarden op waarvan ze iets samenhangends kon maken: de vent van de politieke discussie, een Pashtun, had Ahmad Shah Masud een verrader genoemd omdat hij in de jaren tachtig een 'deal' had gesloten met de Sovjets. De kebabman, een Tajik, had zich beledigd gevoeld en geëist dat die woorden zouden worden teruggenomen. De Pashtun had geweigerd. De Tajik had gezegd dat als Masud er niet was geweest de zus van de ander het nog steeds 'deed' met sovjetsoldaten. Ze waren slaags geraakt. Een van hen had toen met een mes gezwaaid; er bestond onenigheid over de vraag wie dat was geweest.

Ontsteld zag Laila hoe Tariq zich in de strijd wierp. Ze zag ook dat sommige vredesstichters nu eveneens flink met de vuist uithaalden. Ze meende een tweede mes te zien.

Later die avond dacht Laila na over de vraag hoe er een eind gekomen was aan het strijdgewoel, mannen die schreeuwend en krijsend en brullend en met gebalde vuisten over elkaar heen gevallen waren, en daar middenin Tariq met een vertrokken gezicht, die zich eruit probeerde te worstelen, zijn haar totaal in de war, zijn been losgeraakt.

Het was duizelingwekkend hoe snel alles uiteenviel.

De raad van leiders werd vroegtijdig gevormd. Rabbani werd tot president gekozen. De andere partijen vonden het nepotisme. Masud deed een oproep om de rust en het geduld te bewaren.

Hekmatyar, die buitengesloten was, was razend. De Hazara's met hun lange geschiedenis van onderdrukking en verwaarlozing waren witheet.

Er werden beledigingen naar elkaars hoofd geslingerd. Er werd met de vinger gewezen. Bijeenkomsten werden kwaad afgezegd, er werd met deuren gesmeten. De stad hield zijn adem in. In de bergen klikten geladen magazijnen in kalasjnikovs.

De Mujahedin, tot de tanden bewapend maar zonder vijand nu, vonden hun vijand in eigen gelederen.

In Kabul was de dag van de afrekening eindelijk aangebroken.

En toen de raketten op Kabul neerdaalden, zochten de mensen dekking. Mammie deed dat letterlijk. Ze kleedde zich weer in het zwart, ging naar haar kamer, sloot de gordijnen en trok de deken over haar hoofd.

24

'Het is het gegier,' zei Laila tegen Tariq, 'dat vreselijke gegier dat ik meer haat dan wat ook.'

Tariq knikte begrijpend.

Het was niet zozeer het gegier zelf, dacht Laila later, maar de seconden tussen het begin ervan en de inslag. De korte en eindeloos lange tijd van het gevoel van uitstel. Het niet weten. Het wachten. Als een aangeklaagde die op het punt staat zijn vonnis te vernemen.

Vaak gebeurde het tijdens het eten, als zij en Babi aan tafel zaten. Als het begon, veerden hun hoofden op. Ze luisterden naar het gegier, hun vorken bleven halverwege in de lucht hangen, het voedsel stokte ongekauwd in hun mond. Laila zag de reflectie van hun halfverlichte gezichten in het pikzwarte raam, hun schaduwen onbeweeglijk op de muur. Het gegier. Dan de enorme dreun, gelukkig ergens anders, gevolgd door het afsnijden van de adem, en de wetenschap dat ze ditmaal nog waren gespaard, terwijl ergens anders, te midden van gekrijs en verstikkende rookwolken, werd gegraaid, de waanzin van het graven met blote handen, van het wegtrekken onder het puin vandaan van wat er overgebleven was van een zus, een broer, een kleinkind.

Maar de keerzijde van het feit dat ze gespaard gebleven waren was de kwellende vraag wie het dan niet was. Na elke raketexplosie rende Laila de straat op en prevelde een gebed, en ze was er altijd zeker van dat het ditmaal, ditmaal vast en zeker, Tariq was die gevonden werd, bedolven onder puin en rook.

's Nachts lag Laila in bed en keek naar de witte flitsen die in haar raam weerspiegelden. Ze luisterde naar het geratel van automatisch geweervuur en telde de raketten die fluitend overkwamen, terwijl het huis op zijn grondvesten schudde en stukken plamuur van het plafond op haar vielen. Soms, als het licht van het raketvuur 's nachts zo helder was dat je er een boek bij kon lezen, wilde de slaap niet komen. En als hij toch kwam, zaten Laila's dromen vol afgerukte ledematen en vuur en het gekerm van de gewonden.

De ochtend bracht geen verlichting. De roep van de muezzin voor namaz galmde, en de Mujahedin legden hun wapens neer, richtten zich naar het westen en baden. Dan werden de kleedjes opgevouwen en de geweren geladen, en de bergen vuurden op Kabul en Kabul vuurde terug op de bergen, terwijl Laila en de rest van de stad even hulpeloos toekeken als de oude Santiago toekeek hoe de haaien happen namen uit zijn prachtige vis.

Overal waar Laila kwam, zag ze de mannen van Masud. Ze zag hen door de straten struinen en om de paar honderd meter auto's aanhouden om de bestuurders te ondervragen. Ze zaten boven op tanks te roken, gekleed in hun werktenue en met de alomtegenwoordige pakols op. Bij kruisingen loerden ze vanachter zandzakken naar voorbijgangers.

Niet dat Laila nu nog zoveel de straat op ging. En als ze het deed, dan altijd in gezelschap van Tariq, die deze galante taak wel leek te kunnen bekoren.

'Ik heb een pistool gekocht,' zei hij op zekere dag. Ze zaten buiten op het lapje grond onder de perenboom op Laila's erf. Hij liet het haar zien. Hij zei dat het een halfautomatisch wapen was, een Beretta. Laila zag er enkel iets zwarts en dodelijks in.

'Ik hou er niet van,' zei ze. 'Ik word bang van pistolen.'

Tariq draaide het magazijn om in zijn hand.

'In Karteh-Seh hebben ze vorige week drie lichamen gevonden,' zei hij. 'Heb je dat gehoord? Zussen. Alle drie verkracht. Hun kelen doorgesneden. Iemand had hun ringen van hun vingers gebeten. De indrukken van de tanden zaten...'

'Ik wil het niet horen.'

'Ik wilde je niet van streek maken,' zei Tariq. 'Maar ik... Ik voel me meer op mijn gemak als ik dit bij me heb.'

Hij was nu haar verbindingslijn met het leven buitenshuis. Hij hoorde mondeling allerlei nieuwtjes en vertelde ze aan haar door. Tariq was degene die haar bijvoorbeeld vertelde dat milities die in de bergen gestationeerd waren hun scherpschutterskunst verbeterden – aangegane weddenschappen over hun vermeende scherpschutterskunst – door burgers beneden neer te schieten, mannen, vrouwen, kinderen, willekeurig uitgekozen. Hij zei haar dat ze raketten afvuurden op auto's maar om een of andere reden taxi's spaarden – waardoor Laila begreep waarom hele hordes mensen hun auto's geel spoten.

Tariq legde haar uit hoe het zat met de verraderlijke en telkens veranderende grenzen binnen Kabul. Laila hoorde van hem bijvoorbeeld dat deze straat tot aan de tweede acacia aan de linkerkant het eigendom was van de ene krijgsheer; dat de volgende vier blokken tot en met de bakkerij naast de vernielde apotheek tot de sector van een andere krijgsheer behoorde; en dat als ze die straat overstak en een halve kilometer naar het westen liep, ze zich in het territorium van weer een andere krijgsheer bevond en daarom een prooi was voor sluipschutters. Zo werden mammies helden nu genoemd. Krijgsheren. Laila hoorde ze ook *tofangdar* genoemd worden. Schutters. Weer anderen noemden hen nog steeds Mujahedin; maar als ze het deden trokken ze een raar gezicht, een spottend en lelijk gezicht; het woord riekte naar minachting en diepe afkeer. Als een belediging.

Tariq klikte het magazijn weer in zijn pistool.

'Zou je het kunnen?' vroeg Laila.

'Wat?'

'Dat ding gebruiken? Er iemand mee doden?'

Tariq stopte het wapen in de taille van zijn spijkerbroek. Toen zei hij iets wat zowel verrukkelijk als vreselijk was. 'Voor jou,' zei hij, 'ik zou voor jou iemand kunnen doden, Laila.'

Hij gleed dichter naar haar toe en hun handen streken langs elkaar, eenmaal, en opnieuw. Toen Tariqs vingers aarzelend in de hare gleden, liet Laila het toe. En toen hij plotseling opzijboog en zijn lippen op de hare drukte, liet ze hem weer begaan.

Op dat moment was al het gepraat van mammie over een goede naam en spreeuwen onbeduidend. Zelfs absurd. Te midden van al het doden en plunderen, al die narigheid, was het iets onschuldigs onder een boom te zitten en Tariq te kussen. Iets kleins. Een makkelijk te vergeven verzetje. Dus liet ze hem haar kussen, en toen hij zich terugtrok boog zij opzij en kuste hém, haar hart bonsde in haar keel, haar gezicht tintelde, en er brandde een vuur diep in haar buik.

In juni van dat jaar 1992 werd er in het westen van Kabul hevig gevochten tussen de strijdkrachten van de Pashtun onder leiding van krijgsheer Sayyaf en de Hazara's van de Wahadatpartij. De beschietingen vernielden stroomdraden en verwoestten hele blokken met winkels en huizen. Laila hoorde dat Pashtun milities Hazara huishoudens aanvielen, hun huizen binnendrongen en hele families neerknalden, regelrechte executies; en dat de Hazara's wraak namen door Pashtun burgers te ontvoeren, Pashtun meisjes te verkrachten, Pashtun wijken onder vuur te nemen en lukraak te moorden. Elke dag opnieuw werden er lichamen gevonden die aan bomen waren vastgebonden en soms onherkenbaar waren verbrand. Vaak waren ze in het hoofd geschoten, waren hun ogen uitgestoken en hun tong afgesneden.

Babi probeerde mammie er opnieuw van te overtuigen Kabul te verlaten.

'Ze komen er wel uit,' zei mammie. 'Die gevechten zijn tijdelijk. Ze gaan wel bij elkaar zitten om iets te bedenken.

'Fariba, al die mensen wéten wat oorlog is,' zei Babi. 'Ze hebben met de paplepel ingegoten gekregen hoe ze met een fles melk in de ene hand en een geweer in de andere overweg kunnen.'

'Wie zegt dit eigenlijk?' kaatste mammie terug. 'Heb jij aan de jihad meegedaan? Heb jij alles in de steek gelaten en je leven geriskeerd? Als de Mujahedin er niet waren geweest, zouden we nog steeds de voetveeg van de Sovjets zijn, vergeet dat niet. En nu wil je dat wij hen verraden.'

'Wij zijn het die bezig zijn met verraden, Fariba.'

'Ga jij dan maar. Neem je dochter mee en ga ervandoor. Stuur me maar een ansichtkaart. Maar de vrede is aanstaande en ik wacht daar in elk geval op.'

De straten werden zo onveilig dat Babi iets ongelooflijks deed: hij haalde Laila van school.

Hij nam zelf de onderwijstaken op zich. Laila ging elke dag na zonsondergang naar zijn studeerkamer, en terwijl Hekmatyar zijn raketten op Masud afschoot vanaf de zuidelijke rand van de stad, praatten Babi en zij over de ghazals van Hafez en de werken van de geliefde Afghaanse dichter Ustad Khalilullah Khalili. Babi leerde haar de vierkantsvergelijking, liet haar veeltermen in factoren ontbinden en parametrische krommen tekenen. Als hij lesgaf, werd Babi een andere man. Hij was dan in zijn element en te midden van zijn boeken leek hij groter. Zijn stem leek uit rustiger en diepere regionen te komen en hij knipperde niet zoveel met zijn ogen. Laila stelde zich voor hoe hij ooit was geweest: met elegante bewegingen het bord uitvegen, over de schouders van een scholier meekijken, vaderlijk en aandachtig.

Maar het viel niet mee de aandacht erbij te houden. Laila werd almaar afgeleid.

'Wat is de oppervlakte van een piramide?' vroeg Babi, en Laila kon alleen maar denken aan Tariqs volle lippen, zijn warme adem op haar mond, haar weerspiegeling in zijn lichtbruine ogen. Ze had hem nog tweemaal gekust sinds die keer onder de boom, langer, hartstochtelijker en minder klungelig, vond ze. Beide keren had ze hem stiekem ontmoet in het donkere steegje waar hij een sigaret gerookt had tijdens het lunchfeestje van mammie. De tweede keer had ze hem zijn gang laten gaan toen hij haar borsten betastte.

'Laila?'

'Ja, Babi.'

'Piramide. Oppervlak. Ben je er wel met je hoofd bij?'

'Sorry, Babi. Ik was eh... Piramide. Piramide. Een derde van het grondvlak maal de hoogte.'

Babi knikte onzeker, zijn blik hechtte zich aan haar, en Laila dacht aan Tariqs handen, die haar borsten kneedden en langzaam langs haar lendenen afdaalden, terwijl ze elkaar als gekken kusten.

Op een dag in diezelfde maand juni liep Giti van school naar huis met twee klasgenootjes. Slechts drie blokken van Giti's huis verwijderd werden de meisjes getroffen door een raket. Later op die vreselijke dag hoorde Laila dat Nila, Giti's moeder, de straat waar Giti was gedood op en neer gerend was, hysterisch gillend op zoek naar stukjes vlees van haar dochter die ze in een schort verzamelde. Giti's afgerukte rechtervoet, nog met de nylon sok en de paarse gymnastiekschoen eraan, zou twee weken later op het dak van een huis teruggevonden worden.

Op Giti's fatiha, de dag na de moord, zat Laila verbijsterd in een kamer vol huilende vrouwen. Het was de eerste keer dat iemand die Laila had gekend, met wie ze vertrouwelijke omgang had gehad, van wie ze had gehouden, was gestorven. Ze kon niet overweg met de ondoorgrondelijke realiteit dat Giti niet meer leefde, Giti, met wie ze geheime briefjes in de klas had uitgewisseld, wier nagels ze had opgemaakt, wier kinharen ze had uitgetrokken met een pincet. Giti, die zou trouwen met Sabir, de keeper. Giti was dood. *Dood.* In stukken uiteengereten.

Ten slotte begon Laila te huilen om haar vriendin. En alle tranen die ze niet had kunnen storten bij de rouwplechtigheid van haar broers, kwamen er nu uit.

25

Laila kon amper bewegen, alsof er beton in al haar gewrichten zat. Er was een gesprek gaande en Laila wist dat zij een van de twee gesprekspartners was, maar ze voelde zich er mijlenver van verwijderd, alsof zij slechts toehoorder was. Terwijl Tariq praatte, stelde Laila zich haar leven voor als een verrot stuk touw dat knapt en verrafelt en waarvan de vezels loslaten.

Het was een drukkend hete middag in augustus 1992. Ze waren in de woonkamer bij Laila thuis. Mammie had de hele dag al maagpijn, en een paar minuten eerder had Babi haar meegenomen naar een dokter, ondanks de raketten die Hekmatyar vanuit het zuiden lanceerde. En daar zat Tariq dan naast Laila op de bank naar de grond te kijken, met zijn handen tussen zijn knieën.

Hij zei dat hij zou vertrekken.

Niet zomaar naar een adres in de buurt. Niet binnen Kabul. Maar compleet uit Afghanistan weg.

Vertrekken.

Laila was met stomheid geslagen.

'Waar? Waar ga je heen?'

'Eerst naar Pakistan. Peshawar. Daarna weet ik het niet. Misschien Hindustan. Iran.'

'Voor hoe lang?'

'Ik weet het niet.'

'Ik bedoel: hoe lang weet je dit al?'

'Een paar dagen. Ik wilde het je vertellen, Laila, dat zweer ik je, maar ik kon het niet. Ik wist dat je vreselijk van streek zou raken.'

'Wanneer?'

'Morgen.'

'Morgen?'

'Laila, kijk me aan.'

'Morgen.'

'Het is om mijn vader. Zijn hart kan er niet meer tegen, tegen al dat vechten en moorden.'

Laila begroef haar hoofd in haar handen, terwijl haar borst zich vulde met ontzetting.

Ze had dit aan moeten zien komen, dacht ze. Bijna iedereen die ze kende had zijn boeltje gepakt en was vertrokken. De buurt kende zowat geen bekende gezichten meer, en nu, slechts vier maanden nadat de strijd tussen de partijen binnen de Mujahedin was uitgebroken, herkende Laila bijna niemand meer op straat. De familie van Hasina was in mei naar Teheran gevlucht. Wajma en haar gezin waren in diezelfde maand naar Islamabad vertrokken. Giti's ouders en haar broers en zussen waren in juni weggegaan, vlak nadat Giti was gedood. Laila wist niet waar ze naartoe waren getrokken – ze hoorde geruchten dat ze nu in Mashad in Iran zaten. Als de mensen weg waren, stonden hun huizen een paar dagen leeg, waarna de militie of vreemden erin trokken.

Iedereen ging weg. En nu Tariq dus ook.

'En mijn moeder is niet jong meer,' zei hij. 'Ze zijn de hele tijd zo bang. Laila, kijk me aan.'

'Je had het me moeten vertellen.'

'Kijk me alsjeblieft aan.'

Laila kreunde. Daarna weeklaagde ze. En ze huilde, en toen hij haar wang af wilde vegen met zijn duim, sloeg ze zijn hand weg. Het was zelfzuchtig en irrationeel, maar ze was woest omdat hij haar achterliet, Tariq, die een deel van haarzelf was, wiens schaduw in elke herinnering naast de hare opdook. Hoe kon hij haar in de steek laten? Ze sloeg hem. En ze sloeg hem opnieuw en trok aan zijn haar en hij moest haar bij de polsen vastpakken en hij zei iets wat zij niet kon verstaan, hij zei het zachtjes, op redelijke toon, en op de een of andere manier eindigde het ermee dat ze voorhoofd aan voorhoofd zaten, neus aan neus, en ze kon de warmte van zijn adem weer op haar lippen voelen.

En toen hij plotseling nog verder naar haar toe boog, boog zij ook naar hem toe.

In de daaropvolgende weken moest Laila vreselijk haar best doen om alles wat er daarna was gebeurd in haar herinnering terug te roepen. Als een kunstliefhebber die uit een brandend museum rent, grabbelde ze mee wat ze maar kon – een blik in zijn ogen, een fluistering, gekreun – om het te redden van de vergetelheid, om het te bewaren. Maar van alle vuren is de tijd het onverzoenlijkst, en ze kon het uiteindelijk niet allemaal in veiligheid brengen. Ze had dit echter nog: die eerste, vreselijke pijnscheut daarbeneden. Het schuin binnenvallende zonlicht op het tapijt. Haar hiel die langs de kille hardheid van zijn haastig losgemaakte been naast hen gleed. Haar handen om zijn ellebogen. De moedervlek met de op de kop staande, rood opgloeiende mandoline onder zijn sleutelbeen. Zijn gezicht boven dat van haar. Zijn springerige zwarte krullen die haar lippen raakten, haar kin. De angst dat ze ontdekt zouden worden. Het ongeloof om hun eigen vrijpostigheid, hun moed. Het vreemde onbeschrijflijke genot, vermengd met pijn. En de blik, de talloze blikken op Tariq: van goedkeuring, tederheid, verontschuldiging, verlegenheid, maar bovenal, bovenal, van begeerte.

Erna was er de onrust. Overhemden werden haastig dichtgeknoopt, haren met de vingers gekamd, riemen vastgegespt. Daarna zaten ze naast elkaar, naar elkaar ruikend, met rozig gloeiende gezichten, beiden verbijsterd, beiden sprakeloos van het kolossale dat juist had plaatsgegrepen. Wat ze hadden gedaan.

Laila zag drie druppels bloed op het tapijt, háár bloed, en ze stelde zich voor hoe haar ouders later op de bank zouden zitten, onwetend van de zonde die zij had begaan. En nu kwam de schaamte op, en het schuldgevoel, en boven tikte de klok door, onmogelijk luid voor Laila's oren. Als de hamer van de rechter die maar bleef kloppen en haar veroordelen.

Toen zei Tariq: 'Ga met me mee.'

Heel even dacht Laila dat dat zou kunnen. Zij, Tariq en zijn ouders samen op weg. Hun koffers pakken, op de bus stappen, al dat geweld achter zich laten, zegeningen of moeilijkheden vinden, en wat er ook kwam, ze zouden het samen onder ogen zien. De sombere afzondering die voor haar lag, de moorddadige eenzaamheid, het hoefde niet.

Ze kon mee. Ze konden samen gaan.

Ze zouden meer middagen als deze beleven.

'Ik wil met je trouwen, Laila.'

Voor de eerste keer sinds ze op de vloer zaten, hief ze haar blik om hem aan te kijken. Ze zocht zijn gezicht. Er lag geen vrolijkheid meer op. In zijn blik zag zij overtuiging, argeloosheid, harde ernst.

'Tariq...'

'Laat me met je trouwen, Laila. Vandaag nog. We kunnen vandaag nog trouwen.'

Hij zei nog meer, over naar een moskee gaan, een mullah vinden, een paar getuigen, een snelle nikka...

Maar Laila moest aan mammie denken, even obstinaat en onbuigzaam als de Mujahedin, met de verstikkende sfeer van wrok en wanhoop om haar heen, en ze moest aan Babi denken, die het allang had opgegeven en de verdrietige en zielige tegenpool van mammie was geworden.

Soms... lijkt het wel of jij alles bent wat ik heb, Laila.

Dat waren de omstandigheden waaronder ze leefde, de onvermijdelijke waarheden ervan.

'Ik vraag Kaka Hakim om je hand. Hij zal ons zijn zegen geven, Laila, dat weet ik zeker.'

Hij had gelijk. Babi zou dat doen. Maar hij zou ontredderd zijn.

Tariq was nog steeds aan het praten, zijn stem werd rustiger, steeg, smeekte, werd bedachtzaam, zijn gezicht was hoopvol en daarna bedroefd.

'Ik kan het niet,' zei Laila.

'Zeg dat niet. Ik hou van je.'

'Sorry...'

'Ik hou van je.'

Hoe lang had ze erop gewacht dat hij die woorden zou zeggen? Hoe lang had ze gedroomd ze uit zijn mond te horen? Nu waren ze er dan, eindelijk uitgesproken, en de ironie vermorzelde haar.

'Ik kan mijn vader niet in de steek laten,' zei Laila. 'Ik ben alles wat hij nog heeft. Zijn hart zou er ook niet tegen kunnen.'

Tariq wist dat. Hij wist dat hij de verplichtingen van haar leven evenmin zomaar kon vergeten als hij de zijne, maar het ging door, zijn smeekbeden en haar weerleggingen, zijn voorstellen en haar verontschuldigingen, zijn tranen en de hare.

Op het laatst moest Laila hem dwingen te vertrekken.

Bij de deur liet ze hem beloven dat hij weg zou gaan zonder een vaarwel. Ze sloot de deur achter hem. Laila ging er met haar rug tegenaan staan en voelde zijn vuisten op de deur bonzen, ze greep met een hand naar haar buik en legde de andere op haar mond, terwijl hij door de deur heen sprak en beloofde dat hij terug zou komen, dat hij voor haar terug zou komen. Zij bleef er staan totdat hij moe werd, tot hij het opgaf, en toen luisterde ze naar zijn ongelijkmatige stappen tot ze waren weggestorven, tot alles rustig was, met uitzondering van het geweervuur dat in de heuvels knalde en haar eigen hart dat in haar buik bonsde, haar ogen, haar botten.

26

Het was veruit de heetste dag van het jaar. De bergen sloten de verschroeiende hitte in, verstikten de dag als rook. Er was al dagen geen stroom meer. Nergens in Kabul werkten de elektrische ventilatoren, ze stonden en hingen er bijna spottend bij.

Laila lag roerloos op de bank in de woonkamer en zweette haar bloesje nat. Elke uitgestoten ademhaling verbrandde het puntje van haar neus. Ze hoorde haar ouders in mammies kamer praten. Twee nachten eerder, en de vorige avond ook, was ze wakker geworden en had hun stemmen beneden menen te horen. Ze praatten nu elke dag met elkaar, sinds de kogel, sinds het nieuwe gat in het hek.

Buiten het verre gedreun van de artillerie, dichterbij het langdurige gestotter van geweervuur, gevolgd door ander geweervuur.

Binnen in Laila werd ook een strijd gevoerd: schuldgevoel aan de ene kant gepaard gaande met schaamte, en aan de andere kant de overtuiging dat wat zij en Tariq hadden gedaan niet zondig was; dat het natuurlijk, goed, mooi en zelfs onvermijdelijk was geweest, en dat alles versterkt door de wetenschap dat ze elkaar misschien nooit meer zouden zien.

Laila ging op haar zij op de bank liggen en probeerde zich iets te herinneren: op zeker moment, toen ze op de vloer lagen, had Tariq zijn voorhoofd op het hare laten zakken. Hij had iets gezegd, hijgend, 'Doe ik je pijn?' of 'Doet dit je pijn?'

Laila wist niet meer precies wat hij had gezegd.

'Doe ik je pijn?'

'Doet dit je pijn?'

Er waren nog maar twee weken voorbij sinds hij weg was en het gebeurde nu al. De tijd, die de hoekjes van die scherpe herinneringen afvijlde. Laila raakte terneergeslagen. Wat had hij precies gezegd? Het leek plotseling van levensbelang dat ze het zou weten.

Ze sloot haar ogen. Concentreerde zich.

Met het verstrijken van de tijd zou ze langzamerhand moe worden van deze oefening. Ze zou het steeds afmattender vinden om opnieuw op te roepen wat allang dood was, het af te stoffen en het te doen herleven. Er zou een dag komen, jaren later, dat Laila niet langer zijn verlies zou betreuren. Of niet zo meedogenloos, lang niet zo meedogenloos. Er zou een dag komen dat de details van zijn gezicht aan de greep van haar herinnering zouden ontsnappen, dat de stem van een moeder op straat die haar kind met Tariqs naam zou aanroepen haar niet langer uit het lood zou slaan. Ze zou hem niet zo missen als nu, nu de pijn van zijn afwezigheid haar niet aflatende metgezel was – als de fantoompijn van een geamputeerde.

Behalve wanneer Laila als volwassen vrouw, eens in de zoveel tijd, een overhemd zou strijken of haar kinderen op een schommel zou zetten, iets triviaals, misschien de warmte van een tapijt onder haar voeten op een warme dag, of de welving van het voorhoofd van een vreemde – dan zou een herinnering aan die gezamenlijke middag wellicht terugkeren. Dan zou het allemaal weer razendsnel terugkomen. De spontaniteit ervan. Hun verbazingwekkende onvoorzichtigheid. Hun geklungel. De pijn bij de daad, het genot ervan, de droefgeestigheid ervan. De hartstocht van hun vervlochten lichamen.

Het zou haar overweldigen, haar de adem benemen.

Maar het zou voorbijgaan. Het ogenblik zou voorbijgaan. Het zou haar leeg achterlaten, en ze zou niets anders voelen dan een vage onrust.

Ze besloot dat hij tegen haar had gezegd: 'Doe ik je pijn?' Ja. Dat is het geweest. Laila was gelukkig dat ze het weer wist.

Toen was Babi in de gang, riep haar naam van boven aan de trap en vroeg haar snel naar boven te komen.

'Ze heeft ingestemd!' zei hij, en zijn stem trilde van de opwinding die hij onderdrukte. 'We gaan weg, Laila. We gaan met ons drieën weg. We gaan weg uit Kabul.'

In mammies kamer zaten ze met zijn drieën op haar bed. Buiten suisden de raketten door de lucht, Hekmatyars en Masuds strijdkrachten bleven maar vechten. Laila wist dat ergens in de stad iemand zojuist gestorven was en dat een wade van zwarte rook boven een gebouw zou hangen dat in een wolkende stofmassa ineengestort was. Er zouden lichamen zijn waar je in de ochtend overheen moest stappen. Sommige lichamen zouden worden opgehaald. Andere niet. Dan zouden de honden van Kabul, die een voorkeur voor menselijk vlees hadden ontwikkeld, feesten.

Hoe dan ook, Laila had de neiging door de straten te rennen. Ze kon haar eigen geluk amper bevatten. Het kostte haar moeite gewoon te gaan zitten en het niet uit te schreeuwen van geluk. Babi zei dat ze eerst naar Pakistan zouden gaan om visa te regelen. Pakistan, waar Tariq zat! Tariq was pas zeventien dagen weg, berekende Laila opgewonden. Als mammie zeventien dagen eerder ja had gezegd, hadden ze samen kunnen gaan. Dan zou ze nu bij Tariq zijn geweest! Maar dat deed niet terzake. Ze zouden naar Peshawar gaan, zij, mammie en Babi, en daar zouden ze Tariq en zijn ouders vinden. Natuurlijk zouden ze dat. Ze zouden zich samen door de papierwinkel heen worstelen. En dan? Wie weet? Wie weet? Europa? Amerika? Misschien, zoals Babi altijd zei, ergens bij de zee...

Mammie lag of zat half tegen het hoofdeinde van het bed. Haar ogen waren opgezet. Ze plukte aan haar haren.

Drie dagen eerder was Laila naar buiten gegaan om een frisse neus te halen. Ze stond tegen de voorpoort geleund, toen ze een luide knal hoorde en ze iets langs haar rechteroor hoorde suizen dat houtsplinters terugstuurde die haar voor de ogen dansten. Na Giti's dood en na de duizenden schoten die waren gelost en de talloze raketten die op Kabul waren neergekomen, was het de aanblik van dat ene ronde gaatje in de poort geweest, op minder dan drie vingers van Laila's hoofd, dat mammie had wakker geschud. Dat haar had doen inzien dat één oorlog haar al twee kinderen had gekost en dat deze laatste oorlog haar haar laatste resterende kind kon kosten.

Van de muren van de kamer keken Ahmad en Noor glimlachend omlaag. Laila zag mammies ogen schuldig heen en weer gaan van de ene foto naar de andere. Alsof ze hun toestemming zocht. Hun zegen. Alsof ze om vergiffenis vroeg.

'We hebben hier niets meer te zoeken,' zei Babi. 'Onze zonen zijn dood, maar we hebben Laila nog. We hebben elkaar nog, Fariba. We kunnen een nieuw leven beginnen.'

Babi reikte over het bed. Toen hij haar handen pakte, liet mammie hem begaan. In haar ogen lag een blik van toeschietelijkheid. Van berusting. Ze hielden elkaars handen vast, losjes, en ze wiegden zachtjes heen en weer in een omhelzing. Mammie begroef haar gezicht in zijn hals. Ze greep zich aan zijn overhemd vast.

Urenlang beroofde de opwinding Laila die nacht van haar slaap. Ze lag in bed en zag de horizon oplichten in felle oranje en gele schakeringen. Maar op zeker moment, ondanks de blijdschap in haar en het gebulder van het artillerievuur buiten, viel ze in slaap.

En droomde.

Ze zitten op een deken op het strand. Het is een kille bewolkte dag, maar zo naast Tariq, onder de deken die ze over hun schouders hebben gedrapeerd, is het warm. Ze ziet auto's geparkeerd staan achter een laag hek met afgebladderde witte verf, onder een rij door de wind geteisterde palmbomen. De wind jaagt de tranen in haar ogen en begraaft hun schoenen in het zand, slingert pollen dood gras van de ene gewelfde duinheuvel naar de andere. Ze zien in de verte zeilboten dansen. Om hen heen snateren zeemeeuwen, die sidderen in de wind. De wind waait weer zand op van de lage helling. Er volgt een geluid, als een lied, en ze vertelt hem iets dat Babi haar jaren eerder heeft geleerd, over zingend zand.

Hij wrijft over haar wenkbrauw, veegt er zandkorrels af. Ze vangt een flits op van de ring om zijn vinger. Die is gelijk aan de hare, van goud, met een soort mazenpatroon dat er helemaal omheen is geëtst.

'Het is waar,' zegt zij tegen hem. 'Het is de wrijving van de ene korrel tegen de andere. Luister.' Dat doet hij. Hij fronst zijn voorhoofd. Ze wachten. Ze horen het opnieuw. Een kreunend geluid, als de wind zacht is; en als de wind hard blaast, een dreinend schel koor.

Babi zei dat ze alleen mee moesten nemen wat strikt noodzakelijk was. De rest zouden ze verkopen.

'Daarmee kunnen we in Peshawar het hoofd boven water houden tot ik werk vind.'

De daaropvolgende dagen verzamelden ze spullen om te verkopen. Ze maakten er grote stapels van.

In haar kamer zat Laila tussen oude bloesjes, oude schoenen, boeken en speelgoed. Onder haar bed vond ze een kleine gele glazen koe die Hasina haar had gegeven in de vijfde klas. Een sleutelhanger met een kleine voetbal eraan, een cadeau van Giti. Een kleine houten zebra op wielen. Een astronaut van keramiek die Tariq en zij op een dag in de goot gevonden hadden. Ze was toen zes geweest en hij acht. Ze hadden nog even ruzie gehad over wie hem had gevonden.

Mammie verzamelde ook haar spullen. Er zat weerzin in haar bewegingen, en in haar ogen lag een lethargische, afwezige blik. Ze deed haar beste servies, haar servetjes en al haar juwelen van de hand – met uitzondering van haar trouwring – en de meeste oude kleren.

'Dit ga je toch niet verkopen?' vroeg Laila, terwijl ze moeders trouwjurk omhooghield. Hij viel als een waterval in haar schoot. Ze streelde de stroken kantwerk met linten aan de hals en de zaadparels aan de mouwen, die met de hand waren aangebracht.

Mammie haalde haar schouders op en nam het van haar aan. Ze gooide het bruusk op een stapel kleren. Alsof ze in één keer een pleister van haar huid trekt, dacht Laila.

Het was Babi die de pijnlijkste taak had.

Laila trof hem in zijn werkkamer aan met een beklagenswaardige uitdrukking op zijn gezicht, terwijl hij zijn boekenplanken in ogenschouw nam. Hij droeg een tweedehands

T-shirt met de rode brug van San Francisco erop. Van het witgekuifde water steeg een dikke mist op, de pijlers van de brug werden erdoor aan het oog onttrokken.

'Je kent het aloude dilemma,' zei hij. 'Je gaat naar een onbewoond eiland. Je kunt vijf boeken meenemen. Welke kies je? Ik had nooit gedacht dat ik dat ooit zou moeten.'

'We zullen een nieuwe bibliotheek voor je moeten beginnen, Babi.'

'Mm.' Hij glimlachte droevig. 'Ik kan het niet geloven dat ik uit Kabul wegga. Ik heb hier gestudeerd, ik heb hier mijn eerste baan gehad, ik ben in deze stad vader geworden. Ik vind het een rare gedachte dat ik weldra onder de hemel van een andere stad slaap.'

'Dat is voor mij ook raar.'

'De hele dag al gaat er een gedicht over Kabul door mijn hoofd. Saib-e-Tabrizi heeft het in de zeventiende eeuw geschreven, geloof ik. Ik kende vroeger het hele gedicht uit mijn hoofd, maar ik herinner me er nu nog maar twee regels van:

Talloos zijn de manen die op zijn daken glanzen
De duizend schitterende zonnen achter al zijn muren.'

Laila keek op en zag haar vader huilen. Ze legde een arm om zijn middel. 'O Babi. We zullen hier terugkomen. Als de oorlog voorbij is. We komen terug naar Kabul, inshallah. Ik weet het zeker.'

Op de derde ochtend bracht Laila de bergen spullen naar het erf en zette ze bij de voorpoort neer. Ze zouden een taxi nemen en alles naar de lommerd brengen.

Laila bleef heen en weer lopen tussen het huis en het erf, op en neer, en sjouwde met hopen kleren en vaatwerk en dozen vol met Babi's boeken. Ze zou om twaalf uur doodmoe moeten zijn geweest, als de berg bezittingen bij de voorpoort tot aan haar heup reikte. Maar met elke keer sjouwen wist ze dat ze weer veel dichter bij het weerzien met

Tariq was, en met elke keer sjouwen werden haar benen darteler en haar armen onvermoeibaarder.

'We zullen een grote taxi nodig hebben.'

Laila keek op. Het was mammie, die riep vanuit haar slaapkamer op de eerste verdieping. Ze leunde uit het raam en steunde met haar ellebogen op de vensterbank. De stralende warme zon scheen op haar grijzer wordende haar en op haar afgetobde magere gezicht. Mammie droeg dezelfde kobaltblauwe jurk die ze op de dag van de lunchparty, vier maanden daarvoor, had gedragen, een jeugdige jurk bedoeld voor een jonge vrouw, maar voor even leek mammie in Laila's ogen een oude vrouw. Een oude vrouw met magere armen en ingevallen slapen en fletse ogen, omrand door donkere kringen van vermoeidheid, een totaal ander wezen dan de stevige vrouw met het ronde hoofd die van die grofkorrelige trouwfoto's spatte.

'Twee grote taxi's,' zei Laila.

Ze kon Babi ook zien, hij stapelde in de woonkamer dozen met boeken op elkaar.

'Kom even als je daarmee klaar bent,' zei mammie. 'Dan gaan we eerst lunchen. Gekookte eieren en een restantje bonen.'

'Lekker,' zei Laila.

Ze moest plotseling aan haar droom denken. Zij en Tariq op een deken. De oceaan. De wind. De duinen.

Hoe had dat geklonken, vroeg ze zich nu af, het zingende zand?

Laila hield even op. Ze zag een grijze hagedis uit een barst in de grond kruipen. Zijn kop ging van de ene kant naar de andere. Hij knipperde met zijn ogen. Schoot onder een steen.

Laila haalde zich het strand weer voor de geest. Zij het dat het zingen nu overal te horen was. En het nam toe. Met elke seconde luider en luider, hoger en hoger. Het vulde haar oren. Het overschreeuwde alles. De meeuwen waren nu gevederde mimespelers die hun bekken zonder geluid openden en sloten, en de golven sloegen geluidloos te pletter met schuim en wolken. Het zand bleef zingen. Schreeuwen nu. Een geluid als... gerinkel?

Geen gerinkel. Nee. Gegier.

Laila liet de boeken op haar voeten vallen. Ze keek naar de hemel. Schermde haar ogen met haar ene hand af.

Toen een gigantische dreun.

Achter haar een witte flits.

De grond onder haar voeten beefde.

Iets heets en krachtigs sloeg van achteren op haar in. Het katapulteerde haar uit haar sandalen. Tilde haar op. Ze vloog door de lucht, tollend en draaiend, en zag nu eens de hemel en dan weer de aarde, hemel en aarde. Een groot stuk brandend hout zwiepte langs. Net als duizenden glasscherven, en het kwam Laila voor dat ze elk afzonderlijk stukje kon onderscheiden, allemaal om haar heen vliegend, langzaam om hun as tollend. Ze zag de zon in elk ervan weerkaatst. Kleine, prachtige regenbogen.

Toen sloeg Laila tegen de muur. Viel op de grond. Op haar gezicht en armen een regen van zand en stenen en glas. Het laatste waarvan ze zich bewust was, was dat ze iets zag neerkomen op de grond vlakbij. Een bloederig brokstuk van iets. Daarop een stuk van de Golden Gate Bridge die door een dikke mist priemde.

Bewegende schimmen. Een fluorescerend licht van het plafond boven. Het gezicht van een vrouw duikt op, hangt boven het hare.

Laila valt weer weg in de duisternis.

Weer een gezicht. Ditmaal van een man. Zijn gelaatstrekken lijken breed en hangen neer. Zijn lippen bewegen, maar maken geen geluid. Alles wat Laila hoort is gerinkel.

De man zwaait met zijn hand naar haar. Fronst zijn voorhoofd. Zijn lippen bewegen weer.

Het doet pijn. Ademhalen doet pijn. Het doet overal pijn.

Een glas water. Een roze pil.

Terug de duisternis in.

Nu weer de vrouw. Lang gezicht, ogen dicht bij elkaar. Ze zegt iets. Laila hoort niets anders dan gerinkel. Maar ze kan de woorden zien, als dikke zwarte stroop, die uit de mond van de vrouw stroomt.

Haar borst doet pijn. Haar armen en benen doen pijn.

Overal om haar heen bewegende schimmen.

Waar is Tariq?

Waarom is hij er niet?

Duisternis. Een zwerm sterren.

Babi en zij, ergens hoog neergestreken. Hij wijst naar een veld met gerst. Een generator komt tot leven.

De vrouw met het lange gezicht staat over haar heen gebogen en kijkt naar beneden.

Ademhalen doet pijn.

Ergens speelt een accordeon.

Gelukkig de roze pil weer. Dan een diepe stilte. Er valt een diepe stilte over alles.

Deel drie

27

MARIAM

'Weet je wie ik ben?'
De ogen van het meisje trilden.
'Weet je wat er is gebeurd?'
De mond van het meisje beefde. Ze sloot haar ogen. Slikte. Haar hand streek langs haar linkerwang. Ze mummelde iets.
Mariam boog zich verder voorover.
'Dit oor,' ademde het meisje, 'ik hoor niets.'

De eerste week deed het meisje weinig anders dan slapen met behulp van de roze pillen waarvoor Rasheed betaalde in het ziekenhuis. Ze mompelde in haar slaap. Soms kwam er gebrabbel uit haar mond, ze schreeuwde, riep namen die Mariam niet kende. Ze huilde in haar slaap, werd boos en schopte de dekens van zich af, en dan moest Mariam haar in bedwang houden. Soms kokhalsde ze aan één stuk door en braakte alles uit wat Mariam haar te eten had gegeven.

Als ze niet boos was, was het meisje een paar norse ogen die vanonder de deken uitkeken en ze gaf korte antwoorden op de vragen van Mariam en Rasheed. Op sommige dagen was ze net een kind dat met zijn hoofd wild heen en weer sloeg als Mariam, en later Rasheed, haar probeerde te eten te geven. Ze werd koppig als Mariam aankwam met een lepel. Maar ze was snel moe en gaf zich uiteindelijk over aan hun aanhoudende druk. Op die overgave volgden lange huilbuien.

Rasheed liet Mariam antibiotische zalf smeren op de verwondingen in het gezicht en de hals van het meisje, en op de gehechte wonden op haar schouder, onderarmen en onderbenen. Mariam bracht verband aan, dat ze waste en weer gebruikte. Ze streek het haar van het meisje, als die moest overgeven, uit het gezicht weg, naar achteren.

'Hoe lang blijft ze hier?' vroeg ze Rasheed.

'Tot ze beter is. Moet je zien. In deze conditie kan ze niet weg. Arme meid.'

Het was Rasheed geweest die het meisje gevonden had en haar vanonder het puin had opgegraven.

'Gelukkig was ik thuis,' zei hij tegen het meisje. Hij zat op een klapstoel naast Mariams bed, waar het meisje in lag. 'Gelukkig voor jou, bedoel ik. Ik heb je met mijn eigen handen uitgegraven. Er stak zo'n groot stuk metaal...' Hij spreidde zijn duim en wijsvinger om haar een idee van de grootte te geven, op zijn minst tweemaal te groot naar Mariams oordeel. 'Zo groot. Stak recht uit je schouder. Het zat er vast in. Ik dacht dat ik een combinatietang nodig had. Maar het is goed gekomen. In een mum van tijd ben je weer *nau socha*. Gezond als een vis.'

Het was Rasheed geweest die een handvol boeken van Hakim had weten te redden.

'De meeste boeken waren niet meer dan as. De rest is geplunderd, vrees ik.'

De eerste week hielp hij Mariam voor het meisje zorgen. Op een dag kwam hij thuis met een nieuwe deken en een nieuw kussen. Een andere keer met een flesje pillen.

'Vitaminen,' zei hij.

Het was Rasheed die Laila vertelde dat het huis van haar vriend Tariq nu bewoond was.

'Een cadeautje,' zei hij. 'Van een van Sayyafs commandanten aan drie van zijn mannen. Een cadeautje! Ha!'

De drie 'mannen' waren eigenlijk jongens met gebruinde jeugdige gezichten. Mariam zag ze altijd als ze langskwam, ze zaten in hun werktenue bij de voordeur van Tariqs huis gehurkt te kaarten en te roken, hun kalasjnikovs stonden tegen de muur. De gespierde jongen, degene met het zelfgenoegzame, minachtende gedrag was de leider. De jongste was ook de rustigste van het stel, degene die onwillig leek de sfeer van straffeloosheid van zijn vrienden zomaar te accepteren. Als Mariam voorbijkwam had hij de gewoonte te glimlachen en met zijn hand aan zijn hoofd salaam te tikken. Als hij dat deed viel er iets van zijn vuigheid van hem af en zag Mariam nog iets als onbedorven deemoed.

Op een ochtend sloegen er raketten in het huis. Er gingen later geruchten dat ze waren beschoten door de Hazara's van Wahadat. Buren vonden nog enige tijd stukjes en beetjes van de jongens.

'Ze hebben erom gevraagd,' zei Rasheed.

Mariam was van mening dat het meisje vreselijk veel geluk had gehad te zijn ontkomen met relatief lichte verwondingen, als je in aanmerking nam dat de raket haar huis had veranderd in een rokende puinhoop. Langzaam werd het meisje beter. Ze begon meer te eten en haar eigen haar te borstelen. Ze nam zelf een bad. Ze kwam naar beneden om samen met Mariam en Rasheed te eten.

Maar dan kwam er weer een herinnering op, ongevraagd, en dan viel er een verlammende stilte of er waren periodes waarin ze onhandelbaar was. Zich terugtrekken, inzinkingen. Lusteloze blikken. Nachtmerries en plotselinge aanvallen van verdriet. Gekokhals.

En soms spijtbetuigingen.

'Ik had hier niet moeten zijn,' zei ze op een dag.

Mariam verschoonde juist de lakens. Het meisje zat op de vloer naar haar te kijken en had haar gekneusde knie tegen haar borst opgetrokken.

'Mijn vader wilde de dozen naar buiten brengen. De boeken. Hij zei dat ze te zwaar voor mij waren. Maar dat wilde ik niet. Ik was zo enthousiast. Ik had in huis moeten zijn toen het gebeurde.'

Mariam sloeg het schone laken uit en liet het op het bed neerdalen. Ze keek naar het meisje, naar haar blonde krullen, haar ranke hals en groene ogen, haar hoge jukbeenderen en stevige lippen. Mariam herinnerde zich haar op straat gezien te hebben toen ze nog jong was, achter haar moeder aan wankelend op weg naar de tandoor, of op de schouder van haar broer zittend, de jongste met dat plukje haar op zijn oor. Of knikkerend met de jongen van de timmerman.

Het meisje keek terug, alsof ze erop wachtte dat Mariam een beetje wijsheid zou doorgeven, iets bemoedigends zou zeggen. Maar wat voor wijsheid had Mariam te bieden? Wat voor bemoediging? Mariam herinnerde zich de dag dat ze Nana hadden begraven, en hoe weinig troost ze had kunnen putten uit het citaat van mullah Faizullah uit de Koran. 'Gezegend is Hij in Wiens hand rust het koninkrijk, en Hij Die macht heeft over alle dingen, Die leven en dood schiep, dat Hij u moge beproeven.' Of toen hij over haar schuld zei: 'Dit zijn slechte gedachten, Mariam jo. Ze zullen je vernietigen. Het was niet jouw schuld. Het was niet jouw schuld.'

Wat kon zij zeggen tegen dit meisje? Welke woorden konden haar last verlichten?

Mariam bleek niets te hoeven zeggen. Omdat het meisje haar hoofd omdraaide en op handen en knieën zat en zei dat ze moest overgeven.

'Wacht! Hou het even binnen. Ik haal een pan. Niet op de vloer. Die heb ik net schoon... O o. *Khodaya*, God.'

Ongeveer een maand na de explosie die de ouders van het meisje doodde, werd er op de deur geklopt door een man. Mariam deed open. Hij deelde mee waarvoor hij kwam.

'Er is hier een man voor jou,' zei Mariam.

Het meisje tilde haar hoofd van het kussen op.

'Hij zegt dat hij Abdul Sharif heet.'

'Ik ken geen Abdul Sharif.'

'Hij vraagt naar jou. Je moet naar beneden komen en met hem praten.'

28

Laila zat tegenover Abdul Sharif, een magere man met een klein hoofd en een stompe neus, pokdalig van de kraterige littekens die ook in zijn wangen kuiltjes hadden geslagen. Zijn haren, kort en bruin, stonden op zijn schedel als naalden op een speldenkussen.

'U moet me verontschuldigen, hamshira,' zei hij, terwijl hij zijn losse kraag fatsoeneerde en zijn voorhoofd met een zakdoek bette. 'Ik ben nog niet helemaal hersteld, vrees ik. Nog vijf dagen die... hoe heten ze ook weer... sulfapillen.'

Laila ging zo in haar stoel zitten dat ze met haar rechteroor, het goede oor, het meest in zijn richting zat. 'Was u bevriend met mijn ouders?'

'Nee nee,' zei Abdul Sharif snel. 'Sorry.' Hij hief een vinger op en nam een lange slok van het water dat Mariam voor hem neer had gezet.

'Ik denk dat ik het beste bij het begin kan beginnen.' Hij bette zijn lippen en toen opnieuw zijn voorhoofd. 'Ik ben zakenman, eigenaar van een aantal kledingzaken, de meeste voor mannen. Chapans, hoeden, tulbanden, pakken, dassen, wat dan ook. Twee winkels hier in Kabul, in Taimini en Shar-e-Nau, hoewel ik die twee net heb verkocht. En twee in Pakistan, in Peshawar. Daar heb ik ook een warenhuis. Dus ik reis veel op en neer. Dezer dagen...' hij schudde zijn hoofd en lachte vermoeid, 'is dat... laten we zeggen avontuurlijk.

Ik was onlangs voor zaken in Peshawar, bestellingen opnemen, de inventaris doorlopen, dat soort dingen. En ook om mijn gezin te bezoeken. We hebben drie dochters, *Alhamdulellah.* Ik ben met hen en mijn vrouw naar Peshawar verhuisd toen de Mujahedin elkaar voor het eerst naar de keel vlogen. Ik wilde hun namen per se niet op de shaheedlijst. En die van mijzelf ook niet, om eerlijk te zijn. Ik zal me binnenkort bij hen voegen, inshallah.

Hoe dan ook, ik had woensdag twee weken geleden terug zullen zijn in Kabul. Maar het toeval wilde dat ik ziek werd. Ik zal u er niet mee vermoeien, hamshira, ik volsta met de mededeling dat toen ik een kleine boodschap moest het voelde alsof er glassplinters uit kwamen. Ik zou het zelfs Hekmatyar niet toewensen. Mijn vrouw, Nadia jan, Allah zegene haar, smeekte me naar de dokter te gaan. Maar ik dacht dat ik het met aspirine en veel water wel zou redden. Nadia jan bleef aandringen en ik zei nee, en dat ging zo nog een tijdje door. Je kent de uitdrukking koppig als een ezel. Ik vrees dat de ezel ditmaal won. Dat was ik dus.'

Hij dronk zijn glas water leeg en gaf het aan Mariam. 'Als het niet te veel is.'

Mariam pakte het glas aan en ging het vullen.

'Ik hoef natuurlijk niet te vertellen dat ik beter naar haar had kunnen luisteren. Ze is altijd al verstandiger geweest dan ik, God geve haar een lang leven. Tegen de tijd dat ik naar het ziekenhuis moest gloeide ik van de koorts en beefde als een blad in de wind. Ik kon amper nog op mijn benen staan. Mijn dokter zei dat ik bloedvergiftiging had. Ze zei dat als ik nog twee of drie dagen langer zo rondgelopen had mijn vrouw weduwe zou zijn geweest.

Ik kwam op een speciale afdeling te liggen die gereserveerd was voor doodzieke mensen, denk ik. O, tashakor.' Hij nam het glas van Mariam aan en haalde een grote witte pil uit de zak van zijn jas. 'Moet je kijken hoe groot die zijn.'

Laila zag hem de pil doorslikken. Ze was er zich van bewust dat ze sneller was gaan ademen. Haar benen voelden zwaar aan, alsof er gewichten aan hingen. Ze zei bij zichzelf dat hij nog niet klaar was, dat hij haar eigenlijk nog niets had verteld. Maar hij zou zo meteen verder praten, en ze moest de drang onderdrukken op te staan en te vertrekken voordat hij haar dingen vertelde die zij niet wilde horen.

Abdul Sharif zette zijn glas op tafel.

'Daar heb ik je vriend ontmoet, Mohammad Tariq Walizai.'

Laila's hart schoot omhoog. Tariq in een ziekenhuis? Op een speciale afdeling? Voor doodzieke mensen?

Ze slikte droog speeksel door. Schoof op haar stoel heen en weer. Ze moest zichzelf pantseren. Als ze dat niet deed, vreesde ze gek te worden. Ze leidde haar gedachten af van ziekenhuizen en speciale afdelingen, en dacht na over het feit dat ze Tariq nooit meer bij zijn volledige naam had horen noemen sinds zij zich beiden jaren geleden hadden laten inschrijven voor een wintercursus Farsi. De leraar las na de bel altijd de presentielijst voor en noemde zijn volledige naam. Mohammad Tariq Walizai. Dat de naam volledig werd uitgesproken, had ze grappig officieel gevonden.

'Wat hem is overkomen heb ik van een van de verpleegsters gehoord,' vatte Abdul Sharif samen, terwijl hij met zijn vuist op zijn borst tikte, alsof hij de pil makkelijker wilde laten passeren. 'Door alle tijd die ik in Peshawar heb doorgebracht, heb ik me aardig wat Urdu eigengemaakt. Hoe dan ook, wat ik ervan oppikte, was dat jouw vriend in een vrachtauto vol vluchtelingen zat, drieëntwintig, allemaal met bestemming Peshawar. Bij de grens kwamen ze in een kruisvuur terecht. Een raket raakte de vrachtwagen. Het zal wel een verdwaalde raket zijn geweest, maar je weet het maar nooit met die mensen, je weet het maar nooit. Er waren maar zes overlevenden, die allemaal op dezelfde afdeling belandden. Drie van hen stierven binnen vierentwintig uur. Twee van hen hebben het overleefd, zusjes voor zover ik weet, ze zijn uit het ziekenhuis ontslagen. Je vriend, meneer Walizai, was de laatste. Hij lag er al drie weken toen ik er arriveerde.'

Hij leefde dus nog. Maar hoe ernstig was hij gewond geraakt, vroeg Laila zich wanhopig af. Hoe ernstig? Het was natuurlijk al erg genoeg als je op een speciale afdeling terechtkwam. Laila werd er zich van bewust dat ze zweette, dat haar gezicht warm aanvoelde. Ze probeerde aan iets anders te denken, iets plezierigs, zoals het tochtje naar Bamiyan om samen met Tariq en Babi de boeddha's te zien. Maar in plaats daarvan bood zich een beeld aan van Tariqs ouders:

Tariqs moeder opgesloten in de vrachtwagen, ondersteboven, door de rook heen om Tariq gillend, brandende armen en borst, haar pruik die haar schedel verschroeide.

Laila moest een aantal keren snel ademhalen.

'Hij lag in het bed naast het mijne. Er waren geen muren, alleen een gordijn tussen ons in. Ik kon hem dus behoorlijk goed zien.'

Abdul Sharif vond het opeens nodig aan zijn trouwring te draaien. Hij praatte nu trager.

'Je vriend was ernstig gewond, heel ernstig gewond, weet je. Er kwamen overal plastic slangetjes uit zijn lichaam. Eerst...' hij schraapte zijn keel, 'eerst dacht ik dat hij bij de aanval beide benen had verloren, maar een verpleegster zei nee, alleen het rechterbeen, het linkerbeen was het gevolg geweest van een vroegere verwonding. Hij had ook inwendig letsel. Hij was al driemaal geopereerd. Er waren delen van zijn darmen weggenomen. Ik weet niet wat nog meer. En hij was verbrand. Heel ernstig. Dat is alles wat ik erover zeg. Ik ben er zeker van dat u uw portie nachtmerries wel hebt gehad, hamshira. Het heeft geen zin daar nog wat aan toe te voegen.'

Tariq had geen benen meer. Hij was een torso met twee stompjes. *Zonder benen.* Ze dacht dat ze in zou storten. Bewust, zij het wanhopig, probeerde ze de uitwassen van haar geest de kamer uit te krijgen, het raam uit, weg van die man, de straat over, de stad door, weg van de van hun daken beroofde huizen en bazaars en het netwerk van nauwe straatjes die veranderd waren in zandkastelen.

'Hij zat meestal onder de medicijnen. Vanwege de pijn uiteraard. Maar als de pillen wat waren uitgewerkt had hij momenten van helderheid. Wel met pijn, maar helder van geest. Dan praatte ik vanuit mijn bed met hem. Ik vertelde hem wie ik was en waar ik vandaan kwam. Hij was geloof ik blij dat er een hamwatan naast hem lag.

Meestal was ik aan het woord. Hij kon amper praten. Zijn stem was hees, en ik geloof dat het hem zeer deed als hij zijn lippen bewoog. Ik vertelde hem dus over mijn dochters en over ons huis in Peshawar en de veranda die mijn zwager en ik achter het huis aan het bouwen waren. Ik vertelde hem dat ik de winkels in Kabul had verkocht en dat ik nog eenmaal terugging om de administratie af te ronden. Het had niet veel om het lijf. Maar het hield hem bezig. Tenminste, dat hoop ik.

Soms praatte hij ook. De helft van de tijd kon ik geen wijs worden uit wat hij zei, maar ik ving wel wat op. Hij beschreef waar hij had gewoond. Hij praatte over zijn oom in Ghazni. En over de kookkunsten van zijn moeder en het timmerwerk van zijn vader. Over zijn accordeon.

Maar meestal praatte hij over jou, hamshira. Hij zei dat jij... hoe drukte hij zich ook weer uit... zijn vroegste herinnering was. Dat was het geloof ik. Ik kan je wel vertellen dat jij hem erg aan het hart ging. *Balay*, dat was duidelijk te merken. Maar hij zei dat hij blij was dat jij daar niet was. Hij zei dat hij niet wilde dat je hem zag zoals hij nu was.'

Laila's voeten voelden weer zwaar aan, alsof ze verankerd waren aan de vloer, alsof al haar bloed daarheen was gestroomd. Maar haar geest was ver weg, vrij en gezwind, zoevend als een projectiel over Kabul, over woeste bruine heuvels en woestijnen met hier en daar wat salie, voorbij ravijnen vol puntige rode rotsen en besneeuwde bergtoppen...

'Toen ik hem vertelde dat ik terugging naar Kabul, vroeg hij me jou te zoeken. Om je te vertellen dat hij aan je dacht. Dat hij je miste. Ik heb hem dat beloofd. Ik was op hem gesteld geraakt, weet je. Hij was een fatsoenlijke jongen, echt.'

Abdul Sharif veegde zijn voorhoofd af met zijn zakdoek.

'Op een nacht werd ik wakker,' vervolgde hij en hij had ineens weer belangstelling voor zijn trouwring, 'althans ik geloof dat het nacht was, op dergelijke plaatsen is dat moeilijk uit te maken. Er zijn geen ramen. Zonsop- of zonsondergang, je hebt geen idee. Maar ik werd wakker en er was enige commotie rond het bed naast het mijne. Je moet begrijpen dat ik zelf totaal onder de pillen zat, steeds weer wegglijdend en bijkomend, en het was soms moeilijk uit te maken wat echt gebeurde en wat je droomde. Alles wat ik me kan herinneren zijn een stel doktoren rond zijn bed, die om van alles en nog wat riepen, piepende alarmsignalen, injectiespuiten overal op de grond.

’s Ochtends was het bed leeg. Ik vroeg een zuster wat er was gebeurd. Ze zei dat hij dapper voor zijn leven had gevochten.’

Laila was er zich vaag van bewust dat ze knikte. Ze had het meteen geweten. Natuurlijk had ze het meteen geweten. Vanaf het moment dat de man tegenover haar had gezeten, had ze geweten waarom hij hier was en wat voor nieuws hij zou brengen.

‘In het begin, weet je, in het begin wist ik zelfs van je bestaan niets af,’ zei hij nu. ‘Ik dacht dat het de morfine was. Misschien heb ik wel gehóópt dat je niet bestond; ik ben altijd doodsbang geweest slecht nieuws te moeten brengen. Maar ik had het hem beloofd. En zoals ik al zei, ik was erg gehecht aan hem geraakt. Een paar dagen geleden ben ik hier in de buurt geweest. Ik heb naar je geïnformeerd, heb met wat buren gesproken. Ze wezen me dit huis aan. Ze hebben me ook verteld wat er met je ouders is gebeurd. Toen ik dat hoorde, heb ik me omgedraaid en ben weggegaan. Ik was niet van plan je iets te vertellen. Ik was ervan overtuigd dat het te veel voor je zou worden. Dat zou het voor iedereen zijn.’

Abdul Sharif reikte over de tafel en legde een hand op haar knie. ‘Maar ik ben teruggekomen. Want uiteindelijk geloof ik dat hij wilde dat jij het zou weten. Dat denk ik tenminste. Ik wou...’

Laila luisterde al niet meer. Ze herinnerde zich de dag waarop de man uit Panjshir langsgekomen was om het nieuws van de dood van Ahmad en Noor te brengen. Ze herinnerde zich Babi, bleek weggetrokken, ineengezakt op de bank, en mammie, wier hand naar haar mond schoot toen ze het hoorde. Laila had mammie die dag verloren zien gaan, en het had haar bang gemaakt, maar echt verdriet had ze niet gevoeld. Ze had niet begrepen hoe afschuwelijk het verlies voor haar moeder was. Nu bracht een andere vreemdeling het nieuws over weer een dode. Nu was zíj het die in de hoek zat waar de klappen vielen. Was dit haar straf, haar boetedoening voor haar afstandelijkheid tegenover het lijden van haar eigen moeder?

Laila herinnerde zich hoe mammie op de grond was gevallen, hoe ze had gekrijst en aan haar haren had getrokken. Maar Laila was zelfs daar niet toe in staat. Ze kon zich amper verroeren. Ze kon amper een spier bewegen.

Ze zat op haar stoel met haar handen slap in haar schoot, haar ogen staarden in het niets en ze liet haar geest verder vliegen. Ze liet hem verder vliegen tot hij de goede en veilige plek bereikte waar de gerstvelden groen waren, waar het water helder stroomde en de populierzaadjes bij duizenden in de lucht dansten; waar Babi een boek zat te lezen onder een acacia en Tariq een dutje deed met zijn handen gekruist op zijn borst, en waar zij haar voeten in het water kon dopen en mooie dromen dromen onder de waakzame blik van oude, zongebleekte rotsgoden.

29

MARIAM

'Het spijt me heel erg,' zei Rasheed tegen het meisje, terwijl hij zijn bord met mastawa en gehaktballen van Mariam aannam zonder haar aan te kijken. 'Ik weet dat jullie heel goede... vrienden... waren, jullie beiden. Altijd samen, al vanaf jullie kinderjaren. Verschrikkelijk wat er is gebeurd. Te veel jonge Afghanen sterven op die manier.'

Hij maakte een ongeduldige handbeweging terwijl hij naar het meisje bleef kijken, en Mariam gaf hem een servet aan.

Jarenlang had Mariam toegekeken hoe hij at, de malende spieren bij zijn slapen, de ene hand die compacte rijstballetjes maakte, de rug van zijn andere hand die vettige en achtergebleven korrels uit zijn mondhoeken veegde. Jarenlang had hij gegeten zonder op te kijken, zonder te praten, zijn veroordelende stilte, alsof er een vonnis werd geveld, alleen onderbroken door beschuldigend gebrom, een afkeurende klak van zijn tong, een kort bevel om meer brood te brengen, meer water.

Nu at hij met een lepel. Gebruikte een servet. Zei *lotfan* als hij om water vroeg. En praatte. Onophoudelijk en levendig.

'Als je het mij vraagt, hebben de Amerikanen met Hekmatyar de verkeerde man bewapend. Al die wapens die de CIA hem in de jaren tachtig heeft gegeven om tegen de Sovjets te vechten. De Sovjets zijn vertrokken, en nu richt hij de wapens op onschuldige mensen als je ouders. En dat noemt hij dan jihad. Wat een lariekoek! Wat heeft jihad te maken met het doden van vrouwen en kinderen? De CIA had beter commandant Masud kunnen bewapenen.'

Mariams wenkbrauwen gingen automatisch omhoog. *Commandant* Masud? In haar hoofd kon ze Rasheed tekeer horen gaan tegen Masud, die een verrader en een communist was. Maar Masud was natuurlijk een Tajik. Net als Laila.

'Dát is nog eens een redelijke vent. Een achtenswaardige Afghaan. Een man die waarlijk geïnteresseerd is in een vreedzame oplossing.'

Rasheed haalde zijn schouders op en zuchtte.

'Niet dat het iemand in Amerika interesseert, hoor. Wat kan het hun schelen dat de Pashtun en de Hazara's en de Tajiks en de Uzbeken elkaar uitmoorden? Hoeveel Amerikanen kunnen die trouwens uit elkaar houden? Verwacht geen hulp van hen. Nu de Sovjets het bijltje erbij neer hebben gegooid, hebben wij geen nut meer. Wij zijn uitgediend. Voor hen is Afghanistan een *kenarab*, een kloteplek. Sorry voor mijn taalgebruik, maar zo is het. Wat denk jij ervan, Laila jan?'

Het meisje mompelde iets onverstaanbaars en schoof een gehaktbal op haar bord heen en weer.

Rasheed knikte bedachtzaam, alsof ze iets vreselijk verstandigs had gezegd. Mariam moest even een andere kant op kijken.

'Weet je, je vader, God hebbe zijn ziel, jouw vader en ik hadden altijd dit soort discussies. Toen was jij natuurlijk nog niet geboren. We zaten maar te bomen over politiek. Ook over boeken. Toch, Mariam? Jij weet dat nog wel.'

Mariam nam snel een slokje water om iets te doen te hebben.

'Ik hoop niet dat ik je verveel met al dit geklets over politiek.'

Toen Mariam later in de keuken bezig was de vaat in het sop te laten weken, voelde ze een knoop in haar buik.

Het was niet zozeer wát hij zei, de regelrechte leugens, het geveinsde inlevingsvermogen, of zelfs het feit dat hij geen hand naar haar, Mariam, had uitgestoken, sinds hij het meisje vanonder die brokstukken vandaan had gehaald.

Het was het toneelstukje dat hij opvoerde. Een voorstelling. Een poging van zijn kant, zowel sluw als zielig, om indruk te maken. Om te charmeren.

En opeens wist Mariam dat haar vermoeden juist was. Ze begreep met de ontzetting van een onverhoedse klap tegen haar hoofd dat waar zij getuige van was, niets anders was dan hofmakerij.

Toen ze de zenuwen eindelijk weer de baas was, liep Mariam naar zijn kamer.

Rasheed stak een sigaret op en zei: 'Waarom niet?'

Mariam wist meteen dat ze verslagen was. Ze had half verwacht en half gehoopt dat hij alles zou ontkennen, doen alsof hij verbaasd was, misschien zelfs verontwaardigd over wat ze wilde suggereren. Dan had ze wellicht macht over hem gehad. Ze was er dan misschien in geslaagd hem zich beschaamd te doen voelen. Maar ze verloor meteen haar moed toen hij rustig en op een zakelijke toon toegaf.

'Ga zitten,' zei hij. Hij lag op zijn bed met de rug naar de muur, zijn dikke lange benen uitgespreid op het matras. 'Ga zitten voor je flauwvalt en je hoofd openhaalt.'

Mariam liet zich op de klapstoel naast zijn bed vallen.

'Geef me die asbak even aan,' zei hij.

Ze gehoorzaamde.

Rasheed moest nu zestig zijn, of nog ouder – al wist Mariam, en eigenlijk Rasheed evenmin, hoe oud hij precies was. Zijn haar was wit geworden, maar het was even dik en grof als altijd. De huid rond zijn oogleden was zwaar geworden, en de gerimpelde en gelooide huid in zijn hals ook. Zijn wangen hingen wat meer dan vroeger. 's Ochtends liep hij een beetje gebogen. Maar hij had als vanouds zijn krachtige schouders, zijn forse torso, zijn sterke handen en zijn dikke buik, die altijd veel eerder een vertrek binnen was dan welk ander lichaamsdeel ook.

Over het geheel genomen had hij de jaren aanzienlijk beter doorstaan dan zij, vond Mariam.

'We moeten deze situatie wettig maken,' zei hij nu, terwijl hij de asbak op zijn buik liet balanceren. Zijn lippen krulden zich luchtig. 'Mensen praten gauw. Het lijkt schandelijk, een ongehuwde vrouw die hier woont. Het is slecht voor mijn reputatie. En voor de hare. En voor de jouwe, zou ik eraan toe kunnen voegen.'

'Achttien jaar,' zei Mariam. 'En ik heb jou nooit ergens om gevraagd. Niet één ding. Ik vraag het nu.'

Hij inhaleerde rook en ademde die langzaam uit. 'Ze kan hier niet zomaar blijven, als dat het is wat je wilt zeggen. Ik kan haar niet blijven voeden en kleden en een slaapplaats geven. Ik ben het Rode Kruis niet, Mariam.'

'Maar dit?'

'Wat dan? Wat? Vind je haar te jong? Ze is veertien. Amper nog een kind. Jij was vijftien, weet je nog? Mijn moeder was veertien toen ik geboren werd. Ze was dertien toen ze trouwde.'

'Ik... ik wil dit niet,' zei Mariam verdoofd van minachting en hulpeloosheid.

'Jij hoeft geen beslissing te nemen. Het is haar beslissing en de mijne.'

'Ik ben te oud.'

'Zij is te jong, jij bent te oud. Allemaal nonsens.'

'Ik ben inderdaad te oud. Te oud voor jou om mij dit aan te doen,' zei Mariam, die haar kleed met haar handen zo krachtig verfrommelde dat ze ervan trilden. 'Te oud voor jou om na al die jaren van mij een *ambagh* te maken.'

'Doe niet zo dramatisch. Het is heel gewoon, en dat weet jij ook best. Ik heb vrienden die twee, drie of vier vrouwen hebben. Je eigen vader had er drie. Trouwens, wat ik nu doe zouden de meeste mannen die ik ken al lang geleden hebben gedaan. Je weet dat dat waar is.'

'Ik sta het niet toe.'

Rasheed glimlachte verdrietig.

'Er is een alternatief,' zei hij, terwijl hij met de vereelte hiel van de ene voet over de zool van de andere wreef. 'Ze mag gaan. Ik zal haar geen strobreed in de weg leggen. Maar ze komt niet ver, vrees ik. Geen eten, geen water, geen rupia op zak, kogels en raketten vliegen haar om de oren. Hoeveel dagen houdt ze dat vol, denk je, voordat ze gekidnapt wordt, verkracht, of met doorgesneden hals in een sloot langs de kant van de weg gegooid? Of alle drie?'

Hij hoestte en trok het kussen achter zijn rug recht.

'Het gaat er genadeloos aan toe op de wegen buiten de stad, Mariam, geloof me. Bloedhonden en bandieten bij elke bocht. Ik geef geen cent voor haar kansen, geen cent. Maar laten we er eens van uitgaan dat ze Peshawar toch bereikt. Wat dan? Heb je enig idee hoe die kampen daar zijn?'

Hij staarde vanachter een kolom rook naar haar.

'Mensen die in stukken karton leven. Dysenterie, tuberculose, hongersnood, misdadigheid. En dan is de winter nog niet eens begonnen, het seizoen waarin je bevriest. Longontsteking. Mensen die in ijspegels veranderen. Die kampen worden bevroren begraafplaatsen.'

Hij maakte een speels draaiende beweging met zijn hand. 'Natuurlijk kan ze de warmte opzoeken van een bordeel in Peshawar. De zaken gaan daar goed, heb ik gehoord. Een mooi meisje als zij zal daar heel wat geld in het laatje brengen, denk je ook niet?'

Hij zette de asbak op het nachtkastje en zwaaide zijn benen over de rand van het bed.

'Kijk,' zei hij, en hij klonk nu verzoeningsgezinder, zoals overwinnaars zich kunnen veroorloven. 'Ik wist dat je hier je bedenkingen bij zou hebben. Dat neem ik je ook niet echt kwalijk. Maar dit is het beste. Dat zul je zien. Kijk er eens als volgt tegen aan, Mariam. Ik geef jóu een hulpje in huis, en ik geef háár een toevluchtsoord. Een huis en een man. Zoals de tijden nu zijn, heeft een vrouw een man nodig. Zie je al die weduwen niet op straat slapen? Ze zouden een moord doen voor zo'n kans. Eigenlijk is dit... Volgens mij is dit regelrechte menslievendheid van mij.'

Hij glimlachte.

'Zoals ik het zie verdien ik een medaille.'

Later, toen het donker was, vertelde Mariam het aan het meisje.

Het meisje zei lange tijd niets.

‘Hij wil morgenochtend een antwoord,’ zei Mariam.

‘Dat kan hij nu krijgen,’ zei het meisje. ‘Mijn antwoord is ja.’

30

LAILA

De volgende dag bleef Laila in bed. Ze lag helemaal onder de deken toen Rasheed in de ochtend zijn hoofd om de deur stak en meedeelde dat hij naar de kapper ging. Ze lag nog steeds in bed toen hij laat in de middag thuiskwam en haar zijn nieuwe kapsel liet zien, zijn nieuwe tweedehands pak, blauw met roomkleurige streepjes, en de trouwring die hij voor haar had gekocht.

Rasheed zat op het bed naast haar en maakte er een hele vertoning van langzaam het lint om het doosje los te maken, het te openen en de ring er voorzichtig uit te nemen. Hij bekende dat hij er Mariams oude trouwring voor ingeruild had.

'Dat vindt ze niet erg, echt waar. Ze merkt het niet eens.'

Laila schoof naar het verste eind van het bed. Ze kon Mariam beneden horen, het strijkijzer dat een sissend geluid maakte.

'Ze droeg hem toch al nooit,' zei Rasheed.

'Ik wil het niet,' zei Laila zwakjes. 'Niet zo. Je moet hem terugbrengen.'

'Terugbrengen?' Er gleed een ongedurige blik over zijn gezicht, die meteen ook weer verdween. Hij glimlachte. 'Ik heb er geld bij moeten leggen, en heel wat. Dit is een betere ring, tweeëntwintig karaats goud. Wil je voelen hoe zwaar hij is? Hier, voel dan. Nee?' Hij sloot het doosje. 'En bloemen? Dat zou mooi zijn. Hou je van bloemen? Heb je een favoriete bloem? Margrieten? Tulpen? Lelies? Geen bloemen? Prima. Ik zie daar de lol ook niet van in. Maar ik dacht... Weet je, ik ken een kleermaker hier in Deh-Mazang. Ik dacht zo dat we er morgen naartoe konden om je een fatsoenlijke jurk aan te laten meten.'

Laila schudde haar hoofd.

Rasheed trok zijn wenkbrauwen op.

'Ik wil het zo snel mogelijk...' begon Laila.

Hij legde een hand in haar nek. Laila kon niet voorkomen dat ze huiverde en ineenkromp. Zijn aanraking voelde aan als een oude natte wollen trui zonder onderhemd.

'Ja?'

'Ik wil het zo snel mogelijk achter de rug hebben.'

Rasheeds mond ging open en verbreedde zich tot een geelgetande grijns. 'Mooi,' zei hij.

Vóór het bezoek van Abdul Sharif had Laila besloten naar Pakistan te vertrekken. Zelfs nadat Abdul Sharif het nieuws was komen brengen, bedacht Laila nu, had ze misschien nog wel kunnen vertrekken. Naar ergens ver weg. Weg uit deze stad, waar op elke hoek van de straat gevaar dreigde, waar elk steegje een geest verborg die als een duveltje uit een doosje sprong. Misschien had ze het risico genomen.

Maar plotseling was vertrekken geen alternatief meer geweest.

Niet met dit dagelijkse gekokhals.

Die onbekende volheid in haar borsten.

En het bewustzijn, te midden van alle verwarring, dat ze een cyclus had gemist.

Laila stelde zichzelf in een vluchtelingenkamp voor, een troosteloos stuk land met duizenden plastic zeilen, vastgebonden aan provisorische palen en wapperend in de koude snerpende wind. Onder een van de provisorische tenten zag ze haar baby, Tariqs baby, met ingevallen slapen, slappe wangen, gevlekte huid, blauwachtig grijs. Ze stelde zich voor hoe het lichaampje gewassen werd door vreemdelingen, in een geelbruine lijkwade gewikkeld, neergelaten in een gat, gegraven in een lap grond die door de wind geteisterd werd, onder de teleurgestelde blikken van aasgieren.

Hoe kon ze nu dan wegvluchten?

Laila maakte de grimmige balans van de mensen in haar

leven op. Ahmad en Noor dood. Hasina vertrokken. Giti dood. Mammie dood. Babi dood. Nu Tariq...

Maar wonderbaarlijk genoeg bleef er iets van haar vroegere leven over, haar laatste band met wie ze was geweest, voordat ze zo volstrekt alleen geworden was. Een deel van Tariq was nog in leven in haar, er groeiden armpjes uit en doorschijnende handjes. Hoe kon ze het enige in gevaar brengen dat ze nog van hem had, van haar vroegere leven?

Ze nam haar beslissing snel. Er waren zes weken verstreken sinds ze met Tariq was geweest. Nog even langer wachten en Rasheed zou achterdochtig worden.

Wat ze deed was eerloos, dat wist ze. Eerloos, achterbaks en schaamteloos. En vreselijk oneerlijk tegenover Mariam. Maar al was de baby in haar nog niet groter dan een moerbes, Laila zag al de offers die een moeder moest brengen. Rechtschapenheid was nog maar het eerste offer.

Ze legde een hand op haar buik. Sloot haar ogen.

Laila kon zich alleen stukjes en beetjes van de stille ceremonie herinneren. De roomkleurige strepen van Rasheeds pak. De scherpe geur van zijn haarlak. De kleine snede boven zijn adamsappel, gevolg van het scheren. De ruwe kussentjes van zijn vingers vol tabaksvlekken toen hij de ring aan haar vinger schoof. De pen, die het niet deed. De zoektocht naar een nieuwe pen. De verbintenis. Het ondertekenen, hij met vaste hand, zij beverig. De gebeden. In de spiegel de waarneming dat Rasheed zijn wenkbrauwen had bijgeknipt.

En ergens in de kamer Mariam, die toekeek. De lucht, verstikkend vanwege haar afkeuring.

Laila kon zich er niet toe brengen de oudere vrouw in de ogen te kijken.

Toen ze die avond onder zijn koude lakens lag, keek ze toe hoe hij de gordijnen dichttrok. Ze beefde al nog voordat zijn vingers de knoopjes van haar hemd openden en aan het koord van haar broek rukten. Hij was opgewonden. Zijn vingers friemelden eindeloos aan zijn eigen hemd, zijn riem. Laila had volledig zicht op zijn afgezakte borsten, zijn uitpuilende navel, de kleine blauwe ader er middenin, het dikke witte haar op zijn borst, zijn schouders en zijn bovenarmen. Zij voelde hoe zijn ogen over haar hele lichaam gingen.

'God helpe me, ik geloof dat ik van je houd,' zei hij.

Door haar klapperende tanden vroeg ze hem het licht uit te doen.

Later, toen zij er zeker van was dat hij sliep, pakte Laila rustig het mes dat ze eerder onder het matras had verborgen. Daarmee prikte ze in haar wijsvinger. Toen tilde ze de deken op en liet haar vinger bloeden op de lakens waar ze samen hadden gelegen.

31

MARIAM

Overdag was het meisje niet meer dan een piepende matras, voetstappen boven haar hoofd. Ze was opspattend water in de badkamer of een rinkelend theelepeltje boven in de slaapkamer. Soms nam ze wel eens iets waar: in haar ooghoek een deinend kledingstuk dat de trap op ijlde, armen over de borst gevouwen, sandalen die tegen de hakken sloegen.

Maar het was onvermijdelijk dat ze elkaar tegen het lijf liepen. Mariam passeerde het meisje op de trap, in de smalle gang, in de keuken, of bij de deur als ze van het erf kwam. Als ze elkaar tegenkwamen, hing er meteen een ongemakkelijke spanning tussen hen. Het meisje nam haar rok bijeen en brabbelde een paar woorden ter verontschuldiging, en als ze voorbijsnelde, wisselde Mariam een zijdelingse blik met haar en ving een blos op. Soms kon ze bij haar Rasheed ruiken. Ze kon zijn zweet op de huid van het meisje ruiken, zijn tabak, zijn begeerte. Gelukkig was seks een gesloten boek in haar leven. Dat was het al enige tijd, en nu maakte zelfs maar de gedachte aan dat gezwoeg, zij onder Rasheed liggend, haar misselijk.

Maar 's avonds was die wederzijds georkestreerde dans om elkaar uit de weg te gaan onmogelijk. Rasheed zei dat ze één gezin vormden. Hij stond erop dat ze dat waren, en gezinnen moesten gezamenlijk eten, zei hij.

'Wat moet dit dan betekenen?' zei hij, terwijl zijn vingers het vlees van een bot trokken – hij had de poppenkast met lepel en vork al een week na zijn huwelijk met het meisje opgegeven. 'Ben ik getrouwd met een stelletje standbeelden? Kom op, Mariam, *gap bezan*, zeg eens iets tegen haar. Heb je geen manieren meer?'

Terwijl hij het merg uit een bot zoog, zei hij tegen het meisje: 'Maar je moet het haar niet kwalijk nemen. Ze is een rustig type. Een zegen, echt waar, want *wallah*, als iemand niet veel te melden heeft, kan ze net zo goed zo veel mogelijk haar mond houden. Wij zijn stadsmensen, jij en ik, maar zij is *dehati*. Een dorpsmeisje. Zelfs dat niet eens. Nee. Ze is opgegroeid in een lemen kolba buiten het dorp. Haar vader heeft daarvoor gezorgd. Heb je haar al verteld, Mariam, heb je haar al verteld dat je een harami bent? Dat is ze wel. Maar alles bij elkaar genomen kan ze ermee door. Dat zul je zelf wel merken, Laila jan. Ze is flink, om mee te beginnen, een harde werkster, en pretenties heeft ze niet. Laat me het zo zeggen: als ze een auto was, was ze een Volga geweest.'

Mariam was nu een vrouw van drieëndertig, maar dat woord 'harami' deed nog altijd pijn. Als ze het hoorde kreeg ze nog steeds het gevoel dat ze een lastpak was, een kakkerlak. Ze herinnerde zich hoe Nana haar bij de polsen pakte. 'Jij bent een kleine klunzige harami. Dit is dus mijn beloning voor alles wat ik heb moeten doorstaan. Een kleine klunzige harami die erfstukken kapotgooit.'

'Jij anderzijds,' zei Rasheed tegen het meisje, 'jij zou een Mercedes zijn. Een gloednieuwe, glanzende, eersteklas Mercedes. *Wah wah*. Maar...' Hij hief een vettige wijsvinger. 'Bij een Mercedes moet je ook bepaalde... voorzorgsmaatregelen... nemen. Uit respect voor de schoonheid en het vakmanschap ervan, weet je. O, je zult wel denken dat ik gek ben, *diwana*, met al dat gepraat over auto's. Ik zeg niet dat jullie mijn auto's zijn. Ik probeer alleen de zaak te verhelderen.'

Voor wat er vervolgens kwam legde Rasheed eerst het zelfgemaakte balletje met rijst op zijn bord neer. Zijn handen gingen doelloos boven zijn eten heen en weer, terwijl hij met een sobere en bedachtzame uitdrukking op zijn gezicht naar beneden keek.

'Geen kwaad woord over de doden, en al helemaal niet over de shaheed. En ik bedoel het helemaal niet respectloos als ik dit zeg, ik wil dat je het weet, maar ik heb... een zekere reserve... over de manier waarop je ouders – Allah moge ze vergeven en hun een plek in zijn paradijs geven – ... over hun... mmm... hun inschikkelijkheid met jou. Sorry.'

De kille hatelijke blik die het meisje heel even op Rasheed wierp, ontging Mariam niet, maar hij keek omlaag en zag het niet.

'Doet er niet toe. Waar het om gaat is dat ik nu je echtgenoot ben, en het is mijn taak niet alleen jóuw eer te bewaren, maar ook de onze, ja, onze nang en namoos. Dat is de plicht van een echtgenoot. Dat kun je rustig aan mij overlaten. Wat jou betreft, jij bent de koningin, de *malika*, en dit huis is jouw paleis. Alles wat jij vindt dat er gedaan moet worden, vraag je aan Mariam en zij doet het dan voor je. Ja toch, Mariam? En als je iets wilt, dan haal ik het voor je. Zie je, zo'n soort echtgenoot ben ik.

Alles wat ik daarvoor terugvraag, is heel eenvoudig. Ik vraag je dit huis niet te verlaten zonder mijn gezelschap. Dat is alles. Makkelijk, hè? Als ik er niet ben en je hebt iets heel dringend nodig, ik bedoel werkelijk absoluut dringend en je kunt niet op mij wachten, dan kun je Mariam sturen en zij gaat het dan voor je halen. Je hebt vast en zeker een verschil opgemerkt. Maar je rijdt niet op dezelfde manier in een Volga en een Mercedes. Dat zou idioot zijn. O ja, ik vraag je ook een burka te dragen zodra we samen de straat op gaan. Uiteraard voor je eigen bescherming. Dat is het beste. Er zijn nu zo veel oneerbare mannen in deze stad. Zulke vuige bedoelingen, zo begerig om zelfs een gehuwde vrouw te onteren. Zo. Dat is alles.'

Hij hoestte.

'Ik zou zeggen dat Mariam mijn ogen en oren zijn als ik niet thuis ben.' Hij keek snel naar Mariam met een blik die even hard was als de trap van een schoen met stalen neus tegen haar slaap. 'Niet dat ik je niet vertrouw. Eerder het tegendeel. Eerlijk gezegd lijk je me veel wijzer dan je leeftijd zou doen vermoeden. Maar je bent nog een jonge vrouw, Laila jan, een *dokhtar e jawan*, en jonge vrouwen kunnen ongelukkige keuzes maken. Ze kunnen ten prooi vallen aan een onheilstoker. Nou ja, Mariam is verantwoordelijk. En als je een misstap begaat...'

Zo ging hij nog een tijdje door. Mariam keek vanuit haar ooghoeken naar het meisje, terwijl Rasheeds eisen en oordelen op hen neerdaalden als raketten op Kabul.

Op een dag was Mariam in de woonkamer overhemden van Rasheed aan het opvouwen, die ze van de waslijn op het erf had gehaald. Ze wist niet hoe lang het meisje er al had gestaan, maar toen ze een overhemd pakte en zich even omdraaide, bleek het meisje in de deuropening te staan met een glas thee waar ze haar handen omheen had gelegd.

'Ik wilde je niet laten schrikken,' zei het meisje. 'Sorry.'

Mariam keek haar alleen maar aan.

De zon viel op het gezicht van het meisje, op haar grote groene ogen en haar gladde voorhoofd, haar hoge jukbeenderen en haar aantrekkelijke, dikke wenkbrauwen, die helemaal niets gemeen hadden met Mariams dunne en onopvallende wenkbrauwen. Midden door haar gele haar, dat ze die ochtend niet had gekamd, liep een scheiding.

Uit de verkrampte manier waarop het meisje het kopje vasthield en uit haar stijve schouders kon Mariam opmaken dat ze nerveus was. Ze stelde zich voor hoe ze op het bed zat en haar zenuwen in bedwang probeerde te krijgen.

'De bladeren verkleuren,' zei het meisje vriendelijk. 'Heb je het gezien? De herfst is mijn favoriete jaargetijde. Ik hou van de geur als mensen bladeren in hun tuin verbranden. Mijn moeder hield het meest van de lente. Heb je mijn moeder gekend?'

'Niet echt.'

Het meisje hield een hand achter haar oor. 'Pardon?'

Mariam verhief haar stem. 'Ik zei nee. Ik heb je moeder niet gekend.'

'O.'

'Heb je iets op je hart?'

'Mariam jan. Ik wil... Over wat hij een paar avonden geleden heeft gezegd.'

'Ik was al van plan er met je over te praten,' onderbrak Mariam haar.

'Ja, graag,' zei het meisje ernstig, bijna gretig. Ze deed een stap naar voren. Ze leek opgelucht.

Buiten sloeg een wielewaal. Iemand trok een handkar voort; Mariam kon het geknars van de scharnieren horen, het gebons en geratel van de wielen. Er klonk het geluid van kanonvuur, niet zo ver weg, een enkel schot, gevolgd door drie andere, daarna niets meer.

'Ik wil niet jouw bediende zijn,' zei Mariam. 'Dat wil ik niet.'

Het meisje kromp ineen. 'Nee. Natuurlijk niet!'

'Jij mag de malika van het paleis zijn en ik de dehati, maar ik neem geen orders van jou aan. Je kunt daarover bij hem je beklag doen en hij kan me dan de keel doorsnijden, maar dat doe ik niet. Begrijp je? Ik ben niet je bediende.'

'Nee, ik verwacht niet...'

'En als je denkt dat je met je uiterlijk mij hier weg kunt krijgen, heb je het mis. Ik was hier het eerst. Ik word hier niet buiten de deur gezet. Ik laat niet toe dat jij mij eruit knikkert.'

'Dat wil ik ook helemaal niet,' zei het meisje zwakjes.

'En ik zie dat je wonden nu zijn genezen. Dus je kunt nu jouw deel van het werk in dit huis doen.'

Het meisje knikte snel. Ze morste wat van haar thee, maar ze merkte het niet. 'Ja, dat is de andere reden waarom ik naar beneden ben gekomen, om je te bedanken dat je voor me hebt gezorgd...'

'Nou, dat had ik ook niet gedaan,' flapte Mariam eruit, 'ik had je niet te eten gegeven en je gewassen en verpleegd als ik geweten had dat je die draai zou maken en mijn man van me zou afpakken.'

'Afpakken...'

'Ik blijf koken en de vaat doen. Jij doet de was en je veegt het huis. De rest zullen we dagelijks afwisselen. En nog iets. Ik moet niets hebben van je gezelschap. Dat wil ik niet. Ik wil alleen zijn. Jij laat me met rust en ik zal hetzelfde met jou doen. Zo doen we het. Dat zijn de regels.'

Toen ze uitgesproken was, bonsde haar hart, en haar mond voelde droog aan. Mariam had nooit eerder zo gepraat, had haar wil nooit zo krachtig uitgedrukt. Het had opbeurend moeten voelen, maar de ogen van het meisje stonden vol tranen en haar gezicht was slap, en wat er ook voor bevrediging in Mariam opkwam door haar uitbarsting, het voelde magertjes aan, onwettig op de een of andere manier.

Ze reikte het meisje de overhemden aan.

'Leg ze in de *almari*, niet in de grote kast. Hij wil de witte in de bovenste la, de rest in de middelste la, samen met de sokken.'

Het meisje zette het kopje op de grond en strekte haar handen met de palmen omhoog uit voor de hemden. 'Sorry voor alles,' zei ze hees.

'Dat is je geraden ook,' zei Mariam. 'Je moet spijt voelen.'

32

LAILA

Laila herinnerde zich een bijeenkomst van jaren geleden bij haar thuis, op een van mammies goede dagen. De vrouwen hadden in de tuin verse moerbessen zitten eten die Wajma van de boom in de tuin had geplukt. De vlezige bessen waren wit en roze geweest, en sommige hadden dezelfde paarse kleur als de explosie van adertjes op Wajma's neus.

'Je weet hoe zijn zoon is overleden?' had Wajma gezegd, terwijl ze nog een handvol moerbessen in haar ingezakte mond propte.

'Hij is toch verdronken?' zei Nila, Giti's moeder. 'In het Gharghameer, als ik me niet vergis?'

'Maar wist jij, wist jij dat Rasheed...' Wajma hief haar vinger en voerde eerst een hele show op van knikken en kauwen en de anderen laten wachten tot het moment dat ze zou slikken. 'Wisten jullie dat hij toen altijd *sharab* dronk en dat hij die dag lazarus was? Echt waar. Volkomen lazarus, dat heb ik zelf gehoord. En dat was halverwege de ochtend. Tegen twaalven lag hij compleet uitgeteld in een fauteuil. Je had dat twaalfuurskanon bij zijn oor kunnen afschieten en hij had geen krimp gegeven.'

Laila herinnerde zich hoe Wajma haar hand naar haar mond had gebracht en had geboerd, en hoe haar tong op onderzoek was uitgegaan tussen haar weinige overgebleven tanden.

'De rest kunnen jullie zelf wel bedenken. De jongen ging ongemerkt het water in. Ze zagen hem pas een poosje later, toen hij met zijn gezicht naar beneden in het water dreef. Mensen snelden toe om te helpen, de ene helft om de jongen tot leven te wekken, en de andere helft de vader. Iemand boog zich over de jongen heen en deed... die mond-op-mondbeademing, die je dan moet doen. Het had geen zin. Dat kon je zo zien. De jongen was dood.'

Laila herinnerde zich dat Wajma een vinger hief en haar stem trilde van vroomheid. 'Daarom verbiedt de heilige Koran sharab. Want de nuchtere moet altijd betalen voor de zonden van de dronkaard. Zo is het.'

Het was dit verhaal dat in Laila's hoofd rondmaalde toen ze Rasheed het nieuws bracht over de baby. Hij was meteen op zijn fiets gesprongen en naar de moskee gereden, en had om een jongen gebeden.

Die avond zag Laila de hele maaltijd lang hoe Mariam een stukje vlees over haar bord schoof. Laila was erbij toen Rasheed het nieuws plompverloren aan Mariam vertelde, op een hoge dramatische toon – Laila was nooit eerder getuige geweest van zo'n vrolijke wreedheid. Mariams wimpers trilden toen ze het hoorde. Er verspreidde zich een gloed over haar gezicht. Ze keek nukkig en leek diep ongelukkig.

Later ging Rasheed naar boven om naar de radio te luisteren en Laila hielp Mariam de sofrah schoon te maken.

'Ik zou niet weten wat jij nu bent,' zei Mariam terwijl ze rijstkorrels en broodkruimels oppikte, 'als je eerder een Mercedes bent geweest.'

Laila probeerde een wat luchtiger tactiek. 'Een trein? Misschien zo'n grote jumbojet.'

Mariam kwam overeind. 'Ik hoop niet dat je denkt dat je nu van de klusjes in huis af bent.'

Laila opende haar mond, maar het leek haar beter te zwijgen. Ze liet tot zich doordringen dat Mariam de enige schuldeloze deelneemster aan deze regeling was. Mariam en de baby.

Later in bed barstte Laila in tranen uit.

Wat is er aan de hand, wilde Rasheed weten, en hij tilde haar kin op. Was ze ziek? Was het de baby, was er iets mis met de baby? Nee?

Mishandelde Mariam haar?

'Dat is het dus, nietwaar?'

'Nee.'

'Wallah o billah, ik ga naar beneden en neem haar even onder handen. Wie denkt ze wel niet dat ze is, die harami, die meent jou te kunnen behandelen...'

'Nee!'

Hij was al half uit bed en zij moest hem bij zijn onderarm vastgrijpen en hem terugtrekken. 'Niet doen! Nee! Ze is heel fatsoenlijk tegen me. Ik moet even bijkomen, dat is alles. Dadelijk ben ik weer de oude.'

Hij zat naast haar en streelde mompelend haar nek. Zijn hand kroop langzaam omlaag langs haar rug en weer omhoog. Hij boog voorover en liet even snel zijn volle gebit zien.

'Eens kijken,' zei hij poeslief, 'of ik je je niet wat beter kan laten voelen.'

Eerst schudden de bomen – voor zover ze niet waren gekapt voor brandhout – hun vlekkerige gele en koperen bladeren af. Daarna kwamen de winden, koud en ruw, en joegen door de stad. Ze rukten de laatste bladeren af die zich nog hadden vastgeklampt, zodat de bomen spoken leken tegen de achtergrond van de zachtbruine heuvels. De eerste sneeuwval van het seizoen was nog mild, de vlokken smolten zodra ze de grond raakten. Toen bevroren de wegen, en de sneeuw hoopte zich op de daken op en reikte tot halverwege de ramen die met een vorstlaag waren bedekt. Met de sneeuw kwamen de vliegers, eens de heersers van de winterhemel van Kabul, nu timide indringers in een hemel die was opgeëist door flitsende raketten en gevechtsvliegtuigen.

Rasheed kwam steeds weer thuis met nieuws over de oorlog, en Laila was verbijsterd over de loyaliteiten die Rasheed haar trachtte uit te leggen. Sayyaf vocht tegen de Hazara's, zei hij. De Hazara's vochten tegen Masud.

'En die vecht natuurlijk weer tegen Hekmatyar, die steun krijgt van de Pakistani. Aartsvijanden, die twee, Masud en Hekmatyar. Sayyaf kiest partij voor Masud. En Hekmatyar steunt de Hazara's, voor zolang het duurt.'

Wat de onvoorspelbare Uzbeekse commandant Dostum

betreft, zei Rasheed dat niemand wist waar hij voor stond. Dostum had in de jaren tachtig tegen de Sovjets gestreden samen met de Mujahedin, maar was overgelopen en had zich aangesloten bij de marionettenregering van Najibullah, toen de Sovjets eenmaal vertrokken waren. Hij had zelfs een medaille gekregen van Najibullah zelf, voordat hij opnieuw overliep en naar de Mujahedin terugkeerde. Voorlopig, zei Rasheed, steunde Dostum Masud.

In Kabul, vooral in het westen van de stad, woedden branden en hingen zwarte rookwolken als paddenstoelen boven besneeuwde gebouwen. Ambassades werden gesloten. Scholen stortten in. In de wachtkamers van ziekenhuizen, zei Rasheed, bloedden de gewonden dood. In operatiekamers werden ledematen zonder verdoving geamputeerd.

'Maar maak je geen zorgen,' zei hij. 'Hier bij mij ben je veilig, mijn bloempje, mijn *gul*. Iedereen die jou iets aan wil doen, ruk ik de lever uit en dwing ze die op te eten.'

Overal waar Laila die winter heen wilde, waren er muren die haar weg blokkeerden. Ze dacht hunkerend aan de weidse open luchten van haar jeugd, aan de dagen waarop ze met Babi naar *buzkashi*-wedstrijden ging en met mammie in Mandaii ging winkelen, aan de dagen dat ze ongestoord over straat kon rennen en met Giti en Hasina over jongens roddelen. Aan de dagen dat ze met Tariq ergens midden in de klaver aan de oever van een rivier zat, en dat ze elkaar raadsels opgaven en snoepjes deelden en de zon zagen ondergaan.

Maar het was verraderlijk om aan Tariq te denken, want voor ze het kon tegenhouden zag ze hem in bed liggen, ver van huis, terwijl er slangetjes in zijn verbrande lichaam drongen. Net als de gal die in die dagen maar in haar keel bleef branden, rees er in Laila's borst een diep en verlammend verdriet op. Haar benen werden slap. Ze moest zich ergens aan vasthouden.

Laila veegde in die winter van 1992 het huis, schrobde de pompoenkleurige muren van de slaapkamer die ze met Rasheed deelde en waste buiten de kleren in een grote koperen *lagaan.* Soms zag ze zichzelf alsof ze boven haar eigen lichaam zweefde, zag zichzelf over de lagaan gebogen staan, haar mouwen opgerold tot aan haar ellebogen, met roze handen die een van Rasheeds onderhemden uitwrongen. Dan voelde ze zich verloren, koortsachtig op zoek naar iets, als een schipbreukeling zonder land in zicht, alleen water, overal water.

Als het te koud was om naar buiten te gaan, zwierf Laila door het huis. Ze ging met de nagel van een vinger langs de muren en liep de gang door en weer terug, trap op en trap af, met ongewassen gezicht en ongekamde haren. Ze liep net zolang rond tot ze Mariam tegen het lijf liep, die haar een vreugdeloze blik toewierp en dan weer doorging de stengel van een paprika te snijden of randjes vet van het vlees te halen. Een pijnlijke stilte vulde dan het vertrek, en Laila kon bijna de woordeloze vijandigheid zien afstralen van Mariam, zoals de hitte van asfalt. Ze keerde dan terug naar haar kamer, ging op haar bed zitten en keek hoe de sneeuw viel.

Op een dag nam Rasheed haar mee naar zijn schoenwinkel.

Als ze samen buitenshuis waren liep hij naast haar en hield haar met één hand bij haar arm vast. Voor Laila betekende buiten op straat zijn een oefening in het vermijden van lichamelijk letsel. Haar ogen moesten wennen aan de beperkte visuele mogelijkheden van de burka, en haar voeten struikelden nog steeds over de zoom. Ze was voortdurend bang een misstap te maken en te vallen of een enkel te breken in een gat. Maar ze vond wel enig genoegen in de anonimiteit die de burka haar gaf. Ze zou zo niet worden herkend als ze oude kennissen tegen zou komen. Ze hoefde niet de verrassing in hun ogen te zien of het medelijden of de vreugde over hoe diep ze gevallen was, over hoe haar hoge aspiraties waren vermorzeld.

Rasheeds winkel was groter en lichter dan Laila zich had voorgesteld. Hij liet haar achter zijn overvolle werktafel zitten, het blad lag vol oude zolen en stukken overgebleven leer. Hij liet haar zijn hamers zien en demonstreerde haar de werking van zijn polijstmachine, waarbij zijn stem hoog en trots klonk.

Hij voelde aan haar buik, niet door haar overhemd heen maar eronder, de toppen van zijn vingers waren koud en ruw als boombast op haar gezwollen huid. Laila moest aan Tariqs handen denken, zacht maar sterk, de kronkelende volle aders op de rug ervan, iets wat ze bij mannen altijd zo aantrekkelijk had gevonden.

'Het groeit zo snel,' zei Rasheed. 'Het wordt vast een grote jongen. Mijn zoon wordt een *pahlawan*! Net als zijn vader.'

Laila trok haar overhemd naar beneden. Ze werd bang als hij zo sprak.

'Kun je goed met Mariam overweg?'

Ze zei dat het goed ging.

'Mooi. Mooi.'

Ze vertelde hem niet dat ze hun eerste echte ruzie hadden gehad.

Dat was een paar dagen eerder geweest. Laila was naar de keuken gegaan en zag Mariam aan kastdeuren rukken en ze dichtsmijten. Ze was op zoek, zei Mariam, naar de lange houten lepel waarmee ze altijd door de rijst roerde.

'Waar heb je die gelaten?' zei ze, terwijl ze zich omkeerde en Laila aankeek.

'Ik?' zei Laila. 'Die heb ik niet weggenomen. Ik kom hier amper.'

'Ik heb het gezien.'

'Is dat een beschuldiging? Zo wilde jij het, weet je nog wel? Jij zei dat je voor het eten zou zorgen. Maar als je wilt ruilen...'

'Dus jij wilt zeggen dat hij pootjes gekregen heeft en weggelopen is? Trip trip trip. Zou het zo gebeurd zijn, *degeh*?'

'Ik wil alleen maar zeggen...' zei Laila, terwijl ze haar zelfbeheersing probeerde te bewaren. Normaal slaagde ze er wel in Mariams spot en steken onder water te verdragen. Maar haar enkels waren gezwollen, ze had hoofdpijn, en haar hartenpijn was hevig die dag. 'Ik wil alleen maar zeggen dat je hem misschien ergens anders hebt neergelegd.'

‘Ergens anders neergelegd?’ Mariam opende een lade. De spatels en messen die erin lagen rammelden. ‘Hoe lang woon je hier nu, een paar maanden? Ik woon al negentien jaar in dit huis, dokhtar jan. Ik bewaar die lepel in deze la al vanaf de tijd dat jij je luiers nog volpoepte.’

‘En toch,’ zei Leila met haar tanden op elkaar terwijl ze bijna uit haar vel sprong, ‘is het mogelijk dat je hem ergens hebt neergelegd en de plek vergeten bent.’

‘En het is ook mogelijk dat jíj hem ergens hebt verborgen om mij te ergeren.’

‘Je bent een treurige, beklagenswaardige vrouw,’ zei Laila.

Mariam kromp ineen, herstelde zich en tuitte haar lippen. ‘En jij bent een hoer. Een hoer en een *dozd.* Een stelende hoer, niks anders!’

Geschreeuw. Pannen gingen de lucht in, maar gesmeten werd er niet. Ze bestookten elkaar met namen waarvan Laila nu nog moest blozen. Sindsdien hadden ze niets meer tegen elkaar gezegd. Laila was nog steeds geschokt hoe makkelijk ze uit haar evenwicht gebracht kon worden, maar de waarheid was dat een deel van haar het leuk had gevonden, tegen Mariam schreeuwen, haar vervloeken, een doel hebben waarop ze al haar sluimerende woede en haar leed kon richten.

Laila vroeg zich met iets als inleving af of dat ook niet voor Mariam gold.

Later was ze naar boven gerend en had zich op Rasheeds bed geworpen. Beneden gilde Mariam nog steeds: ‘Stik in je vuil! Stik in je vuil!’ Laila kreunde in haar kussen, en plotseling miste ze haar ouders zo overweldigend als ze nooit meer had gedaan sinds de vreselijke dagen vlak na de aanval. Ze lag het laken met haar handen te verkreukelen totdat haar ademhaling plotseling stokte. Ze ging overeind zitten en greep met haar handen naar haar buik.

De baby had voor de eerste keer geschopt.

33

MARIAM

Op een vroege ochtend in de lente van 1993 stond Mariam bij het raam van de woonkamer te kijken hoe Rasheed met het meisje de straat op ging. Het meisje liep lichtgebogen, wankelend een arm beschermend over de strakke trommel van haar buik, waarvan de vorm door de burka zichtbaar was. Rasheed, bezorgd en overdreven attent, hield haar bij haar arm en leidde haar over het erf als een verkeersagent. Hij maakte een gebaar dat ze even moest wachten, rende naar de voorpoort en wenkte toen naar het meisje, waarbij hij met zijn ene voet de poort openhield. Toen ze bij hem was, pakte hij haar bij de hand en hielp haar erdoor. Mariam kon hem bijna horen zeggen: 'Pas op waar je loopt, mijn bloempje, mijn gul.'

Ze kwamen vroeg in de avond van de volgende dag terug.

Mariam zag Rasheed als eerste het erf betreden. Hij liet de poort een beetje te snel los, waardoor die bijna in het gezicht van het meisje sloeg. Met een paar snelle passen liep hij het erf over. Mariam bespeurde een schaduw op zijn gezicht, iets donkers onder het koperkleurige licht van de schemering. In huis deed hij zijn jas uit en gooide hem op de bank. Hij liep rakelings langs Mariam en zei op barse toon: 'Ik heb honger. Maak het avondeten klaar.'

De voordeur van het huis ging open. Vanuit de gang zag Mariam het meisje met een omzwachteld bundeltje op haar arm. Eén voet stond nog buiten, met de andere hield ze de deur tegen om te verhinderen dat die hard dicht zou slaan. Ze boog zich kreunend voorover en probeerde de papieren zak met eigendommen op te tillen, die ze had neergezet om de deur te kunnen openen. Haar gezicht was vertrokken van de inspanning. Ze keek op en zag Mariam.

Mariam draaide zich om en liep naar de keuken om Rasheeds eten op te warmen.

'Het is net alsof iemand een schroevendraaier in mijn oor ramt,' zei Rasheed. Hij wreef zich in zijn ogen. Hij stond met gezwollen ogen in Mariams deur en droeg alleen een *tumban*, die hij met een slappe knoop had vastgemaakt. Zijn witte haar zag er verwilderd uit, het stond alle kanten op. 'Dat gekrijs. Ik kan er gewoon niet tegen.'

Beneden liep het meisje met de baby heen en weer en probeerde voor haar te zingen.

'Ik heb al twee maanden niet meer fatsoenlijk geslapen,' zei Rasheed. 'En de kamer stinkt als een riool. Overal liggen bescheten kleren. Een paar avonden geleden ben ik er met mijn voet in getrapt.'

Mariam gniffelde inwendig met pervers plezier.

'Neem haar mee naar buiten!' schreeuwde Rasheed over zijn schouder. 'Kun je haar niet mee naar buiten nemen?'

Het zingen hield even op. 'Dan loopt ze longontsteking op.'

'Het is zomer!'

'Wat?'

Rasheed klemde zijn tanden op elkaar en zei met stemverheffing: 'Ik zei dat het buiten warm is!'

'Ik neem haar niet mee naar buiten!'

Ze hervatte het zingen.

'Soms wil ik dat kreng... ik zweer het, soms wil ik dat kreng in een mandje leggen en het de Kabulrivier af laten drijven. Net als de kleine Mozes.'

Mariam hoorde hem zijn dochter nooit noemen bij de naam die het meisje haar had gegeven, Aziza, de Dierbare. Het was altijd 'de baby', of als hij echt boos was 'dat kreng'.

Soms hoorde Mariam ze 's nachts kibbelen. Ze sloop dan op haar tenen naar hun deur, luisterde hoe hij over de baby klaagde, altijd over de baby, over dat onophoudelijke gekrijs, de stank, het speelgoed waarover hij struikelde, de manier waarop de baby Laila's aandacht van hem had afgeleid met haar constante gedrein om eten, verschonen, boertjes laten, wiegen, op de arm nemen. Het meisje op haar beurt voer tegen hem uit omdat hij in de kamer rookte en omdat hij de baby niet in hun kamer wilde laten slapen.

Er was meer geruzie, dat met gedempte stem werd uitgevochten.

'De dokter zei zes weken.'

'Nog niet, Rasheed. Nee. Ga weg. Vooruit. Niet doen!'

'Het is al twee maanden geleden.'

'Sst. Kijk nou. Je hebt de baby wakker gemaakt.' En daarna, scherper: '*Khosh shodi*? Ben je nu gelukkig?'

Mariam keerde dan altijd zachtjes terug naar haar kamer.

'Kun je niet helpen?' vroeg Rasheed nu. 'Jij moet toch iets kunnen doen?'

'Wat weet ik nu van baby's?' zei Mariam.

'Rasheed! Kun je me even de fles brengen? Die staat op de almari. Ze wil niet de borst, ik wil de fles weer eens proberen.'

Het geschreeuw van de baby rees en daalde als een hakmes op vlees.

Rasheed sloot zijn ogen. 'Dat kreng is een krijgsheer. Hekmatyar. Ik zal je zeggen, die Laila heeft het leven geschonken aan Gulbuddin Hekmatyar.'

Mariam keek toe hoe de dagen van het meisje werden gevuld met de cyclus van eten, wiegen en lopen. Zelfs als de baby sliep, waren er vuile luiers die schoongemaakt moesten worden en geweekt in een emmer met een desinfecterend middel waarvan het meisje met klem aan Rasheed had gevraagd het te kopen. Er waren vingernagels die met schuurpapier moesten worden bijgewerkt, overtrekken en pyjama's die gewassen en opgehangen moesten worden. Die kleren, net als andere dingen die met de baby te maken hadden, werden een bron van conflicten.

'Wat is er dan mis mee?' zei Rasheed.

'Dat zijn jongenskleertjes. Voor een *bacha.*'

'Je denkt toch zeker niet dat zij het verschil ziet. Ik heb heel wat geld voor de kleren moeten neertellen. En trouwens, ik hou niet van de toon die je aanslaat. Laat dit een waarschuwing zijn.'

Elke week, zonder mankeren, verwarmde het meisje een zwarte metalen bakplaat boven een vlam, strooide er een snuifje wilde wijnruitzaadjes in en waaierde met haar handen de rook in de richting van de baby om het kwaad te verdrijven.

Mariam vond het doodvermoeiend het lawaaierige enthousiasme van het meisje te moeten aanzien – maar moest toegeven, al was het maar voor zichzelf, dat ze een zekere bewondering ervoor niet kon onderdrukken. Ze verwonderde zich erover hoe de ogen van het meisje glansden van aanbidding, zelfs 's ochtends als haar gezicht neerhing en haar huidskleur wasbleek was van een hele nacht lopen met de baby. Het meisje kreeg lachbuien als de baby een windje liet. De kleinste veranderingen bij de baby brachten haar in verrukking, en alles wat ze deed werd tot iets opzienbarends verklaard.

'Kijk, kijk! Ze probeert de rammelaar te pakken. Zo slim van haar.'

'Ik bel meteen de krant,' zei Rasheed.

Elke avond was er weer wat nieuws. Als het meisje erop stond dat hij ergens getuige van zou zijn, hield Rasheed zijn hoofd schuin en wierp een ongedurige, zijdelingse blik over zijn blauwgeaderde haakneus heen.

'Kijk eens. Kijk eens hoe ze lacht als ik met mijn vingers knip. Hier. Zie je? Heb je het gezien?'

Rasheed gromde dan iets en concentreerde zich weer op zijn bord. Mariam herinnerde zich hoe alleen al de aanwezigheid van het meisje hem vroeger volkomen overdonderde. Alles wat ze zei, vond hij in die tijd leuk, intrigeerde hem, deed hem opkijken van zijn bord en goedkeurend knikken.

Het vreemde was dat het feit dat het meisje uit de gratie geraakt was Mariam had moeten verheugen en haar een gevoel van triomf had moeten geven. Maar dat deed het niet. Dat deed het niet. Tot haar eigen verbazing kreeg Mariam medelijden met het meisje.

Het was ook tijdens het eten dat het meisje lucht gaf aan een hele trits zorgen. Boven aan de lijst stond longontsteking, waarvoor ze bij elk kuchje vreesde. Dan was er dysenterie, waarvan het schrikbeeld opdook bij elke zachte ontlasting. Elke huiduitslag was waterpokken of de mazelen.

'Je moet je niet zo aan dat kind hechten,' zei Rasheed op een avond.

'Hoe bedoel je?'

'Ik zat een paar dagen geleden 's avonds naar de radio te luisteren, Voice of America. Ik hoorde er interessante statistieken. Ze zeiden dat in Afghanistan een op de vier kinderen sterft voor zijn vijfde verjaardag. Zo zeiden ze het. Zij... Wat is er? Wat is er? Waar ga je naartoe? Kom terug. Kom onmiddellijk terug!'

Hij keek Mariam verward aan. 'Wat is er met haar aan de hand?'

Die avond lag Mariam al in bed toen het gekibbel weer begon. Het was een warme, droge zomernacht, typisch voor de maand Saratan in Kabul. Mariam had haar raam geopend, maar het weer gesloten toen er geen zuchtje verkoelende wind binnendrong, alleen maar muskieten. Ze kon de hitte van de grond buiten voelen opstijgen, door de bruine plankjes van het wc-huisje op het erf, door de muren, haar kamer in.

Normaal trok het gekibbel na een paar minuten bij, maar er verstreek een halfuur en het was nog steeds gaande, het nam zelfs in hevigheid toe. Mariam kon Rasheed nu horen schreeuwen. De stem van het meisje, lager dan die van hem, was onduidelijk en schel. Al snel begon de baby te jammeren.

Mariam hoorde hun deur met geweld opengaan. In de ochtend zou ze de ronde afdruk van de deurkruk op de muur van de gang zien. Ze zat rechtovereind in bed toen de deur van haar eigen kamer werd opengesmeten en Rasheed binnenkwam.

Hij droeg een witte onderbroek en een bijpassend onderhemd met gele zweetplekken in de oksels. Hij droeg teenslippers. Hij had een riem in zijn hand, de bruine leren riem die hij gekocht had voor de nikka met het meisje, en hij draaide het ene einde ervan om zijn vuist.

'Jij zit er dus achter. Ik weet het zeker,' grauwde hij terwijl hij op haar afkwam.

Mariam gleed uit haar bed en deinsde achteruit. Ze kruiste haar armen instinctief over haar borsten, waar hij haar vaak als eerste sloeg.

'Waar heb je het over?' stamelde ze.

'Dat ze mij weigert. Dat leer jíj haar.'

Door de jaren heen had Mariam geleerd zich te harden tegen zijn minachting en verwijten, zijn spot en zijn uitbranders. Maar deze angst kon ze niet beheersen. Al die jaren, en nóg huiverde ze van angst als hij zo was, snerend, de riem om zijn vuist klemmend, het gekraak van het leer, de glans in zijn bloeddoorlopen ogen. Het was de angst van de geit die in de kooi van de tijger is losgelaten, en de tijger kijkt eerst lui op van zijn klauwen en begint dan te grommen.

Het meisje stond nu met opengesperde ogen en een vertrokken gezicht in Mariams kamer.

'Ik had moeten weten dat jij haar op het verkeerde pad brengt,' spuugde Rasheed naar Mariam. Hij zwiepte met de riem en testte hem op zijn eigen dij. De gesp rinkelde luid.

'Stop ermee, *bas*!' zei het meisje. 'Rasheed, dit mag je niet doen.'

'Ga terug naar je kamer.'

Mariam deinsde opnieuw terug.

'Nee, niet doen!'

'Nu!'

Rasheed hief de riem weer en liep nu op Mariam af.

Toen gebeurde er iets verbazingwekkends: het meisje ging aan zijn arm hangen. Ze greep zijn arm met haar beide handen en probeerde hem naar beneden te trekken, maar ze kwam niet verder dan eraan bungelen. Maar ze slaagde er wel in Rasheeds beweging in de richting van Mariam te vertragen.

'Ga weg,' schreeuwde Rasheed.

'Jij wint. Jij wint. Niet doen. Alsjeblieft, Rasheed, niet slaan! Doe dit alsjeblieft niet.'

Zo worstelden ze voort, het meisje nog steeds aan zijn arm hangend, smekend, terwijl Rasheed haar probeerde af te schudden en hij Mariam aan bleef kijken, die te verbijsterd was om iets te doen.

Op het eind wist Mariam dat hij die avond niet zou slaan. Hij had duidelijk gemaakt wat hij wilde zeggen. Hij bleef nog een paar seconden met geheven arm en opgezette borst staan, zijn voorhoofd glinsterde van het zweet. Langzaam liet Rasheed zijn arm zakken. De voeten van het meisje raakten de grond en ze liet nog steeds niet af, alsof ze hem nog niet vertrouwde. Hij moest zijn arm uit haar greep losrukken.

'Ik houd jullie in de gaten,' zei hij terwijl hij de riem over zijn schouder gooide. 'Ik houd jullie beiden in de gaten. Ik laat geen *ahmaq* van mij maken, geen dwaas in eigen huis.'

Hij wierp Mariam een laatste moordzuchtige blik toe en gaf het meisje op weg naar buiten een duw in de rug.

Toen ze hun deur hoorde dichtgaan, kroop Mariam weer in bed, begroef haar hoofd onder het kussen en wachtte tot het beven zou ophouden.

Die nacht werd Mariam driemaal gewekt in haar slaap. De eerste keer was het het gerommel van raketten in het westen, vanuit de richting Karteh-Char. De tweede keer begon de baby beneden te huilen, het meisje kalmeerde haar, tikte met een lepel tegen een flesje melk. Ten slotte was het de dorst die haar het bed deed verlaten.

Beneden was de woonkamer donker, met uitzondering van een strook maanlicht die door het raam naar binnen viel. Mariam kon ergens een vlieg horen zoemen, kon de omtrek zien van de gietijzeren kachel in de hoek, de pijp die omhoogging en vlak onder het plafond een scherpe hoek maakte.

Op weg naar de keuken struikelde Mariam bijna over iets. Er lag iets schimmigs aan haar voeten. Toen haar ogen gewend waren, kon ze het meisje en de baby onderscheiden, ze lagen op de grond onder een gewatteerde deken.

Het meisje sliep op haar zij, ze snurkte. De baby was wakker. Mariam stak de petroleumlamp op tafel aan en ging op haar hurken zitten. In het licht kon ze voor het eerst van dichtbij de baby zien, het bosje donker haar, de bruine ogen met dikke wimpers, de roze wangen en de lippen, die de kleur hadden van rijpe granaatappels.

Mariam had de indruk dat de baby haar ook onderzoekend aankeek. Ze lag op haar rug, haar hoofd naar opzij, en ze monsterde Mariam met een mengeling van plezier, verwarring en achterdocht. Mariam vroeg zich af of haar gezicht haar bang maakte, maar toen begon de baby met een gelukkig gezicht te kirren, en Mariam wist dat er een gunstig oordeel over haar geveld was.

'Sst,' fluisterde Mariam. 'Je wekt je moeder nog, al is die halfdoof.'

De hand van de baby balde zich tot een vuistje. Het ging omhoog, omlaag, en vond krampachtig een weg naar haar mondje. Met haar hand in haar eigen mond glimlachte de baby breed naar Mariam, terwijl kleine speekselbelletjes op haar lippen glinsterden.

'Moet je zien wat een treurig gezicht je biedt met die rare jongenskleertjes aan. En helemaal ingepakt bij deze hitte. Geen wonder dat je nog wakker bent.'

Mariam trok de deken van de baby weg en was geschokt te zien dat er nog een tweede deken onder zat, klakte met haar tong en haalde ook die deken weg. De baby kraaide van opluchting. Ze wiekte met haar armpjes als een vogel.

'Zo is het beter, *nay*?'

Mariam trok haar hand terug, maar de baby greep haar pink vast. De vingertjes krulden zich er stevig omheen. Ze voelden warm en zacht aan, vochtig van het kwijl.

'*Gunuh*,' zei de baby.

'Oké, bas, laat nu maar los.'

De baby bleef vasthouden en trappelde weer met haar beentjes.

Mariam trok haar vinger los. De baby lachte en maakte

gorgelgeluiden. Haar knokkels gingen terug naar haar mond.

'Waarom ben je zo blij dan? Hè? Waarom lach je? Je bent niet zo slim als jouw moeder wel zegt. Je vader is een beest en je moeder een dwaas. Als je dat zou weten, verging het lachen je wel. Vast en zeker. Ga nu maar slapen. Ga maar slapen.'

Mariam kwam overeind en liep een paar meter weg, tot de baby de *eh eh eh*-geluiden begon te maken waarvan Mariam wist dat ze de aanzet vormden tot een fikse huilpartij. Ze liep weer terug.

'Wat is er dan? Wat wil je dan van mij?'

De baby grinnikte tandeloos.

Mariam zuchtte. Ze ging zitten en liet haar vinger weer pakken, keek toe terwijl de baby gilletjes slaakte en haar mollige beentjes vanuit haar heupen boog en in de lucht schopte. Mariam zat te kijken tot de baby zich niet langer verroerde en zachtjes begon te snurken.

Buiten zongen de spotlijsters opgewekt, en zo nu en dan, als de zangers opvlogen, zag Mariam hoe hun vleugels het fosforescerende blauw van het maanlicht opvingen dat door de wolken scheen. En hoewel haar keel droog was van de dorst en haar voeten tintelden, duurde het nog een hele poos voordat Mariam voorzichtig haar vinger bevrijdde uit de greep van de baby en opstond.

34

LAILA

De mooiste van alle aardse genoegens was voor Laila naast Aziza te liggen, zo dicht bij het gezichtje van de baby dat ze haar grote pupillen zich kon zien verwijden en samentrekken. Ze vond het heerlijk haar vinger over Aziza's lekkere, zachte huid te laten gaan, over de knokkels met de kuiltjes en de vetplooien bij haar ellebogen. Soms legde ze Aziza op haar buik en fluisterde in de zachte haren van haar kruin dingen over Tariq, de vader die altijd een vreemde voor Aziza zou blijven en wiens gezicht Aziza nooit zou leren kennen. Ze vertelde haar over zijn talent puzzels op te lossen, zijn bedotterij en neiging tot kattenkwaad, zijn moeiteloze lach.

'Hij had prachtige wenkbrauwen, net zo dik als die van jou. Een stevige kin, een fijngebouwde neus en een rond voorhoofd. O, je vader was zo knap, Aziza. Hij was perfect. Even perfect als jij.'

Maar ze zorgde ervoor hem nooit bij zijn naam te noemen.

Soms zag ze dat Rasheed op een uiterst vreemde manier naar Aziza keek. Kort tevoren, toen hij op een avond op de vloer van de slaapkamer zat en een likdoorn aan zijn voet bijsneed, zei hij heel terloops: 'Hoe was het eigenlijk tussen jullie twee?'

Laila had hem onzeker aangekeken, alsof ze hem niet begreep.

'Laila en Majnoon. Jij en de *yaklenga*, de kreupele. Wat hebben jullie met elkaar gehad, hij en jij?'

'Hij was mijn vriend,' zei ze, er behoedzaam voor zorgend dat haar stem niet al te vals klonk. Ze begon een flesje te maken om iets omhanden te hebben. 'Dat weet je.'

'Ik weet niet wat ik weet.' Rasheed legde de afgesneden eeltlaagjes op de vensterbank en liet zich op bed vallen. De springveren protesteerden met een luid gekraak. Hij spreidde zijn benen en krabde aan zijn kruis. 'En als... vrienden... hebben jullie nooit iets gedaan wat niet door de beugel kon?'

'Niet door de beugel kon?'

Rasheed glimlachte luchtig, maar ze kon zijn kille, waakzame blik voelen. 'Eens kijken. Heeft hij je ooit gekust? Misschien ergens zijn hand neergelegd waar die niet hoorde?'

Laila kromp verontwaardigd – zo hoopte ze – ineen. Ze voelde haar hart in haar keel bonzen. 'Hij was als een broer voor me.'

'Was hij nu een vriend of een broer?'

'Beide, hij...'

'Welke van de twee?'

'Hij was beide.'

'Maar broers en zussen zijn nieuwsgierige wezens. Ja. Soms laat een broer zijn pik aan zijn zusje zien, en een zus zal...'

'Ik word ziek van je,' zei Laila.

'Dus er was verder niets.'

'Ik wil hier niet meer over praten.'

Rasheed tilde zijn hoofd op, krulde zijn lippen en knikte. 'Mensen roddelden over jullie, weet je. Ik kan het me nog wel herinneren. Ze vertelden van alles en nog wat over jullie beiden. Maar jij zegt dat er verder niets was.'

Ze dwong zichzelf hem aan te kijken.

Hij bleef op zijn beurt zijn ogen pijnlijk lang op haar gericht houden zonder met zijn ogen te knipperen; haar vingers om het melkflesje werden bleek, en Laila moest alle zeilen bijzetten om niet door de knieën te gaan.

Ze beefde bij de gedachte wat hij zou doen als hij zou ontdekken dat ze geld van hem stal. Sinds de geboorte van Aziza opende ze elke week zijn portemonnee als hij sliep of in het wc-huisje was, en nam er een biljet uit. Soms, als de portemonnee licht was, pakte ze slechts een briefje van vijf afghani, of helemaal niets, uit vrees dat hij iets zou merken. Als de portemonnee bol stond, pakte ze een briefje van tien of van twintig, op een keer waagde ze het zelfs er twee briefjes van twintig uit te halen. Ze verborg het geld in een zakje dat ze in de voering van haar geruite winterjas genaaid had.

Ze vroeg zich af wat hij zou doen als hij wist dat ze van plan was de eerstkomende lente weg te lopen. De komende zomer op zijn laatst. Laila hoopte duizend afghani of meer te hebben – de helft zou al opgaan aan de prijs van het buskaartje van Kabul naar Peshawar. Ze zou haar trouwring belenen als de tijd ging dringen, net als de andere juwelen die Rasheed haar een jaar eerder gegeven had, toen ze nog de malika van zijn paleis was geweest.

'Nou ja,' zei hij ten slotte, terwijl zijn vingers ritmisch op zijn buik tikten. 'Ik kan nergens van beschuldigd worden. Ik ben de echtgenoot. Dat zijn wel dingen die een echtgenoot zich afvraagt. Maar hij mag van geluk spreken dat hij is gestorven zoals hij is gestorven. Want als hij nu hier zou zijn, als ik hem in mijn klauwen zou krijgen...' Hij zoog tussen zijn tanden door en schudde zijn hoofd.

'En wat dan van de doden, over wie niets dan goeds gezegd mag worden?'

'Er zijn mensen die niet dood genoeg kunnen zijn,' zei hij.

Twee dagen later werd Laila 's ochtends wakker en vond een stapel babykleertjes keurig gevouwen buiten haar slaapkamerdeur. Er was een wijd jurkje met roze visjes op het lijfje, een blauwe wollen bloemetjesjurk met bijpassende sokjes en wanten, een gele pyjama met wortelkleurige stippen erop, en een groen katoenen broekje met gestippelde ruches op de broekomslag.

'Er gaat het gerucht,' zei Rasheed die avond tijdens het eten, terwijl hij smakte en geen notitie nam van Aziza of de pyjama die Laila haar had aangetrokken, 'dat Dostum van kamp gaat wisselen en zich bij Hekmatyar gaat aansluiten. Masud zal er zijn handen vol aan hebben tegen die twee te vechten. En laten we de Hazara's niet vergeten.' Hij nam een hapje van de perziken die Mariam die zomer had geweckt. 'Laten we hopen dat het niet meer is dan een gerucht. Want als dat gebeurt gaat deze oorlog lijken op een vrijdagse picknick in Paghman.'

Later kwam hij op haar liggen en kwam klaar met een woordeloze haast, met al zijn kleren aan, op de tumban na, al had hij die niet verwijderd maar op zijn enkels laten zakken. Toen het heftige gewiebel voorbij was, rolde hij van haar af en viel een paar minuten later in slaap.

Laila glipte de slaapkamer uit en trof Mariam op haar hurken in de keuken aan, waar ze een paar forellen schoonmaakte. Naast haar stond al een pan met rijst te weken. De keuken geurde naar komijn en rook, gefruite uien en vis.

Laila ging in een hoek zitten en sloeg de zoom van haar jurk over haar knieën.

'Dank je,' zei ze.

Mariam lette niet op haar. Ze was net klaar met het in stukken snijden van de eerste forel en pakte de tweede. Met een gekarteld mes sneed ze de vinnen af, draaide de vis om en sneed hem vakkundig van de staart tot de kop door. Laila keek toe hoe ze haar duim in de bek bracht, juist boven de onderkaak, haar duim er dieper in duwde en in één beweging de kieuwen en de ingewanden verwijderde.

'De kleertjes zijn erg mooi.'

'Ik kon ze nergens meer voor gebruiken,' mompelde Mariam. Ze liet de vis op de krant vallen, die vuil was van het slijmerige grijze vocht, en sneed de kop eraf. 'Het was jouw dochter of de motten.'

'Waar heb je dan geleerd vis schoon te maken?'

'Toen ik klein was, woonde ik aan een beek. Ik ving altijd mijn eigen vis.'

'Ik heb nog nooit gevist.'

'Er is ook niet veel aan. Je moet veel geduld hebben.'

Laila zag haar de gefileerde forel in drie stukken snijden.

'Heb je die kleren zelf gemaakt?'

Mariam knikte.

'Wanneer dan?'

Mariam spoelde de visdelen af in een bak met water. 'Toen

ik de eerste keer zwanger was. Of misschien de tweede keer. Achttien, negentien jaar geleden. Lang geleden in elk geval. Zoals ik al zei, ik heb ze nooit ergens voor kunnen gebruiken.'

'Je bent echt een goede *khayat*. Misschien kun je me wat bijbrengen.'

Mariam legde de afgespoelde stukken forel op een schone schotel. Er dropen waterdruppels van haar vingers, ze hief haar hoofd en keek Laila aan, keek haar aan alsof het voor het eerst was.

'Die avond, niet zo lang geleden, toen hij... Niemand is ooit voor mij opgekomen,' zei ze.

Laila keek onderzoekend naar Mariams hangende wangen, de oogleden met vermoeide plooien, de diepe rimpels om haar mond – ze zag die dingen alsof ook zij voor het eerst Mariam aankeek. En voor het eerst zag Laila geen vijandig gezicht, maar een gezicht vol onuitgesproken bitterheid, verzwegen lasten, een lot waaraan ze zich had overgegeven en dat ze had doorstaan. Als ze zou blijven, zou zij dan over twintig jaar ook zo'n gezicht hebben, vroeg Laila zich af.

'Ik kon hem zijn gang niet laten gaan,' zei Laila. 'Ik ben niet opgegroeid in een gezin waar mensen dat soort dingen deden.'

'Dít is nu je gezin. Je zult eraan moeten wennen.'

'Niet daaraan. Dat wil ik niet.'

'Je zult er ook aan moeten geloven,' zei Mariam, terwijl ze haar handen aan een doek afdroogde. 'Dat duurt niet lang meer. En jij hebt hem een dochter geschonken. Dus jouw zonde is zelfs minder vergeeflijk dan de mijne.'

Laila stond op. 'Ik weet dat het buiten kil is, maar wat zou je ervan zeggen als wij zondaressen een kopje *chai* buiten zouden gaan drinken?'

Mariam keek verrast op. 'Dat kan niet. Ik moet de bonen nog afhalen en wassen.'

'Ik help je daar morgenochtend wel mee.'

'En ik moet hier nog schoonmaken.'

'Dat doen we samen wel. Als ik me niet vergis, is er nog wat *halwa* over. Verrukkelijk met chai.'

Mariam legde de doek op het aanrecht. Door de manier waarop ze aan haar mouwen trok, haar hijab fatsoeneerde en een krul van haar haren naar achteren streek, voelde Laila hoe Mariam ernaar verlangde.

'De Chinezen zeggen dat het beter is drie dagen niet te eten dan één dag geen thee te drinken.'

Mariam glimlachte half. 'Goed gezegd.'

'Dat is het zeker.'

'Heel even dan.'

'Eén kopje.'

Ze gingen buiten op klapstoelen zitten en aten de halwa met hun vingers uit een schaal. Ze namen een tweede kopje, en toen Laila vroeg of ze nog een derde kopje wilde, stemde Mariam toe. Terwijl het kanonvuur door de heuvels daverde, zagen zij de wolken langs de maan schuiven en de laatste vuurvliegjes van het seizoen heldere, gele bogen door de duisternis maken. En toen Aziza wakker werd en begon te huilen en Rasheed naar beneden schreeuwde dat Laila het kind tot bedaren moest brengen, wisselden Laila en Mariam een blik. Een kennersblik zonder achterdocht, het soort blik tussen mensen die aan dezelfde ontbering lijden. En door die vluchtige en woordeloze uitwisseling wist Laila dat ze niet langer vijanden waren.

35

MARIAM

Vanaf die avond verrichtten Mariam en Laila samen de klusjes in huis. Ze rolden in de keuken deeg en sneden uien en knoflook fijn, en ze gaven stukjes komkommer aan Aziza, die vlakbij met lepels sloeg en met wortels speelde. Op het erf lag Aziza in een mandenwagen met veel kleren aan en een winterdas warmpjes om haar hals. Mariam en Laila hielden haar in het oog terwijl ze de was deden, waarbij de knokkels van Mariam soms die van Laila raakten bij het schoonmaken van hemden en broeken en luiers.

Mariam raakte langzaam gewend aan die onzekere maar plezierige omgang. 's Avonds verlangde ze naar de drie kopjes chai die zij en Laila op het erf zouden drinken, een avondlijk ritueel intussen. 's Ochtends wachtte Mariam op het geluid van Laila's krakende slippers op de trap als ze naar beneden ging voor het ontbijt, en op de kirrende lach van Aziza, op de aanblik van haar acht tandjes, de melkachtige geur van haar huid. Als Laila en Aziza uitsliepen, wachtte Mariam ongeduldig. Ze waste de vaat af die niet meer afgewassen hoefde te worden. Ze herschikte de kussens in de woonkamer. Ze nam de schone vensterbanken af. Ze hield zich onledig tot Laila met Aziza op haar heup de keuken binnen kwam.

Zodra Aziza Mariam 's ochtends zag sperde ze haar ogen wijd open en begon ze in haar moeders arm te dreinen en te kronkelen. Ze stak haar armpjes uit naar Mariam en smeekte erom door haar vastgehouden te worden, haar handjes openden en sloten zich snel, op haar gezichtje lag een blik van aanbidding en huiverend verlangen.

'Wat maak je toch een drukte,' zei Laila dan altijd, terwijl ze haar losliet om haar naar Mariam te laten kruipen. 'Wat een drukte! Rustig nou maar. Khala Mariam gaat nergens naartoe. Daar is ze, je tante. Zie je wel? Ga maar naar haar toe.'

Zodra ze in Mariams armen was, stak Aziza haar duimpje in haar mond en begroef haar hoofdje in Mariams hals.

Mariam wiegde haar ongemakkelijk met een half verbijsterde en half dankbare glimlach om haar lippen. Ze had zich nooit zo gewenst gevoeld als nu. Nooit eerder was haar de liefde zo argeloos en zonder voorbehoud verklaard.

Aziza gaf Mariam het gevoel te willen huilen.

'Waarom hang je met je hart zo aan een oude lelijke heks als ik?' mompelde Mariam in Aziza's haar. 'Hé, ik ben niemand, zie je dat dan niet? Een dehati. Wat heb ik je nu te bieden?'

Maar Aziza pruttelde tevreden en begroef haar hoofdje nog dieper in Mariams hals. En als ze dat deed kwijnde Mariam weg. Haar ogen werden vochtig. Haar hart sprong op. En ze vroeg zich verbaasd af hoe ze na al die jaren van zeurende niksigheid in dit schepseltje de eerste echte relatie in haar leven van valse en mislukte relaties had gevonden.

Vroeg in het daaropvolgende jaar, in januari 1994, wisselde Dostum inderdaad van kamp. Hij sloot zich aan bij Gulbuddin Hekmatyar en betrok positie bij Bala Hissar, de oude citadelmuren die vanuit het gebergte Koh-e-Shirdawaza dreigend neerkeken op de stad. Samen vuurden ze op de strijdkrachten van Masud en Rabbani in het ministerie van Defensie en het presidentiële paleis. Van beide kanten van de rivier de Kabul schoten ze artillerievuur op elkaar af. De straten raakten bezaaid met lijken, glas en kapotgeschoten stukken metaal. Er werd geplunderd, gemoord en in toenemende mate verkracht om de burgers te intimideren en de milities een beloning te geven. Mariam hoorde van vrouwen die zichzelf doodden uit vrees voor verkrachting, en van mannen die in naam van de eer hun vrouwen of dochters vermoordden als ze verkracht waren door mannen van de militie.

Aziza gilde het bij het dreunen van de mortiergranaten uit. Om haar af te leiden legde Mariam rijstkorrels op de grond in de vorm van een huis of een haan of een ster, en Aziza mocht ze dan door elkaar husselen. Ze tekende olifanten voor Aziza op de manier die Jalil haar had getoond, in één haal zonder de pen van het papier te nemen.

Rasheed vertelde dat er dagelijks tientallen burgers werden gedood. Ziekenhuizen en magazijnen met medische voorraden lagen onder vuur. Voertuigen die noodrantsoenen transporteerden, werd verhinderd de stad binnen te gaan, zei hij, ze werden overvallen en beschoten. Mariam vroeg zich af of er in Herat ook zo gevochten werd, en zo ja, hoe mullah Faizullah zich handhaafde, als hij tenminste nog leefde, en Bibi jo ook, met al haar zonen, bruiden en kleinkinderen. En Jalil natuurlijk. Verschool hij zich net als zij, vroeg Mariam zich af. Of was hij met vrouwen en kinderen het land ontvlucht? Ze hoopte dat Jalil ergens in veiligheid was en dat hij had weten te ontkomen aan al die moordpartijen.

De gevechten noodzaakten zelfs Rasheed een week lang thuis te blijven. Hij sloot de poort naar het erf, legde boobytraps, grendelde ook de voordeur af en barricadeerde die met de zitbank. Hij liep in het huis op en neer, rookte, staarde uit het raam, maakte zijn pistool schoon en laadde het telkens weer. Tweemaal vuurde hij zijn wapen af in de richting van de straat met als argument dat hij had gezien hoe iemand over de muur had proberen te klimmen.

'Ze dwingen jonge jongens zich bij hen aan te sluiten,' zei hij. 'De Mujahedin in elk geval wel. Midden op de dag, onder bedreiging van een vuurwapen. Ze slepen jongens gewoon van de straat. En als soldaten van een rivaliserende militie die jongens pakken, martelen ze hen. Ik hoorde dat ze hen elektrocuteren, dat heb ik gehoord, ze vermorzelen hun ballen met tangen. Ze dwingen de jongens hen naar hun huizen te brengen. Daar breken ze in, vermoorden de vaders en verkrachten de moeders en dochters.'

Hij zwaaide met zijn pistool boven zijn hoofd. 'Laten ze hier maar eens proberen in te breken. Dan vermorzel ik húη ballen! Ik schiet hun kop eraf! Weten jullie wel hoeveel geluk jullie beiden hebben dat hier in huis een man is die niet eens bang is voor Shaitan zelf?'

Hij keek naar beneden en zag Aziza aan zijn voeten. 'Van mijn voeten af!' snauwde hij en maakte een schietend gebaar met zijn pistool. 'Kom niet achter me aan! En je hoeft niet zo met je polsen te draaien. Ik pak je toch niet op. Weg! Weg voordat ik over je heen loop.'

Aziza deinsde achteruit. Ze kroop terug naar Mariam en leek gekrenkt en in de war. In Mariams schoot zoog ze somber op haar duim en keek Rasheed triest en peinzend aan. Af en toe keek ze omhoog naar Mariam met een blik die, dacht Mariam, vroeg om iets geruststellends.

Maar als het op vaders aankwam, kon Mariam niets geruststellends te berde brengen.

Mariam was opgelucht toen de strijd weer wat afnam, vooral omdat ze nu niet langer samen met Rasheed opgesloten zaten met zijn onaangename humeur, waaronder zijn hele gezin moest lijden. En hij had haar vreselijk schrik aangejaagd met dat zwaaien van zijn pistool vlak bij Aziza.

Die winter vroeg Laila op een dag aan Mariam of ze vlechten in haar haren mocht leggen.

Mariam zat stil in de spiegel toe te kijken hoe Laila's slanke vingers haar haren vlochten en ze strak trok, haar gezicht tot het uiterste geconcentreerd. Aziza lag gekruld op de vloer te slapen. In haar arm hield ze een pop die Mariam voor haar had gemaakt. Mariam had de pop volgestopt met bonen, een jurkje vervaardigd van theekleurige stof en een halsband van kleine lege garenklosjes, waar ze met een naald een touwtje doorheen had gehaald.

Aziza liet in haar slaap een windje. Laila begon te lachen en Mariam ook.

Ze lachten naar elkaars spiegelbeeld, hun ogen werden er vochtig van, en het moment was zo vanzelfsprekend, zo ongedwongen dat Mariam plotseling begon te vertellen over Jalil en Nana en de djin. Laila liet haar handen op Mariams schouders rusten terwijl ze Mariam in de spiegel aankeek.

De woorden kwamen eruit zoals bloed uit een slagader spuit. Mariam vertelde haar over Bibi jo, mullah Faizullah, de vernederende tocht naar Jalils huis, Nana's zelfmoord. Ze vertelde over de vrouwen van Jalil en de overhaaste nikka met Rasheed, de reis naar Kabul, haar zwangerschappen, de eindeloze cycli van hoop en teleurstelling, Rasheed die zich tegen haar keerde.

Later zat Laila onder aan Mariams stoel. Afwezig verwijderde ze een stofje uit Aziza's haar. Er volgde een lange stilte.

'Ik moet jou ook iets vertellen,' zei Laila.

Mariam kon die nacht niet slapen. Ze zat in bed te kijken hoe de sneeuw geluidloos viel.

Seizoenen kwamen en gingen; presidenten waren in Kabul geïnaugureerd en vermoord; een grote mogendheid was verslagen; oude oorlogen waren beëindigd en nieuwe uitgebroken. Maar Mariam had het nauwelijks gemerkt en zich er nauwelijks druk over gemaakt. Die jaren waren in een afgelegen hoekje van haar hersens voorbijgegaan. Een droog en onvruchtbaar veld, voorbij klacht en verlangen, voorbij droom en desillusie. Daar deed de toekomst er niet toe. En het verleden bevatte slechts deze wijsheid: liefde is een schadelijke vergissing en haar handlanger, de hoop, een verraderlijke illusie. Als die twee giftige bloemen begonnen te ontluiken in het dorre veld, rukte Mariam ze met wortel en tak uit. Ze rukte ze uit en gooide ze weg voordat ze goed wortel hadden kunnen schieten.

Maar op de een of andere manier waren Laila en Aziza – een harami zoals zijzelf, zoals bleek – aanvullingen van haarzelf geworden, en zonder hen leek het leven dat Mariam zo lang zo stoïcijns had verdragen plotseling onverdraaglijk.

'We gaan deze lente weg. Aziza en ik. Ga met ons mee, Mariam.'

De jaren waren niet vriendelijk geweest voor Mariam. Maar misschien lagen er aangenamer jaren in het verschiet. Een nieuw leven, een leven waarin ze de zegeningen zou vinden waarvan Nana gezegd had dat een harami als zij die nooit zou meemaken. Twee nieuwe bloemen waren onverwacht in haar leven ontloken, en terwijl Mariam de sneeuw zag neerdalen, stelde ze zich voor hoe mullah Faizullah, terwijl zijn tasbeh heen en weer slingerde, voorover zou buigen en zacht en bevend in haar oor zou fluisteren: 'Maar God heeft ze geplant, Mariam jo. En het is Zijn wil dat jij er aandacht voor hebt. Het is Zijn wil, meisje.'

36

LAILA

Terwijl het daglicht onafgebroken de duisternis aan de hemel van die lenteochtend van 1994 bleekte, raakte Laila ervan overtuigd dat Rasheed het wist. Hij kon haar elk moment uit bed sleuren en vragen of zij hem echt voor zo'n *kahr* hield, zo'n ezel, en dat hij het niet zou hebben gemerkt. Maar de azan was te horen en de ochtendzon viel even later plat op de daken en de hanen kraaiden, en er gebeurde niets buiten de gewone orde der dingen om.

Ze kon hem nu in de badkamer bezig horen, het getik van zijn scheermes tegen de rand van de wasbak. Daarna ging hij naar beneden, hij liep er wat rond en verwarmde de thee. De sleutels rinkelden. Nu stak hij het erf over met zijn fiets aan de hand.

Laila gluurde door een kier in de gordijnen van de woonkamer. Ze zag hem wegpeddelen, een grote man op een kleine fiets, de ochtendzon schitterde op de handvatten.

'Laila?'

Mariam stond in de deuropening. Laila wist dat ook zij niet geslapen had. Ze vroeg zich af of Mariam ook de hele nacht in de greep was geweest van golven euforie en vreselijke angstaanvallen.

'We vertrekken over een halfuur,' zei Laila.

Op de achterbank van de taxi zeiden ze geen woord. Aziza zat bij Mariam op schoot, hield haar pop krampachtig vast en keek met wijdopen ogen van verwarring naar de voorbijsnellende stad.

'*Ona*!' krijste ze, terwijl ze naar een stel kleine meisjes wees die touwtje aan het springen waren, 'Mayam! Ona.'

Waar Laila ook keek, ze zag overal Rasheed. Ze zag hem uit kapperswinkels komen met ramen die de kleur van kolengruis hadden, uit stalletjes waar patrijzen werden verkocht, uit gehavende winkels met een open voorkant, vol oude banden, die van de vloer tot aan het plafond reikten.

Ze zonk dieper weg op de bank.

Naast haar zat Mariam een gebed te prevelen. Laila wou haar gezicht graag zien, maar Mariam droeg een burka – net als zij – en alles wat ze kon zien was de glans van haar ogen door het netwerk.

Het was voor het eerst sinds weken dat Laila buitenshuis kwam, de korte tocht naar het pandjeshuis van de dag tevoren niet meegerekend – waar ze haar trouwring over een glazen balie had geschoven en later trillend van de onherroepelijkheid der dingen naar buiten was gelopen, wetend dat er geen weg terug was.

Overal om haar heen zag Laila nu de gevolgen van de recente gevechten, waarvan ze de geluiden vanuit haar huis had gehoord. Huizen die in puin lagen, brokkelige stenen, uitgeholde gebouwen met ingestorte balken die door de gaten staken, de verkoolde en verwoeste karkassen van auto's, ondersteboven, de ene soms boven op de andere, muren met gaten in elke denkbare grootte, overal versplinterd glas. Ze zag een begrafenisstoet op weg naar de moskee, met helemaal achteraan een in het zwart geklede oude vrouw, die aan haar haren trok. Ze passeerden een begraafplaats vol graven met stenen erop en met gescheurde shaheedvlaggen, die in de wind fladderden.

Laila reikte over de koffer heen en plooide haar vingers om het zachte armpje van haar dochtertje.

Op het Lahore Gate busstation, bij Pol Mahmood Khan in het oosten van Kabul, stond een hele reeks bussen met draaiende motor langs het trottoir. Mannen met tulbanden waren druk bezig pakketten en dozen boven op de bus te laden en koffers met touwen vast te sjorren. In het station stonden mannen in lange rijen te wachten voor het loket.

Vrouwen in burka stonden in groepjes te praten, met hun bezittingen aan hun voeten. Baby's werden gewiegd, kinderen berispt omdat ze te ver weg liepen.

De militie van de Mujahedin patrouilleerde op het station en over het trottoir en schreeuwde hier en daar korte bevelen. Ze droegen laarzen, pakols, en stoffige groene werktenues. Ze hadden allemaal een kalasjnikov bij zich.

Laila voelde zich bekeken. Ze keek niemand in de ogen, maar ze voelde zich alsof iedereen daar ter plekke van alles op de hoogte was en met afkeuring keek naar wat zij en Mariam aan het doen waren.

'Zie jij al iemand?' vroeg Laila.

Mariam bracht Aziza van haar ene arm op de andere. 'Ik ben aan het kijken.'

Laila had geweten dat dit het eerste gevaarlijke onderdeel was: een man vinden die geschikt was om te dienen als gezinslid. De vrijheden en mogelijkheden die vrouwen tussen 1978 en 1992 hadden genoten, behoorden nu tot het verleden – Laila kon zich nog goed herinneren dat Babi over die jaren van communistische heerschappij had gezegd: 'Het is goed om nu een vrouw in Afghanistan te zijn, Laila.' Sinds de Mujahedin in 1992 de macht hadden overgenomen, was de naam van Afghanistan veranderd in de Islamitische Staat Afghanistan. Het Hooggerechtshof onder leiding van Rabbani zat nu vol mullahs van de harde lijn, die de besluiten uit het communistische tijdperk om vrouwen meer macht te geven terugdraaiden en regels invoerden die gebaseerd waren op de sharia, strenge islamitische wetten die vrouwen opdroegen bedekt gekleed te gaan, hun verbood te reizen zonder een mannelijk familielid en overspel bestraften met steniging. De feitelijke uitvoering van die wetten kwam zelden voor. 'Maar als ze niet zo druk waren elkaar en ons af te slachten,' had Laila tegen Mariam gezegd, 'zouden ze er meer werk van maken.'

Het tweede gevaarlijke onderdeel van deze tocht zou zich voordoen als ze in Pakistan arriveerden. Omdat het al bijna twee miljoen Afghaanse vluchtelingen had opgenomen, had Pakistan in januari van dat jaar zijn grenzen voor Afghanen gesloten. Laila had vernomen dat alleen mensen met een visum werden doorgelaten. Maar de grens was poreus, dat was hij altijd al geweest, en Laila wist dat duizenden Afghanen nog steeds de grens naar Pakistan overkwamen, met smeergeld of op humanitaire gronden – en er waren altijd wel smokkelaars die ingehuurd konden worden. 'We vinden wel een oplossing zodra we er zijn,' had ze Mariam verteld.

'Hij daar misschien?' zei Mariam, terwijl ze met haar kin wees.

'Ziet er niet betrouwbaar uit.'

'En hij?'

'Te oud. En hij reist met twee andere mannen.'

Uiteindelijk trof Laila hem op een bank in het park aan, met een gesluierde vrouw aan zijn zij en een klein jongetje met een petje op, ongeveer van dezelfde leeftijd als Aziza; het zat op de knieën van de man te wippen. De man was lang en mager en had een baard, hij droeg een overhemd met open kraag en een bescheiden grijze jas, waar geen knoop meer aan zat.

'Wacht hier even,' zei ze tegen Mariam. Bij het weglopen hoorde ze Mariam weer een gebed prevelen.

Toen Laila de jonge man naderde, keek hij op en bracht zijn hand boven zijn ogen ter bescherming tegen de zon.

'Sorry, broeder, maar gaat u naar Peshawar?'

'Ja,' zei hij met een zijdelingse blik naar haar.

'Zou u ons kunnen helpen? Zou u ons een dienst willen bewijzen?'

Hij gaf het jongetje aan zijn vrouw. Hij en Laila liepen weg.

'Wat dan, hamshira?'

Ze vond het bemoedigend dat hij zachte ogen had en een vriendelijk gezicht.

Ze vertelde hem het verhaal waarover Mariam en zij het eens waren geworden. Zij was een *biwa,* zei ze, een weduwe. Zij en haar moeder en dochter hadden niemand meer in Kabul. Ze waren op weg naar Peshawar om bij hun oom te gaan wonen.

'U wilt met ons gezin meereizen,' zei de jonge man.

'Ik weet dat het *zahmat* voor u is. Maar u ziet er fatsoenlijk uit, en ik...'

'Maakt u zich geen zorgen, hamshira. Ik begrijp het wel. Het kost me geen moeite. Laat mij de tickets voor u kopen.'

'Dank u, broeder. Dat is *sawab,* een goede daad. God zal het u lonen.'

Ze haalde de envelop uit haar zak onder de burka. Er zat elfhonderd afghani in, oftewel de helft van het geld dat ze het laatste jaar had verborgen, plus de opbrengst van de verkoop van de ring. Hij stak de envelop in zijn broekzak.

'Wacht hier maar even.'

Ze zag hem het station binnen gaan. Een halfuur later kwam hij terug.

'Het is het best dat ik de kaartjes bij me houd,' zei hij. De bus vertrekt over een uur, om elf uur. We stappen allemaal tegelijk in. Mijn naam is Wakil. Als ze het vragen, maar dat behoren ze niet te doen, vertel ik ze dat jij mijn nicht bent.'

Laila gaf hem hun namen en hij zei dat hij ze zou onthouden.

'Blijf in de buurt.'

Ze zaten op de bank naast die van Wakil en zijn gezin. Het was een zonnige warme ochtend, aan de hemel waren enkel een paar plukken wolken, die in de verte boven de heuvels hingen. Mariam gaf Aziza een paar crackers, die ze bij het razendsnelle pakken van hun spullen niet vergeten was. Ze bood er Laila ook een aan.

'Ik braak het uit,' lachte Laila. 'Ik ben te zenuwachtig.'

'Ik ook.'

'Dank je, Mariam.'

'Waarvoor?'

'Hiervoor. Dat je met ons meegaat,' zei Laila. 'Ik geloof niet dat ik het alleen aan had gekund.'

'Dat hoef je nu ook niet.'

'Het komt allemaal goed, hè, Mariam, waar we ook heen gaan?'

Mariams hand gleed over de bank en sloot zich om die

van Laila. 'De Koran zegt dat aan Allah het Oosten en het Westen toebehoort, dus waarheen ge u ook wendt, daar zal het Aangezicht van Allah zijn.'

'*Bov*!' schreeuwde Aziza terwijl ze naar de bus wees. 'Mayam, bov!'

'Ik zie hem, Aziza jo,' zei Mariam. 'Ja, je hebt gelijk, bov. We gaan dadelijk met zijn allen in een bov rijden. O, wat je allemaal niet gaat zien.'

Laila glimlachte. Ze zag een timmerman in zijn winkel aan de overkant staan zagen, stukjes hout vlogen op. Ze zag de auto's langsschieten, de ramen zaten onder het roet en het vuil. Ze zag de bussen grommend stationair staan draaien langs het trottoir, met pauwen, leeuwen, opkomende zonnen en glinsterende zwaarden op de zijkant geverfd.

In de warme ochtendzon voelde Laila zich duizelig en dapper. Ze had weer een van die vlagen van euforie, en toen een zwerfhond met gele ogen voorbijhinkte, boog Laila voorover en streelde hem over zijn rug.

Een paar minuten voor elf riep een man met een megafoon alle passagiers voor Peshawar op om in te stappen. De deuren van de bus gingen met een luid gepuf open. Een hele stoet passagiers haastte zich ernaartoe en holde langs elkaar heen om zich naar binnen te persen.

Wakil gebaarde naar Laila en pakte zijn zoon op.

'We gaan,' zei Laila.

Wakil ging voorop. Toen ze de bus naderden, zag Laila gezichten opduiken achter de ramen, neuzen en handpalmen tegen het glas gedrukt. Overal om hen heen werd er vaarwel geroepen.

Een jonge militiesoldaat controleerde kaartjes bij de deur van de bus.

'Bov!' gilde Aziza.

Wakil overhandigde de kaartjes aan de soldaat, die ze in tweeën scheurde en ze teruggaf. Wakil liet eerst zijn vrouw instappen. Laila zag een blik van verstandhouding tussen Wakil en de man van de militie. Wakil boog zich op de eerste trede van de bus voorover en fluisterde hem iets in het oor. De man van de militie knikte.

Laila's hart zakte haar in de schoenen.

'Jullie twee met dat kind, even apart gaan staan.'

Laila deed alsof ze niets hoorde. Ze ging de treden op, maar hij pakte haar bij haar schouder en trok haar ruw uit de rij. 'Jij ook,' zei hij tegen Mariam. 'Opschieten! Jullie houden de hele zaak op.'

'Wat is de moeilijkheid, broeder?' zei Laila tussen haar verstijfde lippen door. 'We hebben kaartjes. Mijn neef heeft ze toch aan u gegeven?'

Hij maakte een gebaar met zijn vingers stil te zijn, en sprak zachtjes tegen een andere bewaker. De tweede bewaker, een mollige vent met een litteken onder aan zijn rechterwang, knikte.

'Meekomen,' zei hij tegen Laila.

'We moeten met deze bus mee,' riep Laila, zich bewust van haar trillende stem. 'We hebben kaartjes. Waar dient dit voor?'

'Jullie gaan niet met deze bus mee. Daar kun je je maar beter bij neerleggen. Jullie gaan met mij mee. Tenzij je wilt dat je kleine meid ziet hoe ik jullie meesleur.'

Terwijl ze naar een vrachtwagen werden geleid, keek Laila over haar schouder en ontwaarde het zoontje van Wakil achter in de bus. De jongen zag haar en wuifde blij.

Op het politiestation bij het kruispunt Torabaz Khan moesten ze gescheiden van elkaar plaatsnemen, elk aan het eind van een lange gang vol mensen; tussen hen in stond een bureau met een man die de ene sigaret na de andere rookte en af en toe op een typemachine hamerde. Er verstreken drie uur. Aziza wankelde van Laila naar Mariam en terug. Ze speelde met een paperclip die de man aan het bureau haar gegeven had. Ze at de crackers op. Ten slotte viel ze in slaap in Mariams schoot.

Rond drie uur werd Laila meegenomen naar een verhoorkamer. Mariam moest met Aziza op de gang wachten.

De man die in de verhoorkamer achter het bureau zat was in de dertig en droeg burgerkleding, een zwart pak, een das, zwarte mocassins. Hij had een keurig bijgeknipte baard, kort haar en in elkaar overlopende wenkbrauwen. Hij staarde Laila aan en tikte met een potlood met vlakgommetje op het bureau.

'We weten,' begon hij, en hij schraapte zijn keel en hield zijn hand beleefd voor zijn mond, 'dat u vandaag al één leugen hebt verteld, hamshira. De jonge man op het station was niet uw neef. Zoveel heeft hij ons al verteld. De vraag is of u vandaag nog meer leugens gaat vertellen. Ik persoonlijk zou het u niet aanraden.'

'We waren van plan bij mijn oom te gaan wonen,' zei Laila. 'Dat is de waarheid.'

De politieman knikte. 'Die hamshira op de gang, is dat uw moeder?'

'Ja.'

'Zij heeft het accent van een Herati. U niet.'

'Zij is in Herat opgegroeid en ik ben hier in Kabul geboren.'

'Uiteraard. En u bent weduwe? Dat hebt u gezegd. Gecondoleerd. En die oom, die kaka, waar woont hij ergens?'

'In Peshawar.'

'Dat hebt u al gezegd, ja.' Hij likte even aan het topje van zijn potlood en hield het boven een leeg vel papier. 'Maar waar in Peshawar? De wijk graag. Straat en sectornummer.'

Laila probeerde de paniek die in haar borst opkwam te onderdrukken. Ze gaf de naam op van de enige straat die ze in Peshawar kende – die had ze ooit een keer horen noemen op het feestje dat mammie had gegeven toen de Mujahedin voor het eerst in Kabul waren. 'Jamrud Road.'

'O ja. Zelfde straat als waar het Pearl Continental Hotel staat. Dat zou hij wel eens vermeld kunnen hebben.'

Laila greep de gelegenheid aan en bevestigde zijn woorden. 'Die straat, ja.'

'Zij het dan dat genoemd hotel aan de Khyber Road staat.'

Laila kon Aziza op de gang horen huilen. 'Mijn dochter is bang. Mag ik haar even halen, broeder?'

'Ik geef de voorkeur aan "officier". En u zult weldra weer bij haar zijn. Hebt u een telefoonnummer van die oom.'

'Heb ik. Had ik. Ik...' Zelfs achter de burka voelde Laila

zich niet veilig voor zijn indringende ogen. 'Ik ben zo zenuwachtig, ik geloof dat ik het vergeten ben.'

Hij snoof door zijn neus. Hij vroeg naar de naam van de oom en diens vrouw. Hoeveel kinderen had hij? Hoe heetten ze? Waar werkte hij? Hoe oud was hij? Zijn vragen brachten Laila in de war.

Hij legde zijn potlood neer, legde zijn vingers tegen elkaar en boog zich voorover zoals ouders doen als ze iets mee te delen hebben aan een peuter. 'U beseft toch wel terdege, hamshira, dat het voor een vrouw een misdaad is te vluchten? We zien er hier heel wat. Vrouwen die alleen reizen en beweren dat hun man gestorven is. Soms vertellen ze de waarheid, maar meestal niet. U kunt de gevangenis in draaien als u vlucht, ik veronderstel dat u dat begrijpt, nay?'

'Laat ons gaan, officier...' ze las de naam op de label op zijn revers, 'officier Rahman. Doe de betekenis van uw naam eer aan en toon mededogen. Wat maakt het u uit als u twee mensen laat gaan, het zijn maar vrouwen. Wat schuilt er voor kwaad in om ons vrij te laten? Wij zijn geen criminelen.'

'Ik kan het niet.'

'Ik smeek het u, alstublieft.'

'Zo is nu eenmaal de *qanoon*, hamshira, de wet,' zei Rahman, waarbij hij zijn stem een ernstige en gewichtige toon meegaf. 'Het is mijn verantwoordelijkheid de orde te handhaven.'

Ondanks de verontrustende staat waarin ze verkeerde moest Laila bijna lachen. Ze was verbijsterd dat hij dat woord gebruikte, vergeleken bij alles wat de diverse partijen van de Mujahedin hadden uitgevreten, de moordpartijen, de plunderingen, de verkrachtingen, de martelingen, de executies, de bombardementen, de tienduizenden raketten die ze op elkaar hadden afgevuurd, ongeacht de talloze onschuldige mensen die in het kruisvuur stierven. *Orde.* Maar ze beet nog liever haar tong af.

'Als u ons terugstuurt,' zei ze langzaam, 'valt niet te voorspellen wat hij ons aan zal doen.'

Ze zag hoeveel moeite het hem kostte zijn ogen gefixeerd te houden. 'Wat een man in zijn huis doet is zijn zaak.'

'Hoe zit het in dat geval dan met de wet, officier Rahman?' Tranen van woede brandden in haar ogen. 'Bent u er dan bij om de orde te handhaven?'

'Het is een kwestie van beleid dat we niet ingrijpen in privé-aangelegenheden, hamshira.'

'Natuurlijk doet u dat niet. Als het maar ten voordele is van de man. En is dit dan niet een "privé-aangelegenheid" zoals u het noemt? Is dit het dan niet?'

Hij duwde zijn stoel weg van het bureau, stond op en trok zijn jasje recht. 'Volgens mij is dit gesprek ten einde. Ik moet zeggen, hamshira, dat uw zaak er povertjes uitziet. Heel povertjes. Als u buiten even wacht, zal ik even praten met uw... wie ze ook is.'

Laila begon te protesteren en toen te schreeuwen, en hij moest de hulp inroepen van twee andere mannen om haar uit zijn kantoor te slepen.

Mariams gesprek duurde maar een paar minuten. Toen ze naar buiten kwam leek ze geschokt.

'Hij stelde zo veel vragen,' zei ze. 'Het spijt me, Laila jo. Ik ben niet zo slim als jij. Hij stelde zo veel vragen, ik kon geen antwoord geven. Het spijt me.'

'Het is niet jouw schuld, Mariam,' zei Laila zwakjes. 'Het is mijn schuld. Het is allemaal mijn schuld. Alles is mijn schuld.'

Het was na zessen toen de politieauto voor het huis stopte. Laila en Mariam moesten op de achterbank blijven wachten, bewaakt door een Mujahedinsoldaat op de passagiersstoel. De chauffeur was degene die de auto verliet om op de deur te kloppen en met Rasheed te praten. Hij was het die gebaarde dat ze konden komen.

'Welkom thuis,' zei de man voor in de auto. Hij stak een sigaret aan.

'Jij,' zei hij tegen Mariam, 'jij blijft hier wachten.'

Mariam ging rustig op de bank zitten.

'Jullie beiden hup naar boven.'

Rasheed pakte Laila bij haar arm en duwde haar de trap op. Hij had nog steeds de schoenen aan die hij op zijn werk droeg, hij had zijn slippers nog niet aan, hij had zijn horloge nog niet afgedaan en zelfs zijn jas nog niet uit. Laila stelde zich voor hoe hij een uur geleden of misschien zelfs maar een paar minuten geleden van de ene kamer naar de andere was gesneld, met deuren had geslagen, woedend en ongelovig, vloekend tussen zijn gehijg door.

Boven aan de trap draaide Laila zich naar hem om.

'Zij heeft het niet gewild,' zei ze, 'ik heb haar ertoe aangezet. Zij wilde niet weg...'

Laila zag de vuistslag niet aankomen. Het ene moment was ze nog aan het praten en het volgende moment lag ze op handen en voeten op de vloer, met een rood gezicht en wijd opengesperde ogen, en ze probeerde adem te krijgen. Het was alsof een auto haar op volle snelheid had geraakt, op de tere plek tussen het laagste deel van haar borstbeen en haar navel. Ze besefte dat ze Aziza had laten vallen en dat Aziza schreeuwde. Ze probeerde weer adem te krijgen en kon alleen een schor en verstikkend geluid uitbrengen. Er liep kwijl uit haar mond.

Daarna werd ze aan haar haren voortgesleept. Ze zag Aziza opgetild worden, zag haar sandalen afglijden en haar kleine voetjes trappende bewegingen maken. Plukken haar werden uit Laila's schedel getrokken en er schoten tranen van pijn in haar ogen. Zij zag hoe zijn voet de deur naar Mariams kamer opentrapte en hoe hij Aziza op het bed gooide. Hij liet Laila's haren los en ze voelde de punt van zijn schoen tegen haar linkerbil. Ze gierde van de pijn toen hij de deur met een klap dichttrok. De sleutel knarste in het slot.

Aziza krijste nog. Laila lag gekromd op de vloer naar adem te happen. Ze duwde zich met haar handen op en kroop naar waar Aziza op het bed lag. Ze strekte haar arm uit naar haar dochter.

Beneden begon de afstraffing. De geluiden die Laila hoorde, waren die van een stelselmatige, bekende gang van zaken. Er werd niet gescholden, geschreeuwd, gesmeekt, onverwacht gejankt, er was alleen het systematische slaan en geslagen worden, de klets-klets van iets stevigs dat zeer regelmatig op de huid neerkwam, iets, iemand, die met een bons tegen een muur sloeg, het scheuren van kleren. Af en toe hoorde Laila snelle voetstappen, een woordeloze achtervolging, meubels die omvielen, glas dat versplinterde, en dan weer de klets-klets.

Laila nam Aziza in haar armen. Er verspreidde zich iets warms over de onderste helft van haar kleding toen Aziza haar blaas opende.

Beneden hield het rennen en achtervolgen eindelijk op. Er was nu het geluid als van een houten knuppel die regelmatig op een stuk vlees werd geslagen.

Laila wiegde Aziza tot de geluiden stopten, en toen ze de hordeur hoorde openknarsen en dichtgesmeten worden, zette ze Aziza op de grond en gluurde uit het raam. Ze zag hoe Rasheed Mariam met een hand in haar nek over het erf leidde. Mariam was blootsvoets en liep gebogen. Er zat bloed aan zijn handen, bloed op Mariams gezicht, op haar haren, in haar nek en op haar rug. Haar hemd was van voren opengescheurd.

'Het spijt me verschrikkelijk,' schreeuwde Laila tegen het glas.

Ze zag hem Mariam de gereedschapsschuur in duwen. Hij ging naar binnen en kwam met een hamer en een aantal lange planken weer naar buiten. Hij sloot de dubbele deuren van de schuur, haalde een sleutel uit zijn zak en sloot het hangslot. Hij testte de deuren, liep naar de achterkant van het schuurtje en haalde een ladder.

Een paar minuten later dook voor Laila's raam zijn hoofd op, er staken een paar spijkers in de hoek van zijn mond. Zijn haar hing er slordig bij. Er zat een snee met bloed op zijn voorhoofd. Toen Aziza hem zag, begon ze te gillen en begroef haar hoofdje in Laila's oksel.

Rasheed begon planken voor het raam te slaan.

De duisternis was volkomen, ondoordringbaar en permanent, zonder schakeringen of structuur. Rasheed had de kieren tussen de planken ergens mee gevuld en een groot onwrikbaar object onder tegen de deur aangezet, zodat er geen licht onderdoor kon. Er was ook iets in het sleutelgat gepropt.

Voor Laila was het onmogelijk het verstrijken van de tijd visueel te volgen, dus dat deed ze met haar goede oor. Azan en kraaiende hanen signaleerden de ochtend. Het geluid van borden beneden in de keuken en de spelende radio duidden de avond aan.

De eerste dag tastten ze in het donker naar elkaar. Laila kon Aziza niet zien als ze huilde en begon te kruipen.

'*Aishee,*' jengelde Aziza. 'Aishee.'

'Duurt niet lang meer.' Laila wilde haar dochter op het voorhoofd kussen, maar voelde alleen de kruin van Aziza's hoofd. 'We krijgen snel melk. Even geduld. Wees een goed en geduldig meisje voor mammie, ik zorg voor wat aishee.'

Laila zong een paar liedjes voor haar.

Er klonk voor de tweede keer azan, en Rasheed had hun nog steeds geen eten gegeven, en erger nog, geen water. Die dag hing er een compacte verstikkende hitte. De kamer werd een hogedrukpan. Laila ging met haar droge tong over haar lippen en dacht aan de put buiten, aan het koele frisse water. Aziza bleef huilen, en Laila merkte gealarmeerd dat als ze haar wangetjes afveegde haar handen droog bleven. Ze trok de kleertjes van Aziza uit, probeerde iets te vinden waarmee ze kon waaieren en begon naar haar te blazen tot ze duizelig werd. Aziza hield weldra op met rondkruipen. Ze gleed weg in een slaap, werd wakker en gleed weer weg.

Laila sloeg die dag diverse malen met haar vuisten tegen de muren, verbruikte haar energie door om hulp te roepen in de hoop dat een buurman haar zou horen. Maar er kwam niemand en haar gegil maakte Aziza alleen maar bang, ze begon zachtjes en hees te kermen. Laila gleed op de grond. Ze dacht aan Mariam en ze voelde zich schuldig: Mariam was tot bloedens toe geslagen en zat bij deze hitte opgesloten in de gereedschapsschuur.

Op zeker moment viel ze in slaap, terwijl haar lichaam in de verstikkende hitte lag te bakken. Ze had een droom dat zij en Aziza Tariq tegenkwamen. Hij bevond zich aan de overkant van een drukke straat, onder de luifel van een kledingzaak. Hij zat op zijn hurken en proefde vijgen uit een doos. 'Dat is je vader,' zei Laila. 'Die man daar, zie je wel? Hij is jouw echte baba.' Zij riep zijn naam, maar het straatrumoer was te sterk voor haar stem en Tariq hoorde haar niet.

Ze werd wakker van het gegier van de raketten die overvlogen. De hemel die ze niet kon zien, explodeerde in gedreun en het langdurige, extreme geknetter van machinegeweervuur. Laila sloot haar ogen en sliep weer in. Ze werd weer wakker, nu van de zware voetstappen van Rasheed in de gang. Ze sleepte zichzelf naar de deur en sloeg er met haar handen op.

'Eén glas maar, Rasheed. Niet voor mij. Doe het voor haar. Je wilt haar bloed toch niet aan je handen?'

Hij liep voorbij.

Ze begon hem te smeken. Ze bedelde om vergeving en deed beloften. Ze vervloekte hem.

Ze hoorde zijn deur sluiten. De radio ging aan.

De muezzin riep voor de derde keer azan. Weer die hitte. Aziza werd steeds lustelozer. Ze huilde niet langer en verroerde zich niet meer.

Laila legde haar oor op Aziza's mond en vreesde elke keer dat ze niet meer het lichte geruis van haar adem zou horen. Zelfs het eenvoudige oprichten maakte haar hoofd draaierig. Ze viel in slaap en had dromen die ze zich later niet kon herinneren. Toen ze wakker werd, onderzocht ze Aziza, voelde de uitgedroogde, gebarsten lippen en de zwakke hartslag in haar hals, en ze ging weer liggen. Laila was er nu zeker van dat ze hier zouden doodgaan, maar waar ze echt bang voor was, was dat Aziza, die jong en breekbaar was, eerder dood zou gaan. Hoeveel kon Aziza nog aan? Aziza zou doodgaan in die hitte, en Laila zou naast haar verstijvende lichaampje moeten liggen en op haar eigen dood wachten. Ze viel opnieuw in slaap. Werd wakker. Viel in slaap. De grens tussen droom en slapeloosheid vervaagde.

Het was geen haan of de azan die haar weer wekte, maar

het geluid van iets zwaars dat over de grond werd gesleept. Ze hoorde geknars. Opeens stroomde de kamer vol met licht. Haar ogen schreeuwden van verzet. Laila hief haar hoofd, huiverde en schermde haar ogen af. Tussen de spleten van haar vingers zag ze een groot vaag silhouet in een rechthoek van licht. Het silhouet bewoog. Er hurkte iemand naast haar neer, die zich dreigend over haar heen boog, en ze hoorde een stem bij haar oor.

'Als je het nog eens probeert zal ik je vinden. Ik zweer bij de naam van de Profeet dat ik je zal vinden. En als ik het doe zal er geen rechtbank in dit godverlaten land zijn waaraan ik rekenschap verschuldigd ben voor wat ik dan met jullie doe. Eerst met Mariam, dan met haar en ten slotte met jou. Begrepen? Ik zal je dwingen toe te kijken.'

En met die woorden verliet hij de kamer. Maar niet voordat hij eerst een schop in haar zij had gegeven, waardoor Laila dagenlang bloed zou uitscheiden.

37

MARIAM SEPTEMBER 1996

Tweeënhalf jaar later werd Mariam op de ochtend van 27 september wakker van het geluid van geschreeuw en gefluit, voetzoekers en muziek. Ze rende naar de woonkamer en trof daar Laila al bij het raam aan, met Aziza op haar schouders. Laila draaide zich glimlachend om.

'De Taliban zijn er,' zei ze.

Mariam had twee jaar eerder voor het eerst van de Taliban gehoord, in oktober 1994, toen Rasheed met het nieuws thuiskwam dat ze de krijgsheren in Kandahar ten val hadden gebracht en de stad hadden ingenomen. Het was een guerrillamacht, zei hij, bestaande uit jonge Pashtun wier families tijdens de oorlog tegen de Sovjets naar Pakistan waren gevlucht. De meesten van hen waren opgegroeid – en sommigen zelfs geboren – in vluchtelingenkampen langs de Pakistaanse grens en op Pakistaanse medressen door mullahs geschoold in de sharia. Hun leider was een mysterieuze, ongeletterde, eenogige kluizenaar met de naam mullah Omar, die, zoals Rasheed met enig vermaak in zijn stem vertelde, zichzelf Ameer-ul-Mumineen noemde, Leider van de Trouwen.

'Het is waar dat die jongens geen *risha* hebben, geen wortels,' zei Rasheed tegen Mariam noch Laila in het bijzonder. Sinds de mislukte ontsnapping, tweeënhalf jaar geleden, wist Mariam dat zij en Laila een en dezelfde persoon voor hem waren geworden, even verachtelijk, beiden zijn wantrouwen verdienend, zijn laatdunkendheid en geringschatting. Als hij sprak kreeg Mariam het gevoel dat hij een gesprek met zichzelf voerde of met een onzichtbare geest in het vertrek die, anders dan zij en Laila, het wel waard was zijn opinies aan te horen.

'Misschien hebben ze wel geen verleden,' zei hij rokend en naar het plafond kijkend. 'Misschien weten ze niks van de wereld of de geschiedenis van dit land. Ja. En vergeleken met hen kon Mariam hoogleraar op de universiteit zijn. Ha! Allemaal waar. Maar kijk eens om je heen. Wat zie je dan? Corrupte, hebzuchtige Mujahedin-commandanten, tot de tanden toe bewapend, rijk van de heroïne; ze verklaren elkaar de jihad en doden iedereen die zich tussen hen in bevindt, dat is de waarheid. De Taliban zijn tenminste zuiver en onkreukbaar. Het zijn tenminste fatsoenlijke moslimjongens. Wallah, als ze komen, vegen ze deze plek schoon. Ze brengen orde en vrede. Mensen zullen niet meer worden doodgeschoten als ze even melk gaan halen. Geen raketten meer! Moet je je dat eens voorstellen!'

Twee jaar lang nu al waren de Taliban op weg naar Kabul, veroverden steden op de Mujahedin en eindigden de partijenoorlog waar ze zich ook vestigden. Ze hadden de Hazara-commandant Achmad Ali Mazari gevangengenomen en geëxecuteerd. Ze zaten al maandenlang in de zuidelijke buitenwijken van Kabul, hielden de stad onder vuur en wisselden raketten met Ahmad Shah Masud. Begin september 1996 hadden ze de steden Jalalabad en Sarobi veroverd.

De Taliban hadden één ding voor op de Mujahedin, zei Rasheed. Zij waren één.

'Laat ze maar komen,' zei hij. 'Wat mij betreft, zal ik ze onder de rozenblaadjes bedelven.'

Die dag gingen ze met zijn vieren uit, Rasheed bracht hen van de ene bus naar de andere om hun nieuwe wereld te begroeten, hun nieuwe leiders. In elke gehavende buurt zag Mariam mensen uit het puin tevoorschijn komen en de straat op gaan. Ze zag een oude vrouw handenvol rijst op voorbijgangers strooien, een flauwe, tandeloze glimlach op haar gezicht. Twee mannen omarmden elkaar bij de restanten van een leeggeplunderd gebouw, in de hemel boven hen het gegier, gesis en geknal van wat voetzoekers, afgestoken door jongens die op daken zaten. Uit cassetterecorders klonk het nationale volkslied, dat moest concurreren met het getoeter van de auto's.

'Kijk, Mayam!' Aziza wees naar een stel jongens die Jadeh Maywand afrenden. Hun vuisten gingen fanatiek de lucht in en ze trokken roestige blikjes aan touwen achter zich aan. Ze schreeuwden dat Masud en Rabbani zich uit Kabul hadden teruggetrokken.

Overal hoorde je de kreet 'Allah-u-akbar!'

Mariam zag op Jadeh Maywand een beddenlaken uit een raam hangen. Iemand had er in grote zwarte letters drie woorden op geverfd: *Zenda Baab Taliban*! Lang leve de Taliban!

Terwijl ze door de straten liepen, zag Mariam meer aanduidingen die hetzelfde verkondigden – op daken geverfd, op deuren gespijkerd, wapperend aan autoantennes.

Later die dag zag Mariam voor het eerst een Talib, op het Pashtunistanplein, samen met Rasheed, Laila en Aziza. Daar waren allerlei mensen samengestroomd. Mariam zag mensen reikhalzen, ze zag mensen opeengedrongen rond de blauwe fontein midden op het plein staan, of in het droge waterbekken ervan. Ze trachtten iets aan het eind van het plein te zien, bij het oude Khyber Restaurant.

Rasheed gebruikte zijn ellebogen om toeschouwers weg te duwen en weg te stoten en bracht hen naar de plek waar iemand door een luidspreker het woord voerde.

Toen Aziza keek, begon ze te gillen en begroef haar hoofd in de burka van Mariam.

De luidsprekerstem behoorde toe aan een slanke, gebaarde jongeman, die een zwarte tulband droeg. Hij stond op een soort noodstellage. In zijn vrije hand hield hij een raketwerper. Naast hem hingen twee bebloede mannen aan stroppen, die vastgebonden waren aan stoplichten. Hun kleren waren gescheurd. Hun gezwollen gezichten waren paarsblauw geworden.

'Ik ken hem,' zei Mariam, 'die aan de linkerkant.'

Een jonge vrouw voor Mariam draaide zich om en zei dat

het Najibullah was. De andere man was zijn broer. Mariam herinnerde zich Najibullahs mollige, besnorde gezicht, zoals dat in de sovjetjaren op borden en in winkeletalages glorieus te zien was geweest.

Ze hoorde later dat de Taliban Najibullah uit zijn toevluchtsoord, het hoofdkwartier van de Verenigde Naties bij het Darulaman Paleis, hadden gesleurd. Ze hadden hem urenlang gemarteld, hem toen bij zijn benen aan een vrachtauto gebonden en zijn levenloze lichaam door de straten gesleept.

'Hij heeft vele, vele moslims vermoord!' schreeuwde de jonge Talib in de luidspreker. Hij sprak Farsi met een Pashtu accent en schakelde af en toe over op Pashtu. Hij onderbrak zijn woorden telkens door met zijn wapen op de lichamen te wijzen. 'Zijn misdaden zijn bij iedereen bekend. Hij was een communist en een *kafir.* Dit is wat wij doen met ontrouwe lieden die misdaden begaan tegen de islam!'

Rasheed grijnsde zelfgenoegzaam.

In Mariams armen begon Aziza te huilen.

De volgende dag wemelde het van de vrachtauto's in Kabul. In Khair Khana, in Shar-e-Nau, in Karteh Parwan, in Wazir Akbar Khan en Taimani zigzagden rode Toyota's door de straten. Gewapende en bebaarde mannen met zwarte tulbanden zaten op de laadbak. Van elke vrachtauto schalde een luidspreker aankondigingen in het Farsi en het Pashtu. Dezelfde boodschap kwam uit luidsprekers op moskeeën en uit de radio, die nu De Stem van de Sharia heette. De boodschap stond ook op folders die op straat werden verspreid. Mariam vond er een op het erf.

'Onze watan heet nu Het Islamitische Emiraat Afghanistan. Dit zijn de wetten die wij zullen doorvoeren en waaraan u dient te gehoorzamen:

"Alle burgers moeten vijfmaal per dag bidden. Als het gebedstijd is en u wordt erop betrapt iets anders te doen, zult u worden geslagen.

Alle mannen moeten hun baard laten staan. De juiste

lengte is minimaal één gebalde vuist onder de kin. Als u dat niet accepteert, zult u worden geslagen.

Alle jongens moeten een tulband dragen. Jongens van de eerste tot en met de zesde klas dragen een zwarte tulband, hogere klassen een witte. Alle jongens moeten islamitische kleren dragen. De kraag van een overhemd moet dichtgeknoopt zijn.

Zingen is verboden.

Dansen is verboden.

Kaarten, schaken, gokken en vliegeren is verboden.

Boeken schrijven, films kijken en schilderen is verboden.

Als u parkieten houdt, zult u worden geslagen. Uw vogels worden gedood.

Als u steelt zal uw hand bij het polsgewricht worden afgehakt. Als u ten tweede male steelt zal uw voet worden afgehakt.

Als u geen moslim bent, mag u geen godsdienstige aanbidding verrichten op een plek waar u door een moslim kunt worden gezien. Als u het wel doet, zult u worden geslagen en gevangengezet. Als u erop wordt betrapt een moslim tot uw geloof te willen bekeren, zult u worden geëxecuteerd.

Vrouwen, opgelet:

U moet te allen tijde binnen blijven. Het is voor een vrouw niet gepast doelloos over straat te dwalen. Als u naar buiten gaat, moet u in het gezelschap zijn van een mahram, een mannelijk familielid. Als u erop wordt betrapt alleen op straat te zijn, zult u worden geslagen en naar huis gestuurd.

Onder geen enkele omstandigheid mag u uw gezicht tonen. Als u buiten bent is uw lichaam bedekt met een burka. Zo niet, wordt u ernstig geslagen.

Cosmetica is verboden.

Juwelen zijn verboden.

U mag geen bekoorlijke kleding dragen.

U mag niet spreken, tenzij er tegen u gesproken wordt.

U mag niet in het openbaar lachen. Als u het wel doet, zult u worden geslagen.

U mag uw nagels niet opmaken. Als u het wel doet, zult u een vinger verliezen.

Het is meisjes verboden naar school te gaan. Alle meisjesscholen worden met onmiddellijke ingang gesloten. Als u een meisjesschool probeert te openen, zult u worden geslagen en de school zal worden gesloten.

Vrouwen mogen niet werken.

Als u schuldig wordt bevonden aan overspel, zult u gestenigd worden tot de dood erop volgt.

Luister. Luister goed. Gehoorzaam. Allah-u-akbar."'

Rasheed zette de radio af. Ze zaten op de vloer van de woonkamer te eten, minder dan een week nadat ze Najibullahs lijk aan een strop hadden zien hangen.

'Ze kunnen toch niet de helft van de bevolking thuis laten zitten niksen?' zei Laila.

'Waarom niet?' zei Rasheed. Voor één keer was Mariam het met hem eens. Hij had eigenlijk hetzelfde met haar en met Laila gedaan. Natuurlijk zag Laila dat ook.

'Dit is niet een of ander dorp. Dit is Kabul. Vrouwen waren hier gewoon advocaat, dokter, ze oefenden een overheidsfunctie uit...'

Rasheed grijnsde. 'Dat is de taal van een arrogante dochter van een poëzie lezende universiteitsman. Zo stedelijk, zo Tajik van jou. Jij denkt waarschijnlijk dat wat de Taliban hier invoeren een radicaal nieuw idee is. Heb je ooit wel eens ergens anders gewoond dan op je mooie veilige plekje in Kabul, mijn gul? Ooit het échte Afghanistan willen bezoeken, het zuiden, het oosten, langs de grens met Pakistan, waar mensen in stamverband leven? Nee? Ik wel. En ik kan je vertellen dat er heel wat plaatsen in dit land zijn waar altijd zo of bijna zo is geleefd. Maar dat weet jij natuurlijk niet.'

'Ik weiger dat te geloven,' zei Laila. 'Ze zijn niet serieus.'

'Wat de Taliban met Najibullah hebben gedaan zag er toch tamelijk serieus uit,' zei Rasheed. 'Dat ben je toch wel met me eens?'

'Hij was een communist! Hij was het hoofd van de geheime politie.'

Rasheed lachte.

Mariam hoorde het antwoord in zijn lach: in de ogen van

de Taliban was het feit dat Najibullah communist en hoofd van de gevreesde KHAD was geweest slechts een graadje verachtelijker dan vrouw zijn.

38

LAILA

Toen de Taliban aan de slag gingen, was Laila blij dat Babi er niet meer was om er getuige van te hoeven zijn. Het zou hem kapot hebben gemaakt.

Mannen met pikhouwelen krioelden door het vervallen Kabul Museum en sloegen pre-islamitische beelden kort en klein – dat wil zeggen, de beelden die niet al waren geplunderd door de Mujahedin. De universiteit werd gesloten en de studenten naar huis gestuurd. Schilderijen werden van muren getrokken en met mesjes aan flarden gesneden. Televisieschermen werden ingetrapt. Met uitzondering van de koran werden boeken op stapels verbrand, de winkels waar ze verkocht werden gesloten. De gedichten van Khalili, Pajwak, Ansari, Haji Dehqan, Ashraqi, Beytaab, Hafez, Jami, Nezami, Rumi, Khayyám, Beydel en vele anderen gingen in rook op.

Laila hoorde over mannen die van de straat werden gesleept, omdat ze ervan beschuldigd werden dat ze namaz hadden overgeslagen, en die werden gedwongen naar een moskee te gaan. Ze hoorde dat van het Marco Polo Restaurant bij de Kippenstraat een verhoorcentrum was gemaakt. Soms kon je geschreeuw vernemen achter de zwart geschilderde ramen. Overal doolden de Baardpatrouilles in hun Toyota's door de stad om netjes geschoren gezichten op te sporen en met bloed te bevlekken.

Ze sloten ook de bioscopen. Cinema Park. Ariana. Aryub. Projectieruimtes werden leeggeroofd en films in brand gestoken. Laila herinnerde zich alle keren dat ze met Tariq in die bioscopen had gezeten om naar Hindifilms te kijken, al die melodramatische verhalen over minnaars die van elkaar gescheiden waren door een tragische wending van het lot, de een ronddwalend in een ver land, de ander tot een huwelijk gedwongen, het huilen, het zingen in velden vol goudsbloemen, het verlangen naar een hereniging. Ze herinnerde zich dat Tariq haar uitlachte om de tranen die zij bij die films stortte.

'Ik vraag me af wat er terecht is gekomen van mijn vaders bioscoop,' zei Mariam op een dag tegen haar. 'Als die er nog is tenminste. Of als die nog van hem is.'

Kharabat, Kabuls oudste muziekwijk, was stilgelegd. Muzikanten werden geslagen en in de gevangenis gegooid, hun *rubabs,* tamboera's en harmoniums kapotgetrapt. De Taliban gingen naar het graf van Tariqs favoriete zanger, Ahmad Zahir, en vuurden er kogels op af.

'Hij is nu bijna twintig jaar dood,' zei Laila tegen Mariam. 'Is eenmaal doodgaan niet genoeg?'

Rasheed maakte zich niet erg druk om de Taliban. Alles wat hij moest doen was een baard laten groeien, en dat deed hij, en de moskee bezoeken, en dat deed hij ook. Rasheed bekeek de Taliban met een vergevingsgezinde en sympathieke verbijstering, zoals iemand een excentrieke neef bekijkt die geneigd is tot onvoorspelbare daden, hilarisch en schandalig.

Elke woensdagavond luisterde Rasheed naar De Stem van de Sharia, als de Taliban de namen bekendmaakten van degenen die op de lijst stonden om gestraft te worden. Op vrijdagen ging hij naar het Ghazi Stadion, kocht een Pepsi en keek naar het spektakel. In bed dwong hij Laila te luisteren als hij met een zonderling soort opgewektheid beschreef hoe hij toegetakelde handen had gezien, afranselingen, ophangingen, onthoofdingen.

'Ik zag vandaag hoe een man de keel doorsneed van de moordenaar van zijn broer,' zei hij op een avond, terwijl hij kringetjes rook uitblies.

'Het zijn barbaren,' zei Laila.

'Vind je?' zei hij. 'Vergeleken met wie dan? De Sovjets hebben één miljoen mensen vermoord. Weet je hoeveel mensen de Mujahedin de laatste vier jaar hebben vermoord alleen al hier in Kabul? Vijftigduizend. *Vijftigduizend.* Is het, als je het daarmee vergelijkt, zo wreed, de handen van een paar dieven af te hakken? Oog om oog, tand om tand. Dat zegt de Koran ook. En bovendien, als iemand Aziza zou vermoorden, zou je dan ook niet de kans willen hebben je te wreken?'

Laila wierp hem een blik van weerzin toe.

'Dat is toch de spijker op de kop?'

'Jij bent net als zij.'

'Interessante kleur ogen heeft zij, Aziza. Vind je niet? Niet de jouwe en ook niet de mijne.'

Rasheed draaide zich naar haar toe om haar aan te kunnen kijken en krabde met de kromme nagel van zijn wijsvinger zachtjes over haar dij.

'Ik zal het uitleggen,' zei hij. 'Als ik er zin in zou hebben – ik zeg niet dat het gebeurt, maar het zou kunnen, het zou kunnen – heb ik het recht Aziza weg te geven. Hoe zou je dat vinden? Of ik zou op een dag naar de Taliban kunnen gaan, gewoon bij hen binnenlopen en zeggen dat ik over jou zo mijn bedenkingen heb. Dat is alles, meer hoeft niet. Wie denk je dat ze zouden geloven? En wat denk je dat ze met je zouden doen?'

Laila trok haar dij weg van hem.

'Niet dat ik het zou doen,' zei hij. 'Ik zou het niet doen. Nee. Waarschijnlijk niet. Je kent me.'

'Je bent verachtelijk,' zei Laila.

'Dat is een groot woord,' zei Rasheed. 'Dat heb ik nooit bij jou gemogen. Zelfs toen je klein was en rondrende met dat kreupele vriendje van je, dacht je dat je zo intelligent was met je boeken en je gedichten. En wat heb je nu aan al die hersens van je? Wat houdt jou van de straat, jouw hersens of ik? Ik verachtelijk? De helft van de vrouwen in deze stad zou een moord doen om een man als ik te hebben. Ze zouden er een moord voor doen.'

Hij draaide zich terug op zijn rug en blies rook naar het plafond.

'Jij houdt toch van grote woorden? Ik zal je er een geven:

perspectief. Dat ben ik hier aan het doen, Laila. Ervoor zorgen dat je het perspectief niet verliest.'

Wat Laila's maag de verdere nacht voortdurend deed omdraaien, was dat elk woord dat Rasheed had gezegd, werkelijk elk woord, waar was.

Maar 's ochtends, en dat maanden achtereen, hield de walging in haar buik aan, verergerde en werd iets wanhopig vertrouwds.

Niet veel later, op een koude en bewolkte middag, lag Laila op haar rug op de vloer van de slaapkamer. Mariam deed met Aziza een dutje in haar kamer.

Laila hield een ijzeren spaak in haar handen die ze met behulp van een tang van een achtergelaten fietswiel had losgebroken. Ze had hem in hetzelfde steegje gevonden waar ze jaren eerder Tariq had gekust. Laila bleef met gespreide benen lang op de grond liggen en haalde adem door haar opeengeklemde tanden.

Ze had Aziza aanbeden vanaf het moment dat ze voor het eerst haar bestaan voorvoelde. Er was toentertijd geen sprake geweest van deze zelftwijfel van nu, deze onzekerheid. Wat vreselijk moest het zijn voor een moeder, dacht Laila nu, te vrezen dat ze geen liefde kon opbrengen voor haar eigen kind. Wat onnatuurlijk. Maar terwijl ze daar op de vloer lag, haar zweterige handen klaar om de spaak in te brengen, moest ze zich afvragen of ze Rasheeds kind ooit zo zou kunnen liefhebben als Tariqs kind.

Uiteindelijk kon Laila zich er niet toe zetten.

Het was niet de angst dood te bloeden die haar de spaak uit handen deed vallen, of zelfs maar het idee dat de daad verfoeilijk was – en ze vermoedde dat het dat was. Laila liet de spaak vallen omdat ze niet kon accepteren wat de Mujahedin gemakkelijk deden: in een oorlog moeten er soms onschuldige levens worden geofferd. Haar oorlog was die tegen Rasheed. De baby kon er niets aan doen. En er was al genoeg gemoord. Laila had al vaak genoeg gezien hoe onschuldige mensen in het kruisvuur van vijanden terecht waren gekomen.

39

MARIAM SEPTEMBER 1997

‘Dit ziekenhuis behandelt niet langer vrouwen,’ blafte de bewaker. Hij stond boven aan de trap en keek ijzig naar de mensen voor het Malalai Hospitaal.

Er klonk luid afkeurend gebrom van de menigte.

‘Maar dit is een vrouwenziekenhuis!’ riep een vrouw achter Mariam. Er volgden kreten van bijval.

Mariam bracht Aziza van haar ene arm naar de andere over. Met haar vrije arm ondersteunde ze Laila, die kreunde en haar eigen arm om de nek van Rasheed had geslagen.

‘Dat is het niet meer,’ zei de Talib.

‘Mijn vrouw moet een kind krijgen,’ schreeuwde een zwaargebouwde man. ‘Wil je dat ze hier op straat bevalt, broeder?’

In januari van dat jaar had Mariam de officiële mededeling vernomen dat mannen en vrouwen gescheiden in verschillende ziekenhuizen zouden worden verpleegd, dat alle vrouwelijke personeelsleden zouden worden ontslagen uit de ziekenhuizen in Kabul en naar één centraal gebouw zouden worden gestuurd om daar te werken. Niemand had het kunnen geloven, en de Taliban hadden het beleid niet uitgevoerd. Tot nu toe.

‘En het Ali Abad ziekenhuis?’ schreeuwde een andere man.

De bewaker schudde zijn hoofd.

‘Wazir Akbar Khan?’

‘Alleen mannen,’ zei hij.

‘Wat moeten we nu dan doen?’

‘Ga naar Rabia Balkhi,’ zei de bewaker.

Een jonge vrouw drong zich naar voren en zei dat ze daar al was geweest. Er was geen schoon water, zei ze, geen zuurstof, geen medicijnen, geen elektriciteit. 'Ze hebben daar helemaal niets.'

'Daar moet je naartoe,' zei de bewaker.

Er werd nog meer gegromd en geschreeuwd, hier en daar klonk een belediging op. Iemand gooide een steen.

De Talib hief zijn kalasjnikov en vuurde in de lucht. Een andere Talib, achter hem, zwaaide met een zweep.

De menigte verspreidde zich snel.

De wachtkamer in Rabia Balkhi wemelde van de vrouwen in burka en hun kinderen. Het stonk er naar zweet en ongewassen lichamen, naar voeten, urine, sigarettenrook en ontsmettingsmiddelen. Onder de niet werkende ventilator aan het plafond achtervolgden kinderen elkaar en sprongen over de uitgestrekte benen van soezende vaders.

Mariam hielp Laila te gaan zitten tegen een muur waar stukken pleister in de vorm van vreemde landen hadden losgelaten. Laila wiegde naar voren en naar achteren en hield haar handen voor haar buik.

'Ik zal ervoor zorgen dat je wordt behandeld, Laila jo. Dat beloof ik.'

'Snel dan,' zei Rasheed.

Voor het inschrijfloket stond een groep vrouwen te trekken en te duwen. Sommigen hadden hun baby's nog op hun arm. Anderen maakten zich los uit de menigte en stormden naar de dubbele deuren die naar de behandelkamers leidden. Een bewapende Taliban-bewaker versperde hun de weg en stuurde ze terug.

Mariam worstelde zich de menigte in. Ze zette zich schrap en wroette zich langs ellebogen, heupen en schouderbladen van vreemden. Iemand porde haar met een elleboog tussen haar ribben en zij porde met haar elleboog terug. Een hand graaide wanhopig naar haar gezicht. Zij mepte die weg. Om vooruit te komen greep Mariam in nekken, aan armen en ellebogen, in haardossen, en toen een vrouw in haar buurt begon te sissen, siste Mariam terug.

Mariam zag nu welke offers een moeder moest brengen. Fatsoen was er maar een van. Ze dacht berouwvol aan

Nana, aan de offers die ook zij had gebracht. Nana, die haar weg had kunnen geven of ergens in een greppel gooien en wegrennen. Maar dat had ze niet gedaan. In plaats daarvan had Nana de schaamte verdragen een harami in haar schoot te hebben, ze had haar leven ingericht rond de ondankbare taak Mariam op te voeden en op haar manier van haar te houden. En op het eind had Mariam Jalil boven haar verkozen. Terwijl ze schaamteloos vastberaden door de mêlee naar voren drong, wenste Mariam dat ze een betere dochter voor Nana was geweest. Ze had indertijd graag willen begrijpen wat ze nu van het moederschap begreep.

Ze stond oog in oog met een verpleegster die van top tot teen in een vuile grijze burka was gehuld. De verpleegster praatte met een jonge vrouw van wie het hoofddeel van de burka op sommige plekken was doorweekt van donker bloed.

'De vliezen van mijn dochter zijn gebroken en de baby wil maar niet komen,' schreeuwde Mariam.

'Ik sta met haar te praten, hoor,' riep de bebloede jonge vrouw. 'Wacht op uw beurt!'

De hele menigte vrouwen deinde heen en weer, net als het gras om de kolba als de wind over de open plek woei. Een vrouw achter Mariam schreeuwde dat haar dochter uit de boom gevallen was en haar arm had gebroken. Een andere vrouw krijste dat haar ontlasting vol bloed zat.

'Heeft ze koorts?' vroeg de verpleegster. Mariam had even tijd nodig om te beseffen dat die woorden tot haar gericht waren.

'Nee,' zei Mariam.

'Bloedt ze?'

'Nee.'

'Waar is ze?'

Mariam wees over de bedekte hoofden heen naar de plek waar Laila met Rasheed zat.

'Ze wordt straks geholpen.'

'Hoe lang duurt het nog?' schreeuwde Mariam. Iemand had haar bij de schouder vast en trok haar naar achteren.

'Dat weet ik niet,' zei de verpleegster. Ze zei dat er maar

twee dokters waren, die op dat moment aan het opereren waren.

'Ze heeft pijn,' zei Mariam.

'Ik ook,' krijste de vrouw met het bebloede hoofd. 'Wacht op uw beurt!'

Mariam werd weggesleurd. Haar blik op de verpleegster werd nu versperd door schouders en achterhoofden. Ze rook het melkachtige boertje van een baby.

'Ga met haar wandelen,' schreeuwde de verpleegster. 'En een beetje geduld.'

Het was buiten al donker toen een verpleegster hen ten slotte binnenriep. De verloskamer telde acht bedden, waarop vrouwen lagen te draaien en te jammeren, verzorgd door een handvol volledig bedekte verpleegsters. Twee van de vrouwen waren aan het baren. Er hingen geen gordijnen tussen de bedden. Laila kreeg een bed helemaal aan het andere eind, onder een raam dat iemand zwart geschilderd had. Vlakbij was een wasbak, die barsten vertoonde en droog was, en aan een lijn boven de wasbak hingen vuile medische handschoenen. Midden in de kamer zag Mariam een aluminium tafel. Op het bovenblad lag een roetkleurige deken, het onderblad was leeg.

Een van de vrouwen zag Mariam kijken.

'Wie nog leeft wordt op het bovenblad gelegd,' zei ze.

De dokter, gekleed in een donkerblauwe burka, was een kleine gekwelde vrouw met vogelachtige bewegingen. Alles wat ze zei klonk ongeduldig en urgent.

'Eerste kind.' Ze zei het als zodanig, niet als een vraag, maar als een verklaring.

'Het tweede,' zei Mariam.

Laila slaakte een kreet en rolde op haar zij. Haar vingers sloten zich om die van Mariam.

'Zijn er bij de eerste bevalling problemen geweest?'

'Nee.'

'Bent u de moeder?'

'Ja,' zei Mariam.

De dokter tilde het onderste deel van haar burka op en

haalde een kegelvormig metalen instrument tevoorschijn. Ze trok de burka van Laila omhoog, zette het brede eind van het instrument op Laila's buik en hield het smalle eind aan haar oren. Ze luisterde bijna een minuut, zette het instrument telkens op een andere plek, luisterde weer en veranderde weer van plek.

'Ik moet het kind even voelen, hamshira.'

Ze trok een van de handschoenen aan die aan een wasknijper boven de wastafel hingen. Met haar ene hand duwde ze op Laila's buik en gleed met de andere hand naar binnen. Laila jammerde zachtjes. Toen de dokter klaar was, gaf ze de handschoen aan een verpleegster, die hem afspoelde en weer aan de lijn hing.

'Dit wordt voor uw dochter een keizersnede. Weet u wat dat is? We moeten haar buik opensnijden en het kind eruit halen, het is een stuitligging.'

'Ik begrijp het niet,' zei Mariam.

De dokter zei dat het kind in een positie lag dat het er niet zelf uit kon komen. 'En zoals het er nu uitziet, hebben we al te veel tijd verloren. We moeten met haar meteen naar de operatiekamer.'

Laila knikte met een vertrokken gezicht en haar hoofd zakte opzij.

'Ik moet u nog wel even iets vertellen,' zei de dokter. Ze kwam dichter bij Mariam staan, boog zich naar haar over en sprak op een zachte en vertrouwelijke toon met haar. Er zat nu iets ongemakkelijks in haar stem.

'Wat zegt ze?' kreunde Laila. 'Is er iets mis met de baby?'

'Maar hoe houdt ze dat uit?' zei Mariam.

De dokter moest iets beschuldigends in die vraag hebben gehoord, want ze schakelde over op een defensieve toon.

'Denkt u dat ik het op deze manier wil?' vroeg ze. 'Maar wat kan ik anders? Ze geven me niet wat ik nodig heb. Ik heb ook geen röntgenapparaat, geen zuigcurettage, geen zuurstof, zelfs geen eenvoudige antibiotica. Als NGO's geld aanbieden, jagen de Taliban hen weg. Of ze sluizen het geld door naar waar mannen verzorgd worden.'

‘Maar hebt u dan niets om haar te geven, dokter sahib?’ vroeg Mariam.

‘Wat is er toch aan de hand?’ kreunde Laila.

‘U kunt het medicijn zelf kopen, maar...’

‘Schrijf maar op hoe het heet,’ zei Mariam. ‘U schrijft het op en ik ga het halen.’

Onder haar burka schudde de dokter ferm haar hoofd. ‘Daar is geen tijd voor,’ zei ze. ‘In de eerste plaats heeft niemand van de dichtbijgelegen apotheken het in huis. Dus u moet zich door het verkeer heen worstelen van de ene plek naar de andere, misschien wel de hele stad door, en het is niet erg waarschijnlijk dat u het ooit vindt. Het is nu bijna halfnegen, dus u wordt waarschijnlijk gearresteerd omdat u de avondklok overschrijdt. Zelfs als u het medicijn vindt, bestaat er de kans dat u het niet kunt betalen. Of u komt in een soort veiling terecht waarbij u moet opbieden tegen iemand anders die even wanhopig is. Er is geen tijd. Het kind moet er nu uit.’

‘Zeg me wat er aan de hand is!’ zei Laila. Ze had zich op haar ellebogen opgericht.

De dokter haalde diep adem en zei dat het ziekenhuis geen verdovingsmiddelen had.

‘Maar als we het uitstellen, zul je het kind verliezen.’

‘Snij me dan maar open,’ zei Laila. Ze viel terug op het bed en trok haar knieën op. ‘Snij me open en geef me mijn kind.’

In de oude, groezelige operatiekamer lag Laila op een bed met wielen; de dokter waste haar handen in een waterbekken. Laila huiverde. Ze haalde adem door haar tanden, telkens als de verpleegster haar buik afveegde met een doek die gedrenkt was in een geelbruine vloeistof. Een andere verpleegster stond bij de deur. Ze opende hem telkens op een kier en loerde naar buiten.

De dokter had haar burka nu uitgedaan en Mariam zag dat ze zilverkleurig haar had, ogen met zware oogleden, en kleine huidplooien van vermoeidheid bij haar mondhoeken.

'Ze willen dat we in burka opereren,' legde de dokter uit, terwijl ze met haar hoofd een gebaar maakte in de richting van de verpleegster bij de deur. 'Zij houdt de wacht. Als ze hen ziet komen, trek ik gauw de burka aan.'

Ze zei dit op een pragmatische, bijna onverschillige toon, en Mariam begreep dat dit een vrouw was die ver aan alle verontwaardiging voorbij was. Dit was een vrouw, dacht ze, die had begrepen dat ze van geluk mocht spreken dat ze zelfs maar werk had, dat er altijd iets was, iets anders dat ze konden afpakken.

Aan weerszijden van Laila's schouders zaten twee verticale metalen stangen. Met wasknijpers hing de verpleegster die Laila's buik had schoongemaakt, er een laken aan op. Het vormde een gordijn tussen Laila en de dokter.

Mariam ging achter Laila's hoofd staan en bracht haar gezicht omlaag zodat hun wangen elkaar raakten. Ze kon Laila's tanden horen klapperen. Hun handen haakten zich in elkaar.

Door het gordijn zag Mariam de schaduw van de dokter naar de linkerzijkant van Laila gaan en die van de verpleegster naar de andere kant. Laila had haar lippen helemaal naar achteren getrokken. Er vormden zich spuugbelletjes, die uit elkaar sprongen op de oppervlakte van haar opeengeklemde tanden. Ze maakte snelle sissende geluidjes.

De dokter zei: 'Zet je schrap, meisje.'

Ze boog zich over Laila.

Laila's ogen schoten open. Daarna opende zich haar mond. Ze hield het vol, hield het vol, hield het vol, rillend, de koorden in haar nek spanden zich, zweet droop van haar gezicht, haar vingers verpulverden die van Mariam bijna.

Mariam zou Laila altijd blijven bewonderen voor de spanne tijds die er voorbijging voordat ze begon te gillen.

40

LAILA HERFST 1999

Het was Mariams idee het gat te graven. Op een ochtend wees ze op een lapje grond achter het gereedschapsschuurtje. 'Het kan hier,' zei ze. 'Dit is een goede plek.'

Om beurten sloegen ze met de spade in op de grond en schepten het losse zand terzijde. Ze hadden geen groot of diep gat in gedachten, dus het graafwerk had niet zo zwaar hoeven zijn als het nu was. Het was de droogte die in 1998 begonnen was en nu het tweede jaar beleefde, en die overal grote schade aanrichtte. Het had de voorafgaande winter amper gesneeuwd en in de lente had het helemaal niet geregend. Overal in het land lieten boeren hun grond achter, verkochten hun goederen en zwierven van dorp tot dorp om water te zoeken. Ze trokken naar Pakistan of Iran. Ze vestigden zich in Kabul. Maar de grondwaterspiegel was ook in de stad laag en de ondiepe bronnen waren opgedroogd. De rijen voor de diepe waterputten waren zo lang dat Laila en Mariam uren moesten wachten voor ze aan de beurt waren. De rivier de Kabul was zonder de jaarlijkse toevoer van water in de lente kurkdroog. Het was nu een openbaar toilet, er lagen alleen maar menselijke uitwerpselen en puin in de bedding.

Ze bleven dus met de spade zwaaien en slaan, maar de door de zon geblakerde grond was hard geworden als steen, en het zand eronder bikkelhard, geklonterd, bijna versteend.

Mariam was nu veertig. Het haar op haar voorhoofd kleurde hier en daar grijs. Onder haar ogen hingen donkere wallen in de vorm van een maansikkel. Ze was twee voortanden kwijt. Een was uitgevallen, de ander had Rasheed eruit geslagen toen ze per ongeluk Zalmai uit haar handen had laten glippen. Haar huid was ruw geworden, en bruin van al die keren dat ze op het erf in de felle zon hadden gezeten. Ze zaten altijd te kijken hoe Zalmai achter Aziza aan zat.

Toen het werk klaar was, toen het gat gegraven was, stonden ze ernaar te kijken.

'Zo moet het kunnen,' zei Mariam.

Zalmai was nu twee jaar oud. Het was een mollig jongetje met krulhaar. Hij had kleine bruinige ogen en een roze tint op zijn wangen, net als Rasheed, wat voor weer het ook was. Hij had ook de haargrens van zijn vader, dik, in de vorm van een halvemaan laag op zijn voorhoofd.

Als Laila alleen met hem was, was Zalmai lief en goedgehumeurd en vrolijk. Hij klom graag op Laila's schouders en speelde op het erf verstoppertje met haar en Aziza. Op rustiger momenten zat hij soms graag op Laila's schoot terwijl zij voor hem zong. Zijn meest geliefde lied was 'Mullah Mohammad jan'. Hij zwaaide met zijn vlezige voetjes als zij zong in zijn krulhaar, en viel in als ze aan het refrein toe was, hij zong wat hij met zijn krassende stem aan woorden kon maken:

Laten we naar Mazar gaan, mullah Mohammad jan,
Om de velden vol tulpen te zien, o lieve vriend.

Laila hield van de vochtige kussen die Zalmai op haar wangen drukte, hield van zijn gerimpelde armen en dikke voetjes. Ze hield ervan hem te kietelen, tunnels te bouwen met zit- en slaapkussens waar hij doorheen kon kruipen, hem in slaap te zien vallen in haar armen, terwijl een van zijn handjes altijd haar oor pakte. Haar maag draaide om als ze terugdacht aan die middag waarop ze op de vloer had gelegen met de spaak van een rijwiel tussen haar benen. Hoe dicht bij de daad was ze toen geweest. Het was nu ondenkbaar dat ze ooit dat idee had kunnen koesteren. Haar zoon was een zegen, en Laila was opgelucht dat haar angsten ongegrond gebleken waren en dat ze met hart en ziel van hem hield, net als van Aziza.

Maar Zalmai verafgoodde zijn vader, en omdat hij dat deed werd hij een ander zodra zijn vader in de buurt was om zijn genegenheid te tonen. Zalmai had dan snel een tartend lachje of een brutale grijns bij de hand. In vaders aanwezigheid voelde hij zich gauw beledigd. Hij koesterde wrok. Hij bleef dan streken uithalen ondanks Laila's standjes, iets wat hij nooit deed als Rasheed weg was.

Rasheed vond dat allemaal goed. 'Een teken van intelligentie,' zei hij. Hetzelfde zei hij over Zalmais roekeloosheid als deze knikkers doorslikte en moest uitpoepen, als hij lucifers aanstak of als hij op Rasheeds sigaretten kauwde.

Toen Zalmai was geboren, had Rasheed hem in het bed gelegd dat hij en Laila deelden. Hij had een nieuwe wieg voor hem gekocht en leeuwen en ineengedoken luipaarden op de zijkanten ervan geschilderd. Hij betaalde voor nieuwe kleren, nieuwe rammelaars, nieuwe flesjes, nieuwe luiers, ook al konden ze zich die niet veroorloven en waren die van Aziza nog steeds bruikbaar. Op een dag kwam hij thuis met een bewegend speeltje dat op batterijen liep en dat hij boven Zalmais bedje hing. Kleine gele en zwarte hommels bungelden aan een zonnebloem, en als je erop drukte begonnen ze te bewegen en te piepen. Als het aan was gezet, speelde er een muziekje.

'Ik meende dat je zei dat de zaken niet zo goed gingen,' zei Laila.

'Ik heb vrienden van wie ik geld kan lenen,' zei hij smalend.

'Hoe betaal je hun dan terug?'

'De zaken gaan op den duur weer beter. Dat doen ze altijd. Kijk, hij vindt het leuk. Zie je?'

De meeste dagen moest Laila het zonder haar zoon stellen. Rasheed nam hem mee naar de winkel, liet hem om zijn volle werkbank kruipen en spelen met oude rubberzolen en de weinige stukjes leer. Terwijl Rasheed zolen besloeg en de polijstmachine liet draaien, hield hij een waakzaam oog op hem. Als Zalmai een rek met schoenen omkieperde, kreeg hij een vriendelijke reprimande van Rasheed, die rustig bleef en vaag glimlachte. Als hij het opnieuw deed, legde Rasheed de hamer neer, zette hem op het werkblad en praatte zachtjes op hem in.

Zijn geduld met Zalmai was een diepe bron, die nooit opdroogde.

Ze kwamen 's avonds thuis terwijl het hoofd van Zalmai op Rasheeds schouders heen en weer wiebelde en beiden naar lijm en leer roken. Ze grijnsden op een manier zoals mensen doen die een geheim delen, sluw, alsof ze de hele dag in die halfduistere schoenwinkel geen schoenen maakten maar geheime plannen smeedden. Zalmai wilde altijd graag naast zijn vader zitten als het eten werd opgediend, en dan deden ze onder elkaar spelletjes, terwijl Mariam, Laila en Aziza borden op de sofrah zetten. Om beurten porden ze elkaar giechelend tussen de ribben, bekogelden elkaar met broodkruimels en fluisterden dingen die de anderen niet konden horen. Als Laila tegen hen sprak, keek Rasheed geërgerd op over de onwelkome onderbreking. Als zij erom vroeg Zalmai even vast te houden – of nog erger, als Zalmai zijn handjes naar haar uitstak om vastgepakt te worden – keek Rasheed haar kwaad aan.

Laila liep dan weg en voelde zich gegriefd.

Een paar weken nadat Zalmai twee geworden was, kwam Rasheed thuis met een televisie en een videorecorder. Het was warm geweest die dag, bijna mild, maar de avond was koeler en verdichtte zich al tot een kille nacht zonder sterren.

Hij zette ze op de tafel in de woonkamer. Hij zei dat hij ze op de zwarte markt had gekocht.

'Opnieuw geld geleend?' vroeg Laila.

'Het is een Magnavox.'

Aziza kwam de kamer binnen. Toen ze de televisie zag, rende ze erheen.

'Voorzichtig, Aziza jo,' zei Mariam. 'Niet aankomen.'

Aziza's haar was even blond geworden als dat van Laila. Laila kon haar eigen kuiltjes in Aziza's wangen zien. Aziza was veranderd in een rustig, nadenkend meisje met een houding die voor een zesjarige te volwassen leek. Laila verbaasde zich over de manier van spreken van haar dochter, haar cadans en ritme, haar bedachtzame pauzes en intonaties, zo volwassen, zo weinig passend bij het onrijpe lichaam waarin die stem huisde. Het was Aziza die het met een opgewekt gezag op zich had genomen Zalmai elke dag te wekken, hem te kleden en hem zijn ontbijt te geven, zijn haar te kammen. Zij was het die hem naar bed bracht om hem zijn middagslaapje te laten doen en die de gelijkmoedige vredestichter speelde tegenover haar wispelturige broer. Bij hem in de buurt zocht Aziza haar toevlucht tot een bozig, vreemd volwassen hoofdschudden.

Aziza drukte op de aan- en uitschakelaar van de televisie. Rasheed keek meteen chagrijnig, greep haar pols en duwde die bepaald niet zachtzinnig op tafel.

'Dit is Zalmais tv,' zei hij.

Aziza liep naar Mariam en klom op haar schoot. Ze waren met zijn tweeën nu onafscheidelijk. Sinds kort leerde Mariam met Laila's instemming Aziza verzen uit de Koran. Aziza kon al uit het hoofd de surah van Al-Ikhlaas en die van Al-Fatiha voordragen, en ze kon al de vier *ruqats* van het ochtendgebed uitvoeren.

'Het is alles wat ik haar kan meegeven,' had Mariam tegen Laila gezegd, 'deze kennis, deze gebeden. Het is het enige ware bezit dat ik ooit heb gehad.'

Zalmai kwam nu de kamer binnen. Terwijl Rasheed vol verwachting toekeek, zoals mensen op de simpelste trucjes van straatgoochelaars wachten, trok Zalmai aan het tv-snoer, drukte op de knopjes en plaatste zijn handen op het scherm. Als hij ze weghaalde, trok de condens van de handjes langzaam weg. Rasheed glimlachte trots, keek toe hoe Zalmai zijn handjes telkens weer op het scherm bleef drukken en ze eraf haalde.

De Taliban hadden de televisie verboden. Videobanden waren in het openbaar in beslag genomen, de bandjes eruit gerukt en aan palen van hekken vastgebonden. Satellietschotels waren aan lantaarnpalen gehangen. Maar Rasheed zei dat als dingen verboden waren dat niet betekende dat je ze nergens meer kon vinden.

‘Ik ga morgen op zoek naar cartoonvideo’s,’ zei hij. ‘Dat is niet zo moeilijk. In illegale bazaars kun je alles krijgen.’

‘Dan kun je voor ons misschien een nieuwe put kopen,’ zei Laila, wat haar een minachtende blik van hem opleverde.

Later, nadat ze weer een maaltijd van niets anders dan witte rijst hadden gehad, zonder thee vanwege de droogte, en nadat Rasheed een sigaret had gerookt, deelde hij Laila zijn besluit mee.

‘Nee,’ zei Laila.

Hij zei dat hij haar niet iets had gevraagd.

‘Het interesseert me niet of je al dan niet iets vraagt.’

‘Dat zou je wel doen als je het hele verhaal kent.’

Hij zei dat hij van meer vrienden geld had geleend dan hij had voorgegeven en dat alleen het geld uit de winkel niet langer genoeg was om hun vijven te onderhouden. ‘Ik heb het niet eerder verteld om je niet bezorgd te maken.’

‘Bovendien,’ zei hij, ‘zou je verbaasd staan kijken hoeveel ze ophalen.’

Laila zei opnieuw nee. Ze waren in de woonkamer. Mariam en de kinderen waren in de keuken. Laila kon het gekletter van de borden horen, Zalmais schelle lach, Aziza die iets tegen Mariam zei met haar gelijkmatige, verstandige stem.

‘Er zijn er meer zoals zij, nog jonger zelfs,’ zei Rasheed. ‘Iedereen in Kabul doet het.’

Laila zei hem dat het haar niet kon schelen wat andere mensen met hun kinderen deden.

‘Ik hou haar heel goed in de gaten,’ zei Rasheed, al wat minder geduldig. ‘Het is een veilige straathoek. Er is een moskee aan de overkant.’

‘Ik laat van mijn kind door jou geen bedelaar maken!’ snauwde Laila.

De klap maakte een daverend geluid, de palm van de hand met de dikke vingers kwam vol aan op Laila’s wang. Haar hoofd vloog opzij. Het maakte een eind aan de geluiden uit de keuken. Heel even was het volkomen stil in het huis. Daarna haastige voetstappen op de gang, voordat Mariam en de kinderen in de woonkamer waren en hun ogen heen en weer vlogen tussen haar en Rasheed.

Toen gaf Laila hem een vuistslag.

Het was de eerste keer dat ze iemand sloeg, afgezien van de speelse klappen die zij en Tariq altijd hadden gewisseld. Maar dat waren nooit klappen met een gebalde vuist geweest, eerder tikjes dan klappen, opzettelijk zachtjes, aangename uitingen van angsten die hen verwarden en ontroerden. Ze mikten op de spier die Tariq op professionele toon de deltaspier noemde.

Laila keek naar de boog die haar gesloten vuist door de lucht maakte, en voelde de rimpels van Rasheeds borstelige ruwe huid onder haar knokkels. Het maakte het geluid van een rijstzak die op de vloer valt. Ze raakte hem hard. De slag deed hem twee stappen achteruit wankelen.

Van de andere kant van de kamer gesnik, gejank en een schreeuw, Laila wist niet wie welk geluid maakte. Op het moment zelf was ze te geschokt om er aandacht aan te besteden of er zich druk over te maken, omdat haar geest bezig was na te gaan wat haar hand had gedaan. Toen het zover was, geloofde ze dat ze had kunnen glimlachen. Ze zou hebben kunnen *grijnzen* toen tot haar stomme verbazing Rasheed rustig de kamer uit wandelde.

Opeens kwam het Laila voor dat de gezamenlijke ontberingen van hun levens – dat van haarzelf, van Aziza en van Mariam – gewoon wegvielen, vervluchtigd als Zalmais afdruk van zijn handpalmen op het televisiescherm. Hoe absurd ook, het leek de moeite waard alles te hebben doorstaan wat ze hadden doorstaan, voor dit ene weergaloze moment, voor deze daad van openlijk verzet, die een eind zou maken aan het lijden aan alle vernederingen.

Laila merkte niet dat Rasheed in de kamer was teruggekeerd. Totdat zijn hand haar bij de keel greep. Totdat ze van de grond werd getild en tegen de muur gesmeten.

Van zo dichtbij leek zijn hatelijke gezicht onmogelijk lang. Laila zag hoe pafferig het met het ouder worden was geworden, hoeveel meer gesprongen bloedvaatjes kleine paadjes op zijn neus in kaart brachten. Rasheed zei niets. En wat viel er ook te zeggen, wat moest er gezegd worden als je de loop van je pistool in de mond van je vrouw duwde.

De razzia's waren de reden waarom ze op het erf een gat groeven. Soms waren het maandelijkse razzia's, soms wekelijkse. De laatste tijd bijna dagelijkse. Meestal namen de Taliban spullen in beslag, gaven iemand een schop onder zijn achterste of een klap op zijn achterhoofd. Maar er vonden soms ook openlijke afstraffingen plaats, slagen op voetzolen en handpalmen.

'Voorzichtig,' zei Mariam nu, terwijl haar knieën tot over de rand hingen. Ze lieten de tv in het gat zakken, waarbij ieder van hen een uiteinde van het plastic vasthield waarin ze het toestel hadden verpakt.

'Zo moet het kunnen,' zei Mariam.

Toen ze klaar waren, klopten ze met de spade op het zand, maakten het vlak en strooiden er wat van in het rond, zodat het er niet verdacht uitzag.

'Zo,' zei Mariam terwijl ze haar handen aan haar kleed afveegde.

Als het weer wat veiliger was, zeiden ze eensgezind, als de Taliban de razzia's verminderden, over twee of zes maanden, of misschien langer, dan zouden ze de tv weer opgraven.

In Laila's droom zijn zij en Mariam achter de gereedschapsschuur weer een gat aan het graven. Maar ditmaal laten ze Aziza in de grond zakken. Door Aziza's adem beslaat het plastic waarin ze haar hebben gewikkeld. Laila ziet haar paniekerige ogen, haar witte handpalmen als ze tegen het plastic slaat en duwt. Aziza bidt en smeekt. Laila kan haar kreten niet horen. 'Voor een poosje maar,' roept ze naar beneden, 'het is maar voor een poosje. Het zijn de razzia's, dat weet je toch, liefje? Als de razzia's voorbij zijn, zullen mammie en khala Mariam je weer opgraven. Dat beloof ik je, liefje. Dan kunnen we weer spelen. Dan kunnen we weer alles spelen wat we willen.' Ze schept zand op de spade. Als de eerste korrelige klont zand het plastic raakt, wordt Laila buiten adem wakker met de smaak van aarde in haar mond.

41

MARIAM

In de zomer van 2000 ging de droogte zijn derde en ergste jaar in.

In Helmand, Zabol, Kandahar, veranderden dorpen in nederzettingen voor nomaden, die altijd op pad waren, op zoek naar water en groene weiden voor hun vee. Als ze niets vonden en hun geiten en schapen en koeien stierven, kwamen ze naar Kabul. Ze trokken naar de heuvelwijk Kareh-Ariana en leefden in vreselijke krottenwijken, met zijn vijftienen of twintigen tegelijk opeengepakt in hutjes.

Het was ook de zomer van *Titanic*, de zomer dat Mariam en Aziza een onontwarbare knoop ledematen waren, rollend en giechelend, waarbij Aziza erop stond dat zíj Jack zou worden.

'Rustig, Aziza jo.'

'Jack! Noem me bij mijn naam, khala Mariam. Zeg het. *Jack*!'

'Je vader wordt boos als je hem wakker maakt.'

'Jack! En jij bent Rose.'

Het eindigde er altijd mee dat Mariam op haar rug lag, zich overgaf en ermee instemde weer eens Rose te zijn. 'Mooi, dan ben jij Jack,' zei ze toegevend. 'Jij zult jong sterven en ik bereik een rijpe oude leeftijd.'

'Ja, maar ik sterf als een held,' zei Aziza, 'terwijl jij, Rose, je hele ellendige leven lang naar mij zult verlangen.' Dan ging ze op Mariams borst zitten en kondigde aan: 'Nu moeten we elkaar kussen!' Mariam draaide haar hoofd ontwijkend naar links en naar rechts, en Aziza, die opgetogen was over haar schandalige gedrag, kraaide van plezier door haar samengeperste lippen.

Soms kwam Zalmai binnen om het spelletje te bekijken. Hij vroeg wat hij dan voor rol kreeg.

'Jij kunt de ijsberg worden,' zei Aziza.

Die zomer raakte Kabul in de greep van de Titanickoorts. Mensen smokkelden illegale kopieën van de film uit Pakistan mee – soms in hun ondergoed. Na de avondklok vergrendelde iedereen zijn deuren, deed de lichten uit, zette het geluid lager en stortte tranen bij Jack en Rose en de andere passagiers van het gedoemde schip. Als er stroom was keken Mariam, Laila en de kinderen ook. Zo'n tien keer of zelfs nog vaker groeven ze 's avonds laat achter de gereedschapsschuur de tv op, deden alle lichten uit en hingen gewatteerde dekens voor de ramen.

In de uitgedroogde bedding van de Kabul nestelden zich de verkopers. In de geblakerde kuilen van de rivier was het weldra mogelijk Titanictapijten te kopen, en Titanicstof van rollen die op kruiwagens lagen. Er waren Titanicdeodorant, Titanictandpasta, Titanicparfum, Titanic*pakora*, en zelfs Titanicburka's. Een bijzonder volhardende bedelaar begon zichzelf Titanicbedelaar te noemen.

Titanic City was een feit.

'Het komt door het lied,' werd gezegd.

'Nee, de zee. De luxe. Het schip.'

'Het is de seks,' werd gefluisterd.

'Leo,' zei Aziza verlegen. 'Het draait allemaal om Leo.'

'Iedereen wil Jack,' zei Laila tegen Mariam. 'Dat is het. Iedereen wil dat Jack hem bij rampen redt. Maar er is geen Jack. Jack komt niet terug. Jack is dood.'

Laat in die zomer vergat een stoffenhandelaar zijn sigaret te doven en viel in slaap. Hij overleefde het vuur, maar de winkel niet. Het vuur maakte zich ook meester van de belendende stoffenwinkel, een winkel in tweedehands kleding, een kleine meubelzaak en een bakkerij.

Later vertelde men Rasheed dat als de wind uit westelijke richting was gekomen in plaats van uit oostelijke, zijn winkel op de hoek van het blok misschien gered had kunnen worden.

Ze verkochten alles.

Het eerst moesten Mariams spullen weg, daarna die van Laila. Aziza's babykleren, de paar speelgoedjes die Laila na geruzie Rasheed voor haar had laten kopen. Aziza zag de gang van zaken geduldig aan. Rasheeds horloge werd ook verkocht, zijn oude transistorradio, zijn stropdas, zijn schoenen en zijn trouwring. De bank, de tafel, het tapijt en de stoelen gingen ook de deur uit. Zalmai kreeg een vreselijke woedeaanval toen Rasheed de tv verkocht.

Na de brand was Rasheed bijna elke dag thuis. Hij sloeg Aziza. Hij schopte Mariam. Hij gooide met dingen. Hij had van alles en nog wat aan te merken op Laila, de manier waarop ze rook, de manier waarop ze zich kleedde, de manier waarop ze haar haren kamde, haar gelige tanden.

'Wat is er met je aan de hand?' zei hij. 'Ik ben ooit met een pari getrouwd en nu zit ik opgezadeld met een heks. Nog even en je bent net als Mariam.'

Hij werd ontslagen in de kebabzaak bij het Haji Yaghoub Plein, omdat hij en een klant in een handgemeen terechtkwamen. De klant klaagde dat Rasheed het brood ruw op tafel had gegooid. Er waren harde woorden gevallen. Rasheed had de klant een Uzbeek met een apengezicht genoemd. Er was gezwaaid met een pistool. Meteen erna was er een spies aan te pas gekomen. In Rasheeds versie van het verhaal was hij degene geweest die de spies in de hand had gehad. Mariam had zo haar twijfels.

Ontslagen in het restaurant in Taimani, omdat klanten klaagden over het lange wachten. Rasheed beweerde dat de kok sloom en lui was.

'Je hebt buiten waarschijnlijk een dutje gedaan,' zei Laila.

'Daag hem niet uit, Laila jo,' zei Mariam.

'Ik waarschuw je, vrouw,' zei hij.

'Je hebt liggen luieren of je hebt gerookt.'

'Ik zweer het bij God.'

'Je kunt het niet helpen dat je bent zoals je bent.'

En toen vatte hij Laila aan, hij stompte met zijn vuisten op haar borst, haar hoofd, haar buik, trok aan haar haren, gooide haar tegen de muur. Aziza begon te gillen en aan zijn hemd te trekken, Zalmai schreeuwde ook en probeerde hem bij zijn moeder weg te krijgen. Rasheed duwde de kinderen aan de kant, stootte Laila tegen de grond en begon haar te schoppen. Mariam wierp zich op Laila. Hij bleef maar trappen, nu tegen Mariam aan, spuug vloog uit zijn mond, zijn ogen schitterden van moorddadigheid, hij trapte tot hij niet meer kon.

'Ik zweer dat je me er nog eens toe dwingt je te doden, Laila,' zei hij hijgend. Toen stormde hij het huis uit.

Toen het geld op was zette de honger een domper op hun leven. Mariam stond er versteld van hoe snel de honger de essentie van hun bestaan werd.

Witte rijst, gewoon gekookt zonder vlees of saus, werd al een zeldzame traktatie. Ze sloegen met toenemende en alarmerende regelmaat maaltijden over. Soms bracht Rasheed sardientjes in blik mee en droog brood dat naar zaagsel smaakte. Soms een gestolen zak met appelen, op het gevaar af dat zijn hand werd afgekapt. In kruidenierswinkels stak hij behoedzaam blikken ravioli in zijn zak, die ze in vijf porties verdeelden, waarbij Zalmai het leeuwendeel kreeg. Ze aten rauwe rapen met zout. Slappe slabladeren en zwart geworden bananen als avondmaal.

De hongerdood werd plotseling een reële mogelijkheid. Sommigen wilden er niet op wachten. Mariam vernam over een weduwe in de buurt die brood had laten malen, er rattengif in had gestopt en het aan al haar zeven kinderen te eten had gegeven. De grootste portie had ze voor zichzelf gereserveerd.

De ribben van Aziza begonnen door haar huid te steken en het vet op haar kaken verdween. Haar kuiten werden mager en haar huid kreeg de kleur van slappe thee. Als Mariam haar oppakte, kon ze het heupbeen door de strakke huid heen voelen steken. Zalmai lag overal in huis op de grond, met halfgesloten en doffe ogen, of in de schoot van zijn vader, slap als een vaatdoek. Hij huilde zichzelf in slaap als hij de energie bijeen kon rapen, maar zijn slaap was rusteloos en sporadisch. Als Mariam opstond, dansten er witte stippen voor haar ogen. Haar hoofd draaide en haar oren galmden de hele tijd. Ze herinnerde zich iets wat mullah Faizullah altijd had gezegd over de honger, telkens als de ramadan van start ging: 'Zelfs iemand die gebeten is door een slang kan nog slapen, maar niet iemand die honger heeft.'

'Mijn kinderen zullen sterven,' zei Laila. 'Voor mijn ogen.'

'Dat doen ze niet,' zei Mariam. 'Dat sta ik niet toe. Het komt allemaal goed, Laila jo. Ik weet wat ik moet doen.'

Op een verzengend hete dag trok Mariam haar burka aan en zij en Rasheed liepen naar het Intercontinental Hotel. Een busrit was een onbetaalbare luxe geworden en Mariam was uitgeput toen ze eenmaal de top van de steile heuvel hadden bereikt. Terwijl ze heuvelopwaarts liepen kreeg ze telkens aanvallen van duizeligheid, en ze moest tweemaal stoppen om te wachten tot het over was.

Bij de ingang van het hotel omhelsde Rasheed ter begroeting een van de portiers, die gekleed was in een bordeauxrood pak en een pet met klep. Ze praatten wat met elkaar, vriendelijk naar het leek. Rasheeds arm lag tijdens het spreken op de arm van de portier. Hij gebaarde op zeker moment in de richting van Mariam en ze keken haar beiden kort aan. Mariam meende de portier vaag te kennen.

Toen de portier naar binnen ging, bleven Mariam en Rasheed wachten. Vanaf dit punt kon Mariam het Polytechnisch Instituut zien en daarachter de oude wijk Khair Khana en de weg naar Mazar. In het zuiden zag ze de broodfabriek Silo, die allang leegstond en waarvan de flets gele voorgevel vol gapende gaten zat van alle beschietingen die het gebouw had moeten doorstaan. Nog verder naar het zuiden kon ze de holle ruïnes van het Darulaman Paleis onderscheiden, waar Rasheed haar vele jaren geleden mee naartoe genomen had voor een picknick. De herinnering aan die dag was een restant uit een verleden dat niet langer van haar leek te zijn.

Mariam concentreerde zich op die dingen, die oriëntatiepunten. Ze vreesde dat ze haar zenuwen niet langer de baas kon als ze haar geest maar wat liet dwalen.

Om de paar minuten kwamen er jeeps en taxi's bij het hotel voorrijden. Portiers snelden toe om de passagiers te begroeten, allemaal mannen, gewapend, met baard en tulband, en ze stapten allemaal uit met dezelfde zelfverzekerde en nonchalante, dreigende houding. Mariam hoorde flarden van hun gesprekken, als ze door de deur van het hotel verdwenen. Ze hoorde Pashtu en Farsi, maar ook Urdu en Arabisch.

'Leer onze échte machthebbers kennen,' zei Rasheed met een donkere stem. 'Pakistani en Arabische islamieten. De Taliban zijn marionetten. Dít zijn de grote jongens en Afghanistan is hun speelplaats.'

Rasheed vertelde dat hij geruchten had gehoord dat de Taliban deze mensen toestemming gaven overal in het land kampen op te zetten waar jongemannen werden getraind zelfmoordaanslagen te plegen en jihadstrijders te worden.

'Waarom blijft hij zo lang weg?' zei Mariam.

Rasheed spoog op de grond en schoof zand over zijn klodder speeksel.

Een uur later volgden ze de portier naar binnen, Mariam en Rasheed. Hun hakken klikten op de betegelde vloer toen ze door de aangenaam koele hal werden geleid. Mariam zag twee mannen op leren stoelen zitten, tussen hen in geweren en een salontafel, ze namen slokjes thee zonder melk en aten van een schotel ronde *jelabi's* met een laagje siroop erop, bestrooid met poedersuiker. Ze dacht aan Aziza, die dol was op jelabi, en ze dwong zich een andere kant op te kijken.

De portier bracht hen naar een balkon. Uit zijn binnenzak haalde hij een kleine zwarte draadloze telefoon tevoorschijn en een stukje papier waarop een nummer gekrabbeld was. Hij vertelde Rasheed dat het de satelliettelefoon van zijn baas was.

'Vijf minuten,' zei hij. 'Niet meer.'

'Tashakor,' zei Rasheed. 'Ik ben je eeuwig dankbaar.'

De portier knikte en liep weg. Rasheed toetste een nummer in. Hij gaf de telefoon aan Mariam.

Terwijl Mariam naar de krassende ringtonen luisterde, liet ze haar geest dolen. Die dwaalde af naar de laatste keer dat ze Jalil had gezien, dertien jaar voordien, in de lente van 1987. Hij had op straat gestaan voor haar huis, op een stok leunend, naast de blauwe Mercedes met een nummerbord uit Herat en de witte streep dwars over de motorkap, het dak en de kofferruimte. Hij had er urenlang op haar staan wachten en af en toe haar naam geroepen, net zoals zij ooit buiten zíjn huis had staan wachten. Mariam had de gordijnen maar één keer op een kier geopend en een glimp van hem opgevangen. Slechts een glimp, maar lang genoeg om te zien dat zijn haar donzig wit geworden was en dat hij krom was gaan lopen. Hij droeg een bril en een rode das, zoals altijd, en in zijn borstzak stak de gebruikelijke driehoek, een witte zakdoek. Het meest opvallende was dat hij magerder was geworden, veel magerder dan zij zich kon herinneren, het colbert van zijn donkerbruine pak zat slordig over zijn schouders, en zijn broekspijpen hingen slonzig op zijn schoenen.

Jalil had haar ook gezien, al was het maar voor heel even. Hun ogen hadden elkaar heel kort gezien door de spleet in de gordijnen, zoals ze dat vele jaren eerder gedaan hadden door een spleet in een ander stel gordijnen. Maar Mariam had de gordijnen snel weer gesloten. Zij had op bed zitten wachten tot hij vertrokken was.

Ze dacht nu aan de brief die hij ten slotte bij de poort had achtergelaten. Ze had hem dagenlang bewaard, onder haar kussen, ze had hem nu en dan tevoorschijn gehaald en in haar handen omgedraaid. Uiteindelijk had ze hem ongeopend verscheurd.

En hier stond ze nu, na al die jaren, en moest een beroep op hem doen.

Mariam had nu spijt van haar dwaze jeugdige trots. Ze wou dat ze hem binnen had gelaten. Het had geen kwaad gekund hem binnen te laten, bij hem te zitten en hem te laten vertellen waarvoor hij gekomen was. Hij was haar vader.

Hij was geen goede vader geweest, dat was waar, maar hoe gewoontjes leken zijn fouten nu, hoe vergeeflijk, vergeleken met de kwaadaardigheid van Rasheed, met de wreedheid en het geweld waarmee ze mannen elkaar te lijf had zien gaan.

Ze wou dat ze de brief niet had verscheurd.

De diepe stem van een man sprak in haar oor en informeerde haar dat ze met het kantoor van de burgemeester in Herat sprak.

Mariam schraapte haar keel. 'Salaam broeder, ik zoek iemand die in Herat woont. Of woonde, vele jaren geleden. Hij heet Jalil Kahn. Hij woonde in Shar-e-Nau en was eigenaar van de bioscoop. Hebt u enige informatie over zijn verblijfplaats?'

De irritatie was in de stem van de man hoorbaar. 'En daar belt u het kantoor van de burgemeester voor?'

Mariam zei dat ze niet wist wie ze anders moest bellen. 'Het spijt me, broeder. Ik weet dat u belangrijke dingen hebt te doen, maar het is een kwestie van leven en dood waar ik over bel.'

'Ik ken hem niet. De bioscoop is jaren geleden al gesloten.'

'Misschien is er iemand die hem kent, iemand...'

'Niemand.'

Mariam sloot haar ogen. 'Alstublieft broeder. Het gaat om kinderen. Kleine kinderen.'

Een lange zucht.

'Misschien is er iemand...'

'Er is een terreinknecht die hier zijn hele leven heeft gewoond, geloof ik.'

'Vraag het hem, alstublieft.'

'Bel morgen maar terug.'

Mariam zei dat dat niet kon. 'Ik heb deze telefoon maar voor vijf minuten. Ik kan niet...'

Ze hoorde een klik aan het andere eind van de lijn en Mariam dacht dat hij opgehangen had. Maar ze kon voetstappen horen en stemmen, een verre claxon, en wat mechanisch gezoem dat werd onderbroken door geklik, misschien een elektrische ventilator. Ze bracht de telefoon naar haar andere oor en sloot haar ogen.

Ze stelde zich Jalil voor hoe hij glimlachend zijn hand in zijn zak stak.

Ah. Natuurlijk. Nou dan, hier. Zonder veel gedoe...

Een hanger in de vorm van een blad, waaraan kleine muntjes hingen waarop manen en sterren waren geëtst.

Doe hem eens om, Mariam jo.

Nou?

Je lijkt wel een koningin.

Er gingen een paar minuten voorbij. Toen voetstappen, een knarsend geluid en een klik. 'Hij kent hem.'

'Echt waar?'

'Dat zegt hij.'

'Waar is hij nu?' zei Mariam. 'Weet die man waar Jalil Khan nu zit?'

Er viel even een stilte. 'Hij zegt dat hij jaren geleden is overleden, in 1987.'

Mariams maag zakte weg. Natuurlijk had ze aan die mogelijkheid gedacht. Jalil zou nu midden of eind zeventig moeten zijn geweest, maar...

1987.

Hij had toentertijd vlak voor zijn dood gestaan. Hij had die hele afstand vanuit Herat afgelegd om vaarwel te zeggen.

Ze liep naar de rand van het balkon. Van hieraf kon ze het ooit beroemde zwembad van het hotel zien, nu leeg en vies, vol kogelgaten en vervallen tegels. En er was de gehavende tennisbaan, het gescheurde net lag slap in het midden, als de dode huid die een slang had afgeschud.

'Ik moet nu gaan,' zei de stem aan het andere eind.

'Het spijt me dat ik u heb lastiggevallen,' zei Mariam, terwijl ze geluidloos huilde. Ze zag Jalil naar haar zwaaien, van steen naar steen springen bij het oversteken van de rivier, zijn zakken vol met cadeautjes. Alle keren dat ze haar adem had ingehouden voor hem, voor God, opdat Hij haar meer tijd met hem zou gunnen. 'Dank u,' zei Mariam, maar de man aan de andere kant had al opgehangen.

Rasheed keek haar aan. Ze schudde haar hoofd.

'Zinloos,' zei hij terwijl hij de telefoon uit haar vingers graaide. 'Zo vader zo dochter.'

Toen ze door de hal liepen wandelde Rasheed resoluut naar de salontafel, waar nu niemand meer zat, en stak de laatste jelabi in zijn zak. Hij nam die mee naar huis en gaf hem aan Zalmai.

42

LAILA

Aziza pakte de volgende spullen in een papieren zak: haar gebloemde overhemd en haar enige paar sokken, haar niet bij elkaar passende winterwanten, een oude oranjekleurige deken met sterren en kometen erop, een beschadigde plastic beker, een banaan en haar dobbelspel.

Het was een kille ochtend in april 2001, vlak voor Laila's drieëntwintigste verjaardag. De hemel was doorzichtig grijs en vlagen van een klamme koude wind bleven de hordeur teisteren.

Het was een paar dagen nadat Laila had gehoord dat Ahmad Shah Masud naar Frankrijk was gegaan om het Europees Parlement toe te spreken. Masud zat nu in het noorden, waar hij was geboren, en stond aan het hoofd van de Noordelijke Alliantie, de enige oppositiegroepering die nog tegen de Taliban streed. In Europa had Masud het Westen gewaarschuwd voor terroristische kampen in Afghanistan en had ervoor gepleit hem met de Verenigde Staten te helpen de Taliban te bestrijden.

'Als president Bush ons niet helpt,' had hij gezegd, 'dan zullen deze terroristen heel snel in Amerika en Europa toeslaan.'

Een maand eerder had Laila gehoord dat de Taliban TNT hadden aangebracht in de spleten van de gigantische boeddha's in Bamiyan en ze hadden opgeblazen, omdat ze naar hun zeggen objecten van zonde en afgoderij waren. Er ging een kreet van afschuw over de wereld, van Amerika tot China. Regeringen, historici en archeologen van over de hele aardbol hadden brieven geschreven en de Taliban dringend gevraagd niet de twee grootste historische kunstwerken van Afghanistan te verwoesten. Maar de Taliban waren doorgegaan en hadden hun explosieven tot ontploffing gebracht en de tweeduizend jaar oude boeddha's vernietigd. Ze hadden bij elke lading dynamiet Allah-u-akbar gezongen en hadden elke keer gejuicht als er een arm of een been verbrokkelde in een wolk stof. Laila herinnerde zich hoe ze samen met Babi en Tariq boven op de grootste van de twee boeddha's had gestaan, in 1987, terwijl een bries hun in hun zonovergoten gezicht woei en ze toekeken hoe een havik over de uitgebreide vallei beneden cirkelde. Maar toen ze het nieuws hoorde over het ter ziele gaan van de standbeelden, was ook Laila er gevoelloos voor. Het leek haar amper te raken. Hoe kon ze zich druk maken over standbeelden nu haar eigen leven verbrokkelde?

Tot het moment dat Rasheed zei dat het tijd was om te vertrekken, zat Laila met een onbewogen gezicht en zonder iets te zeggen in een hoek van de woonkamer; haar haren hingen in warrige krullen om haar gezicht. Hoe vaak ze ook in- en uitademde, Laila leek haar longen niet genoeg met lucht te kunnen vullen.

Op weg naar Karteh-Seh wiebelde Zalmai in Rasheeds armen en Aziza hield Mariam bij de hand, terwijl ze snel naast haar voortliep. De wind blies het vuile sjaaltje onder Aziza's kin omhoog en liet de zoom van haar jurkje deinen. Aziza voelde zich nu beroerder worden, alsof ze begon te vermoeden dat ze met elke stap dichter bij het bedrog kwam. Laila had niet de kracht kunnen vinden om Aziza de waarheid te vertellen. Ze had haar verteld dat ze naar een school zou gaan, een speciale school waar de kinderen aten en sliepen en na de lessen niet naar huis gingen. Aziza bleef dezelfde vragen op Laila afvuren die ze al dagen stelde. Sliepen de leerlingen in verschillende kamers of allemaal in één groot vertrek? Zou ze er vrienden maken? Was zij, Laila, er zeker van dat de onderwijzers aardig waren?

En meer dan eens: hoe lang moet ik er blijven?

Ze bleven twee blokken van het lage lelijke gebouw staan.

'Zalmai en ik blijven hier wachten,' zei Rasheed. 'O, voor ik het vergeet...'

Hij viste een stukje kauwgum uit zijn zak, een afscheidscadeautje, en reikte het Aziza met een stijve, grootmoedige houding aan. Aziza nam het aan en mompelde een dankjewel. Laila verbaasde zich over de vriendelijkheid van haar dochter, over haar grote capaciteit mensen te vergeven, en haar ogen werden vochtig. Haar hart kromp ineen en ze werd slap van het verdriet bij de gedachte dat Aziza die middag niet naast haar zou slapen, dat ze niet het lichte gewicht van Aziza's arm op haar borst zou voelen, de golving van Aziza's hoofd tegen haar ribben, Aziza's warme ademhaling in haar hals, Aziza's voeten die in haar buik porden.

Toen Aziza werd meegenomen, begon Zalmai te jammeren en te schreeuwen: 'Ziza! Ziza!' Hij wrong zich in alle bochten en schopte tegen de armen van zijn vader, hij riep zijn zus, tot zijn aandacht werd afgeleid door de aap van een orgeldraaier aan de overkant van de straat.

Ze liepen de laatste twee blokken met z'n drieën, Mariam, Laila en Aziza. Bij het naderen van het gebouw kon Laila de gehavende voorgevel zien, het verzakkende dak, de planken die tegen de kozijnen van kapotte ruiten waren getimmerd, de bovenkant van een stel schommels boven een afbrokkelende muur.

Ze stopten bij de deur en Laila herhaalde tegen Aziza wat ze al eerder had gezegd.

'En als ze naar je vader vragen, wat zeg je dan?'

'De Mujahedin hebben hem gedood,' zei Aziza vermoeid.

'Dat is goed. Aziza, je begrijpt het toch wel?'

'Omdat dit een bijzondere school is,' zei Aziza. Nu ze er waren en het gebouw werkelijk bleek te bestaan, leek ze geschokt. Haar onderlip trilde en haar ogen dreigden vol te lopen, en Laila zag hoe hard ze vocht om dapper te blijven. 'Als wij de waarheid vertellen,' zei Aziza met een iele ademloze stem, 'word ik niet aangenomen. Het is een bijzondere school. Ik wil naar huis.'

'Ik kom je heel vaak opzoeken,' wist Laila nog uit te brengen. 'Dat beloof ik je.'

'Ik ook,' zei Mariam. 'We komen vaak hier, Aziza jo, en dan spelen we net als altijd. Het is maar voor een tijdje, totdat je vader werk gevonden heeft.'

'Hier hebben ze eten,' zei Laila zwakjes. Ze was blij dat ze haar burka aan had en dat Aziza niet kon zien hoe ze in stukken uiteenviel. 'Hier krijg je geen honger. Ze hebben hier rijst en brood en water en misschien wel fruit.'

'Maar jíj bent er niet. En khala Mariam is er ook niet.'

'Ik kom je opzoeken,' zei Laila. 'Elke keer. Kijk me aan, Aziza. Ik kom je opzoeken. Ik ben je moeder. Als ik er niet meer tegen kan, kom ik je opzoeken.'

De directeur van het weeshuis was een gebogen lopende man met een smalle borstkas en een prettig gerimpeld gezicht. Hij was kaal aan het worden, had een verwarde baard en ogen als erwten. Hij heette Zaman. Hij droeg een petje. Zijn linker brillenglas was gebarsten.

Onderweg naar zijn kantoor vroeg hij Laila en Mariam hoe ze heetten en hij vroeg ook naar Aziza's naam en leeftijd. Ze liepen door slecht verlichte gangen, waar kinderen op blote voeten opzijgingen en toekeken. Ze hadden loshangend haar of geschoren schedels. Ze droegen truien met gerafelde mouwen, gescheurde spijkerbroeken waarvan de knieën tot op de draad waren versleten, jassen die met stukjes plakband waren versteld. Laila rook zeep en talkpoeder, ammoniak en urine, en ze merkte hoe Aziza, die zachtjes was gaan huilen, steeds banger werd.

Laila ving een glimp op van de binnenplaats: een perceel onkruid, een gammele schommel, oude banden, een leeggelopen basketbal. De kamers die ze passeerden waren leeg, de ramen voorzien van stukken plastic. Een jongen schoot uit een van de kamers, greep Laila vast en probeerde in haar armen te klauteren. Een bediende die iets aan het schoonmaken was dat op een plas urine leek, zette zijn mop neer en trok hem los.

Zaman leek de wezen aardig in de hand te hebben. Hij streelde ze over hun hoofd als hij ze passeerde, zei iets hartelijks en woelde zonder laatdunkendheid met zijn hand door hun haar. De kinderen waren blij met zijn aanraking. Ze keken allemaal vol verwachting naar hem, vond Laila.

Hij bracht hen naar zijn kantoor, een kamer met slechts drie klapstoelen en een chaotisch bureau met stapels papier erop.

'U komt uit Herat,' zei Zaman tegen Mariam. 'Dan kan ik horen aan uw accent.'

Hij leunde achterover in zijn stoel, legde zijn handen op zijn buik en zei dat hij een zwager had die er vroeger had gewoond. Zelfs in die gewone gebaren meende Laila iets vermoeids te zien. En hoewel hij flauwtjes glimlachte, voelde Laila dat er iets zorgelijks en gekrenkts in hem zat, teleurstelling en verslagenheid onder een laagje humor.

'Hij was glasmaker,' zei Zaman. 'Hij maakte van die prachtige jadegroene zwanen. Als je ze tegen het licht hield glinsterden ze van binnen, alsof het glas was gevuld met kleine stukjes juweel. Bent u er ooit teruggeweest?'

Mariam zei van nee.

'Zelf kom ik uit Kandahar. Bent u ooit in Kandahar geweest, hamshira? Nee? Het is er erg mooi. Wat een tuinen! En de druiven! O, de druiven. Ze betoveren je gehemelte.'

Een paar kinderen waren bij de deur komen staan en loerden naar binnen. Zaman joeg hen in het Pashtu vriendelijk weg.

'Natuurlijk hou ik ook van Herat. Stad van de kunstenaars en de schrijvers, de soefi's en de mystici. Kent u die oude grap dat je in Herat geen been kunt uitstrekken of je schopt een dichter onder zijn achterwerk?'

Naast Laila begon Aziza te gnuiven.

Zaman deed alsof hij zuchtte. 'Aha. Ik heb je aan het lachen gemaakt, kleine hamshira. Dat is meestal het moeilijkste. Ik maakte me al een poosje zorgen. Ik dacht dat ik moest kakelen als een kip of balken als een ezel. Maar het lukt jezelf. En je bent zo lieftallig.'

Hij riep een bediende en gaf hem opdracht even op Aziza te passen. Aziza sprong op Mariams schoot en klemde zich aan haar vast.

'We gaan gewoon even praten, liefje,' zei Laila. 'Ik blijf hier op deze plek. Oké? Ik blijf hier.'

'Waarom gaan we niet kort naar buiten, Aziza jo?' zei Mariam. 'Je moeder moet even praten met kaka Zaman hier. Even maar. Kom.'

Toen ze alleen waren, vroeg Zaman naar Aziza's geboortedatum, haar vroegere ziekten, allergieën. Hij stelde vragen over Aziza's vader, en Laila beleefde de vreemde ervaring een leugen te vertellen die eigenlijk de waarheid was. Zaman luisterde met een uitdrukking op zijn gezicht die geen vertrouwen en geen scepticisme verraadde. Hij leidde het weeshuis op een honorabele manier, zei hij. Als een hamshira vertelde dat haar man overleden was en zij niet voor haar kinderen kon zorgen, stelde hij geen vragen.

Laila begon te huilen.

Zaman legde zijn pen neer.

'Ik schaam me,' zei Laila met een hese stem en ze drukte haar hand tegen haar mond.

'Kijk me aan, hamshira.'

'Welke moeder laat haar eigen kind in de steek?'

'Kijk me aan.'

Laila hief haar blik.

'Het is niet uw schuld. Hoort u? Niet uw schuld. Het zijn die barbaren, die *wahsihs*, die schuldig zijn. Ze maken mij als Pashtun te schande. Ze hebben de naam van mijn volk onteerd. En u bent niet de enige, hamshira. We krijgen hier voortdurend moeders als u, voortdurend, moeders die hier komen omdat ze hun kinderen niet kunnen voeden, omdat de Taliban ze geen toestemming geven het huis uit te gaan om voor brood op de plank te zorgen. Dus u moet uzelf niet de schuld geven. Niemand hier zal zeggen dat u de schuld bent. Ik begrijp u.' Hij boog zich voorover. 'Hamshira, ik begrijp u.'

Laila veegde haar ogen droog met de stof van haar burka.

'Wat dit huis betreft,' zuchtte Zaman en hij maakte een gebaar met zijn hand, 'u kunt wel zien dat het in een uiterst trieste staat verkeert. We hebben nooit genoeg middelen, we moeten de eindjes moeizaam aan elkaar knopen, steeds improviseren. We krijgen weinig tot geen steun van de Taliban. Maar we houden het hoofd boven water. Net als u doen we wat we moeten doen. Allah is goed en goedertieren en zorgt voor ons, en zolang Hij voor ons zorgt, zal ik erop toezien dat Aziza wordt gevoed en gekleed. Dat kan ik u in elk geval beloven.'

Laila knikte.

'Oké?'

Hij glimlachte vriendelijk. 'Maar u moet niet huilen, hamshira. Laat haar niet zien dat u huilt.'

Laila veegde haar ogen weer droog. 'God zegene u,' zei ze met een dikke stem. 'God zegene u, broeder.'

Maar toen het tijd werd om afscheid te nemen, kwam het tot de uitbarsting die Laila al had gevreesd.

Aziza raakte in paniek.

De hele weg naar huis, zwaar leunend op Mariam, hoorde Laila de schrille kreten van Aziza. Voor haar geestesoog zag ze Zamans dikke, eeltige handen stevig om Aziza's armen geklemd, hij zag hoe hij aan haar trok, eerst zachtjes en toen krachtig, om Aziza los te weken van haar. Ze zag Aziza in Zamans armen schoppen terwijl hij snel een hoek om sloeg en hoorde haar schreeuwen alsof ze op het punt stond van de aardbodem te verdwijnen. En Laila zag zichzelf de gang door rennen met haar hoofd omlaag, terwijl er een janktoon aan haar keel ontsnapte.

Thuis zei ze tegen Mariam: 'Ik ruik haar.' Haar ogen staarden wezenloos over Mariams schouder, over het erf, over de muren, in de richting van de bergen, bruin als het speeksel van een roker. 'Ik ruik hoe ze ruikt in haar slaap. Jij ook? Ruik je het?'

'O, Laila jo,' zei Mariam. 'Niet doen. Waar is dit goed voor? Waarvoor?'

Aanvankelijk ontzag Rasheed Laila en begeleidde hen – haar, Mariam en Zalmai – naar het weeshuis, al zorgde hij er onder het lopen terdege voor dat zij zijn ernstige blikken te zien kreeg, tirades te horen kreeg over de ontberingen die hij door haar moest lijden, hoe erg zijn benen en rug en voeten pijn deden van het lopen naar en van het weeshuis. Hij zorgde ervoor dat zij te weten kwam hoe afgesloofd hij was.

'Ik ben geen jongeman meer,' zei hij. 'Niet dat het jou raakt. Je zou me onder de voet lopen als het aan jou lag. Maar het ligt niet aan jou, Laila.'

Hun wegen scheidden zich twee blokken van het weeshuis vandaan en hij gaf hun nooit meer dan vijftien minuten. 'Eén minuut te laat en ik ben weg. Dat meen ik.'

Laila moest bij hem aandringen en smeken de haar toegemeten minuten met Aziza een beetje te rekken. Voor haarzelf en voor Mariam, die ontroostbaar was over Aziza's afwezigheid, hoewel ze er zoals altijd voor koos om haar eigen lijden persoonlijk en stilletjes te ondergaan. En ook voor Zalmai, die elke dag naar zijn zusje vroeg en woedeaanvallen kreeg die soms overgingen in ontroostbare huilbuien.

Op weg naar het weeshuis stopte Rasheed soms en begon te klagen dat zijn been zeer deed. Dan draaide hij zich om en liep met een lange vaste tred naar huis, zonder met zijn been te trekken. Of hij klakte met zijn tong en zei: 'Het zijn mijn longen, Laila. Ik raak buiten adem. Misschien voel ik me morgen beter, of overmorgen. We zien wel.' Hij deed nooit enige moeite te doen alsof hij ook maar één keer moeilijk ademhaalde. Als hij zich omkeerde en naar huis liep, stak hij vaak een sigaret op. Laila moest hem dan volgen, trillend van verontwaardiging en machteloze woede.

Op een dag deelde hij Laila mee dat hij niet meer mee zou gaan. 'Ik ben te moe van al dat lopen de hele dag op zoek naar werk,' zei hij.

'Dan ga ik alleen,' zei Laila. 'Je kunt me niet tegenhouden, Rasheed. Hoor je me? Je kunt me slaan zoveel je wilt, maar ik gá naar Aziza.'

'Doe maar wat je wilt. Maar je komt niet langs de Taliban. Zeg me later niet dat ik je niet gewaarschuwd heb.'

'Ik ga met je mee,' zei Mariam.

Laila stond dat niet toe. 'Jij moet bij Zalmai blijven. Als we worden aangehouden... ik wil niet dat hij dat ziet.'

En zo draaide Laila's leven plotseling om de vraag hoe mogelijkheden te vinden om Aziza te zien. De helft van de tijd slaagde ze er niet in om het weeshuis te bereiken. Als ze de straat overstak werd ze opgemerkt door de Taliban en bestookt met vragen – 'Wat is uw naam?' 'Waar gaat u naartoe?' 'Waarom bent u alleen, waar is uw mahram?' – voordat ze naar huis werd gestuurd. Als ze geluk had, bleef het bij een reprimande, of een schop onder haar achterste, een duw in haar rug. Andere keren maakte ze kennis met een collectie houten stokken, verse boomtakken, korte zwepen, klappen en vuistslagen.

Op een dag sloeg een jonge Talib Laila met een radioantenne. Toen hij klaar was, gaf hij haar een laatste klap in de nek en zei: 'Als ik je nog één keer zie, sla ik je tot de moedermelk uit al je botten lekt.'

Ditmaal ging Laila naar huis. Ze lag op haar buik, ze voelde zich een dom meelijwekkend dier en hijgde toen Mariam vochtige doeken over haar bebloede rug en dijen legde. Maar meestal weigerde Laila te zwichten. Ze deed alsof ze naar huis ging, maar nam een andere route via zijstraatjes. Soms werd ze gesnapt, ondervraagd, berispt, twee- of drie- of zelfs viermaal per dag. Dan zwiepten de zweepjes en antennes door de lucht en sleepte ze zich naar huis zonder ook maar een glimp van Aziza gezien te hebben. Laila ging er al snel toe over extra kleren aan te trekken, zelfs als het heet was, twee of drie truien onder de burka, als bescherming tegen de slagen.

Maar als ze de Taliban te slim af was, was de beloning voor Laila elke moeite waard. Ze kon dan zo veel tijd met Aziza doorbrengen als ze wilde, uren zelfs. Ze zaten op het binnenplein, bij de schommel, tussen andere kinderen en bezoekende moeders, en ze praatten over wat Aziza die week had geleerd.

Aziza zei dat kaka Zaman het belangrijk vond hun elke dag iets te leren, meestal lezen en schrijven, soms aardrijkskunde, een beetje geschiedenis of natuurkunde, soms iets over planten en dieren.

'Maar we moeten de gordijnen sluiten zodat de Taliban

ons niet kunnen zien,' zei Aziza. In het geval van een inspectie van de Taliban, zei Aziza, had kaka Zaman altijd naalden en knotten wol bij de hand. 'Dan bergen we de boeken op en doen net alsof we breien.'

Toen ze op een dag Aziza bezocht, zag ze een vrouw van middelbare leeftijd die haar burka had teruggeslagen en met drie jongens en een meisje op bezoek was. Laila herkende het scherp getekende gezicht, de zware wenkbrauwen en zeker ook de verzakte mond en het grijze haar. Ze herinnerde zich de hoofddoeken, de zwarte rokken, de kortaangebonden stem, de manier waarop ze haar gitzwarte haar in een knotje bijeenhield, waardoor je het donkere stekeltjeshaar achter in haar nek kon zien. Laila herinnerde zich hoe deze vrouw de vrouwelijke leerlingen ooit verboden had een burka te dragen, omdat mannen en vrouwen gelijk waren en er geen reden was waarom vrouwen hun hoofd moesten bedekken en mannen niet.

Op zeker moment keek Khala Rangmaal op en ontmoette haar blik, maar Laila zag geen weifeling, geen teken van herkenning, in de ogen van haar onderwijzeres.

'Het zijn scheuren in de aardkorst,' zei Aziza. 'Die worden breuken genoemd.'

Het was een warme vrijdagmiddag in juni 2001. Ze zaten met zijn vieren op het plein van het weeshuis, Laila, Zalmai, Mariam en Aziza. Rasheed had zich ditmaal laten vermurwen – zoals af en toe wel gebeurde – en had hen vergezeld. Hij wachtte op straat bij de bushalte op hen.

Kinderen holden op blote voeten rond. Ze trapten tegen een kapotte voetbal en renden er traag achteraan.

'En aan beide zijden van die breuken zijn er aardschollen die de aardkorst vormen,' zei Aziza.

Iemand had het haar uit Aziza's gezicht gestreken, het gevlochten en het netjes boven op haar hoofd vastgestoken. Laila benijdde degene die achter haar dochter had gezeten, delen van haar haren over elkaar had gelegd en haar gevraagd had stil te zitten.

Aziza liet het zien door haar handen met de palmen omhoog te openen en de zijkanten tegen elkaar aan te schuren. Zalmai keek met grote belangstelling toe.

'Heten dat kektonische platen?'

'Tektonische,' zei Laila. Het deed pijn te praten. Haar kaak deed nog zeer, haar rug en nek ook. Haar lip was gezwollen en haar tong bleef maar tasten naar het lege gat van de snijtand in de onderkaak, die Rasheed er twee dagen eerder uitgeslagen had. Voor mammie en Babi waren gestorven en haar leven op de kop was gezet, zou Laila nooit hebben geloofd dat een menselijk lichaam al die wrede en almaar terugkerende aframmelingen kon doorstaan en toch kon blijven functioneren.

'Klopt. En als ze langs elkaar glijden, komen ze vast te zitten en schieten over elkaar, mammie, en dan komt er energie vrij die naar het aardoppervlak gaat en het doet beven.'

'Je wordt zo slim,' zei Mariam. 'Zoveel slimmer dan je domme khala.'

Aziza bloosde en haar gezicht werd breder. 'Jij bent niet dom, khala Mariam. En kaka Zaman zegt dat het schuiven van de schollen soms diep in de aarde plaatsvindt en dat het er daar krachtig en angstaanjagend aan toegaat, maar alles wat wij aan de oppervlakte voelen is een lichte schok. Niet meer dan een lichte schok.'

Bij het vorige bezoek waren het de zuurstofatomen in de atmosfeer geweest die het blauwe licht van de zon verspreidden. 'Als de aarde geen atmosfeer zou hebben,' had Aziza lichtelijk buiten adem gezegd, 'zou de lucht helemaal niet blauw zijn, maar een pikzwarte zee, en de zon een grote heldere ster in het donker.'

'Gaat Aziza nu met ons mee naar huis?' zei Zalmai.

'Binnenkort, liefje,' zei Laila. 'Binnenkort.'

Laila zag hem weglopen, net als zijn vader, voorovergebogen, voeten naar binnen gekeerd. Hij liep naar de schommels, duwde tegen een leeg stoeltje en ging ten slotte op het beton zitten en trok onkruid uit een spleet in de grond.

'Water verdampt op de bladeren, mammie, wist je dat, net als bij wasgoed aan een lijn. En daardoor gaat het water naar boven in de boom. Vanaf de grond en door de wortels, dan helemaal naar boven door de stam, door de takken en dan de bladeren. Dat heet verdamping.'

Meer dan eens had Laila zich afgevraagd wat de Taliban zouden doen met kaka Zamans clandestiene lessen, als ze erachter zouden komen.

Tijdens bezoekjes liet Aziza niet vaak stiltes vallen. Ze vulde elke leegte met overdreven gepraat op een galmende, hoge toon. Ze stelde haar onderwerpen maar heel even aan de orde en haar handen maakten wilde gebaren, schoten omhoog op een manier die helemaal niet bij haar paste. Ze lachte nu anders, Aziza. Niet zozeer een lach eigenlijk als wel een nerveuze onderbreking, bedoeld om hen gerust te stellen, vermoedde Laila.

En er waren meer veranderingen. Laila zag het vuil onder Aziza's vingernagels, en Aziza merkte dat zij het merkte en stak haar handen onder haar dijen. Als een kind in hun buurt huilde en het snot uit zijn neus liep, of als een kind in zijn blote kont voorbijkwam terwijl zijn haar van het vuil aan elkaar klonterde, begonnen Aziza's oogleden te trillen en was ze er als de kippen bij om het goed te praten. Ze was als een gastvrouw die tegenover haar gasten in haar maag zat met de viezigheid van haar huis en haar slordige kinderen.

Vragen over hoe ze zich redde werden beantwoord met vage, quasi-opgewekte antwoorden.

'Het gaat goed, khala. Ik voel me prima.'

'Hebben de kinderen wat op je aan te merken?'

'Nee, mammie. Iedereen hier is aardig.'

'Eet je wel goed? En slapen?'

'Eten ja. Slapen ook. Ja. Gisteravond hadden we lamsvlees. Of misschien was het wel vorige week.'

Als Aziza zo sprak, zag Laila heel wat van Mariam in haar.

Aziza begon te stotteren, Mariam merkte het als eerste op. Het was subtiel, maar waarneembaar, en het deed zich vooral voor bij woorden die met een t begonnen. Laila vroeg er Zaman naar. Hij fronste zijn voorhoofd en zei: 'Ik dacht dat ze dat altijd al had gedaan.'

Die vrijdagmiddag verlieten ze met Aziza het weeshuis

voor een klein uitstapje en ze troffen Rasheed bij de bushalte aan, waar hij op hen wachtte. Toen Zalmai zijn vader ontdekte, slaakte hij een opgewonden gil en kronkelde ongeduldig uit Laila's armen. De manier waarop Aziza hem begroette was stug, maar niet vijandig.

Rasheed zei dat ze moesten opschieten; hij had maar twee uur voordat hij zich weer op zijn werk moest melden. Het was zijn eerste week als portier van het Intercontinental. Van twaalf uur 's middags tot acht uur 's avonds, zes dagen per week, opende Rasheed autoportieren, sjouwde bagage en verwijderde voorkomende vlekken. Op het eind van de dag gaf de kok van het buffetrestaurant Rasheed wat restanten mee naar huis – zolang hij er maar discreet over deed: koude gehaktballen die in de olie dreven, gebakken kippenvleugels, waarvan de korst taai en droog geworden was; gevulde pastaschelpjes die hard geworden waren, harde rijst die tussen de tanden knarste. Rasheed had Laila beloofd dat wanneer hij wat geld had gespaard, Aziza weer thuis mocht komen wonen.

Rasheed droeg een uniform, een bordeauxrood pak van polyester, een wit overhemd, een nepdasje, een pet met klep op zijn witte haar. In dat uniform onderging Rasheed een metamorfose. Hij zag er kwetsbaar uit, meelijwekkend misplaatst, bijna onschuldig. Als iemand die zonder een vorm van protest de vernederingen heeft geaccepteerd waarmee het leven hem heeft bedeeld. Iemand die tegelijk zielig en bewonderswaardig is in zijn onderworpenheid.

Ze gingen met de bus naar Titanic City. Ze wandelden de rivierbedding in, aan beide kanten geflankeerd door provisorische stalletjes die zich aan de droge oevers vastklampten. Terwijl ze de trap afdaalden zagen ze bij de brug een man zonder schoeisel dood aan een hijskraan hangen, met afgesneden oren en het hoofd geknakt aan het eind van de strop. In de rivier mengden ze zich in de massa rondsjokkende kopers, de geldwisselaars en verveeld kijkende NGO'ers, de sigarettenverkopers, de vrouwen in burka die mensen zogenaamde antibiotica in handen drukten en om geld bedelden. Taliban die zweepjes bij zich droegen en *naswar* kauwden, patrouilleerden in Titanic City, op zoek naar een indiscrete lach of een ongesluierd gezicht.

Uit een speelgoedstalletje tussen een jasverkoper en een stal met kunstbloemen haalde Zalmai een rubberen basketbal met gele en blauwe vlakken.

'Neem iets,' zei Rasheed tegen Aziza.

Aziza aarzelde, verstijfd van verwarring.

'Snel. Ik moet over een uur op mijn werk zijn.'

Aziza koos een kauwgomballenapparaat – een en dezelfde munt kon worden ingeworpen om snoep te krijgen en worden teruggenomen uit een muntvakje onder in het apparaat.

Rasheeds wenkbrauwen schoten omhoog toen de verkoper de prijs meedeelde. Er volgde wat gepingel, waarna Rasheed wrevelig tegen Aziza zei, alsof zij het was geweest die met hem gepingeld had: 'Geef maar terug. Ik kan ze niet allebei betalen.'

Hoe dichter ze op de terugweg bij het weeshuis kwamen, hoe meer de levendige uiterlijke houding van Aziza verdween. Haar handen schoten niet langer de lucht in. Haar gezicht werd ernstig. Dat gebeurde altijd. Het was nu Laila's beurt, met Mariams steun, om het gesprek gaande te houden, nerveus te lachen en de melancholieke stilte te vullen met doelloos en gespannen geplaag.

Later, toen Rasheed hen had teruggebracht en de bus naar zijn werk had genomen, zag Laila Aziza ten afscheid zwaaien en vlak langs de muur naar het binnenplein van het weeshuis sloffen. Ze dacht aan Aziza's gestotter en aan wat Aziza eerder had gezegd over breuken en krachtige botsingen diep in de aarde, en hoe soms alles wat we aan de oppervlakte kunnen zien een lichte beving is.

'Weg, jij!' schreeuwde Zalmai.

'Rustig,' zei Mariam. 'Naar wie schreeuw je eigenlijk?'

Hij wees. 'Daar. Naar die man.'

Laila volgde zijn vinger. Er stond inderdaad een man tegen de voorpoort van hun huis geleund. Hij draaide zijn hoofd om toen hij hen zag naderen. Hij haalde zijn armen van elkaar. Hinkte een paar stappen in hun richting.

Laila bleef staan.

Uit haar keel kwam een verstikkend geluid. Haar knieën werden slap. Laila wilde plotseling Mariams arm vastgrijpen, ze móest het, haar schouder, haar pols, iets, wat dan ook, om zich aan vast te klampen. Maar ze deed het niet. Ze durfde het niet. Ze durfde geen spier te bewegen. Ze durfde niet te ademen of zelfs met haar ogen te knipperen, uit angst dat hij niets anders was dan een fata morgana die in de verte glinsterde, een breekbare illusie die bij de geringste reactie zou verdwijnen. Laila stond volkomen stil en keek naar Tariq, totdat haar borst schreeuwde om lucht en haar ogen prikten van het niet knipperen. En op de een of andere manier, als door een wonder, nadat ze adem had gehaald en haar ogen had gesloten en weer geopend, stond hij er nog steeds. Tariq stond er nog steeds.

Laila stond zichzelf toe een stap in zijn richting te zetten. Toen nog een. En nog een. En toen begon ze te rennen.

43

MARIAM

Boven in Mariams kamer was Zalmai onrustig. Hij stuiterde zijn nieuwe rubberbal op de vloer en tegen de muur. Mariam vroeg hem dat te laten, maar ze wist dat ze geen gezag over hem had, en hij bleef dus met zijn bal stuiteren en haar uitdagend aankijken. Ze speelden een tijdje met zijn speelgoedautootje, een ambulance met forse rode letters op de zijkanten, die ze door de kamer naar elkaar toe stuurden.

Toen ze eerder Tariq bij de poort hadden aangetroffen, had Zalmai de basketbal tegen zijn borst gedrukt en een duim in zijn mond gestoken – iets wat hij niet meer deed behalve als hij zenuwachtig was. Hij had Tariq met argwaan bekeken.

'Wie is die man?' zei hij nu. 'Ik mag hem niet.'

Mariam wilde het hem uitleggen, iets zeggen over hem en Laila, die samen waren opgegroeid, maar Zalmai onderbrak haar en zei dat ze de ambulance om moest draaien, zodat de voorkant naar hem gekeerd was, en toen ze het deed zei hij dat hij zijn basketbal terug wilde.

'Waar is die?' zei hij. 'Waar is de bal die Baba jan voor mij heeft gekocht? Waar is hij? Ik wil hem! Ik wil hem!' en zijn stem werd met elk woord luider en scheller.

'Hij lag net nog hier,' zei Mariam, en hij schreeuwde: 'Nee, hij is weg, ik weet het, ik weet het gewoon, hij is weg. Waar is hij, waar is hij?'

'Hier,' zei ze en ze haalde de bal bij de kast vandaan, waar hij heen was gerold. Maar Zalmai bleef maar tieren en met zijn vuisten slaan, en hij schreeuwde dat het niet dezelfde bal was, dat kon niet, want zijn bal was weg en dit was een nepbal, waar was zijn echte bal gebleven? Waar? Waar waar waar?

Hij schreeuwde tot Laila naar boven moest komen om hem vast te houden en te wiegen en haar vingers door zijn dichte donkere krullen te halen, zijn vochtige wangen te drogen en met haar tong bij zijn oor te klakken.

Mariam wachtte buiten de kamer. Van boven aan de trap was alles wat ze van Tariq kon zien zijn lange benen, het echte en het kunstbeen, in kakibroek, op de kale vloer van de woonkamer. Toen besefte ze waarom de portier bij het Intercontinental haar zo bekend voorgekomen was op de dag dat zij en Rasheed erheen waren gegaan om Jalil te bellen. Hij had die dag een pet en een zonnebril gedragen, daarom was het niet eerder bij haar opgekomen. Maar Mariam kon het zich nu van negen jaar geleden herinneren, herinnerde zich hoe hij beneden gezeten had en zijn voorhoofd met een zakdoek had gedept en om water had gevraagd. Nu schoten er allerlei vragen door haar hoofd: waren de sulfapillen ook onderdeel van de truc geweest? Wie van hen had de leugen en de overtuigende details bedacht? En hoeveel had Rasheed betaald aan Abdul Sharif, als dat zijn naam al was, om Laila te verpletteren met het verhaal over de dood van Tariq?

44

LAILA

Tariq zei dat een van de mannen met wie hij de cel had gedeeld een neef had die ooit in het openbaar was afgeranseld omdat hij flamingo's schilderde. Hij, de neef, had daar kennelijk onuitroeibaar veel plezier in.

'Hele tekenblokken vol,' zei Tariq. 'Tientallen olieverfschilderijen van flamingo's die door lagunes waden en in moerassen zonnebaden. En voor zonsondergangen langs vliegen, vrees ik.'

'Flamingo's,' zei Laila. Ze keek naar hem zoals hij tegen de muur zat, zijn goede been opgetrokken. Ze voelde weer de behoefte hem aan te raken, zoals eerder bij de voorpoort toen ze op hem af was gerend. Het maakte haar nu verlegen eraan terug te denken hoe ze haar handen om zijn hals had geworpen en aan zijn borst had gehuild, hoe ze zijn naam telkens weer met een dikke brabbelstem had uitgesproken. Had ze te begerig gehandeld, vroeg ze zich af, te wanhopig? Misschien wel. Maar ze had het niet kunnen helpen. En nu hunkerde ze ernaar hem opnieuw aan te raken en haarzelf te bewijzen dat hij echt hier was, dat hij geen droom was, geen verschijning.

'Inderdaad,' zei hij. 'Flamingo's.'

Toen de Taliban de schilderijen hadden gevonden, zei Tariq, hadden ze aanstoot genomen aan de lange naakte poten van de vogels. Nadat ze de voeten van de neef hadden vastgebonden en tot bloedens toe op zijn voetzolen hadden geslagen, boden ze hem de keuze: de schilderijen vernietigen of van de flamingo's fatsoenlijke dieren maken. De neef had zijn schilderkwast gepakt en werkelijk elke vogel van een broek voorzien.

'Alsjeblieft. Islamitische vogels,' zei Tariq.

Ze lachten, maar Laila deed het onderdrukt. Ze schaamde zich voor haar vergelende tanden en de ontbrekende snijtand. Voor haar verlepte aanblik en gezwollen lip. Ze wou dat ze de gelegenheid had haar gezicht te wassen of tenminste haar haren te kammen.

'Maar hij lacht het laatst, die neef,' zei Tariq. 'Hij schilderde die broeken met waterverf. Als de Taliban zijn verdwenen, wast hij ze er gewoon af.' Hij glimlachte – en Laila zag dat hijzelf ook een tand miste – en keek naar zijn handen. 'Inderdaad.'

Hij droeg een pakol op zijn hoofd en had wandellaarzen aan, en hij had een zwarte wollen trui ingestopt onder de taille van zijn grijze kakibroek. Hij glimlachte licht en knikte langzaam. Laila kon zich niet herinneren dat hij het ooit eerder had gezegd, dat 'inderdaad', en dat bedachtzame gebaar en de vingers die in zijn schoot een tent vormden en dat knikken, dat was allemaal ook nieuw. Zo'n volwassen woord, zulke volwassen gebaren, waarom zou dat zo verrassend moeten zijn? Hij wás nu volwassen, Tariq, een vijfentwintigjarige man met langzame bewegingen en een vermoeide glimlach. Groot, met baard, slanker dan in haar dromen over hem, maar met sterk lijkende handen, werkmanshanden met kronkelende volle aderen op de rug ervan. Zijn gezicht was nog steeds mager en knap, maar de huid ervan was niet strak meer; zijn voorhoofd maakte een verweerde indruk, gebruind net als zijn nek, het voorhoofd van een reiziger aan het eind van een lange en vermoeiende reis. Zijn pakol had hij achter op zijn hoofd geschoven en ze kon zien dat hij zijn haar aan het verliezen was. De lichtbruine kleur van zijn ogen was doffer dan ze zich herinnerde, fletser, of misschien was het enkel het licht in de kamer.

Laila dacht aan Tariqs moeder, haar rustige gedrag, de intelligente glimlach, de fletsrode pruik. En zijn vader met zijn loensende blik en zijn ironische humor. Eerder bij de deur had ze met een stem vol tranen, struikelend over haar eigen woorden, aan Tariq verteld wat zij dacht dat er gebeurd was met hem en zijn ouders, en hij had zijn hoofd geschud. Ze vroeg hem nu dus hoe het met zijn ouders ging. Maar ze betreurde de vraag toen Tariq naar beneden keek, een beetje afwezig. 'Dood.'

'Het spijt me.'

'Ja, mij ook. Hier.' Hij viste een papieren zak uit zijn broekzak en reikte die haar aan. 'Complimenten van Alyona.' Er zat een in plastic verpakt stuk kaas in.

'Alyona. Een mooie naam.' Laila probeerde het volgende te zeggen zonder enige onzekerheid. 'Je vrouw?'

'Mijn geit.' Hij glimlachte hoopvol naar haar, alsof hij erop wachtte dat er bij haar een herinnering zou opduiken.

Toen kwam het weer in Laila's geheugen op. De Russische film. Alyona was de dochter van de kapitein geweest, het meisje dat verliefd was op de eerste stuurman. Het was de dag geweest waarop ze sovjettanks en jeeps Kabul hadden zien verlaten, de dag waarop Tariq die belachelijke Russische bontmuts had gedragen.

'Ik moest haar aan een paal in de grond vastzetten,' zei Tariq. 'En een schutting maken. Vanwege de wolven. In de heuvels waar ik woon, is vlakbij bebost terrein, op zo'n paar honderd meter afstand, voor het grootste deel pijnbomen, wat sparren en ceders. Ze blijven meestal in de bossen, die wolven, maar een blatende geit die graag wat rondloopt kunnen ze moeilijk weerstaan. Vandaar het hek. En de paal.'

Laila vroeg hem welke heuvels.

'Pir Panjal. Pakistan,' zei hij. 'Murree heet het waar ik woon, het is een zomerse pleisterplaats, op één uur rijden van Islamabad. Het is er heuvelachtig en groen, veel bomen, hoog boven de zeespiegel. Koel in de zomer dus. Prachtige plek voor toeristen.'

De Britten hadden het gebouwd als verblijfplaats in de heuvels niet ver van hun militaire hoofdkwartier in Rawalpindi, zei hij, bedoeld voor de Victorianen om aan de hitte te ontsnappen. Je kon er nog altijd wat overblijfselen uit de koloniale tijd vinden, zei Tariq, de theesalon, bungalows met tinnen daken die *cottages* werden genoemd, dat soort dingen. De stad zelf was klein en aangenaam. De hoofdstraat heette The Mall, en er waren een postkantoor, een bazaar, een paar restaurants, en winkels waar toeristen te veel moesten betalen voor geschilderd glas en handgeknoopte tapijten. Vreemd genoeg ging het eenrichtingsverkeer in The Mall de ene week de ene kant op en de volgende week de andere.

'De plaatselijke bewoners zeggen dat het verkeer in steden in Ierland ook zo geregeld is,' zei Tariq. 'Ik zou het niet weten. Maar het is er mooi, hoe dan ook. Het is een eenvoudig leven, maar daar ben ik op gesteld. Ik vind het leuk er te wonen.'

'Met je geit. Met Alyona.'

Laila bedoelde dit niet als grap maar als een heimelijke overgang naar een ander soort gesprek, zoals over wie er nog meer bij hem was daar, terwijl hij zich druk maakte over wolven die geiten vraten. Maar Tariq bleef maar knikken.

'Het spijt me wat er met je ouders is gebeurd,' zei hij.

'Heb je het gehoord?'

'Ik heb eerder met wat buren gepraat,' zei hij. Een pauze, waarin Laila zich afvroeg wat de buren nog meer hadden verteld. 'Ik herken er niemand. Uit vroeger dagen, bedoel ik.'

'Ze zijn allemaal vertrokken. Er is niemand meer die jij nog zou kennen.'

'Ik herken Kabul niet eens meer.'

'Ik ook niet,' zei Laila. 'Terwijl ik nooit vertrokken ben.'

'Mammie heeft een nieuwe vriend,' zei Zalmai later op diezelfde dag na het eten, toen Tariq weg was. 'Een man.'

Rasheed keek op. 'Echt waar? Nu?'

Tariq vroeg of hij kon roken.

Ze hadden een poos in het Nasir Bagh vluchtelingenkamp bij Peshawar gezeten, zei Tariq, terwijl hij as aftikte op een schoteltje. Toen hij en zijn ouders er arriveerden, leefden er al zestigduizend Afghanen.

'Het was niet zo slecht als sommige andere kampen, zoals,

God sta me bij, Jalozai,' zei hij. 'Ik denk dat het op zeker moment, tijdens de koude oorlog, zelfs iets als een modelkamp is geweest, een plaats waarmee het Westen goede sier kon maken en de wereld kon bewijzen dat ze niet alleen maar wapens Afghanistan binnen sluisden.'

Maar dat was tijdens de sovjetoorlog geweest, zei Tariq, de dagen van de jihad en de wereldwijde belangstelling en de genereuze financiële ondersteuning en de bezoekjes van Margaret Thatcher.

'De rest ken je wel, Laila. Na de oorlog viel de Sovjet-Unie uiteen en het Westen trok verder. Ze hadden in Afghanistan niets meer te zoeken en de geldbron droogde op. Nu is Nasir Bagh tenten, stof en open riolen. Toen we er aankwamen kregen we een stok en een stuk canvas en er werd ons gezegd een tent voor onszelf te bouwen.'

Tariq zei dat wat hij zich het meest van Nasir Bagh herinnerde, waar ze een jaar hadden geleefd, de kleur bruin was. 'Bruine tenten. Bruine mensen. Bruine honden. Bruine pap.'

Elke dag klom hij in een bladerloze boom, waarin hij schrijlings op een tak naar de vluchtelingen ging zitten kijken die overal in de zon lagen, hun zweren en stompen duidelijk zichtbaar. Hij keek naar uitgemergelde jongetjes die in hun jerrycans water sjouwden, hondenkeutels verzamelden om vuur te maken, met botte messen AK 47-speelgoed van hout sneden en zakken tarwemeel versleepten waar niemand brood van kon maken dat niet uit elkaar viel. Overal in het vluchtelingenkamp liet de wind de tenten flapperen. Hij slingerde het stoppelige onkruid alle kanten op en nam vliegers mee die van de daken van lemen hutjes waren gevlogen.

'Er zijn zo veel kinderen gestorven. Dysenterie, tbc, honger, noem maar op. Meestal die verrekte dysenterie. God, Laila. Ik heb zo veel kinderen begraven zien worden. Er is niets ergers dan dat.'

Hij kruiste zijn benen. Het werd tussen hen weer even rustig.

'Mijn vader heeft die eerste winter niet overleefd,' zei hij.

'Hij is in zijn slaap overleden. Ik geloof niet dat hij pijn heeft geleden.'

Diezelfde winter, zei hij, kreeg zijn moeder longontsteking en was bijna gestorven, ze zou zijn gestorven als er niet een dokter was geweest die vanuit een tot mobiele kliniek omgebouwde stationcar werkte. Ze werd de hele nacht wakker en hoestte in haar koorts dikke, roestkleurige slijm op. De rijen waren te lang om de dokter te kunnen zien, zei Tariq. Iedereen stond in de rij te rillen, te hoesten en te kreunen, bij sommigen liep de poep langs hun benen, anderen waren te moe of te hongerig of te ziek om iets te zeggen.

'Maar het was een fatsoenlijke man, die dokter. Hij behandelde mijn moeder, gaf haar medicijnen en redde haar die winter het leven.'

Diezelfde winter had Tariq een jongen in het nauw gedreven.

'Twaalf, misschien dertien jaar,' zei hij op rustige toon. 'Ik heb hem een glasscherf op de keel gezet en zijn deken van hem afgepakt. De deken heb ik aan mijn moeder gegeven.'

Hij had zichzelf na de ziekte van zijn moeder plechtig beloofd, zei Tariq, dat ze niet nog eens een winter in het kamp zouden doorbrengen. Hij zou gaan werken en geld sparen en met zijn moeder verhuizen naar een flat in Peshawar met verwarming en schoon water. Toen de lente aanbrak was hij werk gaan zoeken. Van tijd tot tijd kwam er vroeg in de ochtend een vrachtwagen naar het kamp om enkele tientallen jongens te ronselen die stenen van akkers moesten verwijderen of in een boomgaard appels plukken in ruil voor een beetje geld, soms een deken of schoenen. Maar hem wilden ze nooit, zei Tariq.

'Ze keken naar mijn been en dan wisten ze het wel.'

Er waren andere baantjes. Greppels graven, hutjes bouwen, water sjouwen, uitwerpselen uit wc-huisjes halen. Maar de jongens vochten om die baantjes en Tariq kreeg nooit een kans.

Toen ontmoette hij in de herfst van 1993 op een dag een winkelier.

'Hij bood geld aan om een leren jas naar Lahore te brengen. Niet veel, maar wel genoeg, genoeg voor een of twee maanden huur voor de flat.'

De winkelier gaf hem een buskaartje, zei Tariq, en het adres van een straat vlak bij het spoorwegstation van Lahore, waar hij de jas moest afleveren bij een vriend van de winkelier.

'Ik wist het meteen. Natuurlijk wist ik het meteen,' zei Tariq. 'Hij zei dat als ik gepakt werd ik het zelf moest opknappen en dat ik er goed aan moest denken dat hij wist waar mijn moeder woonde. Maar ik kon het geld niet laten lopen. En de winter kwam er weer aan.'

'Hoe ver ben je gekomen dan?' vroeg Laila.

'Niet ver,' zei hij lachend, hij klonk verontschuldigend, beschaamd. 'Ik heb het zelfs niet tot in de bus gebracht. Maar ik dacht dat ik immuun was, veilig. Alsof er daarboven een boekhouder was, een vent met een potlood achter zijn oor, die die dingen bijhield en berekende, en die naar beneden keek en zou zeggen: Ja ja, vooruit maar, dit laten we passeren. Hij heeft er al wat voor betaald.'

Het zat in de voering, de hasjiesj, en die viel op straat toen de politie het mes in de jas zette.

Tariq lachte opnieuw toen hij dit zei, een aanzwellende maar bange lach, en Laila herinnerde zich hoe hij vroeger, toen ze klein waren, op die manier lachte, om verlegenheid te verhullen, om de scandaleuze of onbezonnen dingen die hij had uitgevreten lichter te maken.

'Hij hinkt,' zei Zalmai.

'Is het degene die ik denk dat het is?'

'Hij was alleen maar op bezoek,' zei Mariam.

'Hou je mond, jij,' snauwde Rasheed terwijl hij zijn vinger waarschuwend hief. Hij wendde zich weer tot Laila. 'Is dat even een verrassing. Laila en Majnoon herenigd. Net als in oude tijden.' Zijn gezicht versteende. 'Je hebt hem dus binnengelaten. Hier. In mijn huis. Hij was hier met mijn zoon.'

'Jij hebt me gedupeerd. Je hebt tegen me gelogen,' zei

Laila tandenknarsend. 'Jij hebt die man laten komen die tegenover me zat en... Je wist dat ik zou weggaan als ik gedacht had dat hij nog in leven was.'

'En heb jij dan niet tegen mij gelogen?' brulde Rasheed. 'Dacht je dat ik dat niet kon bedenken? Over jouw harami? Denk je dat ik ze niet allemaal op een rijtje heb, hoer?'

Hoe langer Tariq praatte, hoe meer Laila het moment vreesde dat hij zou stoppen. De stilte die zou volgen, het sein dat het haar beurt was om verslag te doen, om over het waarom en het hoe en het wanneer te vertellen en om officieel te maken wat hij vast en zeker al wist. Telkens als hij even pauzeerde kwam er een vage misselijkheid in haar op. Ze ontweek zijn ogen. Ze keek naar zijn handen, naar de ruwe donkere haartjes die in de tussenliggende jaren op de rug ervan waren opgekomen.

Tariq wilde niet veel vertellen over zijn jaren in de gevangenis, behalve dan dat hij er Urdu had leren spreken. Als Laila ernaar vroeg, schudde hij ongeduldig met zijn hoofd. In dat gebaar zag Laila roestige tralies en ongewassen lichamen, gewelddadige mannen en overvolle gangen, en plafonds die wegrotten onder een laag schimmel. Je las in zijn ogen dat het een vernederende, ontaarde en wanhopige plek voor hem was geweest.

Tariq vertelde dat zijn moeder had geprobeerd hem na zijn arrestatie te bezoeken.

'Ze is driemaal geweest. Maar ik kreeg haar nooit te zien,' zei hij.

Hij schreef haar een brief, en daarna nog een paar, zelfs al betwijfelde hij dat zij ze zou ontvangen.

'En ik heb jou geschreven.'

'O ja?'

'O, hele boekwerken vol,' zei hij. 'Je vriend Rumi zou jaloers zijn geweest op mijn productie.' Toen begon hij weer te lachen, ditmaal hard, alsof hij zowel was geschrokken van zijn eigen openhartigheid als van zijn ongemakkelijke houding over wat hij had verklapt.

Zalmai begon boven te schreeuwen.

'Net als in oude tijden,' zei Rasheed. 'Jullie tweeën. Ik veronderstel dat je hem je gezicht hebt laten zien.'

'Ja,' zei Zalmai. En toen tegen Laila: 'Ja, mammie, ik heb je gezien.'

'Je zoon lijkt niet erg op mij gesteld te zijn,' zei Tariq, toen Laila weer beneden was.

'Het spijt me,' zei ze. 'Zo is het niet. Hij... Let maar niet op hem.' Ze veranderde snel van onderwerp, want ze voelde zich schuldig en verdorven zo over Zalmai te praten, die een kind was, een jongetje dat van zijn vader hield en wiens instinctieve aversie jegens die vreemdeling gewettigd en begrijpelijk was.

En ik heb jou geschreven.

Hele boekwerken vol.

Hele boekwerken vol.

'Hoe lang heb je in Murree gezeten?'

'Minder dan een jaar,' zei Tariq.

Hij was in de gevangenis bevriend geraakt met een oudere man, zei hij, een vent die Salim heette en vroeger hockeyspeler voor Pakistan was geweest, die jarenlang de ene gevangenis in en de volgende uit was gegaan en nu tien jaar moest zitten voor het neersteken van een geheim agent. Elke gevangenis heeft een man als Salim, zei Tariq. Er was altijd iemand die listig was en connecties had, die het systeem voor je kon laten werken en dingen voor je regelde, iemand om wie het gonsde van de gevaren en de mogelijkheden. Het was Salim geweest die Tariqs vragen over zijn moeder buiten de gevangenis had weten te krijgen, en het was Salim geweest die bij hem was komen zitten en hem op zachte vaderlijke toon had verteld dat ze was overleden aan de kou.

Tariq had zeven jaar lang vastgezeten in de Pakistaanse gevangenis. 'Ik ben er goed afgekomen,' zei hij. 'Ik heb geluk gehad. De rechter die mijn zaak behandelde, had een broer die met een Afghaanse vrouw was getrouwd. Misschien heeft hij daarom genade laten gelden. Ik weet het niet.'

Toen Tariqs straf erop zat, in de vroege winter van 2000, had Salim hem het adres en het telefoonnummer gegeven van zijn broer. De naam van de broer was Sayeed.

'Hij zei dat Sayeed een hotelletje runde in Murree,' zei Tariq. 'Twintig kamers en een lounge, een plekje waar toeristen zich aangenaam konden voelen. Hij zei tegen me dat ik moest vertellen dat hij mij gestuurd had.'

Zodra hij uit de bus was gestapt, had Tariq van Murree gehouden: de met sneeuw bedekte pijnbomen; de koude tintelende lucht; de van luiken voorziene cottages met de rook die uit de schoorstenen kringelde.

Dit was een plek, had Tariq gedacht toen hij op Sayeeds deur klopte, dit was een plek die niet alleen mijlenver verwijderd was van de ellende die hij had gekend, maar ook een plek die zelfs de notie van ontbering en verdriet op de een of andere manier onwelvoeglijk maakte, ondenkbaar.

'Ik zei bij mezelf: dit is een plek waar je oud kunt worden.'

Tariq werd in dienst genomen als portier en klusjesman. Hij voldeed tijdens de proefperiode van een maand goed, zei hij, tegen halfgeld, hem door Sayeed uitbetaald. Terwijl Tariq sprak, zag Laila Sayeed voor zich: een smalogige man met een rossig hoofd, die uit het raam van de receptie toekeek hoe Tariq hout hakte en de oprit sneeuwvrij maakte. Ze zag hem gebogen staan over Tariqs benen, terwijl Tariq onder de gootsteen een lekkende pijp repareerde. Ze zag hem de kassalijst controleren op ontbrekend kasgeld.

Tariqs hutje lag naast het kleine lage huis van de kokkin, zei hij. De kokkin was een matroneachtige oude weduwe, die Adiba heette. Beide hutten stonden vrij van het hotel, gescheiden van het hoofdgebouw door wat amandelbomen, een bank en een piramidevormige stenen fontein waaruit in de zomer de hele dag water klaterde. Laila stelde zich Tariq voor in zijn hut, zittend op het bed, kijkend naar de lommerrijke wereld buiten het raam.

Aan het eind van de proeftijd trok Sayeed Tariqs loon op tot normaal niveau, vertelde hem dat hij gratis kon lunchen, gaf hem een wollen jas en zorgde voor een nieuw been. Tariq zei dat hij gehuild had om de goedheid van de man.

Met het volle loon van zijn eerste maand in zijn zak was Tariq naar de stad gegaan om Alyona te kopen.

'Haar vacht is volkomen wit,' zei Tariq glimlachend. 'Op sommige ochtenden, als het de hele nacht heeft gesneeuwd, kijk je naar buiten en alles wat je ziet van haar zijn twee ogen en een snuit.'

Laila knikte. Er viel opnieuw een stilte. Boven was Zalmai weer met zijn bal tegen de muur gaan stuiteren.

'Ik dacht dat je dood was,' zei Laila.

'Dat weet ik. Dat heb je al verteld.'

Laila's stem brak. Ze moest haar keel schrapen en zich beheersen. 'De man die me dat kwam vertellen, was zo serieus... Ik geloofde hem, Tariq. Ik wou dat ik het niet gedaan had, maar ik heb het wel gedaan. Ik voelde me zo alleen en bang. Anders was ik er niet mee akkoord gegaan met Rasheed te trouwen. Ik zou niet...'

'Je hoeft dit niet te vertellen,' zei hij zachtjes, terwijl hij het vermeed haar in de ogen te kijken. In de manier waarop hij het zei zat geen verborgen verwijt, geen tegenbeschuldiging. Geen teken van blaam.

'Maar ik wil het. Want er was een belangrijker reden om met hem te trouwen. Er is iets wat jij niet weet, Tariq. Er is iemand. Ik moet het je vertellen.'

'Heb jij ook met hem zitten praten?' vroeg Rasheed aan Zalmai.

Zalmai zei niets. Laila zag nu aarzeling en onzekerheid in zijn ogen, alsof hij zojuist had beseft dat wat hij had geopenbaard veel kolossaler was dan hij had gedacht.

'Ik vroeg je iets, jongen.'

Zalmai slikte. Zijn blik dwaalde rond. 'Ik was boven met Mariam aan het spelen.'

'En je moeder?'

Zalmai keek verontschuldigend naar Laila en stond op het punt in tranen uit te barsten.

'Wees maar niet bang, Zalmai,' zei Laila. 'Vertel de waarheid maar.'

'Ze zat... ze zat beneden met die man te praten,' zei hij met een iel stemmetje, nauwelijks luider dan wanneer hij had gefluisterd.

'Juist,' zei Rasheed. 'Samenspel.'

Toen hij wegging, zei Tariq: 'Ik wil haar ontmoeten. Ik wil haar zien.'

'Ik zal het regelen,' zei Laila.

'Aziza. Aziza.' Hij glimlachte, de woorden op zijn tong proevend. Telkens als Rasheed de naam van haar dochter uitsprak, vond Laila het verderfelijk klinken, bijna vulgair. 'Aziza. Prachtig.'

'Dat is ze ook. Je zult het zien.'

'Ik tel de minuten af.'

Er waren bijna tien jaar verstreken sinds ze elkaar voor het laatst gezien hadden. Laila's geest ging terug naar alle keren dat ze elkaar in de steeg hadden ontmoet en elkaar in het geheim hadden gekust. Ze vroeg zich af hoe ze er in zijn ogen nu uit moest zien. Vond hij haar nog aantrekkelijk? Of vond hij haar nu verlept, verwaarloosd, meelijwekkend, net als een afzichtelijk, voortschuifelend oud vrouwtje? Bijna tien jaar. Maar voor de korte duur dat ze daar bij Tariq stond, in het zonlicht, was het net alsof die jaren er niet waren geweest. De dood van haar ouders, haar huwelijk met Rasheed, de moordpartijen, de raketten, de Taliban, de afranselingen, de honger, zelfs haar kinderen, het leek allemaal een droom, een bizarre omweg, enkel een onderbreking tussen de laatste middag samen en dit moment.

Toen veranderde Tariqs gezicht, werd ernstig. Ze kende die gelaatsuitdrukking. Het was dezelfde blik die hij had gehad op de dag, vele jaren geleden, toen ze beiden nog kinderen waren geweest, dat hij zijn been had afgedaan en Khadim had belaagd. Hij strekte nu één hand uit en raakte de hoek van haar onderlip aan.

'Dat heeft hij gedaan,' zei hij kil.

Bij die aanraking herinnerde Laila zich weer de uitzinnigheid van die middag waarop ze Aziza hadden verwekt. Ze voelde zijn adem in haar hals, ze voelde de spieren van zijn heupen spannen, zijn borst op haar borsten drukken, hun handen ineengevlochten.

'Ik wou dat ik je met me meegenomen had,' zei Tariq bijna fluisterend.

Laila moest haar blik laten zakken en proberen niet te huilen.

'Ik weet dat je nu een getrouwde vrouw en moeder bent. En hier sta ik nu, na al die jaren, na alles wat er gebeurd is, op de drempel van je deur. Het is waarschijnlijk niet netjes of eerlijk, maar ik ben van zo ver gekomen om je te zien, en... O, Laila, ik wou dat ik nooit bij je was weggegaan.'

'Zeg dat niet,' zei ze hees.

'Ik had meer mijn best moeten doen. Ik zou met je hebben moeten trouwen toen ik de kans had. Dan zou alles anders zijn geweest.'

'Praat alsjeblieft niet zo. Het doet zo'n pijn.'

Hij knikte, deed een stap naar haar toe, maar hield zichzelf tegen. 'Ik wil me niets aanmatigen. En ik heb niet de bedoeling je leven op de kop te zetten door zomaar uit het niets op te duiken. Als je wilt dat ik wegga, als je wilt dat ik naar Pakistan terugkeer, zeg het dan, Laila. Zeg het en ik ga. Ik zal je nooit meer lastigvallen. Ik...'

'Nee!' zei Laila scherper dan ze wilde. Ze zag dat ze naar zijn arm reikte en hem vastgreep. Ze liet haar hand vallen. 'Nee. Ga niet weg, Tariq. Nee. Blijf, alsjeblieft.'

Tariq knikte.

'Hij werkt van twaalf uur 's middags tot acht uur 's avonds. Kom morgenmiddag terug. Dan breng ik je naar Aziza.'

'Ik ben niet bang voor hem, hoor.'

'Dat weet ik. Kom morgenmiddag terug.'

'En dan?'

'En dan... Ik weet het niet. Ik moet nadenken. Dit is...'

'Dat weet ik,' zei hij. 'Ik begrijp het. Sorry. Sorry voor heel veel dingen.'

'Dat hoeft niet. Je beloofde terug te komen. En dat heb je gedaan.'

Zijn ogen werden vochtig. 'Het is zo mooi je terug te zien, Laila.'

Ze zag hem weglopen en huiverde. Ze dacht: *hele boekwerken vol,* en er ging opnieuw een rilling door haar heen, een stroom vol verdriet en eenzaamheid, maar ook met iets van verlangen en roekeloze hoop.

45

MARIAM

'Ik was boven met Mariam aan het spelen,' zei Zalmai.

'En je moeder?'

'Ze zat... ze zat beneden met die man te praten.'

'Juist,' zei Rasheed. 'Samenspel.'

Mariam zag zijn gezicht zich ontspannen en verslappen. Ze keek naar de duidelijke rimpels in zijn voorhoofd. Er spraken achterdocht en wantrouwen uit zijn ogen. Hij zat rechtovereind, en gedurende een paar ogenblikken leek hij enkel bedachtzaam, als een scheepskapitein die juist op de hoogte is gebracht van een dreigende muiterij en nu nadenkt over de stap die hij moet nemen.

Hij keek op.

Mariam begon iets te vertellen, maar hij hief zijn hand, en zonder naar haar te kijken zei hij: 'Te laat, Mariam.'

Tegen Zalmai zei hij koeltjes: 'Jij gaat naar boven, jongen.'

Mariam zag ontzetting op Zalmais gezicht. Nerveus keek hij rond naar de andere drie. Hij voelde nu dat zijn spelletje verklikken tot iets bloedserieus onder de volwassenen had geleid. Hij wierp een wanhopige, rouwmoedige blik op Mariam en daarna op zijn moeder.

Geprikkeld zei Rasheed: 'Nu.'

Hij pakte Zalmai bij zijn arm. Zalmai liet zich mak als een schaap naar boven leiden.

Ze stonden er als bevroren bij, Mariam en Laila, ogen op de grond gericht, alsof elkaar aankijken een erkenning zou zijn van het geloof in de manier waarop Rasheed de dingen zag: terwijl hij met bagage sleepte en deuren opende voor mensen die hem geen blik waardig keurden, was er achter zijn rug een wellustige samenzwering gaande, in zijn eigen huis, voor de ogen van zijn geliefde zoon. Niemand van hen zei een woord. Ze luisterden naar de voetstappen op de gang boven, het ene paar onheilspellend en zwaar, het andere het getrippel van een schuw diertje. Ze luisterden naar verminkte woorden, een schrille smeekbede, een nors weerwoord, een deur die dichtsloeg, de sleutel die bij het omdraaien knerpte. Vervolgens het ene paar voetstappen dat terugkeerde, ongeduldiger nu.

Mariam zag zijn stampende voeten toen hij naar beneden kwam. Ze zag hem de sleutel in zijn zak steken, zag zijn riem, het eind met de gaatjes vast om zijn knokkels gewikkeld. De nepkoperen gesp stuiterde op de trede achter hem aan.

Zij wilde hem stoppen, maar hij duwde haar achteruit en stormde langs haar heen. Zonder een woord te verspillen liet hij de riem op Laila neerkomen. Hij deed het zo snel dat ze geen tijd had om achteruit te deinzen of ineen te duiken of zelfs maar ter afweer een arm te heffen. Laila tastte met haar vingers naar haar slapen en keek naar het bloed, keek verbaasd naar Rasheed. Het duurde maar een of twee seconden, die blik van ongeloof, voordat hij plaatsmaakte voor haat.

Rasheed liet de riem opnieuw neerkomen.

Ditmaal beschermde Laila zich met haar onderarm en deed een greep naar de riem. Ze greep mis en Rasheed liet de riem weer neerdalen. Laila kreeg die heel even te pakken, maar Rasheed rukte hem los en sloeg opnieuw krachtig op haar in. Laila rende door de kamer, en Mariam schreeuwde woorden door elkaar heen en smeekte Rasheed op te houden, terwijl hij achter Laila aanzat, haar de weg versperde en zijn riem op haar liet knallen. Op zeker moment dook Laila ineen en slaagde erin hem een vuistslag te geven boven zijn oor, waarna hij een vloek uit spuugde en haar zelfs nog genadelozer achtervolgde. Hij kreeg haar te pakken, gooide haar tegen de muur en sloeg met de riem steeds weer toe, de gesp kletterde op haar borst, haar schouders, haar geheven armen, haar vingers, en waar ze geraakt werd begon ze te bloeden.

Mariam kon niet meer bijhouden hoe vaak de riem op Laila's lichaam kletste, hoeveel smekende woorden ze Rasheed toeriep, hoeveel keren ze de onsamenhangende kluwen van tanden, vuisten en riem aanschouwde voordat ze vingers over Rasheeds gezicht zag krassen, gekloofde nagels in zijn kaak zag slaan en aan zijn haar trekken en over zijn voorhoofd krabben. Hoe lang voordat ze besefte, geschrokken en opgelucht, dat het haar eigen vingers waren.

Hij liet af van Laila en draaide zich naar haar om. Eerst keek hij haar aan zonder haar te zien, toen vernauwden zijn ogen zich en namen Mariam met belangstelling op. Zijn blik veranderde van verwarring naar schok, toen naar afwijzing en teleurstelling zelfs, bleef daar even hangen.

Mariam herinnerde zich de eerste keer dat ze zijn ogen had gezien, onder de bruidssluier in de spiegel, terwijl Jalil toekeek, hoe hun blikken over het spiegelglas waren gegleden en elkaar hadden ontmoet, de zijne gevoelloos, de hare onderdanig, inwilligend, bijna verontschuldigend.

Verontschuldigend.

Mariam zag nu in diezelfde ogen wat voor idioot ze was geweest.

Was ze een onbetrouwbare echtgenote geweest, vroeg ze zich af. Een zelfvoldane vrouw? Een schaamteloze vrouw? Eerloos? Vulgair? Wat voor schadelijke dingen had zij deze man willens en wetens aangedaan ter rechtvaardiging van zijn kwaadaardigheid, zijn voortdurende aanvallen, het genot waarmee hij haar pijnigde? Had zij niet voor hem gezorgd toen hij ziek was? Hem en zijn vrienden gevoed, de boel plichtsgetrouw schoongemaakt?

Had ze die man niet haar jeugd gegeven?

Had ze ooit op gerechtvaardigde gronden zijn laagheid verdiend?

Rasheed liet de riem kletterend op de grond vallen en kwam op haar af. Sommige karweitjes, zei het gekletter, moeten met blote handen gedaan worden.

Maar juist op het moment dat hij haar streng wilde aanpakken, zag Mariam hoe Laila iets van de grond raapte. Ze zag hoe Laila haar hand boven haar hoofd bracht, even inhield en hem toen naar beneden liet suizen, tegen de zijkant van zijn gezicht. Er rinkelde glas. De puntige overblijfselen van het waterglas vielen op de grond. Er zat bloed aan Laila's handen, er stroomde bloed uit de gapende wond op Rasheeds wang, bloed liep in zijn nek en op zijn overhemd. Hij draaide zich om, een en al grauwende tand en woedend oog.

Ze sloegen spartelend tegen de grond, Rasheed en Laila. Hij kwam ten slotte boven te liggen en had zijn handen al om Laila's keel geslagen.

Mariam klauwde naar hem. Ze sloeg hem op zijn borst. Ze smeet zich tegen hem aan. Ze worstelde om zijn vingers om Laila's hals los te krijgen. Ze beet in zijn vingers. Maar ze bleven vastgeklampt rond Laila's luchtpijp en Mariam zag dat hij nu wilde doorzetten.

Hij wilde haar wurgen en er was niets dat een van hen beiden kon doen.

Mariam verliet de kamer. Ze was zich bewust van een bonzend geluid van boven, ze was zich ervan bewust dat kleine handjes tegen een gesloten deur sloegen. Ze vloog door de voordeur. Stak het erf over.

In de gereedschapsschuur greep Mariam de schop.

Rasheed merkte niet dat zij in de kamer terugkeerde. Hij zat nog steeds op Laila, zijn ogen stonden wijd open en er lag krankzinnigheid in, zijn handen klemden zich om haar hals. Laila's gezicht werd nu blauw en haar oogballen waren weggedraaid. Mariam zag dat ze zich niet langer verzette. *Hij gaat haar vermoorden*, dacht ze. *Dat is hij echt van plan.* En Mariam kon en wilde dat niet laten gebeuren. Hij had zoveel van haar afgepakt in de zevenentwintig jaar van hun huwelijk. Ze wilde hem niet ook nog Laila van haar zien afpakken.

Mariam zette zich schrap en vatte de spade steviger aan. Ze hief hem. Ze noemde zijn naam. Ze wilde dat hij het zag.

'Rasheed.'

Hij keek op.

Mariam begon aan de zwaai.

Ze raakte hem op zijn slaap. De klap sloeg hem van Laila weg.

Rasheed voelde met zijn hand aan zijn hoofd. Hij keek naar het bloed op de toppen van zijn vingers en daarna naar Mariam. Ze meende zijn gezicht te zien verzachten. Ze stelde zich voor dat er iets tussen hen was gebeurd, dat ze misschien letterlijk enig begrip in zijn hoofd had geslagen. Misschien zag hij ook iets in haar gezicht, dacht Mariam, iets wat hem deed aarzelen. Misschien zag hij een spoor van alle zelfverloochening, alle opoffering, alle inspanning die het haar had gekost om al die jaren met hem samen te leven, te leven met zijn constante minachting en gewelddadigheid, zijn gevit en laagheid. Was het respect dat zij in zijn ogen zag? Spijt?

Maar toen krulde zijn bovenlip zich weer tot een hatelijke grijns, en Mariam zag op dat moment de zinloosheid en wellicht de onverantwoordelijkheid als ze dit niet zou afmaken. Als ze hem nu liet gaan, hoe lang zou het dan duren voor hij de sleutel uit zijn broekzak zou nemen en boven dat pistool van hem zou halen, in de kamer waarin hij Zalmai had opgesloten? Als Mariam er zeker van was geweest dat hij tevreden zou zijn als hij alleen haar zou neerschieten, dat er een kans was dat hij Laila zou sparen, had ze de spade misschien laten vallen. Maar in Rasheeds ogen zag ze de moord op hen beiden.

En dus hief Mariam de spade opnieuw, hief hem zo ver als ze kon, liet hem doorbuigen tot laag in haar rug. Ze draaide hem een kwartslag zodat de scherpe kant van de spade omhooggericht was, en terwijl ze dat deed moest ze eraan denken dat dit voor het eerst in haar leven was dat zíj over de loop van haar leven besliste.

En daarmee liet Mariam de spade naar beneden suizen. Ditmaal gaf ze er alle kracht aan mee die ze in zich had.

46

LAILA

Laila was zich bewust van het gezicht boven haar, een en al gebit en tabak en onheilspellend oog. Ze was zich ook vaag bewust van Mariam, een aanwezigheid achter het gezicht, van haar vuisten die maar bleven neerkomen. Boven hen was het plafond, en het was het plafond dat Laila's aandacht trok, de donkere beschimmelde plekken die zich uitbreidden als inkt op een kleed, de scheur in de pleisterlaag, een stompzinnige glimlach of een frons, afhankelijk van de positie van waaruit je ernaar keek. Laila dacht aan al die keren dat ze een doek over het eind van een bezem had gebonden en spinnenwebben van het plafond had verwijderd. De drie keren dat zij en Mariam er een laag witte verf op hadden aangebracht. De scheur was nu niet langer een glimlach, maar een spottende blik. En het plafond werd kleiner. Het ging omhoog en kromp, verwijderde zich opwaarts van haar naar een nevelige schemering. Het steeg op tot het de omvang van een postzegel had, helder wit, al het andere eromheen uitgewist door de gesloten duisternis. Rasheeds gezicht was daarbinnen als een zonnevlek.

Kleine korte uitbarstingen nu van verblindend licht in haar ogen, als exploderende zilveren sterren. Bizarre, geometrische vormen in het licht, wormen, eivormige dingen die op en neer bewogen, zijwegen die in elkaar vervloeiden, uiteenbraken, zich vervormend tot iets anders, vervagend, plaatsmakend voor het zwart.

Gedempte, verre stemmen.

Achter haar oogleden flitsten en bruisten de gezichten van haar kinderen op. Aziza, waakzaam en bezorgd, schrander, geheimzinnig. Zalmai, die met een huiverend soort enthousiasme naar zijn vader opkeek.

Zo zou het dus eindigen. Wat een deerniswekkend eind, dacht Laila.

Maar toen begon de duisternis op te trekken. Ze kreeg het sensationele gevoel op te rijzen, naar boven getrokken te worden. Het plafond kwam langzaam terug, breidde zich uit, en Laila kon nu weer de scheur zien, het was dezelfde oude vervelende glimlach.

Ze werd door elkaar geschud. 'Is alles goed met je? Geef antwoord, is alles goed met je?' Mariams gezicht vol met schrammen, zwaar van de bezorgdheid, hing boven Laila.

Laila probeerde adem te halen. Het schroeide in haar keel. Ze probeerde het nogmaals. Het schroeide nu nog meer, en niet enkel haar keel maar ook haar borst. En toen begon ze te hoesten en te hijgen. Naar adem snakkend, maar in elk geval ademend. In haar goede oor hoorde ze gegalm.

Het eerste wat ze zag toen ze overeind ging zitten, was Rasheed. Hij lag op zijn rug, staarde in het niets, zijn ogen knipperden niet, de uitdrukking op zijn gezicht was die van een vissenbek. Een beetje schuim, lichtroze, was over zijn wang gelopen. De voorkant van zijn broek was nat. Ze zag zijn voorhoofd.

Toen zag ze de spade.

Er ontsnapte een kreun aan haar lippen. 'O,' zei ze trillend, amper in staat te spreken. 'O Mariam.'

Laila liep kermend en handenwringend heen en weer, terwijl Mariam bij Rasheed zat, haar handen in haar schoot, kalm en emotieloos. Mariam zei heel lang niets.

Laila's mond was droog, ze stotterde woorden en rilde over haar hele lichaam. Ze dwong zichzelf niet naar Rasheed te kijken, naar de openstaande mond, zijn open ogen, het bloed dat stolde in de holte van zijn sleutelbeen.

Buiten werd het licht vager en verdiepten de schaduwen zich. Mariams gezicht leek in dit licht mager en afgetobd, maar ze scheen niet geagiteerd of bang, enkel afwezig, bedachtzaam, en zo in zichzelf gekeerd dat toen er een vlieg op haar kin landde zij er geen aandacht aan besteedde. Ze zat daar maar, haar onderlip stak wat uit, zoals altijd als ze in gedachten was verzonken.

Ten slotte zei ze: 'Ga zitten, Laila jo.'

Laila gehoorzaamde gewillig.

'We moeten hem hier weghalen. Zalmai mag dit niet zien.'

Mariam viste de slaapkamersleutel uit zijn broekzak voordat ze hem in een beddenlaken wikkelden. Laila pakte hem bij zijn benen, in de knieholten, en Mariam greep hem onder zijn armen. Ze probeerden hem op te tillen, maar hij was te zwaar en uiteindelijk sleepten ze hem maar over de grond. Toen ze door de voordeur gingen en het erf op wilden lopen, bleef Rasheeds voet achter de deurlijst steken en zijn been boog opzij. Ze moesten een eindje terug en het opnieuw proberen, en toen klonk er van boven een bons en Laila's benen begaven het. Ze liet Rasheed vallen. Ze zakte snikkend en trillend op de grond ineen, en Mariam moest zich over haar heen buigen, handen op haar heupen, en zeggen dat ze zich moest vermannen. Gedane zaken namen geen keer.

Na een poosje stond Laila op en veegde haar gezicht af, en ze sjouwden Rasheed zonder verdere incidenten naar het erf. Ze brachten hem naar de gereedschapsschuur. Ze legden hem achter de werkbank, waarop zijn zaag, wat spijkers, een beitel, een hamer en een rond stuk hout lagen, dat Rasheed had willen gebruiken om iets voor Zalmai te snijden maar waar hij nooit aan toegekomen was.

Ze gingen weer naar binnen. Mariam waste haar handen, ging ermee door haar haren en ademde diep in en uit. 'Laat me je wonden verzorgen. Je bent ernstig toegetakeld, Laila jo.'

Mariam zei dat ze een nacht over de dingen moest slapen. Om haar gedachten bijeen te rapen en een plan te ontwerpen.

'Er is een manier,' zei ze, 'die moet ik zien te vinden.'

'We moeten weg! We kunnen hier niet blijven,' zei Laila met een gebroken, schorre stem. Ze dacht plotseling aan het geluid dat de spade moest hebben gemaakt op het moment dat die op zijn hoofd terechtkwam, en haar lichaam stortte voorover. Er steeg gal in haar borst op.

Mariam wachtte geduldig tot Laila zich wat beter voelde. Toen dwong ze Laila te gaan liggen, en terwijl ze over Laila's haar in haar schoot streek zei Mariam dat ze zich geen zorgen moest maken, dat alles in orde zou komen. Ze zei dat ze samen zouden vertrekken, zij, Laila, de kinderen en Tariq ook. Ze zouden dit huis en deze meedogenloze stad verlaten. Ze zouden helemaal weggaan uit dit hopeloze land, zei Mariam, terwijl ze met haar handen door Laila's haar ging, en naar een afgelegen en veilige plek trekken, waar niemand hen kon vinden, waar ze hun verleden konden vergeten en een schuilplaats vinden.

'Een plek met bomen,' zei ze. 'Ja. Heel veel bomen.'

Ze zouden in een huisje gaan leven aan de rand van een stad waar ze nooit van hadden gehoord, zei Mariam, of in een afgelegen dorp waar de straat smal was en ongeplaveid, maar waarlangs allerlei soorten planten en struiken stonden. Misschien was er wel een zandpad dat naar een groen grasveld leidde waar de kinderen konden spelen, of misschien een grindpad dat hen naar een helder blauw meertje voerde waar zalm zwom en verschillende soorten riet door het wateroppervlak staken. Ze zouden schapen en kippen fokken en samen brood maken en de kinderen leren lezen. Ze zouden een nieuw leven voor zichzelf beginnen – vredige, afgezonderde levens – en daar zou de zwaarte van alles wat ze hadden doorstaan van hen afgenomen worden en ze zouden alle geluk en simpele welvaart die ze er vonden waard zijn.

Laila mompelde bemoedigend. Het zou een bestaan vol moeilijkheden worden, dat zag ze wel, maar van een aangename soort, moeilijkheden waar ze trots op konden zijn, die ze onder controle konden houden en op prijs stellen, als een erfstuk in de familie. Mariams zachte, moederlijke stem praatte door en gaf haar wat troost. 'Er is een manier,' had ze gezegd, en in de ochtend zou Mariam haar vertellen wat er gedaan moest worden en dan zouden ze het doen, en misschien zouden ze morgen om deze tijd onderweg zijn naar een nieuw leven, een leven vol mogelijkheden en vreugde en aangename moeilijkheden. Laila was dankbaar dat Mariam zich ermee belastte, helder van geest en verstandig, in staat om dit voor hen beiden te overdenken. Haar eigen geest was een nerveus, warhoofdig rommeltje.

Mariam stond op. 'Je moet nu aandacht besteden aan je zoon.' Op haar gezicht lag een droefenis zoals Laila nog nooit op een menselijk gezicht had gezien.

Laila vond hem in het donker, opgerold op Rasheeds helft van de matras. Ze gleed onder de dekens naast hem en trok ze over hen heen.

'Slaap je?'

Zonder zich naar haar toe te draaien zei hij: 'Ik kan nog niet slapen. Baba jan heeft de *Babaloo* nog niet met mij gebeden.'

'Misschien kan ik ze vanavond met jou bidden.'

'Jij kunt niet zo bidden als hij.'

Ze kneedde zijn kleine schouder. Kuste hem in zijn nek. 'Ik kan het proberen.'

'Waar is Baba jan?'

'Baba jan is weg,' zei Laila, terwijl haar keel weer werd dichtgesnoerd.

Daar was hij dan, voor de eerste keer uitgesproken, de grote bezwarende leugen. Hoe vaak moest die leugen nog worden verteld, vroeg Laila zich in haar ellende af, hoe vaak moest Zalmai nog worden bedrogen? Ze stelde zich Zalmai voor, zijn uitbundige verwelkoming als Rasheed thuiskwam, en Rasheed die hem onder zijn oksels pakte en hem telkens weer rondzwaaide totdat Zalmais benen gestrekt rondvlogen, en hoe zij met zijn tweeën later giechelden als Zalmai rondzwalkte als een dronkenlap. Ze dacht aan hun chaotische spelletjes en rumoerige gelach, hun heimelijke blikken.

Laila voelde schaamte en verdriet om haar zoon over zich komen.

'Waar is hij naartoe?'

'Ik weet het niet, liefje.'

Wanneer kwam hij terug? Zou Babi jan bij thuiskomst een cadeautje voor hem bij zich hebben?

Ze bad samen met Zalmai. Eenentwintigmaal *Bismallah-a-Rahman-a-Rahims* – een voor elk kootje van zeven vingers. Ze zag hem zijn hoofd in zijn handen leggen en erin blazen, daarna de rug van zijn beide handen op zijn voorhoofd plaatsen en een beweging maken alsof hij iemand wegjoeg, terwijl hij fluisterde: 'Babaloo, ga weg, kom niet bij Zalmai, hij wil niets met jou te maken hebben, Babaloo, ga weg.' Daarna zeiden ze ter afronding driemaal Allah-u-akbar. En later, veel later die avond, deed een zachte stem Laila opschrikken: 'Is Babi jan om mij weggegaan? Om wat ik zei om jou en de man beneden?'

Ze boog zich over hem heen om hem gerust te stellen en wilde zeggen: 'Het heeft niets met jou te maken, Zalmai. Nee. Jij hebt nergens schuld aan.' Maar hij sliep alweer en zijn kleine borstkas rees en daalde.

Toen Laila ging slapen, was haar geest verdoofd, bedrukt, niet in staat lang en verstandig na te denken. Maar toen ze wakker werd bij de roep van de muezzin voor het ochtendgebed, was de ergste matheid verdwenen.

Ze kwam overeind en keek een poosje toe hoe Zalmai sliep met zijn hand om zijn kin. Laila stelde zich voor hoe Mariam midden in de nacht de kamer was binnengeslopen, terwijl zij en Zalmai lagen te slapen, en in haar hoofd plannen aan het smeden was.

Laila glipte uit bed. Het kostte haar moeite te gaan staan. Ze had overal pijn. Haar nek, haar schouders, haar rug, haar armen, haar dijen, allemaal wonden door de gesp van Rasheeds riem. Huiverend verliet ze de slaapkamer.

In Mariams kamer was het licht een nuance donkerder dan grijs, het soort licht dat Laila altijd geassocieerd had met kraaiende hanen en bedauwde, licht deinende grasprieten. Mariam zat in een hoek op een gebedskleedje, in de richting van het raam. Laila ging langzaam tegenover haar op de grond zitten.

'Je moet vanochtend bij Aziza op bezoek gaan,' zei Mariam.

'Ik weet wat je van plan bent.'

'Niet lopend. Neem de bus, je mengt je onder de anderen. Taxi's wekken te veel achterdocht. Je kunt er zeker van zijn dat je wordt aangehouden als je er alleen in zit.'

'Wat je gisteravond hebt beloofd...'

Laila kon de zin niet afmaken. De bomen, het meer, het naamloze dorp. Een hersenschim, zag ze nu wel. Een prachtige leugen, bedoeld om te sussen. Zoals je tegen een angstig kind fluistert.

'Dat was menens,' zei Mariam. 'Het was menens voor jóu, Laila jo.'

'Zonder jou wil ik er niets van weten,' zei Laila schor.

Mariam glimlachte mat.

'Ik wil dat het is zoals jij zei, Mariam, we gaan met zijn allen, jij, ik en de kinderen. Tariq heeft een woning in Pakistan. We kunnen ons daar een tijdje terugtrekken en wachten tot de dingen wat tot rust gekomen zijn...'

'Onmogelijk,' zei Mariam geduldig, alsof ze als ouder tegen een welmenend maar misleid kind praatte.

'We zorgen voor elkaar,' zei Laila, verward door de woorden, haar ogen nat van de tranen. 'Dat heb je zelf gezegd. Nee. Ik zal voor de verandering eens voor jóu zorgen.'

'O, Laila jo.'

Laila begon holle frasen uit te slaan. Ze marchandeerde. Ze beloofde. Ze zou al het schoonmaakwerk doen en altijd koken, zei ze. 'Je hoeft helemaal niets meer te doen. Nooit meer. Jij rust uit, jij slaapt uit, jij legt een tuin aan. Als je iets wilt hebben, vraag je het aan mij en ik haal het voor je. Doe dit niet, Mariam. Laat me niet alleen. Breek Aziza's hart niet.'

'Ze hakken handen af als je brood steelt,' zei Mariam. 'Wat denk je dat ze gaan doen als ze een dode echtgenoot vinden en de vrouwen weg zijn?'

'Niemand komt erachter,' hijgde Laila. 'Niemand vindt ons.'

'Ze zullen ons vinden. Vroeg of laat. Het zijn bloedhonden.' Mariam sprak zachtjes, behoedzaam; Laila's beloften klonken er onwerkelijk door, verzonnen en dwaas.

'Mariam, alsjeblieft...'

'Als ze ons vinden, zullen ze jou even schuldig achten als mij. En Tariq ook. Ik wil niet dat jullie altijd maar op de vlucht moeten. Wat gebeurt er met je kinderen als jullie gepakt worden?'

Laila's ogen schoten vol tranen, brandden.

'Wie zorgt er dan voor hen? De Taliban? Denk als een moeder, Laila jo. Denk als een moeder. Ik ben een moeder.'

'Dat kan ik niet.'

'Je moet.'

'Het is niet eerlijk,' zei Laila hees.

'Dat is het wel. Kom eens hier. Kom hier eens liggen.'

Laila kroop naar haar toe en legde haar hoofd weer in Mariams schoot. Ze herinnerde zich alle middagen dat ze bij elkaar vlechten in het haar hadden gelegd, terwijl Mariam geduldig had geluisterd naar haar willekeurige gedachten en gewone verhalen met een houding van dankbaarheid, met de gelaatsuitdrukking van iemand die een uniek en begerenswaardig privilege was verleend.

'Het is wél eerlijk,' zei Mariam. 'Ik heb onze echtgenoot vermoord. Ik heb je zoon beroofd van zijn vader. Het is niet juist als ik zou vluchten. Ik kán het niet. Zelfs als ze ons nooit pakken, zal ik nooit...' Haar lippen begonnen te trillen. 'Ik zal nooit kunnen ontsnappen aan het leed van je zoon. Hoe kan ik naar hem kijken? Hoe kan ik me er ooit toe brengen naar hem te kijken, Laila jo?'

Mariam friemelde wat aan een sliert haar van Laila, ontwarde een hardnekkige krul.

'Voor mij is dit het einde. Er is niets meer wat ik nog wil. Alles wat ik me als klein meisje heb gewenst, heb jij me al gegeven. Jij en je kinderen hebben me zo gelukkig gemaakt. Het is goed zo, Laila jo. Dit is goed zo. Niet bedroefd zijn.'

Laila kon geen redelijk antwoord vinden op wat Mariam aanvoerde. Ze bleef hoe dan ook doorpraten, onsamenhangend, kinderlijk, over fruitbomen die geplant en kippen die gefokt moesten worden. Ze vervolgde met kleine huizen in naamloze steden en wandelingen naar meren vol forel. En toen de woorden ten slotte opdroogden, deden de tranen dat niet, en alles wat ze kon doen was zich overgeven, en snikken als een kind dat overweldigd is door de onbetwistbare logica van een volwassene. Alles wat ze kon doen was zich oprollen en voor de laatste keer haar gezicht verbergen in de aangename warmte van Mariams schoot.

Later die ochtend maakte Mariam voor Zalmai een lunchpakketje met brood en gedroogde vijgen. Ook voor Aziza pakte ze wat vijgen in en een paar koekjes in de vorm van dieren. Ze deed het allemaal in een papieren zak en gaf die aan Laila.

'Kus Aziza namens mij,' zei ze. 'Vertel haar dat ze de noor van mijn ogen is en de sultan van mijn hart. Doe je dat voor me?'

Laila knikte met samengeperste lippen.

'Neem de bus, zoals ik al gezegd heb, en hou je hoofd omlaag.'

'Wanneer zie ik je terug, Mariam? Ik wil je zien voordat ik moet getuigen. Ik zal ze vertellen hoe het gebeurd is. Ik leg ze uit dat het niet jouw fout was. Dat je het moest doen. Ze zullen het wel begrijpen, denk je ook niet, Mariam? Ze zullen het wel begrijpen.'

Mariam keek haar liefdevol aan.

Ze hurkte neer om op oogniveau met Zalmai te komen. Hij droeg een rood T-shirt, een gescheurde kakibroek en tweedehands cowboylaarzen die Rasheed voor hem had gekocht in Mandaii. Hij hield zijn nieuwe basketbal met beide handen vast. Mariam kuste hem op zijn wang.

'Je moet nu een flinke, sterke jongen zijn,' zei ze. 'Zorg goed voor je moeder.' Ze nam zijn gezicht in haar handen. Hij wilde zijn hoofd wegtrekken, maar zij hield het stevig vast. 'Het spijt me zo vreselijk, Zalmai jo. Geloof me dat het me vreselijk spijt vanwege al je pijn en verdriet.'

Laila hield Zalmai bij de hand vast terwijl ze de straat afliepen. Vlak voordat ze de hoek omsloegen, keek Laila nog eenmaal om en zag Mariam bij de poort staan. Mariam droeg een witte hoofddoek, een donkerblauwe trui met knoopjes, en een witte katoenen broek. Er hing wat grijs haar losjes over haar voorhoofd. Stroken zonlicht vielen over haar gezicht en schouders. Mariam wuifde vriendelijk.

Ze sloegen de hoek om. Laila zou Mariam nooit meer terugzien.

47

MARIAM

Terug in de kolba, leek het wel, na al die jaren.

De Walayat vrouwengevangenis was een vaalbruin vierkant gebouw in Shar-e-Nau, vlak bij de Kippenstraat. Het stond midden in een groot complex waar de mannelijke gevangenen zaten. Een deur met hangslot scheidde Mariam en de andere vrouwen van de mannen om hen heen. Mariam telde vijf cellen die gebruikt werden. Het waren ongemeubileerde kamers met smerige afbladderende muren en kleine ramen die op de binnenplaats uitkeken. Er zaten tralies voor de ramen, hoewel de deuren naar de cellen niet gesloten waren en de vrouwen zo de binnenplaats op konden als ze wilden. Er zat geen glas in de ramen. Er waren ook geen gordijnen, wat betekende dat de Taliban-bewakers die op de binnenplaats rondliepen, goed konden zien wat er in de cellen gebeurde. Een paar vrouwen klaagden dat de bewakers vlak bij het raam rookten en met hun vurige ogen en wolfachtige glimlach wellustige blikken naar hen wierpen en dat ze onder elkaar schunnige opmerkingen over hen maakten. Daarom droegen de meeste vrouwen de hele dag een burka en deden die pas uit na zonsondergang, als de hoofdpoort gesloten was en de bewakers naar hun kampement waren vertrokken.

'S Nachts was de cel die Mariam met vijf vrouwen en vier kinderen deelde donker. Als er 's nachts wel stroom was, tilden ze Naghma tot aan het plafond op, een klein meisje met een platte borst en zwart kroeshaar. Er zat daar een draad waar het omhulsel vanaf was. Naghma wikkelde de onder spanning staande draad om de lichtpeer heen teneinde een stroomketen tot stand te brengen.

De toiletten waren even groot als een kleerkast, de cementen vloer vertoonde scheuren. Er zat een klein rechthoekig gat in de grond, waar de uitwerpselen zich ophoopten. Vliegen vlogen zoemend in en uit het gat.

Midden in de gevangenis was een open rechthoekig binnenplein, en daar weer in het midden een put. De put had geen afvoersysteem, waardoor het binnenplein vaak een moeras was en het water bedorven smaakte. Waslijnen vol met zelfgewassen sokken en luiers sloegen op het binnenplein tegen elkaar aan. Dit was de plek waar gevangenen bezoekers konden ontvangen en waar ze de rijst maakten die hun familie had meegebracht – de gevangenis verstrekte zelf geen voedsel. Het binnenplein was ook de speelplaats van de kinderen – Mariam had gehoord dat veel van de kinderen in Walayat geboren waren en de wereld buiten de muren nooit hadden gezien. Mariam zag ze elkaar achternazitten, ze zag hoe onder hun blote voeten de modder opspatte. Ze renden de hele dag rond en bedachten leuke spelletjes, zich niet bewust van de stank van de uitwerpselen en de urine die Walayat en hun eigen lichamen doortrok, zich niet bezorgd makend over de Taliban-bewakers, totdat een van hen een klap uitdeelde.

Mariam kreeg geen bezoekers. Dat was het eerste en het enige wat ze aan de Taliban-autoriteiten hier had gevraagd. Geen bezoekers.

Geen van de vrouwen in Mariams cel zat gevangen vanwege een geweldsdelict – ze zaten allemaal om een alledaags vergrijp: weglopen van huis. Als gevolg daarvan verwierf Mariam een zekere bekendheid onder hen, werd een soort beroemdheid. De vrouwen keken haar aan met een eerbiedige, bijna ontzagwekkende uitdrukking op hun gezicht. Ze boden haar hun deken aan. Ze wedijverden met elkaar om hun voedsel met haar te delen.

Het meest begerig was Naghma, die altijd aan haar arm hing en Mariam overal volgde. Naghma was het type dat het leuk vond om slecht nieuws te verspreiden, of het nu over anderen of over haarzelf ging. Ze zei dat haar vader haar aan een kleermaker had willen uithuwelijken die zo'n dertig jaar ouder was dan zij.

'Hij ruikt naar *goh* en heeft minder tanden dan vingers,' zei Naghma over de kleermaker.

Ze had geprobeerd ervandoor te gaan, naar Gardez, samen met de jongeman op wie ze verliefd geworden was, de zoon van een plaatselijke mullah. Ze waren niet veel verder gekomen dan net buiten Kabul. Toen ze opgepakt en teruggestuurd werden, werd de zoon van de mullah afgeranseld, voordat hij berouw toonde en zei dat Naghma hem met haar vrouwelijke charme had verleid. Ze had hem behekst, zei hij. Hij beloofde dat hij zich weer helemaal zou wijden aan de studie van de Koran. De zoon van de mullah werd vrijgelaten. Naghma werd veroordeeld tot vijf jaar cel.

Ze vond het best daar in de gevangenis, zei ze. Haar vader had gezworen dat hij haar op de dag waarop ze vrij zou komen het mes op de keel zou zetten.

Terwijl ze naar Naghma zat te luisteren, moest Mariam denken aan de flauwe glinstering van de koude sterren en de slierten roze wolken boven de berg Safid-koh op die ochtend van lang geleden toen Nana tegen haar had gezegd: 'Net als de naald van het kompas die naar het noorden wijst, vindt de beschuldigende vinger van een man altijd een vrouw. Altijd. Vergeet dat nooit, Mariam.'

Het proces tegen Mariam was een week eerder gehouden. Er was geen openbare hoorzitting geweest, geen verdediger, geen kruisverhoor over het bewijsmateriaal, geen hoger beroep. Mariam zag af van haar recht op een getuige. De hele gang van zaken duurde niet eens een kwartier.

De middelste rechter, een breekbaar ogende Talib, was de voorzitter. Hij was opvallend uitgemergeld, had een gele gelooide huid en een golvende rode baard. Hij droeg brillenglazen die zijn ogen vergrootten en verrieden hoe geel het wit in zijn ogen geworden was. Zijn hals leek te mager om de ingewikkeld gedraaide tulband op zijn hoofd te torsen.

'Beken je schuld, hamshira?' vroeg hij opnieuw met een vermoeide stem.

'Ja,' zei Mariam.

De man knikte. Of misschien ook niet. Dat was moeilijk uit te maken; zijn handen en hoofd trilden hevig, Mariam moest denken aan het beven van mullah Faizullah. Als hij van zijn thee wilde drinken, reikte hij niet naar zijn kopje. Hij gebaarde naar de breedgeschouderde man links van hem, die het kopje eerbiedig aan zijn lippen bracht. Daarna sloot de Talib zachtjes zijn ogen, een zwijgzame en elegante geste van dankbaarheid.

Mariam vond hem ontwapenend. Als hij sprak deed hij dat met een zweem van ironie en tederheid. Hij glimlachte geduldig. Hij keek Mariam niet minachtend aan. Hij richtte zich niet hatelijk of beschuldigend tot haar, maar op een zachte, verontschuldigende toon.

'Besef je wel helemaal wat je zegt?' zei de Talib met het knokige gezicht aan zijn rechterhand, niet de theeaangever. Dat was de jongste van de drie. Hij praatte snel en spreidde een arrogant en demonstratief zelfvertrouwen tentoon. Hij was geïrriteerd dat Mariam geen Pashtu sprak. Ze zag in hem een twistzieke jongeman die van zijn autoriteit genoot, overal vergrijpen in zag en meende dat het zijn aangeboren recht was oordelen te vellen.

'Dat besef ik,' zei Mariam.

'Ik vraag het me af,' zei de jonge Talib. 'God heeft ons verschillend geschapen, jullie vrouwen en ons mannen. Onze hersenen zitten anders in elkaar. U bent niet in staat te denken zoals wij. Westerse doktoren en hun wetenschap hebben dat bewezen. Daarom vragen wij altijd maar één mannelijke getuige, maar twee vrouwelijke.'

'Ik beken schuld aan wat ik heb gedaan, broeder,' zei Mariam. 'Maar als ik het niet had gedaan, had hij haar vermoord. Hij wurgde haar.'

'Dat is wat u zegt. Maar vrouwen zweren altijd bij alles.'

'Het is de waarheid.'

'Hebt u getuigen? Behalve uw ambagh?

'Nee,' zei Mariam.

'Nou dan.' Hij wierp zijn handen in de lucht en maakte een hinnikend geluid.

Het was de ziekelijke Talib die vervolgens het woord nam.

'Ik heb een dokter in Peshawar,' zei hij. 'Een goede jonge Pakistaanse vent. Ik ben een maand geleden nog bij hem op bezoek geweest, en de afgelopen week weer. Ik zei tegen hem: Vertel me de waarheid, vriend, en hij zei tegen me: Drie maanden, mullah sahib, misschien zes, op zijn hoogst, alles indien het Gods wil is natuurlijk.'

Hij maakte een knikkende beweging naar de man links van hem en nipte van de thee die hem werd voorgehouden. Hij veegde zijn mond af met de rug van zijn bevende hand. 'Het schrikt me niet af dat ik het leven moet verlaten dat mijn enige zoon vijf jaar geleden al verlaten heeft, dit leven dat met alle geweld wil dat we het ene leed na het andere meemaken, lang nadat we al helemaal geen leed meer kunnen verdragen. Nee. Ik denk dat ik graag heenga als mijn tijd gekomen is. Wat me angst aanjaagt, hamshira, is de dag waarop God me bij zich roept en vraagt: Waarom heb je niet gedaan zoals ik heb gezegd, mullah? Waarom heb je niet aan mijn wetten gehoorzaamd? Hoe moet ik me dan tegenover Hem rechtvaardigen, hamshira? Hoe moet ik me verdedigen als ik geen acht heb geslagen op Zijn bevelen? Alles wat ik kan doen, alles wat wij kunnen doen in de tijd die ons geschonken is, is ons neerleggen bij de wetten die Hij voor ons heeft uitgevaardigd. Naarmate ik duidelijker mijn eind voor me zie, hamshira, naarmate ik dichter bij de dag des oordeels ben, voer ik vastberadener Zijn woord uit. Hoe pijnlijk het ook mag zijn.'

Hij schoof op zijn stoel heen en weer en huiverde.

'Ik geloof u als u zegt dat uw echtgenoot een man was met een onaangenaam temperament,' hervatte hij zijn betoog, terwijl hij Mariam vanachter zijn bril aankeek met een zowel strenge als medelevende blik. 'Maar ik moet wel geschokt zijn door de wreedheid van uw daad, hamshira. Ik heb verdriet over wat u hebt gedaan, ik heb er verdriet over dat zijn kleine jongen boven om hem zat te huilen terwijl u het deed. Ik ben moe en ik zal niet lang meer leven, en ik wil genade laten gelden. Ik wil u vergeven. Maar als God me bij Zich roept en zegt: Jij hebt het recht niet te vergeven, mullah, wat moet ik dan zeggen?'

Zijn metgezellen knikten en keken hem bewonderend aan.

'Iets zegt me dat u geen verdorven vrouw bent, hamshira. Maar u hebt wel iets gedaan dat verdorven is. En u moet betalen voor wat u hebt gedaan. De sharia is op dit punt niet vaag. Die zegt dat ik u moet sturen naar waar ik u spoedig zal vergezellen. Begrijpt u me, hamshira?'

Mariam keek naar haar handen. Ze zei dat ze hem begreep.

'Moge Allah u vergeven.'

Voordat ze naar buiten werd geleid, kreeg Mariam een document overhandigd dat ze onder haar verklaring en bij het vonnis van de mullah moest ondertekenen. Terwijl de drie Talibs toekeken, schreef Mariam haar naam uit, de meem, de reh, de yah en de meem, en ze herinnerde zich de laatste keer dat ze een document ondertekend had, zevenentwintig jaar voordien, aan de tafel van Jalil, onder de waakzame blik van een andere mullah.

Mariam zat tien dagen in de gevangenis. Ze zat bij het raam van haar cel en keek naar het gevangenisleven op het binnenplein. Als de zomerwind waaide, zag ze snippers papier die in een wilde kurkentrekkerbeweging de luchtstroom volgden en ver boven de gevangenismuren nu eens deze en dan weer die kant op gedreven werden. Ze zag de wind oproer veroorzaken in het zand en heftige spiralen opzwepen die over het binnenplein joegen. Iedereen – de bewakers, de gevangenen, de kinderen, Mariam – hield zijn arm beschermend voor zijn gezicht, maar het zand was onverbiddelijk. Het nestelde zich in de oren en de neusgaten, de wimpers en de huidrimpels, de ruimte tussen de kiezen. Alleen als het donker werd, ging de wind liggen. En als er een nachtbriesje woei, deed het dat zo timide dat het leek alsof het zijn broers en zussen van overdag wilde excuseren.

Op de laatste dag van Mariam in Walayat gaf Naghma haar een mandarijntje. Ze legde het in de palm van Mariams hand en sloot haar vingers eromheen. Ze barstte in tranen uit.

Mariam bracht de rest van de dag door aan het getraliede raam en keek naar de gevangenen beneden. Iemand bereidde een maaltijd, en naar komijn geurende rook en een warme lucht waaiden door het raam aan. Mariam zag de kinderen een spelletje met een blinddoek spelen. Twee kleine meisjes zongen een versje, en Mariam herinnerde het zich uit haar kinderjaren, herinnerde zich hoe Jalil het haar voorzong als ze samen op een rots zaten te vissen in de rivier:

Lili lili vogelbad
Op een modderpad,
Witvis zat op rand en dronk,
Gleed weg in 't water, zonk.

Mariam droomde die laatste nacht verward. Ze droomde van steentjes, elf in totaal, verticaal gerangschikt. Jalil, weer jong, een en al innemende glimlach en kuiltjes in de kin en aangename plekjes, colbert losjes over zijn schouder gegooid. Eindelijk gekomen om zijn dochter op te halen in zijn glanzende zwarte Buick Roadmaster. Mulla Faizullah, die zijn gebedskralen door zijn vingers liet glijden, met haar wandelend langs de rivier, hun dubbele schaduw glijdend over het water en op de grasrijke oever, bestrooid met wilde irissen die eruitzagen als blauwe lavendel en in die droom roken naar kruidnagel. Ze droomde over Nana die haar met een zwakke en van ver klinkende stem toeriep te komen eten, terwijl Mariam in het koele warrige gras speelde, waar mieren rondkropen en kevers ronddribbelden en sprinkhanen heen en weer schoten te midden van verschillende schakeringen groen. Het gepiep van een kruiwagen die moeizaam het zandpad opkwam. Rinkelende koebellen. Blatende schapen op een heuvel.

Op weg naar het Ghazi Stadion wiebelde Mariam op en neer in de laadbak van de vrachtwagen, die gaten ontweek terwijl steentjes onder de wielen wegsprongen. Het gewiebel deed zeer aan haar achterste. Een jonge, gewapende

Talib zat tegenover haar en bleef haar aankijken.

Mariam vroeg zich af of hij het zou zijn, deze vriendelijk ogende jongeman met de diepliggende heldere ogen en zijn enigszins puntige gezicht, met zijn zwartgeverfde wijsvinger, die ritmisch op de zijkant van de vrachtwagen tikte.

'Heb je honger, moeder?' zei hij.

Mariam schudde haar hoofd.

'Ik heb een cracker. Dat is goed. Als je honger hebt, kun je hem krijgen. Ik vind het best.'

'Nee. Tashakor, broeder.'

Hij knikte en keek haar welwillend aan. 'Ben je bang, moeder?'

Er kwam een brok in haar keel. Met trillende stem vertelde Mariam de waarheid. 'Ja, ik ben bang.'

'Ik heb een foto van mijn vader bij me,' zei hij. 'Ik heb geen voorstelling meer van hem. Hij was fietsenmaker, zoveel weet ik wel. Maar ik kan me niet herinneren hoe hij zich bewoog, hoe hij lachte of hoe de klank van zijn stem was.' Hij keek een andere kant op en toen weer naar Mariam. 'Mijn moeder zei altijd dat hij de dapperste man was die ze ooit had gekend. Een leeuw, zei ze. Maar ze vertelde me ook dat hij huilde als een kind op de ochtend dat de communisten hem waren komen halen. Ik vertel je dit om je te laten weten dat het de normaalste zaak van de wereld is om bang te zijn. Het is niet iets om je voor te schamen, moeder.'

Voor de eerste keer die dag moest Mariam een beetje huilen.

Duizenden ogen drukten zwaar op haar. Op de volle tribunes werden nekken uitgestoken om beter te kunnen zien. Tongen klakten. Er ging gefluister door het stadion toen Mariam de vrachtwagen uit werd geholpen. Mariam stelde zich voor hoe er hoofden werden geschud op het moment dat de omroeper haar misdaad meedeelde. Maar ze keek niet op om te zien of dat gebeurde uit afkeuring of welwillendheid, als verwijt of uit medelijden. Mariam onttrok zich aan alles en iedereen.

Eerder die ochtend was ze bang geweest dat ze zich dwaas zou gedragen, dat het een tafereel zou worden vol smeken en huilen. Ze had gevreesd dat ze zou krijsen of over zou moeten geven of het zelfs in de broek doen, dat ze in haar laatste ogenblikken blijk zou geven van een dierlijk instinct of lichamelijke schande. Maar toen ze gedwongen werd de vrachtwagen te verlaten, knikten Mariams knieën niet. Haar armen fladderden niet heen en weer. Ze hoefde niet gesleept te worden. En als ze zich voelde wankelen, dacht ze aan Zalmai, van wie ze de liefde van zijn leven had afgepakt en wiens dagen nu werden getekend door het verdriet om het vertrek van zijn vader. En op dat ogenblik werden haar stappen weer flinker en kon ze onbezwaard lopen.

Er kwam een gewapende man op haar af, die haar zei naar de doelpalen in zuidelijke richting te lopen. Mariam voelde de spanning onder de menigte toenemen. Ze keek niet op. Ze bleef haar ogen op de grond gericht houden, op haar schaduw, op de schaduw van de beul achter haar.

Hoewel er zich momenten van schoonheid hadden voorgedaan, wist Mariam dat het leven voor haar vooral wreed was geweest. Maar terwijl ze de laatste twintig stappen zette, kon ze niet anders dan naar meer ervan verlangen. Ze wilde Laila terugzien, wilde haar opklinkende lach weer horen, weer met haar bij een pot chai zitten en bij de overgebleven halwa onder een sterrenhemel. Ze betreurde het dat ze Aziza nooit zou zien opgroeien, nooit de prachtige jonge vrouw zou zien die ze ooit zou worden, nooit haar handen met henna zou beschilderen en nooit op haar bruiloft *noqul*-snoep zou strooien. Ze zou nooit met Aziza's kinderen spelen. Dat zou ze dolgraag hebben gewild, oud zijn en met Aziza's kinderen spelen.

Bij de doelpaal vroeg de man achter haar stil te staan. Mariam deed het. Door het netwerk van haar burka zag ze hoe zijn schaduwarmen zijn kalasjnikov hieven.

Mariam wilde zoveel in die laatste ogenblikken. Maar toen ze haar ogen sloot, was het niet langer spijt die haar overweldigde, maar de sensatie van een enorme rust. Ze dacht aan haar intrede in deze wereld, het haramikind van een eenvoudige man uit een dorp, een onbedoeld ding, een deerniswekkend en betreurenswaardig ongelukje. Onkruid. En toch verliet ze de wereld als een vrouw die had en was bemind. Ze verliet die als een vriend, een metgezel, een bewaarder. Een moeder. Eindelijk een vrouw met aanzien. Nee. Het was niet zo slecht, dacht Mariam, dat ze op deze manier zou sterven. Het was niet zo slecht. Dit was een wettig einde aan een leven met een onwettig begin.

Mariams laatste gedachten waren een paar woorden uit de Koran die ze fluisterend uitte: 'Hij heeft de hemelen en de aarde geschapen; Hij laat de dag met de nacht bedekken en de dag de nacht verrassen, en Hij heeft de zon en de maan aan Zich onderworpen; elk heeft zijn toegemeten tijd; Hij is waarachtig de Machtige, de grote Vergevingsgezinde.'

'Kniel neer,' zei de Talib.

'O mijn Heer! Vergeef me en heb genade, want Gij zijt de Allerbarmhartigste.'

'Kniel hier neer, hamshira. En kijk naar beneden.'

En voor de laatste keer deed Mariam wat haar opgedragen werd.

Deel vier

48

Tariq heeft nu vaak last van hoofdpijn.

Soms wordt Laila 's nachts wakker en ziet hem op de rand van het bed zitten, wiegend, zijn onderhemd over zijn hoofd getrokken. De hoofdpijn is in Nasir Bagh begonnen, zegt hij, en in de gevangenis erger geworden. Soms moet hij ervan overgeven en is hij aan één oog blind. Het voelt alsof een slagersmes in een van zijn slapen naar binnen wordt gedreven, langzaam dwars door zijn hersens wordt geschroefd en aan de andere kant tevoorschijn komt.

'Ik kan het metaal proeven, zelfs als ze beginnen.'

Soms maakt Laila een natte doek en legt die op zijn voorhoofd, dat helpt dan een beetje. De ronde, witte pilletjes die de dokter van Sayeed aan Tariq heeft gegeven helpen ook. Maar er zijn nachten dat Tariq niets anders kan dan kreunend zijn hoofd in zijn handen houden, met bloeddoorlopen ogen en een natte neus. Laila zit dan bij hem, ze masseert zijn nek, neemt zijn hand in de hare en voelt het metaal van zijn trouwring koud tegen haar huid.

Ze zijn getrouwd op de dag dat ze in Murree aankwamen. Sayeed oogde opgelucht toen Tariq hem vertelde dat ze zouden huwen. Hij hoefde nu bij Tariq niet het gevoelige onderwerp aan te snijden dat een ongehuwd paar in zijn hotel woonde. Sayeed voldoet helemaal niet aan het beeld dat Laila zich van hem had gevormd: een rood gezicht en ogen als steenkolen. Hij heeft een peper-en-zoutsnor waarvan hij de uiteinden in een scherpe punt draait, en een dikke bos lang grijs haar, dat hij vanaf het voorhoofd achteroverkamt. Hij is een beleefde man met een vriendelijke stem, die weloverwogen praat en zich elegant beweegt.

Het was Sayeed die op die dag een vriend en een mullah liet komen voor de nikka, Sayeed die Tariq terzijde nam en hem geld gaf. Tariq wilde het niet aannemen, maar Sayeed stond erop. Sayeed ging naar het winkelcentrum en kwam terug met twee eenvoudige, dunne trouwringen. Toen de kinderen naar bed waren, trouwden ze nog diezelfde avond.

In de spiegel, onder de groene sluier die de mullah over hun hoofden had uitgespreid, ontmoetten Laila's ogen die van Tariq. Er waren geen tranen, geen trouwdaglachjes, geen gefluisterde eed van levenslange liefde. Laila keek stil naar hun spiegelbeeld, naar gezichten die vroegtijdig oud waren geworden, naar de huidplooien en lijnen en verzakkingen die nu hun ooit zo strakke en jeugdige gezicht tekenden. Tariq opende zijn mond om iets te zeggen, maar juist op dat ogenblik trok iemand de sluier weg en Laila kreeg niet te horen wat hij had willen zeggen.

Die nacht lagen ze als man en vrouw in bed, terwijl de kinderen in hun bedjes onder die van hen lagen te snurken. Laila herinnerde zich het gemak waarmee ze de ruimte tussen hen met woorden vulden, zij en Tariq, toen ze jonger waren, de chaos en de vlotheid waarmee ze spraken, de interrupties, het rukken aan elkaars kraag om iets te benadrukken, de snelle lach, de gretigheid elkaar in verrukking te brengen. Er was sinds die jeugdjaren zoveel gebeurd en zoveel dat nog gezegd moest worden. Maar die eerste nacht beroofde de kolossale dimensie van dat alles haar van elk woord. Ze was die nacht al gelukkig genoeg door gewoon naast hem te liggen. Ze was gelukkig genoeg te weten dat hij er was, zijn warmte naast zich te voelen, bij hem te liggen met hun hoofden tegen elkaar, de vingers van zijn rechterhand verstrengeld in haar linker.

Toen Laila midden in de nacht wakker werd van de dorst, lagen hun handen nog steeds in elkaar op de verstijfde, angstvallige manier van kinderen die het touwtje van hun ballon stevig omklemmen.

Laila houdt van de koele, nevelige ochtenden en de prachtige schemering in Murree, van de donkere zuiverheid van de nacht; van de groene pijnbomen en de lichtbruine eekhoorntjes die langs de forse boomstammen op en neer dartelen; van de plotselinge stortbuien die kopers naar het winkelcentrum jagen voor een schuilplaats onder een luifel. Ze houdt van de souvenirwinkels en van de diverse hotels die toeristen herbergen, zelfs als de plaatselijke bevolking klaagt over dat constante bouwen en die uitbreiding van de infrastructuur, waarvan ze zeggen dat het de natuurlijke schoonheid van Murree wegneemt. Laila vindt het raar dat mensen het betreuren dat er gebouwen worden gebouwd. In Kabul zouden ze zoiets groots vieren.

Ze vindt het leuk een badkamer te hebben, niet een wc-huisje maar een echte badkamer met toilet met waterspoeling, een douche en een wastafel met twee kranen, waar na één keer draaien warm en koud water uit komt. Ze houdt ervan in de ochtend te ontwaken van het geluid van een blatende Alyona en de onschuldig ruziënde kok, Adiba, die in de keuken wonderen verricht.

Soms, als Laila Tariq ziet slapen en de kinderen in hun slaap mompelen en liggen te draaien, blijft er een groot brok dankbaarheid in haar keel steken en worden haar ogen vochtig.

Elke ochtend volgt Laila Tariq van kamer naar kamer. Er rinkelen sleutels aan een ring die hij aan zijn taille heeft bevestigd, en een reinigingsspray voor glas bungelt aan een riemlus van zijn jeans. Laila heeft een emmer bij zich met poetsdoekjes, een desinfecterend middel, een toiletborstel en boenspray voor de kasten. Aziza komt achter hen aan met een mop in de ene hand en in de andere de met bonen gevulde pop, die Mariam voor haar heeft gemaakt. Zalmai komt met tegenzin achter hen aan, nukkig, blijft altijd een paar stappen achter.

Laila stofzuigt, maakt het bed op en neemt stof af. Tariq doet de wastafel en de badkuip, reinigt het toilet en dweilt met de mop de linoleumvloer. Hij voorziet de planken van schone handdoeken, kleine shampooflesjes en stukjes naar amandel ruikende zeep. Aziza heeft de taak van het sprayen en afvegen van de ramen opgeëist. De pop is nooit ver van de plek waar ze aan het werk is.

Een paar dagen na de nikka heeft Laila Aziza over Tariq verteld.

Het is vreemd, denkt Laila, bijna verwarrend, die band tussen Aziza en Tariq. Aziza maakt zijn zinnen al af en hij die van haar. Ze reikt hem dingen aan voor hij erom vraagt. Stille glimlachjes tussen hen gaan over de tafel alsof ze helemaal geen vreemden zijn voor elkaar, maar metgezellen die na een lange scheiding herenigd zijn.

Aziza keek bedachtzaam naar haar handen toen Laila haar over Tariq vertelde.

'Ik vind hem heel aardig,' zei ze na een lange pauze.

'Hij houdt van jou.'

'Heeft hij dat gezegd?'

'Dat hoeft hij niet, Aziza.'

'Vertel me de rest ook, mammie. Vertel het me, dan weet ik het.'

En Laila deed het.

'Je vader is een goede man. Hij is de beste man die ik ooit heb gekend.'

'En als hij weggaat?' zei Aziza.

'Hij gaat nooit weg. Kijk me aan, Aziza. Je vader zal je nooit pijn doen, en hij zal nooit weggaan.'

Het opgeluchte gezicht van Aziza brak Laila's hart.

Tariq heeft een hobbelpaard voor Zalmai gekocht en een karretje voor hem gebouwd. Van een medegevangene heeft hij geleerd van papier dieren te maken, en hij heeft dus een flink aantal vellen papier gevouwen en geknipt en er leeuwen en kangoeroes voor Zalmai van gemaakt, paarden en vogels met fraaie veren. Maar die eerste pogingen om het ijs te breken worden bot door Zalmai afgewezen, soms uiterst venijnig.

'Je bent een ezel!' schreeuwt hij. 'Ik wil dat speelgoed van jou niet!'

'Zalmai!' snikt Laila.

'Het is al goed,' zegt Tariq. 'Laila, het is al goed. Laat hem maar.'

'Je bent mijn Baba jan niet! Mijn echte Baba jan is op reis, en als hij terugkomt gaat hij jou verrot slaan! En jij kunt niet wegrennen want hij heeft twee benen en jij maar een.'

's Avonds drukt Laila Zalmai tegen haar borst en bidt met hem de Babaloogebeden. Als hij erom vraagt, vertelt ze hem weer de leugen, vertelt hem dat Baba jan weg is gegaan en dat ze niet weet wanneer hij terugkomt. Die taak vervult haar met weerzin, weerzin jegens haarzelf dat ze zo moet liegen tegen een kind.

Laila weet dat ze die schandelijke leugen telkens weer zal moeten vertellen. Ze zal wel moeten, omdat Zalmai zal blijven vragen, als hij van een schommel springt, als hij wakker wordt na een middagslaapje; en later als hij oud genoeg is om zijn schoenveters dicht te knopen en zelf naar school te gaan, zal de leugen altijd weer verkondigd moeten worden.

Op zeker moment zullen de vragen ophouden, weet Laila. Langzamerhand zal Zalmai stoppen met zich af te vragen waarom zijn vader hem heeft verlaten. Hij zal hem niet langer menen te ontwaren bij verkeerslichten, in gebogen lopende oude mannen die over straat sloffen of in open samowarcafés van hun thee nippen. En op een dag, als hij langs een kronkelige rivier loopt of naar een onbetreden sneeuwveld kijkt, zal hij plotseling beseffen dat de verdwijning van zijn vader niet langer een rauwe open wond is. Dat het alles bij elkaar iets anders geworden is, iets zachts en traags. Als een oude geschiedenis. Iets waar je eerbied voor hebt, iets raadselachtigs.

Daar in Murree is Laila gelukkig. Maar een gemakkelijk geluk is het niet. Het is geen kosteloos geluk.

Op vrije dagen neemt Tariq Laila en de kinderen mee naar The Mall, waar winkels zijn die snuisterijen verkopen en waar een anglicaanse kerk staat uit de negentiende eeuw. Tariq koopt van straatventers scherp gekruide *chapli-kebab* voor hen. Ze slenteren tussen de plaatselijke bevolking, de Europeanen met hun mobiele telefoons en digitale camera's, en de mensen uit Punjab die hier hun gloeiend hete vlakten ontvluchten.

Af en toe stappen ze in de bus naar Kashmir Point. Vandaar laat Tariq hen het dal van de rivier de Jhelum zien, de met pijnbomen begroeide hellingen, en de dichtbeboste heuvels, waar je nog steeds apen kunt tegenkomen die van tak naar tak springen. Ze gaan ook naar de Nathia Gali met zijn talloze esdoorns, op zo'n dertig kilometer afstand van Murree, waar Tariq de hand van Laila vasthoudt als ze over het lommerrijke weggetje naar het Governor's House lopen. Ze stoppen bij de oude Britse begraafplaats of nemen een taxi naar een bergtop voor het uitzicht op de grasgroene vallei beneden, die vaak door de mist aan het oog onttrokken wordt.

Tijdens die trips ziet Laila in een winkelruit soms hun weerspiegeling. Man, vrouw, dochter en zoon. Ze weet dat ze voor vreemden een heel gewoon gezin lijken, zonder geheimen, leugens en spijt.

Aziza heeft nachtmerries waar ze gillend van wakker wordt. Laila moet dan naast haar in bed komen liggen, haar wangen drogen met haar mouwen en haar weer in slaap sussen.

Laila heeft haar eigen dromen. In die dromen is ze steeds weer terug in het huis in Kabul, loopt door de gang en gaat de trap op. Ze is alleen, maar achter de deuren hoort ze het ritmische gesis van een strijkijzer, beddenlakens die uitgeslagen worden en opgevouwen. Soms hoort ze het lage geneurie van een oud liedje uit Herat, door een vrouw. Maar als ze er binnengaat, is de kamer verlaten. Er is niemand.

De dromen maken Laila van streek. Ze wordt badend van het zweet wakker en haar ogen prikken van de tranen. Het is verschrikkelijk. Het is elke keer weer verschrikkelijk.

49

Op een zondag in september legt Laila Zalmai, die last heeft van een verkoudheid, 's middags in bed voor een slaapje, als Tariq hun huisje binnen komt stormen.

'Heb je het gehoord?' zegt hij licht hijgend. 'Ze hebben hem vermoord. Ahmad Shah Masud. Hij is dood.'

'Wat?'

In de deuropening vertelt Tariq haar wat hij weet.

'Ze zeggen dat hij een interview gaf aan een paar journalisten, die beweerden dat ze Belgen van Marokkaanse herkomst waren. Terwijl ze praten gaat er een bom af die ze verborgen hadden in hun videocamera. Die doodt Masud en een van de journalisten. De andere journalist schieten ze dood als hij probeert te vluchten. Er wordt nu gezegd dat de journalisten waarschijnlijk mannen van Al-Qaida zijn geweest.'

Laila herinnert zich de poster van Ahmad Shah Masud die mammie aan de muur van haar slaapkamer had bevestigd. Een vooroverleunende Masud, één wenkbrauw opgetrokken, zijn voorhoofd gerimpeld van de concentratie, alsof hij vol respect naar iemand luisterde. Laila herinnert zich hoe dankbaar mammie was dat Masud bij de begrafenis van haar zonen een gebed gezegd had en hoe ze er iedereen over vertelde. Zelfs nadat de oorlog tussen zijn partij en de andere partijen uitgebroken was, had mammie geweigerd hem iets kwalijk te nemen. 'Hij is een goede man,' zei ze altijd. 'Hij wil vrede. Hij wil Afghanistan weer opbouwen. Maar de anderen laten dat niet toe. De anderen laten dat gewoon niet toe.' Zelfs op het eind, zelfs nadat alles zo vreselijk verkeerd was afgelopen en Kabul in puin lag, was Masud voor haar nog steeds de Leeuw van Panjshir.

Laila is niet zo vergevingsgezind. Ze is niet blij met Masuds gewelddadige einde, maar ze kan zich maar al te goed de buurten herinneren die onder zijn bewind met de grond gelijkgemaakt zijn, de lichamen die onder het puin vandaan moesten worden gesjord, de handen en voeten van kinderen die dagen na de begrafenis nog op daken of hoog in de bomen werden aangetroffen. Ze herinnert zich maar al te goed de blik in mammies ogen enkele ogenblikken voordat de raket insloeg en, hoe ze ook had geprobeerd het te vergeten, Babi's romp zonder hoofd, die vlak bij haar terechtkwam, de pijler van de brug die op zijn T-shirt geprint was en die boven de dichte mist en het bloed uitstak.

'Er komt een begrafenis,' zegt Tariq. 'Daar ben ik zeker van. Waarschijnlijk in Rawalpindi. Het zal gigantisch worden.'

Zalmai, die al bijna sliep, zit nu overeind en wrijft zijn ogen met gebalde vuistjes uit.

Twee dagen later zijn ze een kamer aan het schoonmaken, als ze rumoer horen. Tariq laat de mop vallen en haast zich naar buiten. Laila volgt hem.

Het lawaai komt uit de foyer van het hotel. Rechts van de receptie is een lounge met diverse stoelen en twee suède banken in beige. In de hoek tegenover de banken staat een televisie, en Sayeed, de conciërge en diverse gasten hebben zich daar verzameld.

Laila en Tariq gaan naar binnen.

De tv staat op BBC. Op het scherm is een gebouw te zien, een toren, en uit de bovenste verdiepingen stijgt rook op. Tariq zegt iets tegen Sayeed, en Sayeed is bezig antwoord te geven als aan de zijkant van het scherm een vliegtuig opduikt. Het boort zich in de toren ernaast en explodeert als een vuurbol, die elke vuurbol die Laila ooit heeft gezien in de schaduw stelt. Iedereen in de lobby begint te gillen.

Minder dan twee uur later zijn beide torens ingestort.

Alle tv-stations praten weldra over Afghanistan en de Taliban en Osama bin Laden.

'Heb je gehoord wat de Taliban hebben gezegd?' vraagt Tariq. 'Over Bin Laden?'

Aziza zit tegenover hem op bed naar het bord te staren. Tariq heeft haar leren schaken. Ze fronst haar voorhoofd en tikt op haar onderlip, en imiteert daarmee de lichaamstaal van haar vader als die over een zet nadenkt.

Zalmais verkoudheid is wat beter geworden. Hij slaapt en Laila wrijft Vicks op zijn borst.

'Ik heb het gehoord,' zegt ze.

De Taliban hebben aangekondigd dat ze Bin Laden niet zullen uitleveren, omdat hij een *mehman* is, een gast, die onderdak gevonden heeft in Afghanistan, en het is tegen de ethische *Pashtunwali*-code om een gast uit te leveren. Tariq lacht bitter, en Laila hoort in zijn lach dat hij in opstand komt tegen die verdraaiing van een eerbiedwaardige Pashtun gewoonte, die valse interpretatie van de zeden en gewoonten van zijn volk.

Een paar dagen na de aanval zijn Laila en Tariq weer in de lobby van het hotel. Op de tv zien ze George Bush een toespraak houden. Er hangt een grote Amerikaanse vlag achter hem. Op zeker moment begint zijn stem te trillen, en Laila denkt dat hij in huilen gaat uitbarsten.

Sayeed, die Engels spreekt, legt hun uit dat Bush zojuist de oorlog heeft verklaard.

'Aan wie?' zegt Tariq.

'Aan jullie land, om mee te beginnen.'

'Misschien is het nog zo slecht niet,' zegt Tariq.

Ze hebben zojuist gevreeën. Hij ligt naast haar, zijn hoofd op haar borst, zijn arm over haar buik. De eerste paar keren dat ze het probeerden, was het moeilijk. Tariq was een en al verontschuldiging, Laila een en al geruststelling. Er zijn nog steeds moeilijkheden, niet van fysieke maar van logistieke aard. De hut die ze met hun kinderen delen, is klein. De kinderen slapen op bedden onder hen en er is dus weinig privacy. Meestal vrijen Laila en Tariq in volkomen stilte, met een beheerste en zwijgzame hartstocht, met al hun kleren aan onder de deken als een voorzorgsmaatregel tegen onderbrekingen door hun kinderen. Ze zijn altijd bedacht op ruisende lakens en de piepende springveermatras. Maar voor Laila is het samenzijn met Tariq die ongerustheid wel waard. Als ze vrijen voelt Laila zich verankerd, geborgen. Haar angst dat hun gezamenlijke leven een tijdelijke gave van God is die weldra in stukken en flarden uiteen zal vallen, is aan het verdwijnen.

'Wat bedoel je?' zegt ze.

'Wat er in ons vaderland gebeurt. Misschien is het uiteindelijk niet zo slecht.'

In het vaderland vallen weer bommen, ditmaal Amerikaanse – Laila ziet elke dag op de televisie beelden van de oorlog, terwijl ze bedden verschoont en stofzuigt. De Amerikanen hebben de krijgsheren weer eens bewapend en de hulp ingeroepen van de Noordelijke Alliantie om de Taliban te verdrijven en Bin Laden te vinden.

Maar wat Tariq zegt steekt Laila. Ze duwt zijn hoofd ruw weg van haar borst.

'Niet zo slecht? Stervende mensen? Vrouwen, kinderen, oude mensen? Weer huizen verwoest? Niet zo slecht?'

'Sst. Je maakt de kinderen wakker.'

'Hoe kun je dat zeggen, Tariq?' snauwt ze. 'Na de zogenaamde blunder in Karam? Honderd onschuldige mensen! Je hebt de lichamen zelf gezien!'

'Nee,' zegt Tariq. Hij leunt op zijn elleboog en kijkt op Laila neer. 'Je begrijpt me verkeerd. Wat ik bedoelde was...'

'Jij weet er niets van af,' zegt Laila. Ze is er zich van bewust dat haar stem aanzwelt en dat ze hun eerste ruzie als man en vrouw hebben. 'Jij bent vertrokken toen de Mujahedin de strijd begonnen, weet je nog? Ik ben degene die achterbleef. Ik. Ik weet wat het is, oorlog. Ik heb mijn ouders verloren aan de oorlog. *Mijn ouders,* Tariq. En dan moet jij me komen vertellen dat oorlog zo slecht nog niet is?'

'Sorry, Laila. Sorry.' Hij neemt haar hoofd in zijn handen. 'Je hebt gelijk. Sorry. Vergeef me. Wat ik bedoelde was dat er misschien hoop zal zijn aan het andere eind van deze oorlog, dat voor het eerst in lange tijd misschien...'

'Ik wil het er niet meer over hebben,' zegt Laila, die er

verbaasd over is dat ze zo tegen hem is uitgevaren. Het is oneerlijk wat ze tegen hem zei, dat weet ze – had de oorlog niet ook het leven van zijn ouders gekost? –, en wat er plotseling in haar opvlamde neemt alweer af. Tariq blijft vriendelijk tegen haar praten, en als hij haar naar zich toetrekt, verzet ze zich niet. Als hij haar hand kust en haar voorhoofd, verzet ze zich niet. Ze weet dat hij waarschijnlijk gelijk heeft. Ze weet hoe zijn opmerking bedoeld was. Misschien is het wel noodzakelijk. Misschien zal er hoop zijn als de bommen van Bush niet langer zullen vallen. Maar ze kan er zichzelf niet toe brengen het te zeggen, niet als er nu iets gebeurt met iemand in Afghanistan dat eerder gebeurd is met Babi en mammie, niet als een argeloos meisje of een argeloze jongen in het vaderland net wees geworden is door een raket, net als zij. Laila kan er zichzelf niet toe brengen dat te zeggen. Het is moeilijk je over iets te verheugen. Het lijkt hypocriet, pervers.

Die nacht wordt Zalmai hoestend wakker. Voordat Laila in beweging kan komen zwaait Tariq zijn benen over de rand van het bed. Hij gespt zijn prothese vast, loopt naar Zalmai en tilt hem op in zijn armen. Vanuit haar bed kijkt Laila naar Tariqs schaduw, die in het donker heen en weer beweegt. Ze ziet de omtrek van Zalmais hoofd op zijn schouder, Zalmais handen in Tariqs nek, zijn voetjes die bij Tariqs heup heen en weer gaan.

Als Tariq in bed terugkeert, zegt geen van hen beiden iets. Laila strekt haar hand uit en beroert zijn gezicht. Tariqs wangen zijn nat.

50

Laila vindt het leven in Murree comfortabel en vredig. Het werk is niet lastig, en op hun vrije dagen nemen Tariq en zij de kinderen mee en gaan met de stoeltjeslift naar Patriata Hill of naar Pindi Point, waar je op een heldere dag zelfs Islamabad en Rawalpindi kunt zien liggen. Daar spreiden ze een deken op het gras uit en eten sandwiches met gehaktballetjes en komkommer en drinken koel gemberbier.

Het is een goed leven, zegt Laila bij zichzelf, een leven om dankbaar voor te zijn. In feite is het precies het soort leven waarvan ze altijd heeft gedroomd in haar donkerste dagen met Rasheed. Laila prent zich dat elke dag goed in.

Dan ligt ze op een warme avond in juli 2002 in bed met Tariq te fluisteren over alle veranderingen in hun vaderland. Er zijn er zoveel geweest. De coalitiemacht heeft de Taliban uit alle belangrijke steden verdreven en hen verjaagd tot over de grens met Pakistan en naar de bergen in het zuiden en oosten van Afghanistan. Er is een internationale vredesmacht naar Kabul gestuurd, de ISAF. Het land heeft nu een interim-president, Hamid Karzai.

Laila heeft besloten dat het nu de tijd is om het Tariq te vertellen.

Een jaar geleden had ze graag een arm gegeven om uit Kabul weg te komen. Maar de laatste maanden is ze de stad van haar jeugd steeds meer gaan missen. Ze mist de drukte van Shor Bazaar, de Tuinen van Babur, de kreet van de waterdragers, die hun zakken van geitenvel met zich meeslepen. Ze mist de kledingpingelaars in de Kippenstraat en de meloenventers in Karteh-Parwan.

Maar het is niet enkel heimwee en nostalgie die Laila de laatste tijd zoveel aan Kabul doen denken. Ze wordt geplaagd door rusteloosheid. Ze hoort dat er in Kabul scholen worden gebouwd, wegen geplaveid, vrouwen weer aan het werk gaan, en haar leven hier, hoe plezierig ook en hoe dankbaar ze er ook voor is, lijkt... onbevredigend voor haar. Onbeduidend. Erger nog: verspild. Ze hoort de laatste tijd telkens Babi's stem in haar hoofd: 'Je kunt alles worden wat je wilt, Laila. Dat weet ik van je. En wat ik ook weet is dat als deze oorlog voorbij is Afghanistan je hard nodig zal hebben.'

Laila hoort ook mammies stem. Ze herinnert zich mammies antwoord op Babi's suggestie Afghanistan te verlaten: 'Ik wil dat de droom van mijn zonen uitkomt. Ik wil de dag beleven waarop dat gebeurt. Ik wil erbij zijn als dat gebeurt, als Afghanistan vrij is, dan zien de jongens het ook. Ze zullen het door mijn ogen zien.' Er is iets in Laila dat nu naar Kabul wil terugkeren, voor mammie en Babi, zodat zij het door háár ogen zien.

En het meest urgent: Mariam. Is Mariam hiervoor gestorven, vraagt Laila zich af. Heeft ze zichzelf opgeofferd opdat zij, Laila, dienstmeisje kon worden ergens in het buitenland? Misschien zou het er voor Mariam niet toe doen wat Laila deed, zolang zij en de kinderen maar veilig en gelukkig waren. Maar het doet er wel toe voor Laila. Plotseling doet het er heel erg toe.

'Ik wil terug,' zegt ze.

Tariq gaat rechtop in bed zitten en kijkt haar aan.

Laila wordt weer getroffen door zijn schoonheid, de perfecte welving van zijn voorhoofd, zijn ranke armspieren, zijn peinzende, intelligente ogen. Er is nu een jaar verstreken en er zijn nog steeds dagen op momenten als deze dat Laila niet kan geloven dat ze elkaar teruggevonden hebben, dat hij werkelijk bij haar is, dat hij haar man is.

'Terug naar Kabul, bedoel je?'

'Alleen als jij het ook wilt.'

'Ben je ongelukkig hier? Je lijkt gelukkig. De kinderen ook.'

Laila komt overeind. Tariq schuift een eindje op en maakt plaats voor haar.

'O ja, ik ben gelukkig,' zegt Laila. 'Natuurlijk ben ik dat. Maar... hoe gaan we verder met ons leven, Tariq? Hoe lang blijven we hier? Dit is geen thuis voor ons. Dat is Kabul, en daar is zoveel aan het gebeuren, en zoveel goeds. Ik wil daar deel van uitmaken. Ik wil iets dóen. Ik wil een bijdrage leveren. Begrijp je?'

Tariq knikt langzaam. 'Wil je dat? Weet je het zeker?'

'Ja, dat wil ik. Ik weet het zeker. Maar het is meer dan dat. Ik heb het gevoel dat ik terug móet. Hier blijven hokken, dat vind ik geen goed idee meer.'

Tariq kijkt naar zijn handen en daarna weer naar haar.

'Maar alleen... alleen als jij meegaat.'

Tariq glimlacht. De rimpels in zijn voorhoofd trekken weg, en voor heel even is hij de vroegere Tariq weer, de Tariq die geen last had van hoofdpijn, die ooit zei dat in Siberië snot een ijspegel werd nog voor het de grond raakte. Het mag verbeelding zijn, maar Laila meent tegenwoordig vaker die oude Tariq te zien.

'Ik?' zegt hij. 'Ik volg je tot het eind van de wereld, Laila.'

Ze trekt hem tegen zich aan en kust hem op zijn lippen. Ze heeft het gevoel dat ze nooit méér van hem gehouden heeft dan op dit moment. 'Dank je,' zegt ze, en ze laat haar voorhoofd tegen het zijne rusten.

'We gaan naar huis.'

'Maar ik wil eerst naar Herat,' zegt zij.

'Herat?'

Laila legt hem uit waarom.

De kinderen moeten ieder op hun eigen wijze gerustgesteld worden. Laila moet op een boze Aziza inpraten, die nog steeds nachtmerries heeft, die een week tevoren nog tot tranen toe geschokt was, toen iemand op een bruiloft in de buurt in de lucht schoot. Laila moet Aziza uitleggen dat als ze naar Kabul terugkeren de Taliban er niet meer zullen zijn, dat er helemaal geen gevechten meer zijn en dat ze niet teruggestuurd wordt naar het weeshuis. 'We leven met zijn allen samen. Je vader, Zalmai en ik. En jij, Aziza. Je hoeft nooit meer weg bij mij, nooit meer. Dat beloof ik je.' Ze glimlacht naar haar dochter. 'Dat wil zeggen, totdat jíj op een dag weg wilt. Als je verliefd wordt op een jongeman en met hem wilt trouwen.'

Op de dag dat ze Murree verlaten, is Zalmai ontroostbaar. Hij heeft zijn armen om Alyona's nek gelegd en wil niet meer loslaten.

'Ik krijg hem niet los, mammie,' zegt Aziza.

'Zalmai, we kunnen in de bus geen geit meenemen,' legt Laila weer eens uit.

Pas als Tariq naast hem neerknielt en Zalmai belooft dat hij in Kabul precies dezelfde geit als Alyona voor hem zal kopen, laat Zalmai met tegenzin los.

Het afscheid van Sayeed gaat ook met tranen gepaard. Om hun succes te wensen houdt hij bij de deur een koran op, die Tariq, Laila en de kinderen driemaal kussen en heft hem vervolgens in de hoogte zodat ze eronderdoor kunnen lopen. Hij helpt Tariq de twee koffers achter in zijn auto te zetten. Het is Sayeed die hen naar het station rijdt en ze op het trottoir nawuift als de bus begint te sputteren en optrekt.

Als ze naar achteren buigt en door het achterraam Sayeed langzaam ziet verdwijnen, hoort Laila de stem van de twijfel in haar hoofd. Zijn ze gek geworden om de veiligheid van Murree achter zich te laten, vraagt ze zich af. Om naar het land terug te keren waar haar ouders en broers hun leven hebben verloren, waar de rook van de bommen nu pas aan het optrekken is?

En dan duiken uit de duistere kronkels van haar herinnering twee regels poëzie op, Babi's vaarwel van Kabul:

Talloos zijn de manen die op zijn daken glanzen
De duizend schitterende zonnen achter al zijn muren.

Laila gaat weer goed in haar stoel zitten en pinkt het vocht uit haar ogen. Kabul wacht. Kabul heeft hen nodig. Deze reis naar huis is juist.

Maar er moet eerst nog een laatste keer afscheid genomen worden.

De oorlogen in Afghanistan hebben de wegen tussen Kabul, Herat en Kandahar verwoest. De makkelijkste weg naar Herat loopt nu via Mashad in Iran. Laila en haar gezin blijven daar maar één dag. Ze brengen de nacht in een hotel door en stappen de volgende dag op een andere bus.

Mashad is een overvolle, jachtige stad. Laila kijkt toe als ze parken, moskeeën en *chelo kebab*-restaurants passeren. Als de bus langs de tombe van Imam Reza komt, de achtste Shi'a imam, rekt Laila haar hals om een beter zicht te krijgen op de glanzende tegels, de minaretten, de schitterende gouden koepel, allemaal onberispelijk en met liefde geconserveerd. Ze moet aan de boeddha's in haar eigen land denken. Dat zijn nu stofdeeltjes, die door de Bamiyanvallei waaien.

De busreis naar de Iraans-Afghaanse grens duurt bijna tien uur. Het terrein wordt steeds desolater en onvruchtbaarder naarmate ze Afghanistan naderen. Kort voordat ze de rand van Herat bereiken, passeren ze een Afghaans vluchtelingenkamp. Voor Laila is het een smerige plek met geel zand en zwarte tenten en primitieve bouwsels van golfplaten. Ze reikt over de stoel heen en pakt Tariqs hand.

In Herat zijn de meeste straten geplaveid en omringd door breekbare bomen. Er zijn volop stadsparken en bibliotheken, prachtig verzorgde pleinen, pas geverfde gebouwen. De verkeerslichten werken, en wat Laila het meest verbaast: er is de hele dag elektriciteit. Laila heeft gehoord dat de feodaal regerende krijgsheer van Herat, Ismail Kahn, de stad heeft helpen herbouwen met de aanzienlijke douanegelden die hij bij de Afghaans-Iraanse grens incasseert, geld waarvan Kabul zegt dat het niet hem toekomt maar de centrale regering. De taxichauffeur die hen naar het Muwaffaq Hotel brengt noemt Kahns naam met eerbied en angst in zijn stem.

Het verblijf van twee nachten in het Muwaffaq zal hen bijna een vijfde van hun gespaarde geld kosten, maar de reis vanuit Mashad is lang en vermoeiend geweest en de kinderen zijn uitgeput. De oude receptionist achter het bureau vertelt Tariq, als hij de kamersleutel pakt, dat het Muwaffaq populair is bij journalisten en medewerkers van NGO's.

'Bin Laden heeft hier ook eens geslapen,' zegt hij trots.

De kamer heeft twee bedden en een badkamer met koud stromend water. Tussen de bedden hangt een schilderij van de dichter Khaja Abdullah Ansary aan de muur. Vanuit het raam heeft Laila uitzicht op de drukke straat beneden en op een park met stenen paden in pasteltinten, die door dichtbeplante bloembedden lopen. De kinderen, die gewend zijn geraakt aan televisie, zijn teleurgesteld dat er geen tv op de kamer is. Maar ze slapen snel in. Tariq en Laila zijn ook de uitputting nabij. Laila slaapt diep in Tariqs armen, behalve één keer als ze midden in de nacht wakker wordt uit een droom die ze zich niet kan herinneren.

De volgende ochtend, na een ontbijt van thee met vers brood, kweeperenjam en gekookte eieren, houdt Tariq een taxi voor haar aan.

'Weet je zeker dat je niet wilt dat ik meega?' zegt Tariq. Aziza houdt zijn hand vast. Zalmai niet, maar hij staat vlak bij Tariq en leunt met zijn ene schouder tegen Tariqs heup.

'Ik weet het zeker.'

'Ik maak me zorgen.'

'Mij overkomt niets,' zegt Laila. 'Dat beloof ik je. Ga met de kinderen naar een markt. Koop iets voor ze.'

Zalmai begint te huilen als de taxi wegrijdt, en als Laila omkijkt ziet ze dat hij zijn hand uitstrekt naar Tariq. Dat hij Tariq begint te accepteren lucht Laila op en breekt haar hart.

'U komt niet uit Herat,' zegt de chauffeur.

Hij heeft donker, schouderlang haar – een gebruikelijke lange neus naar de vertrokken Taliban, heeft Laila ontdekt – en een litteken dat dwars links door zijn snor loopt. Met plakband is er een foto op de voorruit bevestigd, aan zijn kant. Er staat een jong meisje met roze wangen op, en haar dat in het midden gescheiden is en uitloopt in twee vlechten.

Laila vertelt hem dat ze het laatste jaar in Pakistan is geweest en nu naar Kabul terugkeert. 'Deh-Mazang.'

Door de voorruit ziet ze kopersmeden die koperen handvatten aan kannen lassen, en zadelmakers die stukken ongelooide huid in de zon te drogen leggen.

'Hebt u hier lang gewoond, broeder?' vraagt ze.

'O, mijn hele leven. Ik ben hier geboren. Ik heb alles gezien. Kunt u zich de opstand herinneren?'

Laila zegt ja, maar hij vertelt verder.

'Dat was in maart 1979, ongeveer negen maanden voordat de Sovjets binnenvielen. Enkele kwade Herati's vermoordden een paar sovjetadviseurs, dus de Sovjets stuurden tanks en helikopters, en bombardeerden deze stad. Drie dagen lang lag de stad onder vuur, hamshira. Gebouwen stortten in, ze vernietigden een van onze minaretten en doodden duizenden mensen. Duizenden. In die drie dagen ben ik twee zussen kwijtgeraakt. Een van hen was twaalf jaar.' Hij tikt tegen de foto op de voorruit. 'Dat is ze.'

'Het spijt me,' zegt Laila, en ze verbaast er zich over hoe elk Afghaans verhaal wordt gekenmerkt door dood en verlies en onvoorstelbaar verdriet. En toch ziet ze mensen een weg vinden om te overleven, om door te gaan. Laila denkt aan haar eigen leven en alles wat er met haar is gebeurd, en ze staat er versteld van dat ook zij het heeft overleefd, dat ze leeft en in een taxi zit en naar het verhaal van deze man luistert.

Gul Daman is een dorp met een paar stenen huizen, die oprijzen tussen lage kolba's van leem en stro. Buiten de kolba's ziet Laila door de zon gebruinde vrouwen, wier gezichten zweten in de stoom die opstijgt uit grote zwartgeblakerde potten op provisorische vleesroosters. Ezels eten uit troggen. Kinderen die kippen achternazaten gaan nu de taxi achterna. Laila ziet mannen kruiwagens vol stenen duwen. Ze stoppen en kijken toe als de auto passeert. De chauffeur maakt een bocht en ze komen langs een begraafplaats met een verweerd mausoleum in het midden. De chauffeur vertelt haar dat daar een dorpssoefi begraven ligt.

Er staat ook een windmolen. In de schaduw van zijn stilstaande, roestkleurige wieken zijn drie jongetjes gehurkt met modder aan het spelen. De chauffeur stopt en buigt zich uit het raampje. De jongen die het oudst van de drie lijkt is degene die antwoord geeft. Hij wijst naar een huis een eind verder de straat in. De chauffeur bedankt hem en gooit de auto weer in de versnelling.

Hij parkeert de auto bij een stenen huis van twee verdiepingen. Laila ziet de kruinen van vijgenbomen boven de muren uit, een paar takken hangen eroverheen.

'Ik blijf maar even,' zegt ze tegen de chauffeur.

De man van middelbare leeftijd die de deur opent, is klein en mager en heeft roodbruin haar. Door zijn baard lopen evenwijdige strepen grijs. Over zijn *pirhan-tumpan* draagt hij een chapan.

Ze wisselen een *salaam alaikum* uit.

'Is dit het huis van mullah Faizullah?' vraagt Laila.

'Ja, ik ben zijn zoon, Hamza. Is er iets wat ik voor u kan doen, hamshira?'

'Ik ben hier vanwege een oude vriendin van uw vader, Mariam.'

Hamza knippert met zijn ogen. Hij lijkt even perplex. 'Mariam...'

'De dochter van Jalil Kahn.'

Hij knippert weer. Dan legt hij zijn hand tegen zijn wang en zijn gezicht klaart op, zijn glimlach onthult ontbrekende en rottende tanden. 'O!' zegt hij. Het komt eruit als 'Ooooo', een lange ademstoot. 'O Mariam! Bent u haar dochter? Is zij...' Hij rekt zijn hals en kijkt nieuwsgierig zoekend achter haar. 'Is zij hier? Het is zo lang geleden! Is Mariam hier?'

'Ze is dood, vrees ik.'

De glimlach op Hamza's gezicht verdwijnt.

Ze staan even in de deuropening zonder iets te zeggen, Hamza kijkt omlaag. Ergens balkt een ezel.

‘Kom binnen,’ zegt Hamza. Hij zwaait de deur open. ‘Kom binnen.’

Ze zitten in een spaarzaam gemeubileerde kamer op de grond. Er ligt een vloerkleed uit Herat, kussens versierd met kralen om op te zitten, en een ingelijste foto van Mekka aan de muur. Ze zitten bij het open raam, ieder van hen aan één kant van een langwerpige strook zonlicht. Laila hoort vanuit een andere kamer fluisterende vrouwenstemmen. Een jongetje op blote voeten zet een presenteerblad met groene thee en pistachenoga voor hen neer. Hamza knikt naar hem.

‘Mijn zoon.’

De jongen loopt stilletjes weg.

‘Vertel,’ zegt Hamza vermoeid.

Laila doet dat. Ze vertelt hem alles. Haar verhaal duurt langer dan verwacht. Tegen het eind moet ze alle zeilen bijzetten om zichzelf te beheersen. Het is nog steeds niet gemakkelijk om over Mariam te praten.

Als ze klaar is, zegt Hamza een hele poos niets. Hij draait zijn theekopje langzaam rond op het schoteltje, nu eens de ene en dan weer de andere kant op.

‘Mijn vader, moge hij rusten in vrede, was dol op haar,’ zegt hij ten slotte. ‘Hij was het die de azan in haar oor gezongen heeft toen ze werd geboren, weet u. Hij ging elke week bij haar op bezoek, hij sloeg nooit een week over. Soms nam hij me mee. Hij was haar privéleraar, ja, maar hij was ook een vriend. Hij was een menslievende man, mijn vader. Zijn hart brak welhaast toen Jalil Kahn haar weggaf.’

‘Het spijt me van uw vader. Moge God hem hoeden.’

Hamza bedankte met een knikje van zijn hoofd. ‘Hij is heel oud geworden. Hij heeft langer geleefd dan Jalil Kahn. We hebben hem hier op de plaatselijke begraafplaats begraven, niet ver van de plek waar ook de moeder van Mariam ligt. Mijn vader was een lieve, lieve man, die voor het hogere leefde.’

Laila laat haar kopje zakken.

‘Mag ik u iets vragen?’

'Natuurlijk.'
'Kunt u me de plek tonen,' vraagt ze, 'waar Mariam heeft geleefd? Kunt u me ernaartoe brengen?'

De chauffeur stemt ermee in nog een tijdje langer te wachten.
Hamza en Laila verlaten het dorp en lopen de weg af die heuvelafwaarts van Gul Daman naar Herat leidt. Na een minuut of vijftien wijst hij op een smalle doorgang in het hoge gras dat aan weerszijden van de weg groeit.
'Zo kunnen we er komen,' zegt hij. 'Er loopt daar een pad.'
Het pad is ruig, kronkelig en schemerig door de hoge vegetatie en het kreupelhout. De wind slaat het hoge gras tegen Laila's kuiten, terwijl zij en Hamza het bochtige pad beklimmen. Aan beide kanten is er een caleidoscoop aan wilde bloemen die in de wind wiegen, sommige groot met gebogen bloembladeren, andere laag met bladeren als waaiers. Hier en daar steken wat boterbloemen boven het lage struikgewas uit. Laila hoort het gekwetter van zwaluwen boven haar hoofd en het drukke lawaai van sprinkhanen op de grond.
Ze lopen zo tweehonderd meter of meer de heuvel op. Dan wordt het pad minder steil en gaat over in een vlakker terrein. Ze staan stil en komen even op adem. Laila veegt haar voorhoofd met haar mouw af en maakt een slaande beweging naar een zwerm muskieten die voor haar gezicht hangt. Hier ziet ze de laag golvende bergen aan de horizon, een paar populieren en tulpenbomen en allerlei wilde struiken waarvan ze de naam niet kent.
'Er was hier vroeger een beek,' zegt Hamza lichtelijk buiten adem. 'Maar die is al lang opgedroogd.'
Hij zegt dat hij op die plek zal wachten. Hij zegt dat zij de droge bedding moet oversteken en in de richting van de bergen moet lopen.
'Ik blijf hier wachten,' zegt hij en hij gaat op een rots onder een populier zitten. 'Jij gaat alleen verder.'

'Ik zal niet...'

'Wees niet ongerust. Neem de tijd. Ga maar, hamshira.'

Laila bedankt hem. Ze steekt de bedding over door van de ene steen op de andere te stappen. Ze ziet gebroken limonadeflessen tussen de stenen liggen, roestige blikjes en een beschimmelde metalen houder met een zinken deksel, die half in de grond steekt.

Ze loopt in de richting van de bergen, in de richting van de treurwilgen, die ze nu kan zien, de lange, neerhangende takken die met elke windvlaag heen en weer bewegen. Haar hart bonst in haar keel. Ze ziet de treurwilgen staan zoals Mariam beschreven heeft, in een cirkel, met een open plek in het midden. Laila loopt sneller, ze rent nu bijna. Ze kijkt over haar schouder naar achteren en ziet een nietige Hamza met zijn chapan, een uitbarsting van kleuren tegen de bruine boomschorsen. Ze struikelt over een steen en valt bijna, maar herstelt zich. De rest van de weg loopt ze snel, ze heeft de pijpen van haar broek opgetrokken. Ze hijgt als ze de wilgen heeft bereikt.

Mariams kolba staat er nog.

Als ze naderbij komt ziet ze dat in het enige venster geen glas meer zit en dat de deur weg is. Mariam had ook gewag gemaakt van een kippenren en een tandoor en ook van een wc-huisje, maar Laila kan er geen spoor van ontdekken. Ze staat even stil bij de ingang van de kolba. Ze kan de vliegen binnen horen gonzen.

Om binnen te komen moet ze een groot wiebelend spinnenweb ontwijken. Binnen is het halfdonker. Laila's ogen moeten er even aan wennen. Als ze zover is ziet ze dat het binnen nog kleiner is dan ze zich had voorgesteld. Van de vloerplanken is er nog een halve over die aan het wegrotten en het versplinteren is. De rest is er uitgebroken om als brandhout te dienen, stelt ze zich voor. Op de vloer liggen nu droge bladeren, gebroken flessen, weggegooide kauwgomwikkels, wilde paddenstoelen, oude geel geworden sigarettenpeuken. Maar vooral onkruid, deels miezerig, deels woekerend tot halverwege de muren.

Vijftien jaar, denkt Laila. Vijftien jaar op deze plek.

Laila gaat met haar rug tegen de muur zitten. Ze luistert naar de wind die door de wilgen gaat. Over het plafond hebben zich meer spinnenwebben verspreid. Iemand heeft met een spuitbus iets op een van de muren gespoten, maar het is voor een groot deel vervaagd en Laila kan niet ontcijferen wat er staat. Dan beseft ze dat het Russische letters zijn. Er is een verlaten vogelnest in een van de hoeken, en in een andere hoek, waar de muur de lage zoldering raakt, hangt een vleermuis op zijn kop.

Laila sluit haar ogen en blijft een poosje zitten.

In Pakistan was het soms moeilijk zich de details van Mariams gezicht te herinneren. Er zijn tijden geweest dat het gezicht van Mariam zich onttrok aan haar geheugen, als een woord dat op het puntje van de tong ligt. Maar nu, op deze plek, is het achter haar oogleden gemakkelijk het beeld van Mariam op te roepen: de zachte glans in haar ogen, de lange kin, de ruwe huid van haar nek, de glimlach met opeengeperste lippen. Hier kan Laila haar wang weer in Mariams zachte schoot leggen, kan ze Mariam weer heen en weer voelen gaan terwijl ze verzen uit de Koran citeert, kan ze de woorden door Mariams lichaam voelen vibreren, tot aan haar knieën, en ze voelt ze haar oren binnengaan.

Dan begint het onkruid zich plotseling terug te trekken, alsof er vanuit de wortels onder de grond aan getrokken wordt. Ze zakken lager en lager tot de aarde in de kolba het laatste stekelige blad heeft verzwolgen. Als door een wonder ontspinnen de spinnenwebben zich. Het vogelnest ontbindt zichzelf, de twijgen schieten een voor een los en vliegen stuk voor stuk de kolba uit. Een onzichtbare wisser veegt de Russische graffiti van de muur.

De vloerplanken zijn terug. Laila ziet nu een paar bedden staan, een houten tafel, twee stoelen, een gietijzeren kachel in de hoek, planken aan de muur met daarop potten en pannen van klei, een zwartgeblakerde theepot, kopjes en lepeltjes. Ze hoort buiten kippen kakelen, het vage gekabbel van de beek.

Een jonge Mariam zit bij het schijnsel van een olielamp

een pop te maken. Ze neuriet iets. Haar gezicht is glad en jeugdig, haar haren zijn gewassen en naar achteren gekamd. Ze heeft al haar tanden nog.

Laila kijkt toe hoe Mariam draden op het hoofd van de pop plakt. Over een paar jaar zal dit meisje een vrouw zijn die weinig van het leven vraagt, die nooit anderen lastig zal vallen, die nooit zal laten blijken dat zij ook haar zorgen heeft, teleurstellingen, dromen die te schande zijn gemaakt. Een vrouw die als een rots in de rivierbedding zal zijn, die volhoudt zonder te klagen, die haar deugd niet laat bezoedelen door de woestheid die haar overspoelt, maar er juist haar voordeel mee doet. Laila ziet al iets in de ogen van dit jonge meisje, iets diep in haar binnenste, dat niet gebroken kan worden door Rasheed en niet door de Taliban. Iets dat even hard en onverzettelijk is als een brok kalksteen. Iets dat uiteindelijk haar ondergang zal worden en Laila's redding.

Het meisje kijkt op. Legt de pop neer. Glimlacht.

Laila jo?

Laila's ogen schieten open. Ze snakt naar adem en haar lichaam valt voorover. Ze doet de vleermuis opschrikken, die heen en weer schiet van het ene eind van de kolba naar het andere, met slaande vleugels als de waaierende bladzijden van een boek, voordat hij het raam uit vliegt.

Laila komt overeind en slaat de dode bladeren van het zitvlak van haar broek. Ze loopt de kolba uit. Buiten is het licht een beetje veranderd. Er waait een zachte wind die het gras doet ruisen en de takken van de wilgen tikken.

Voordat ze de open plek verlaat, werpt Laila een laatste blik op de kolba, waar Mariam vroeger heeft geslapen, gegeten en gedroomd, en haar adem ingehouden voor Jalil. De wilgen werpen hun kronkelige patronen die met elke windvlaag veranderen op de doorzakkende muren. Een kraai is neergestreken op het platte dak. Hij pikt naar iets, krijst en vliegt weg.

'Vaarwel, Mariam.'

En dan begint Laila door het gras te rennen, zonder te beseffen dat ze huilt.

Hamza zit nog op de rots. Als hij haar ziet staat hij op.

'We gaan terug,' zegt hij. En dan: 'Ik moet je nog iets geven.'

Laila wacht op Hamza in de tuin bij de voordeur. De jongen die eerder de thee serveerde, staat onder een van de vijgenbomen en houdt een kind aan de hand vast, terwijl hij haar uitdrukkingsloos aankijkt. Laila ontwaart twee gezichten, een van een oude vrouw en een van een jong meisje, beiden in een hijab, die haar terughoudend observeren.

De deur van het huis gaat open en Hamza verschijnt. Hij heeft een doos bij zich.

Die geeft hij aan Laila.

'Jalil Kahn heeft deze doos een maand voor zijn overlijden aan mijn vader gegeven,' zegt Hamza. 'Hij vroeg mijn vader de doos voor Mariam te bewaren tot zij hem zou komen halen. Mijn vader heeft hem twee jaar onder zijn hoede gehad. Net voor hij overleed heeft hij hem aan mij gegeven met de vraag hem voor Mariam te bewaren. Maar zij... ze is nooit komen opdagen.'

Laila kijkt naar de ovaalvormige, tinnen doos in haar handen. Hij ziet eruit als een oude doos voor chocolaatjes. Hij is olijfgroen, de vergulde krullen op het scharnierdeksel zijn aan het verdwijnen. Aan de zijkanten zit wat roest, en er zijn twee deukjes te zien op de rand van het deksel. Laila probeert de doos open te krijgen, maar er zit een slotje op.

'Wat zit erin?' vraagt ze.

Hamza legt een sleuteltje in haar handen. 'Mijn vader heeft hem nooit geopend. Ik ook niet. Ik denk dat het Gods wil is dat jij het doet.'

Terug in het hotel blijkt dat Tariq en de kinderen nog niet terug zijn.

Laila gaat met de doos op haar schoot op bed zitten. Er is iets in haar dat de doos niet wil openen en geheim wil laten blijven wat Jalil ermee heeft beoogd. Maar uiteindelijk blijkt de nieuwsgierigheid te sterk. Ze steekt het sleuteltje in het slot. Het vraagt wat wrikken en schudden, maar ze krijgt de doos open.

Er zitten drie dingen in: een envelop, een jutezakje en een videocassette.

Laila pakt de tape en gaat ermee naar de receptie beneden. Van de oude receptionist, die hen een dag eerder heeft verwelkomd, hoort ze dat het hotel alleen een videorecorder heeft in hun grootste suite. De suite wordt op dat moment niet gebruikt en hij wil haar wel even begeleiden. Hij laat de receptie even over aan een besnorde jongeman in pak, die mobiel staat te bellen.

De oude receptionist brengt Laila naar de tweede verdieping, naar een deur aan het eind van een lange gang. Hij ontgrendelt hem en laat haar binnen. Laila ziet de tv in de hoek staan. Het is het enige wat ze ziet.

Ze zet de tv aan en schakelt de videorecorder in. Ze brengt de tape in en drukt op PLAY. Het scherm is even leeg, en Laila vraagt zich af waarom Jalil de moeite heeft genomen Mariam met een lege tape op te schepen. Maar dan volgt er muziek, en er verschijnen beelden op het scherm.

Laila fronst haar voorhoofd. Ze blijft een minuut of twee kijken. Dan drukt ze op STOP, laat de band snel vooruitlopen en drukt weer op PLAY. Het is dezelfde film.

De oude man kijkt haar vragend aan.

De film die wordt afgespeeld is *Pinocchio* van Walt Disney. Laila begrijpt het niet.

Tariq en de kinderen komen even na zessen terug in het hotel. Aziza rent naar Laila en laat haar de oorbellen zien die Tariq voor haar heeft gekocht, zilver met een emaillen vlinder. Zalmai houdt een opblaasbare dolfijn omklemd, die begint te piepen als je op zijn snuit drukt.

'Hoe is het met je?' vraagt Tariq en hij slaat een arm om haar schouders.

'Goed,' zegt Laila. 'Ik vertel het je later allemaal wel.'

Ze gaan naar een kebabrestaurant in de buurt. Het is er klein, de plastic tafelkleden zijn plakkerig, en het is er rokerig en rumoerig. Maar het lamsvlees is mals en zacht en het brood warm. Later wandelen ze wat door de straten. Tariq koopt aan een stalletje langs de kant van de weg rozenwaterijs voor de kinderen. Ze gaan op een bank zitten om het op te eten, de bergen achter hen steken af tegen het scharlakenrood van het zand. De lucht is warm en geurt naar ceder.

Eerder, toen ze terugkwam in hun kamer na de videotape gezien te hebben, had Laila de envelop geopend. Er zat een brief in, met de hand geschreven in blauwe inkt op een geel gelinieerd vel papier.

Ze las:

'13 mei 1987.

Lieve Mariam,

Ik bid dat deze brief je in goede gezondheid bereikt.

Zoals je weet ben ik een maand geleden in Kabul geweest om met je te praten. Maar je wilde me niet zien. Ik was teleurgesteld, maar ik kon het je niet kwalijk nemen. Ik had misschien hetzelfde gedaan als ik jou was. Ik heb het recht op jouw welwillendheid al lang geleden verloren en dat kan ik alleen mijzelf kwalijk nemen. Maar als je deze brief leest, heb je in elk geval al de brief gelezen die ik bij je deur heb achtergelaten. Je hebt hem gelezen en je bent mullah Faizullah wezen opzoeken, zoals ik je gevraagd had. Ik ben er dankbaar voor dat je dat gedaan hebt, Mariam jo. Ik ben dankbaar voor de mogelijkheid een paar woorden tegen je te kunnen zeggen.

Waar moet ik beginnen?

Je vader heeft zo veel verdriet gekend sinds we voor het laatst met elkaar hebben gesproken, Mariam jo. Op de eerste dag van de opstand in 1979 is je stiefmoeder Afsoon om het leven gekomen. Een verdwaalde kogel heeft op dezelfde dag je zus Niloufar gedood. Ik zie haar nog steeds voor me, mijn kleine Niloufar, op haar hoofd staand om gasten te imponeren. Je broer Farhad is in 1980 gaan deelnemen aan de jihad. De Sovjets hebben hem in 1982 gedood, net buiten Helmand. Ik heb zijn lichaam nooit meer gezien. Ik weet niet of jij kinderen hebt, Mariam jo, maar als dat zo is dan bid ik God voor hen te zorgen en je het leed te besparen dat ik heb gekend. Ik droom nog steeds over hen. Ik droom nog steeds over mijn dode kinderen.

Ik droom ook over jou, Mariam jo. Ik mis je. Ik mis de klank van je stem, je lach. Ik mis het je niet meer te kunnen voorlezen, ik mis al die keren dat we samen hebben gevist. Herinner je je al die keren dat we hebben gevist? Je was een goede dochter, Mariam jo, en als ik aan je denk is het altijd met een gevoel van schaamte en spijt. Spijt... Ik heb hele zeeën van spijt als ik aan jou denk. Ik heb er spijt van dat ik je niet heb ontmoet op de dag dat je naar Herat bent gekomen. Ik heb er spijt van dat ik de deur niet voor je geopend heb en je niet heb opgenomen. Ik heb er spijt van dat ik van jou niet een van mijn dochters heb gemaakt, dat ik je al die jaren op die plek heb laten leven. En waarvoor? Bang mijn gezicht te verliezen? Om mijn zogenaamde goede naam te bezoedelen? Die dingen betekenen niets meer voor me na alle verlies, na alle vreselijke dingen die ik in deze vervloekte oorlog heb aanschouwd. Maar nu is het natuurlijk te laat. Misschien is dat de straf voor mensen die harteloos zijn geweest: ze begrijpen het pas als de dingen niet meer ongedaan gemaakt kunnen worden. Alles wat ik nu nog kan zeggen is dat je een goede dochter bent geweest, Mariam jo, en dat ik je nooit heb verdiend. Alles wat ik nu nog kan doen is je vergiffenis vragen. Vergeef me, Mariam jo. Vergeef me. Vergeef me. Vergeef me.

Ik ben niet meer de welgestelde man die jij ooit hebt gekend. De communisten hebben het grootste deel van mijn land in beslag genomen, en ook al mijn winkels. Maar het zou bekrompen zijn daarover te klagen, want God zegent – om redenen die ik niet begrijp – me nog steeds met heel wat meer dan de meeste mensen hebben. Sinds mijn terugkeer uit Kabul ben ik erin geslaagd te verkopen wat ik nog aan grond overhad. Ik heb jouw deel van de erfenis hierbij ingesloten. Je zult zien dat het bepaald geen fortuin is, maar het is in elk geval iets. Het is in elk geval iets. (Je zult ook merken dat ik de vrijheid heb genomen het geld in dollars te wisselen. Ik denk dat dat het beste is. Alleen God kent het lot van onze zwaar op de proef gestelde valuta.)

Ik hoop niet dat je denkt dat ik je vergiffenis probeer te kopen. Ik hoop dat je me gelooft als ik zeg te weten dat je vergiffenis niet te koop is. Dat is het nooit geweest. Ik geef je alleen, zij het veel te laat, wat je al heel lang rechtmatig toekomt. Ik ben in mijn leven geen plichtsgetrouwe vader voor je geweest. Misschien ben ik het in mijn dood.

De dood. Ik zal je niet lastigvallen met de details, maar de dood is voor mij in zicht. Een zwak hart, zeggen de doktoren. Het is een passende manier van sterven voor een zwak man, denk ik.

Mariam jo,

Misschien mag ik het mezelf toestaan de hoop te koesteren dat jij barmhartiger bent jegens mij dan ik ooit jegens jou ben geweest. Dat je het kunt opbrengen je vader te komen opzoeken. Dat je nog één keer bij mij aan wilt kloppen en me de kans geeft open te doen om je te verwelkomen, om je in mijn armen te nemen, mijn dochter, wat ik jaren geleden al had moeten doen. Die hoop is even zwak als mijn hart. Dat weet ik. Maar ik zal wachten. Ik zal op de klop op de deur blijven wachten. Ik zal blijven hopen.

Moge God je een lang en geslaagd leven geven, mijn dochter. Moge God je vele gezonde en mooie kinderen geven. Moge je het geluk, de vrede en de acceptatie vinden die ik je niet heb gegeven. Maak het goed. Ik vertrouw je toe aan de liefhebbende handen van God.

Je onwaardige vader,
Jalil.'

Als ze die avond in het hotel terugkeren en de kinderen na het spelen naar bed zijn gegaan, vertelt Laila aan Tariq over de brief. Ze toont hem het geld in het jutezakje. Als ze begint te huilen, kust hij haar op haar gezicht en houdt haar in zijn armen.

51

APRIL 2003

De droogte is voorbij. Eindelijk is het de afgelopen winter gaan sneeuwen, kniehoog, en nu regent het al dagen achtereen. De rivier de Kabul stroomt weer. Het water heeft Titanic City weggespoeld.

De straten zijn nu modderig. Schoenen maken een zompig geluid. Auto's komen vast te zitten. Ezels beladen met appels ploeteren moeizaam voort, de modder spat onder hun hoeven op uit de poelen. Maar niemand klaagt over de troep, niemand betreurt de verdwijning van Titanic City. Kabul moet weer groen worden, zeggen de mensen.

Gisteren zag Laila haar kinderen in de stortregen spelen en op het achtererf onder een loodkleurige lucht van de ene poel naar de andere springen. Ze zag het vanuit het keukenraam van het kleine driekamerhuis dat ze in Deh-Mazang huren. Er staan een granaatappelboom en een stel egelantiers op het erf. Tariq heeft de muren bijgewerkt, voor de kinderen een glijbaan en een schommel gemaakt, en voor Zalmais nieuwe geit een stuk grond omheind. Laila zag het regenwater van Zalmais hoofd gutsen – hij wilde een kaalgeschoren hoofd hebben, net als Tariq, die nu is belast met de Babaloogebeden. De regen sloeg het haar van Aziza plat en maakte er natte slierten van, waarmee ze Zalmai bespatte als ze haar hoofd schudde.

Zalmai is bijna zes, Aziza tien. Ze hebben haar verjaardag de laatste week gevierd door haar mee te nemen naar Cinema Park, waar *Titanic* in het openbaar werd vertoond voor de mensen uit Kabul.

'Kom, jongens, anders komen we te laat,' roept Laila terwijl ze hun lunchpakketjes in een papieren zak stopt.

Het is acht uur in de ochtend. Laila was om vijf uur al op. Zoals altijd werd ze wakker geschud door Aziza voor de ochtendnamaz. Laila weet dat de gebeden Aziza's manier zijn om zich aan Mariam vast te klampen, haar manier om Mariam dicht bij zich te houden voordat de tijd zijn werk heeft gedaan, voor hij Mariam wegkaapt uit de tuin van haar herinnering, als onkruid dat met wortel en tak wordt uitgeroeid.

Na de namaz is Laila weer naar bed gegaan en ze sliep nog toen Tariq het huis verliet. Ze herinnert zich vaag dat hij haar op haar wang heeft gekust. Tariq heeft werk gevonden bij een Franse NGO die zich bekommert om overlevenden van landmijnen en gehandicapte mensen met prothesen.

Zalmai komt achter Aziza aan de keuken binnen.

'Hebben jullie je schriften bij je? Pennen? Boeken?'

'Zitten hier in,' zegt Aziza en ze tilt haar rugzak op. Laila merkt opnieuw dat haar gestotter minder wordt.

'Dan gaan we.'

Laila verlaat met de kinderen het huis en doet de deur op slot. Ze lopen de koele ochtend in. Het regent vandaag niet. De hemel is blauw en Laila ziet geen wolken aan de horizon. Ze houden elkaars hand vast en lopen met zijn drieën naar de bushalte. Het is al druk op straat, het krioelt van de riksja's, de taxi's, de VN-trucks, de bussen en de ISAF-jeeps. Kooplieden openen met de slaap nog in hun ogen de rolluiken voor hun winkels. Straatventers zitten achter stapels kauwgum en sigaretten. Weduwen hebben hun plekje op straathoeken al opgeëist en vragen voorbijgangers om munten.

Laila vindt het vreemd om in Kabul terug te zijn. De stad is veranderd. Ze ziet nu elke dag mensen boompjes planten, oude huizen schilderen en met oude bakstenen sjouwen om die te vervangen door nieuwe. Ze graven goten en putten. Op vensterbanken staan bloemen in de hulzen van oude granaten van de Mujahedin – granaatbloemen noemen de inwoners van Kabul ze. Onlangs heeft Tariq Laila en de kinderen meegenomen naar de Tuinen van Badur, die gerenoveerd worden. Voor de eerste keer in jaren hoort Laila op de hoeken van de straten in Kabul weer muziek, rubab en tabla, *dootar*, harmonium, tamboera en oude liedjes van Ahmad Zahir.

Laila zou willen dat mammie en Babi nog zouden leven om deze veranderingen te kunnen zien. Maar net als Jalils brief komt het berouw van Kabul te laat.

Laila en haar kinderen staan op het punt de straat over te steken naar de bushalte, als er plotseling een zwarte Land Cruiser met getint glas langsschiet. Op het allerlaatste moment zwenkt hij opzij en mist Laila op een haar na. Hij spat bruin regenwater op de overhemden van de kinderen.

Laila rukt haar kinderen terug het trottoir op, haar hart gaat in haar keel tekeer.

De Land Cruiser raast de straat af, toetert tweemaal en maakt een scherpe bocht naar links.

Laila probeert op adem te komen en houdt haar kinderen nu stevig vast bij hun pols.

Het kilt Laila. Het kilt haar dat de krijgsheren naar Kabul hebben mogen terugkeren. Dat de moordenaars van haar ouders in chique huizen met ommuurde tuinen wonen, dat ze tot minister van dit zijn benoemd en tot staatssecretaris van dat, dat ze straffeloos kunnen rondrijden in glanzende, kogelvrije SUV's door wijken die ze zelf hebben verwoest. Het kilt haar.

Maar Laila heeft het vaste voornemen zich niet te laten verlammen door wrok. Mariam zou het niet gewild hebben. 'Wat heeft het voor zin?' zou ze zeggen met een tegelijk onschuldige en wijze glimlach. 'Waar dient het toe, Laila jo?' Laila heeft er zich bij neergelegd dat ze door moet. In haar eigen belang, in dat van Tariq en in dat van haar kinderen. En in het belang van Mariam, die nog steeds in Laila's dromen voorkomt en die nooit ver uit haar bewustzijn is. Laila is doorgegaan. Want ze weet dat ze uiteindelijk niet meer kan doen. Dat en hopen.

Zaman staat met gebogen knieën bij de vrijeworplijn en stuitert met een basketbal. Hij instrueert een groepje jongens in goed zittende sporthemden, die in een halve cirkel op de grond plaats hebben genomen. Zaman ziet Laila, neemt de bal onder zijn arm en zwaait. Hij zegt iets tegen de jongens, die ook gaan zwaaien en roepen: 'Salaam, moalim sahib!'

Laila zwaait terug.

Langs de oostelijke muur van het weeshuis, op de speelplaats, staat nu een rij appelboompjes. Laila wil er ook wat planten tegen de zuidelijke muur zodra die herbouwd is. Er zijn nieuwe schommels en nieuwe klimrekken.

Laila loopt terug door de hordeur.

Ze hebben de buiten- en de binnenkant van het weeshuis geschilderd. Tariq en Zaman hebben alle lekkages in het dak gerepareerd, de muren opgekalefaterd, de ramen vervangen en vloerbedekking gelegd in de kamers waar de kinderen slapen en spelen. De afgelopen winter heeft Laila een paar bedden gekocht voor de slaapvertrekken van de kinderen, en ook kussens, en dekens van zuiver scheerwol. Ze heeft gietijzeren kachels voor de winter laten plaatsen.

Anis, een van de kranten van Kabul, heeft een maand eerder een verhaal gepubliceerd over de renovatie van het weeshuis. Ze hebben ook een foto gemaakt van Zaman, Tariq, Laila en een van de begeleiders, terwijl ze naast elkaar achter de kinderen staan. Toen Laila het artikel zag, moest ze aan haar jeugdvriendinnen Giti en Hasina denken, en hoe Hasina zei: 'Tegen de tijd dat we twintig zijn, Giti en ik, hebben we er beiden al vier of vijf kinderen uit geperst. Maar jij, Laila, gaat ons, twee domme meiden, trots maken. Jij gaat echt iemand worden. Ik weet dat ik op een dag de krant op zal pakken en jouw foto op de voorpagina zal zien.' De foto heeft de voorpagina niet gehaald, maar hij stond er wel in, zoals Hasina had voorspeld.

Laila draait zich om en loopt dezelfde gang door als die waar Mariam en zij twee jaar eerder Aziza hebben afgestaan aan Zaman. Laila kan zich nog herinneren hoe ze Aziza's vingers met geweld hadden moeten losmaken van haar polsen. Ze kan zich nog herinneren hoe ze de gang door rende waarbij ze een huilbui moest onderdrukken, terwijl Mariam haar achternariep en Aziza in paniek schreeuwde. Aan de muren van de gang hangen nu posters van dinosaurussen, cartoonfiguren, de boeddha's van Bamiyan en tekeningen van leerlingen. Vele ervan beelden tanks uit die hutten met de grond gelijk maken, mannen die met een AK-47 zwaaien, tenten in vluchtelingenkampen, jihadtaferelen.

Laila slaat een hoek van de gang om en ziet de kinderen nu buiten een klaslokaal staan wachten. Ze wordt verwelkomd door hun hoofddoekjes, hun geschoren schedels met pet, hun tengere figuur, hun mooie slonzigheid.

Als de kinderen Laila in de gaten krijgen, rennen ze naar haar toe. Ze komen in volle vaart op haar af. Laila wordt omzwermd. Er is even de wirwar van schelle begroetingen, schrille stemmen, aanrakingen, aanklampingen, getrek en gedrang om in haar armen te klimmen. Handjes die worden uitgestrekt, het smeken om aandacht. Sommigen noemen haar 'moeder'. Laila corrigeert hen niet.

Het kost Laila deze ochtend wat moeite de kinderen te kalmeren, ze in een keurige rij te krijgen en naar het lokaal te begeleiden.

Het zijn Tariq en Zaman geweest die het klaslokaal groter hebben gemaakt door de muur tussen twee aangrenzende vertrekken weg te breken. De vloer is nog steeds gebarsten en gescheurd en er ontbreken tegels. Voorlopig is hij bedekt met juteweefsel, maar Tariq heeft beloofd spoedig nieuwe tegels in te metselen en een vloerkleed te leggen.

Boven de deur van de klas is met spijkers een rechthoekig bord aangebracht, dat door Zaman is geschuurd en glanzend wit geverfd. Daarop heeft Zaman met een kwastje vier dichtregels geschreven, zijn antwoord op de mensen die klagen dat de beloofde financiële steun voor Afghanistan niet komt, dat de restauratie te langzaam gaat, dat er corruptie is, dat de Taliban zich alweer aan het hergroeperen zijn en terug zullen komen en zich zo zullen wreken dat de wereld Afghanistan opnieuw graag zal willen vergeten. De regels komen uit een ghazal van Hafez, voor Zaman de geliefdste ghazal van deze dichter:

Jozef keert terug naar Kanaän, treur niet.
Krotten worden weer rozentuinen, treur niet.
Als de vloed je verzwelgt en alles verdelgt,
Is Noach je leidsman in het oog van de storm, treur niet.

Laila loopt onder het bord door en betreedt het klaslokaal. De kinderen nemen hun plaats in, slaan hun schrift open en kwebbelen. Aziza praat met een meisje in de rij naast haar. Er zweeft een papieren vliegtuigje in een hoge boog door het lokaal, iemand gooit het terug.

'Pak jullie Farsi boek, jongens,' zegt Laila, terwijl ze haar eigen boeken op haar bureau legt.

Terwijl bladzijden luid worden omgeslagen, loopt Laila naar het raam, waarvoor geen gordijnen hangen. Door het glas ziet ze de jongens op de speelplaats zich opstellen om hun vrije worpen te oefenen. Boven hen, boven de bergen, rijst de ochtendzon. Hij bereikt de ijzeren rand van de basket, de ketting van de schommels, de fluit om Zamans nek, zijn nieuwe, niet gebarsten bril. Laila legt haar handen tegen de warme ruit. Sluit haar ogen. Ze laat het zonlicht op haar wangen spelen, op haar oogleden, haar voorhoofd.

Toen ze naar Kabul terugkeerden, deed het Laila verdriet dat ze niet wist waar de Taliban Mariam hadden begraven. Ze wilde zo graag haar graf bezoeken, een poosje bij haar zitten, een paar bloemen bij haar neerleggen. Maar Laila ziet nu wel in dat het er niet toe doet. Mariam is nooit ver weg. Ze is hier, binnen deze muren die ze opnieuw hebben geschilderd, in de bomen die ze hebben geplant, in de dekens die de kinderen warm houden, in de kussens en boeken en pennen. Ze is in de lach van de kinderen. Ze is in de gedichten die Aziza voordraagt en in de gebeden die ze mompelt als ze zich naar het westen buigt. Maar het meest van al is Mariam in Laila's eigen hart, waar ze schijnt met de schittering van duizend zonnen.

Iemand heeft haar naam geroepen, beseft Laila. Ze draait zich om en kijkt onwillekeurig op, waarbij ze de gezichtshelft met haar goede oor iets omhooghoudt. Het is Aziza.

'Mammie, is alles goed met je?'

Het is stil geworden in het lokaal. De kinderen kijken haar aan.

Laila wil juist antwoorden als haar adem plotseling stokt. Haar handen schieten omlaag. Ze beroeren de plek waar een ogenblik eerder iets door haar heen golfde. Ze wacht. Maar ze voelt verder niets meer.

'Mammie?'

'Ja, liefje.' Laila glimlacht. 'Alles is goed met me. Ja. Heel goed.'

Terwijl ze naar haar bureau voor in de klas loopt, denkt Laila aan het namenspelletje dat ze de vorige avond weer tijdens het eten hebben gespeeld. Het is een terugkerend ritueel geworden waaraan ze zich elke avond wijden, sinds Laila het nieuws aan Tariq en de kinderen heeft verteld. Het gesprek schiet heen en weer waarbij eenieder zijn eigen keuze verdedigt. Tariq vindt Mohammad mooi. Zalmai, die onlangs *Superman* op video heeft gezien, vindt het vreemd dat een Afghaanse jongen geen Clark kan heten. Aziza pleit enthousiast voor Aman. Laila vindt Omar mooi.

Maar het spelletje gaat alleen maar over mannennamen. Want als het een meisje wordt, heeft Laila al een naam voor haar gevonden.

Nawoord

De Afghaanse vluchtelingencrisis is nu al bijna dertig jaar lang een van de ernstigste op aarde. Door oorlog, honger, anarchie en onderdrukking zijn miljoenen mensen – net als Tariq en zijn familie in dit verhaal – gedwongen hun huizen te verlaten en uit Afghanistan te vluchten naar Pakistan en Iran. Op het dieptepunt van de exodus woonden maar liefst acht miljoen Afghanen als vluchteling in het buitenland. Tegenwoordig zitten er meer dan twee miljoen Afghanen in Pakistan.

Het afgelopen jaar heb ik het voorrecht gehad om als afgezant van de VS voor de UNHCR te werken, de vluchtelingenorganisatie van de VN, een van 's werelds meest vooraanstaande humanitaire organisaties. Het is de opdracht van de UNHCR de fundamentele mensenrechten van vluchtelingen te beschermen, noodhulp te geven en vluchtelingen te helpen een nieuw leven te beginnen in een veilige omgeving. De UNHCR verleent hulp aan meer dan twintig miljoen ontheemden over de hele wereld, niet alleen in Afghanistan, maar ook op plekken als Colombia, Burundi, Congo, Tsjaad en de regio Darfur in Soedan. Het werk voor de UNHCR om vluchtelingen te helpen is een van de dankbaarste en zinvolste ervaringen van mijn leven geweest.

Om te helpen of om gewoon meer te weten te komen over de UNHCR, het werk dat ze verricht of de situatie van vluchtelingen in het algemeen, ga naar www.unrefugees.org.

Dank.

Khaled Hosseini
31 januari 2007

Dankwoord

Voordat ik een aantal mensen bedank eerst enige opheldering. Het dorp Gul Daman is een denkbeeldige plaats – voor zover ik weet. Wie de stad Herat kent, zal merken dat ik me kleine vrijheden heb veroorloofd bij de beschrijving van de omgeving. Ten slotte komt de titel van deze roman uit een gedicht van Saib-e-Tabrizi, een Perzische dichter uit de zeventiende eeuw. Wie het originele gedicht in het Farsi kent, zal zonder enige twijfel zien dat de vertaling van de regel waarin de titel van deze roman voorkomt, niet letterlijk is. Maar het is in het Engels een algemeen geaccepteerde vertaling door Josephine Davis, en ik vond die vertaling prachtig. Ik ben haar dankbaar. [De Nederlandse titel is een letterlijke vertaling uit het Engels. WH]

Ik wil Qayoum Sarwar, Hekmat Sadat, Elyse Hathaway, Rosemary Stasek, Lawrence Quill en Haleema Jazmin Quill bedanken voor hun hulp en hun steun.

Mijn heel speciale dank gaat uit naar mijn vader, Baba, voor het lezen van het manuscript, zijn commentaar en zoals altijd zijn liefde en steun. En naar mijn moeder, wier onbaatzuchtige en zachtaardige geest dit verhaal doorademt. Jij bent mijn beweegreden, moeder jo. Mijn dank geldt ook mijn aangetrouwde familie voor haar welwillendheid en vriendelijkheid. Aan ieder van de rest van mijn familie ben ik dank verschuldigd.

Ik wil mijn agent bedanken, Elaine Koster, die altijd, altijd in mij gelooft, Judy Hotchkiss (Voorwaarts!), David Grosmann, Helen Heller en de onvermoeibare Chandler Crawford. Ik ben iedereen bij uitgeverij Riverhead Books dankbaar. Ik wil vooral Susan Petersen Kennedy en Geoffry Kloske bedanken dat ze in dit verhaal hebben geloofd. Mijn hartelijke dank gaat ook uit naar Marilyn Ducksworth, Mih-

Ho Cha, Catharine Lynch, Craig D. Burke, Leslie Schwartz, Honi Werner en Wendy Pearl. Bijzondere dank aan mijn scherpziende bureauredacteur Tony Davis, wie niets ontgaat, en ten slotte aan mijn getalenteerde redacteur Sara McGrath, voor haar geduld, haar vooruitziend oog en haar begeleiding.

Tot besluit: dank je, Roya. Voor het telkens weer lezen van dit verhaal, voor het doorstaan van kleine vertrouwenscrises (en een paar grote), voor het altijd erin blijven geloven. Zonder jou zou dit boek er niet zijn. Ik hou van je.

Woordenlijst*

Aftawa	waterkan
Agha	meneer; titel van een leider, hoofd
Ahmaq	gek, dwaas
Aishee	melk
Allah-u-akbar	Allah is groot (groet)
Akhund	koranleraar
Alhamdulellah	God zij geprezen
Almari	ladenkast
Ambagh	tweede vrouw in een huwelijk, rivaliserende vrouw
Aneh	vreemd
Arbab	hoofd, leider (titel)
Aroos	schoondochter
Aush	soep met noedels en groente
Aushak	gehaktballetjes met saus
Awal numra	nummer een
Ayat	vers uit de Koran
Azan	gebed
Baba, babi	papa
Babaloo	boeman, spook
Bacha	jongetje
Badar	intelligent persoon
Badmash	slechterik
Balay	problemen
Bas	genoeg
Bebakhsh	het spijt me
Bia	kom
Bismillah-a-Rahman-a-Rahim	in naam van Allah, de Barmhartige, de Genadevolle

Biwa	weduwe
Borani	voorgerecht van spinazie en yoghurt
Bov	bus
Buzkashi	Afghaanse volkssport met paarden
Chai	thee
Chapan	een door mannen over hun kleren gedragen jurk
Chapli-kebab	kebab van gehakt vlees
Chelo-kebab	kebab van rund- of lamsvlees
Chup ko	hou je mond
Daal	spliterwten
Degeh	leugenaar
Dehati	dorpsmeisje (pejoratief)
Didi	begrijp je
Dil	moed
Dishlemeh	snoepje
Diwana	gek
Dogh	yoghurtdrank
Dohol	soort drums
Dokhtar	dochter, meisje
Dokhtar e jawan	jonge vrouw
Dootar	luitachtig muziekinstrument
Dozd	dief
Eid	feest
Eid mubarak	feestgroet, 'gelukkig feest'
Eid-ul-Fitr	feest aan het eind van de ramadan, suikerfeest
Fahmidi	begrijpen
Fatiha	begin; eerste dag na de rouwperiode
Gap bezan	praat maar
Gari	kar en paard, dienstdoend als taxi
Ghazal	versvorm, gedicht
Giryanok	huilebalk
Goh	poep

Gul	roos
Halwa	gebak
Hamahang, Ustad	naam van een Afghaanse zanger
Hamshira	zuster
Hamwatan	landgenoot
Harami	bastaard
Hijab	hoofddoek
Ho bacha	hé jongen
Iftar	maaltijd na zonsondergang tijdens de ramadan
Inqilab	revolutie
Inshallah	indien Allah wil
Ishtop	petroleumstel
Jan	lieve (toevoegsel aan een naam)
Jelabi	zoetigheid, soort krakeling
Jo	lieve (toevoegsel aan een naam)
Kafir	ongelovige, ketter
Kahr	ezel
Kaka	oom
Kenarab	kloteplek
Khala	tante (vaak gebruikt als aanspreekvorm voor vrouwen)
Khastegar	huwelijkskandidaat
Khatm	eind, afsluiting
Khayat	naaister
Khila	halvegare
Kichiri	gele rijst met groente
Khodaya	God
Khosh shodi	ben je nu gelukkig?
Kofr	heiligschennis
Kofta	gehaktballetje
Kolba	hutje, huisje
Lagaan	grote pot
La illah u ilillah	er is geen god dan Allah
Lotfan	alstublieft

Logari	muzieksoort
Loya jirga	vergadering van stamoudsten
Mahram	mannelijk familielid
Malika	koningin
Mantu	soort loempia
Mashallah	uitroep van vreugde (letterlijk: Wat God wil)
Mastawa	kerriesoep
Mehman	gast
Moalim	onderwijzeres, gids
Moochi	schoenmaker
Mozahem	lastig
Mullah	islamitische geestelijke
Na	niet
Nay	niet
Namaz	gebed
Namoos	trots, eer
Nang	eer
Naswar	pruimtabak
Nau socha	hersteld
Nikka	huwelijksinzegening
Noor	licht (zelfst. nw.)
Noqul	amandel met een suikerlaagje
Ona	zij (meervoud)
Pahlawan	held
Pajalusta	alsjeblieft
Pakol	Afghaans hoofddeksel
Pakora	noedelgerecht
Panjpar	kaartspel
Pari	mooie vrouw
Pirhan-tumpan	traditioneel lang hemd met wijde broek
Pokeroot	bijvoet (plant)
Qanoon	wet
Qurma	vleessaus
Rafiq	vriend
Risha	wortel
Rubab	luitachtig muziekinstrument

Ruqat	lichamelijke houding bij het bidden
Sabzi	groente
Sahib	meneer, mevrouw
Salaam (alaikum)	begroeting (letterlijk: Vrede)
Sawab	goede daad
Shaheed	overleden oorlogsslachtoffer, gesneuvelde
Shahnai	blaasinstrument, lijkend op de westerse hobo
Shaitan	duivel
Sharab	alcohol
Shokr e Khoda	Gode zij dank
Shorwa	Afghaanse soep
Sofrah	tafelkleed, of vloerkleed waarvan gegeten wordt
Sujda, sujida	bidhouding
Surah	hoofdstuk uit de Koran
Tabreek	gefeliciteerd
Tahamul	verdragen, ondergaan
Tashakor	dank u wel
Tandoor	kleioven
Tasbeh	rozenkrans
Tofangdar	schutter
Tumpan	wijde, lichte broek met koord
Wah wah	bravo
Wahsih	barbaar
Wallah	bij Allah
Wallah o billah	ik zweer bij Allah
Watan	vaderland
Wooy	lieve help!
Yaklenga	kreupele
Zehmat	verboden
Zenda Baab	lang leve

* De vertaler dankt Mohamed Talyb Gulmohamed voor zijn medewerking bij het samenstellen van de woordenlijst.